MIRA®

Der Preis dieses Bandes versteht sich einschließlich der
gesetzlichen Mehrwertsteuer.

Umwelthinweis:
Dieses Buch wurde auf chlor- und säurefreiem Papier gedruckt.

Sheila Roberts

Merry Ex-Mas – Schöne Bescherung

Roman

Aus dem Amerikanischen von
Gabriele Ramm

MIRA®

MIRA® TASCHENBUCH
Band 25706
1. Auflage: November 2013

MIRA® TASCHENBÜCHER
erscheinen in der Harlequin Enterprises GmbH,
Valentinskamp 24, 20354 Hamburg
Geschäftsführer: Thomas Beckmann

Titel der nordamerikanischen Originalausgabe:
Merry Ex-Mas

erschienen bei: MIRA Books, Toronto

Published by arrangement with
Harlequin Enterprises II B.V./S.àr.l

Konzeption / Reihengestaltung: fredebold&partner gmbh, Köln
Umschlaggestaltung: pecher und soiron, Köln
Redaktion: Mareike Müller
Titelabbildung: Thinkstock / Getty Images, München; pecher und soiron, Köln
Autorenfoto: © Harlequin Enterprises S.A., Schweiz
Satz: GGP Media GmbH, Pößneck
Druck und Bindearbeiten: CPI – Ebner & Spiegel, Ulm
Printed in Germany
Dieses Buch wurde auf FSC®-zertifiziertem Papier gedruckt.
ISBN 978-3-86278-836-1

www.mira-taschenbuch.de

Für meine Freundin Kathy

Danksagung

Dieses Buch zu schreiben hat mir so unglaublich viel Spaß gemacht! Kein Wunder: Wenn so viele großartige Menschen mitwirken, bereitet einem die Arbeit einfach Freude. Ein ganz herzliches Dankeschön geht an meine Agentin Paige Wheeler und an meine Redakteurin Paula Eykelhof. Ich bin Euch beiden sehr, sehr dankbar für Eure Ratschläge und Euren Input. Vielen Dank auch an Janet, der das Blinx auf Bainbridge Island gehört. Sie hat mir einen Einblick in das geschäftige Treiben einer Ladenbesitzerin gegeben. Dank geht außerdem an meine Freundin Susan Sandeno, Expertin für Hochzeitstorten, die mir ein paar ihrer Geheimnisse rund um das Verzieren von Torten verraten hat, und an Robert Rabe, den hervorragenden Küchenchef, der meine Fragen zu den Abläufen in einem Restaurant so geduldig beantwortet hat. Ein großes Juhu und Dankeschön an Ed Kerr und seine Kumpel, die mir geholfen haben, Jakes Lied „Merry Christmas, Mama“ zu produzieren. Und an alle meine Freundinnen, die Schwiegermütter sind … Keine von Euch hat als Inspiration für die Schwiegermutter in diesem Buch gedient! Zu guter Letzt: ein großes Dankeschön an den Braintrust: Susan Wiggs, Kate Breslin, Anjali Banerjee und Elsa Watson. Ihr seid großartig, und ich hoffe, der Weihnachtsmann bringt jedem von Euch eine Schlittenladung voller Schokolade.

Liebe Leserinnen,

ich muss gestehen, dass ich Weihnachten liebe. Und zwar wirklich alles, was damit zusammenhängt – die Dekoration, die Leckereien, die Geschenke, den Gottesdienst am Heiligabend, sogar die verrückte Geschäftigkeit. Am meisten gefällt mir aber, dass es mir die Möglichkeit gibt, mit meiner Familie zusammenzukommen, um zu feiern. Und glauben Sie mir, meine Familie versteht etwas vom Feiern. Wir haben immer viel Spaß zusammen!

Aber natürlich weiß ich auch, dass Weihnachten für viele eher Stress als Spaß bedeutet, vor allem, wenn sie sich mit schwierigen Familienmitgliedern abplagen müssen. Und wenn dann auch noch Exmänner oder Exfrauen ins Spiel kommen, mag es sein, dass einem das Lachen auch einmal vergeht.

Ich hoffe, dass Cass Wilkes, ihre Freundinnen und deren Exmänner Sie zum Lachen bringen und Ihnen vielleicht auch ein wenig Hoffnung geben. Ich habe es jedenfalls genossen, über sie zu schreiben, vor allem über Ella und ihren Exmann Jake.

Ehrlich gesagt hat mir Jake mein Herz gestohlen. Er hat sogar sein eigenes Musikvideo „Merry Christmas, Mama“, das Sie sich auf YouTube anschauen können. Netterweise hat er mir eine Rolle darin angeboten. Und natürlich hat er vergessen zu erwähnen, welchen schrecklichen Demütigungen ich darin ausgesetzt sein würde. Na ja, so ist es eben im Showgeschäft. Doch das Musikvideo hat ihm nicht gereicht. Jetzt hat er auch noch seine eigene Homepage, wo Sie mehr darüber lesen können, was er so denkt, und wo Sie auch Fotos und Musik von ihm finden.

In der Zwischenzeit hoffe ich, dass Sie die Vorweihnachtszeit genießen, in der Cass, Ella, Charley und ihre Freunde sich auf ein verrücktes Weihnachtsfest vorbereiten, bei dem nicht nur die Weihnachts-, sondern auch die Hochzeitsglocken läuten.

Sie finden mich auf Facebook und Twitter. Und es lohnt sich auch, einmal auf meiner Homepage www.sheilasplace.com vorbeizuschauen.

Herzlichst
Ihre Sheila Roberts

1. KAPITEL

Wenn eine Frau sehr viel Glück hat, entpuppt sich hin und wieder ein Tag als genauso perfekt, wie sie ihn sich ausgemalt hat. Dies wird so ein Tag, dachte Cass Wilkes, als sie den Teller mit dem tranchierten Truthahn auf den Esstisch stellte.

Lächelnd betrachtete sie noch einmal ihr Werk. Wirklich alles wirkte vollkommen – angefangen beim guten Porzellan und den funkelnden Kristallgläsern über das Thanksgiving-Gesteck, das sie im Blumenladen Lupine Floral gekauft hatte, bis hin zu dem köstlichen Duft nach Kräutern und Gewürzen, der durch ihr altes viktorianisches Haus zog. Wenn man aus dem Fenster im Esszimmer blickte, hatte man ein winterliches Postkartenmotiv vor Augen – die Bäume und Büsche ihres Vorgartens waren von frostigem Weiß umhüllt, und in der Ferne ragten schneebedeckte Berge gen Himmel.

Sogar Frau Holle hatte ein Einsehen gehabt: Es hatte gerade rechtzeitig aufgehört zu schneien, damit die Straßen für die Reisenden wieder freigeräumt werden konnten. Anders als im letzten Jahr war Icicle Falls voller Touristen, die sich ein langes Wochenende gönnten. Das war natürlich gut fürs Geschäft, vor allem, wenn man eine Konditorei sein Eigen nannte. An diesem Wochenende würden Lebkuchenfiguren in allen erdenklichen Formen aus der Tür des Gingerbread-Hauses marschieren, und im Gegenzug würden die Dollars direkt auf Cass' Bankkonto wandern – was eine gute Sache war. Denn sie vermutete, dass sie in absehbarer Zeit – vielleicht in einem Jahr oder so – eine Hochzeit würde ausrichten müssen.

Aus dem Wohnzimmer drangen Freudengeschrei und lautes Klatschen. Vermutlich näherte sich das Footballspiel, das im Fernsehen übertragen wurde, dem Ende, und offenbar hatte das favorisierte Team einen Touchdown geschafft.

„Okay, das war alles aus der Küche", sagte Dot Morrison, Cass' Mentorin und ehemalige Chefin, während sie eine Schüssel mit Truthahnfüllung sowie eine Schüssel mit Kartoffelbrei auf den Tisch stellte. Normalerweise hätte Dot mit ihrer Tochter Thanksgiving gefeiert, doch Tilda hatte Dienst, fuhr Streife und sorgte dafür, dass Icicle Falls geschützt wurde vor … ja, wovor eigentlich? Ihre Stadt war nicht gerade ein Hort der Kriminalität.

Dot hatte sich zur Feier des Tages extra herausgeputzt. Sie trug Jeans und ein weißes T-Shirt mit einem Truthahn darauf, der ein Schild hochhielt, auf dem stand: „Geht neue Wege: Serviert Schinken." Dot, der das Breakfast-Haus gehörte, wo es das leckerste Frühstück der Stadt gab, hatte Cass vor Jahren dazu ermuntert, neue Wege zu gehen. Sie hatte ihr sogar das Geld geliehen, damit sie die Bäckerei aufmachen konnte. Damit hatte sie in Cass' Augen ein lebenslanges Anrecht auf Einladungen zu Thanksgiving.

„Sag den Clowns da drüben Bescheid", sagte Dot jetzt. „Es gibt nichts Schlimmeres als kaltes Essen."

Cass fiel da so einiges ein, was schlimmer war … Steuern, Pilzinfektionen, Exmänner.

Oh nein, sie würde sich ihren perfekten Feiertag nicht mit Gedanken an ihren Ex verderben. Dieser Mann, diese egoistische, unwürdige Ratte, die versucht hatte, die Kinder an diesem Wochenende zu einem Kurztrip nach Vail fortzulocken, der …

Nein, nein, nein. Sie würde jetzt keinen Gedanken mehr an Mason verschwenden. Schließlich war Erntedank, die Zeit, in der man dankbar für das sein sollte, was man hatte.

Die drei Menschen, für die sie besonders dankbar war, saßen nebenan im Wohnzimmer – ihre Kinder Danielle, Willie und Amber. Danis Freund Mike war ebenfalls da. Zusammen mit ihrer Tochter kuschelte er in einem großen Sessel.

Die zwanzigjährige Dani war die Älteste von Cass und ihre rechte Hand in der Bäckerei. Sie hatte die Leidenschaft ihrer Mutter für alles, was mit dem Backen zu tun hatte, geerbt. Nachdem sie ein Jahr am örtlichen College studiert hatte, hatte sie sich dafür entschieden, lieber Vollzeit in der Bäckerei zu arbeiten. Cass hatte gehofft, dass sie wenigstens noch ein Jahr lang zur Schule gehen würde, doch Dani hatte das nicht interessiert. „Von dir kann ich viel mehr lernen als von irgendeinem College-Professor“, hatte sie zu ihrer Mutter gesagt. Was das Backen anging, was sollte Cass da schon groß erwidern? Dani hatte ja recht.

Amber, ihre Jüngste, saß mit hochgezogenen Beinen in einer Sofaecke und schrieb eine SMS. Noch vor wenigen Monaten hatte sie Cass ein paar weitere graue Haare beschert, weil sie mit Leuten herumgehangen hatte, mit denen keine Mutter ihr Kind herumhängen sehen möchte, geschweige denn, dass sie wollte, dass ihr Kind genauso wurde. Gott sei Dank (und vermutlich auch Dank Cass’ Freundin Samantha Sterling) hatte Amber sich eines Besseren besonnen und ein paar neue, passendere Freunde gefunden.

Willie, Cass’ Highschool-Sportskanone, lümmelte auf dem Fußboden herum, in der Hand das beliebteste Spielzeug aller Highschooljungs – einen Football. Das einzige Problem, das Cass mit Willie hatte, war die Schwierigkeit, ihn satt zu bekommen. Der Junge war eine Heuschrecke auf zwei Beinen.

Die Runde wurde von ihrem jüngeren Bruder Drew vervollständigt, der von Seattle herübergekommen war. Da er erst kürzlich geschieden worden war (ob die Neigung zur Scheidung wohl in ihren Genen verankert war?), hatte er ihre Einladung, das Wochenende bei ihnen zu verbringen, überaus erfreut angenommen. Er hatte keine eigenen Kinder, also teilte sie ihre gern mit ihm. Er war ein toller Onkel und eine sehr viel bessere Vaterfigur als ihr Ex.

Nein, nein, nein. Du verschwendest heute keinen Gedanken an ihn.

Cass stand in der Tür zum Wohnzimmer und verkündete wie ein Butler: „Das Essen ist fertig.“

Natürlich hörte ihr niemand zu. Ein weiterer Touchdown fesselte die versammelte Meute an den Fernseher. „Jaaa!“, grölte Mike.

„Mein Team ist echt so schlecht", murmelte Willie und haute missmutig auf seinen Football.

„Wenn ihr nicht sofort aufsteht und rüberkommt, wird mein Essen gleich schlecht", warnte Cass.

„Das Spiel ist sowieso fast vorbei", sagte Mike, ganz der zukünftige gute Schwiegersohn. Er stand auf und zog auch Dani vom Sessel hoch. Er war ein großer junger Mann, ein ehemaliger Footballstar und der neue Held ihres Sohnes. Zurzeit arbeitete Mike im Eisenwarenladen hier in der Stadt, was in den Augen von Cass ideal war. Sobald er Dani einen Antrag gemacht hatte, würden die beiden heiraten und hier in Icicle Falls leben, in der Nähe der Familie und all ihrer Freunde, eine Win-win-Situation für alle.

„Du hast recht", stimmte Drew zu. Er stellte den Fernseher aus und führte die Bande zum Esstisch.

Cass brauchte nur einen Keks anzuschauen und hatte schon fünf Pfund zugenommen. Ihr Bruder, der Glückliche, war groß und schlank und konnte essen, was er wollte, ohne zuzunehmen. Zu allem Überfluss kleidete er sich auch noch besser als seine Schwester, das war schon immer so gewesen. Und besser aussehen tat er natürlich auch. Aber er konnte nicht kochen, und wenn er in die Stadt kam, war er stets ihr bester Kunde. Außerdem war er ihr bester Freund, und sie freute sich wirklich, dass er übers Wochenende hergekommen war.

Die Einzigen, die fehlten, als sie sich um den Esstisch gruppierten, waren ihre Mutter und ihr Stiefvater Ralph, die es den Zugvögeln gleichgetan hatten und Ralphs Familie in Florida besuchten. Aber Mom und Ralph wollten über Weihnachten kommen. Und wenn Cass die Wahl hatte, war es ihr lieber, ihre Mutter zu den weihnachtlichen Festtagen bei sich zu haben.

Drew griff nach dem Truthahn, doch Cass versetzte ihm mit einem Servierlöffel einen kleinen Schlag auf die Hand. „Erst wird gebetet, du Heide."

Willie kicherte. Was zur Folge hatte, dass er das Gebet vorsprechen durfte. Kaum hatte er das „Amen“ gesagt, als er sich auch schon den Teller vollschaufelte.

Normalerweise hätte Cass ihn daran erinnert, dass die anderen vielleicht auch noch etwas davon wollten, aber heute brauchte sie das nicht zu tun. Thanksgiving war keine Fastenzeit, und sie hatte von allem reichlich vorbereitet. Außerdem würde sie sich heute sicherlich auch eine extra große Portion auffüllen.

Eine Weile lang beschränkte sich die Unterhaltung auf Kommentare wie „Reich mir mal die Brötchen rüber“ und „Wo sind die Oliven?“. Als sich erst die Teller und dann die Bäuche füllten, kamen neue Themen auf: wessen Footballteam wohl gewinnen würde, wie gut sich die neuen Lebkuchenketten von Cass und Dani verkauften, die anstehende Fußoperation von Dot.

Schließlich war es Zeit für das Dessert. Obwohl es in der Bäckerei unglaublich hektisch gewesen war, hatte Cass es geschafft, Kürbis-, Pekannuss- und Heidelbeerkuchen, den Lieblingskuchen ihres Bruders, zu backen. „Das reicht genau für mich“, scherzte er und schnappte sich den ganzen Kuchen.

Zum Nachtisch bestand Cass wie immer auf einer Tradition, die sie eingeführt hatte, als die Kinder noch klein gewesen waren.

„Okay“, sagte sie, nachdem sich alle etwas von den Kuchen aufgefüllt hatten, „es ist wieder einmal an der Zeit, dass wir uns überlegen, wofür wir dankbar sind. Wer möchte anfangen?“

Dankbarkeit. Manchmal war die Herausforderung, dankbar zu sein, immens groß gewesen. Häufig genug war Cass eine schreckliche Heuchlerin gewesen, die ihre Kinder ermutigt hatte, das Positive zu sehen, während sie selbst verbittert und voller Groll gewesen war.

Genau genommen hatte dieser Gemütszustand sie fast durchgehend beherrscht, solange sie verheiratet gewesen war. Schon als sie verlobt gewesen waren, hatte sie sich darüber geärgert, dass Mason zur Navy gegangen war. Und kaum hatten sie ihren ersten eigenen Hausstand gegründet, war er auch schon das erste Mal davongesegelt. Er hatte sogar die Geburt seiner ersten Tochter verpasst; stattdessen hatte ihre Mutter ihr bei der Geburt ihrer Tochter beigestanden. Lieber meine als seine Mutter, hatte sie sich getröstet. Dafür hatte sie damals dankbar sein können. Und sie war dankbar gewesen, als Mason aus der Navy ausgeschieden war. Als er dann jedoch wieder zur Schule gegangen war und seine Familie vernachlässigt hatte, weil er so viel lernen musste, war sie alles andere als dankbar gewesen. Genauso wenig wie anschließend, als er sich für einen Beruf entschieden hatte, bei dem er ständig unterwegs war, sodass sie ihn kaum noch zu Gesicht bekam. Mason war entschlossen gewesen, Karriere zu machen, doch für seine Familie war auf dem Weg dorthin wenig Raum geblieben. Cass hatte die Kinder getröstet und ihnen bei ihren Mathehausaufgaben geholfen, hatte sie bei jedem Ballspiel von der Seitenlinie aus angefeuert. Und was hatte *er* getan?

Du sollst dankbar sein, vergiss das nicht. Okay, sie war dankbar, dass sie nicht länger mit ihm zusammen war.

„Ich bin für etwas dankbar", sagte Dani. Sie griff in ihre Jeanstasche und zog einen Diamantring heraus, den sie sich dann auf den Finger steckte.

„Oh, Wahnsinn, du bist verlobt!", kreischte Amber.

Cass legte ihre Kuchengabel beiseite und sah ihre Tochter fassungslos an. Natürlich hatte sie gewusst, dass das kommen würde. Aber sie war ein wenig beleidigt, dass ihre Tochter ihr nichts davon gesagt hatte, bevor sie es allen anderen erzählte. „Wann ist das denn passiert?", fragte sie.

Danis braune Augen funkelten vor Aufregung. Sie schaute zu Mike, und die beiden lächelten sich an, wie es nur Verliebte tun können. „Gestern Abend. Wir wollten warten und euch alle überraschen."

Na, das hatte geklappt.

„Na ja, ich weiß ja nicht recht, ob hier wirklich jemand überrascht ist", meinte Dot, „aber ich bin sicher, dass du damit den Tag für deine Mutter zu einem wirklichen Festtag gemacht hast."

Natürlich hatte sie das. Wieso saß Cass jetzt da wie ein begossener Pudel? Sie sprang auf und umarmte ihre Tochter und ihren zukünftigen Schwiegersohn. „Das ist ja großartig. Ihr beiden werdet bestimmt ganz glücklich zusammen."

Wieso auch nicht? Anders als ihre Mutter in dem Alter hatte Danielle sich weise und vernünftig verhalten, als sie sich einen Partner gesucht hatte. Sie hatte sich nicht Hals über Kopf in eine Beziehung gestürzt, hatte sich nicht nur von ihren wild gewordenen Hormonen leiten lassen und war nicht vor lauter Liebe blind geworden. Sie hatte auf den richtigen Mann gewartet. Die beiden gaben das perfekte Paar ab: Mike mit seinen dunklen Haaren und Augen und der kräftigen Statur, Dani mit dem helleren Haar und der schlanken Figur. In ihrem Hochzeitsstaat würden sie so vollkommen aussehen, dass sie als Figuren jede Hochzeitstorte zieren könnten.

„Das schreit geradezu nach noch mehr Kuchen", erklärte Drew grinsend und nahm sich noch ein Stück.

„Ich werde ja wohl Brautjungfer, oder?", fragte Amber ihre Schwester.

„Natürlich", versicherte Dani ihr.

„Du solltest schon mal deinen Armani in die Reinigung bringen", meinte Cass zu Drew. „Dani braucht dich bestimmt, damit du sie zum Altar geleitest."

Danis Miene verlor etwas von ihrem Glanz, und sie biss sich auf die Lippen.

„Hey, ich bin schon glücklich, wenn ich mit deiner Mom in der ersten Reihe sitzen darf", sagte Drew hastig. „Ich muss nicht derjenige sein."

Oh doch, das musste er. Wer sollte es sonst machen? Oh nein. Auf keinen Fall …

„Eigentlich hatte ich gehofft, dass Daddy mich zum Altar führt", sagte Dani.

Dieser Nichtsnutz von einem Vater? Der Mann, der den

Großteil von Danis Leben durch Abwesenheit geglänzt hatte? Cass ließ sich auf ihren Stuhl zurückfallen und starrte ihre Tochter über den Tisch hinweg an.

Auf Danis Wangen zeichnete sich eine tiefe Röte ab, und schuldbewusst wich sie dem Blick ihrer Mutter aus.

„Daddy?", wiederholte Cass, und ihre Verbitterung war unüberhörbar. Sehr erwachsen, ermahnte sie sich selbst. So schaffst du es bestimmt, deiner Tochter den Tag zu verderben.

Dani besaß ein sonniges Gemüt und wollte es gern allen recht machen. Daher kam man in der Regel gut mit ihr aus, aber jetzt schob sie trotzig ihr Kinn vor. „Ich weiß, dass er das gern tun würde."

Oh, er *wäre* auch gern immer da gewesen, nur leider hatte das nie geklappt.

Erst in letzter Zeit. Er und seine zweiunddreißigjährige Vorzeigegattin Babette glaubten anscheinend, sie könnten die Kinder dazu bringen, jedes Mal nach Seattle zu kommen, wenn er von seinen Geschäftsreisen zurück war. Dann versuchte er, ihre Zuneigung mit Einkaufstrips und Tickets für Spiele der Seahawks zu gewinnen.

Offenbar gelang ihm das. Am liebsten hätte Cass den Wishbone, den sie extra noch aufgehoben hatte, in tausend Stücke zerbrochen. Das war einfach nicht in Ordnung. Nur: Wie sollte sie Dani dazu bringen, das genauso zu sehen?

Sie räusperte sich. „Du weißt doch, dass er viel unterwegs ist."

„Ja", meinte Dani, „aber ich möchte eine Weihnachtshochzeit feiern, und Weihnachten ist er da."

„Weihnachten?" Willie verzog das Gesicht.

Dani sah ihn böse an. „Was ist? Hast du Angst, dass dann der Weihnachtsmann nicht kommt?" An die anderen gewandt, fügte sie hinzu: „Wir dachten an das Wochenende vor den Weihnachtstagen."

„Dann bleibt nicht mehr viel Zeit zum Planen", stellte Dot fest. „Wieso habt ihr es so eilig?"

Jetzt strahlte Mike so, als hätte er etwas Großes zu verkünden.

Dani kam ihm zuvor: „Weil Mike einen Job als stellvertretender Geschäftsführer in einem Baumarkt in Spokane bekommen hat. Und wenn er wegen dem neuen Job umzieht, will ich mitgehen."

Alle am Tisch gratulierten Mike herzlich.

Alle außer Cass, die unter Schock stand. Sie würden wegziehen. Ihre Tochter würde praktisch verschwinden, kaum dass sie geheiratet hatte. Der Traum, dass Dani hier in Icicle Falls eine Familie gründen, dass sie irgendwann die Bäckerei übernehmen würde, zerplatzte wie eine Seifenblase. Cass musste sich sehr beherrschen, um nicht in Tränen auszubrechen. Sie schob den Teller mit dem halb aufgegessenen Kürbiskuchen von sich und hoffte, dass jetzt niemand fragte, wofür sie dankbar war.

„Wie auch immer, wir wollen nur im kleinen Rahmen heiraten", sagte Mike. „Nichts Großes."

Nichts Großes? Dani hatte sich immer eine große Hochzeitsfeier samt Trauung in der Kirche gewünscht. Was war aus dem Traum geworden?

„Und ich weiß, dass Daddy an dem Wochenende kommen kann", fügte Dani hinzu.

„Du hast schon mit deinem Vater darüber gesprochen?" *Bevor du mir davon erzählt hast?* Das tat weh. Das tat sogar entsetzlich weh.

„Nur um zu hören, ob er Zeit hat", antwortete Dani. „Ich dachte mir, dass alle herkommen und dann die Woche über hierbleiben können."

„Hier?", krächzte Cass.

„Oh, oh", murmelte Drew.

„Hier ist nichts frei", erklärte Cass fest. In den Hotels gab es bestimmt keine Zimmer mehr.

Dot zuckte mit den Schultern. „Wahrscheinlich könntest du sie bei Olivia unterbringen."

Vielen Dank, Dot. Erinnere mich rechtzeitig daran, dass ich dich nie wieder zum Thanksgiving-Essen einlade.

„Dani, du weißt doch, wie hektisch es zu dieser Jahreszeit

immer ist", meinte Cass. „Ich bin sicher, dass die Pensionen und Hotels alle ausgebucht sind."

„Olivia hat noch ein paar Zimmer frei", verkündete Dani.

„Mit ihr hast du auch schon gesprochen?" Hatte sie Olivia auch schon von ihren Plänen erzählt?

„Heute Morgen. Ich hab sie nur angerufen, um zu hören, ob noch was frei ist."

„Na ja, damit ist dann ja wohl alles geregelt", bemerkte Cass steif.

„Du hilfst mir doch bei der Planung, oder?", fragte Dani kleinlaut.

Cass war verletzt, und sie war wütend, aber sie war nicht verrückt. „Natürlich. Und ich mache die Hochzeitstorte."

„Ach, herrje." Amber verdrehte die Augen.

Dani ignorierte ihre Schwester und lächelte glücklich. „Danke, Mom."

Cass seufzte. Sie würde sich sogar zusammenreißen und auf der Hochzeit nett zu allen sein. Wegen kleinlicher Eifersucht durfte sie ihrer Tochter den großen Tag nicht verderben. Das wäre nicht in Ordnung.

Es ist nicht kleinlich, flüsterte eine innere Stimme. Cass nannte sie ihren bösen Zwilling. Jetzt befahl sie der Stimme, Ruhe zu geben.

„Ich weiß, dass um diese Zeit immer so viel los ist", sagte Dani.

„Vorweihnachtszeit ist Hauptsaison", warf Dot ein.

Eigentlich sollte die Vorweihnachtszeit auch eine fröhliche Zeit sein. Das würde schwierig werden, wenn ihr Exmann durch die Stadt stolzierte und so tat, als wäre er der weltbeste Vater überhaupt. Noch schwieriger würde es werden, seine Vorzeigegattin mit offenen Armen, zumindest aber höflich zu begrüßen. Und darüber, dass sie sich mit ihrer Exschwiegermutter und Exschwägerin abplagen musste, wollte sie lieber gar nicht erst nachdenken. Wenn der Weihnachtsmann glaubte, dass Cass sich das zu Weihnachten wünschte, dann sollte er wohl lieber langsam in Rente gehen.

„Da kommt ja eine Menge Stress und womöglich auch Ärger auf dich zu", meinte Dot etwas später zu ihr, als der Abwasch erledigt war und die Kinder sich mit der Wii vergnügten.

Cass lehnte sich gegen die Küchenarbeitsplatte und starrte auf ihren Kaffeebecher – sie trank ihren Kaffee schwarz. Wie passend, denn auch für die nächsten Wochen sah sie schwarz.

„Aber du wirst es schon überstehen."

Natürlich würde sie das. Exmänner waren nun einmal Teil des Lebens. Sie würde sich zusammenreißen, gute Miene zum bösen Spiel machen und die Sache irgendwie hinter sich bringen. Schließlich waren es nur ein paar Tage. Wie auch immer, sie würden ja alle bei Olivia übernachten, da würde sie die Bagage kaum zu Gesicht bekommen.

Cass zwang sich widerstrebend zu einem Lächeln und hob die Tasse. „Na ja, dann trinken wir darauf, dass wir es überstehen."

Dot stieß mit ihrer Tasse an. „Merry Ex-mas, Kindchen."

2. KAPITEL

Es war Schwarzer Freitag, so genannt wegen des Börsencrashs, doch heutzutage war der Freitag nach Thanksgiving für die Geschäftsleute in Icicle Falls einer der umsatzstärksten. Für Ella O'Brien allerdings war es der zweite schwarze Tag in Folge. Wie anders doch das Erntedankfest in diesem Jahr verlaufen war – im Vergleich zum Vorjahr.

Nicht, dass ihre Mutter nicht versucht hätte, den Tag zu etwas Besonderem zu machen. Mims hatte Ella über die Berge mit nach Seattle geschleppt. Dort hatten sie die Nacht verbracht und in einem erstklassigen Restaurant ihr Festtagsmahl eingenommen. Umgeben von Fremden. Wenn man mal von Gregory absah, dem langjährigen Freund ihrer Mutter, der, genau wie sie, ein Modefreak war und eine Wohnung am Wasser besaß.

Ella hatte den Gedanken, der ihr beim Essen gekommen war, nicht willentlich heraufbeschworen, und doch hatte sie sich nicht gegen die Erinnerungen wehren können: Dies hier ist so anders als das Thanksgiving im letzten Jahr mit deinen Schwiegereltern. Ach nein, Korrektur: mit den ehemaligen Schwiegereltern.

Es war ein typisches Familienfest der O'Briens gewesen, laut und aufregend, vor allem für eine Frau, die sich immer Geschwister gewünscht hatte. Mims, die ebenfalls eingeladen gewesen war, war ziemlich distanziert und ein wenig hochnäsig gewesen, während die anderen Erwachsenen zusammen mit den Kindern nach Geländespielen im Wald ganz schön hungrig waren. Nach dem Essen hatte ihre Schwiegermutter (Exschwiegermutter, verflixt) ihr geholfen, ein ziemlich schwieriges Strickmuster zu verstehen.

Und später, als es Zeit für den Nachtisch gewesen war, hatte Mims, die sich extrem bewusst ernährte, erfahren, dass die Pastete, die sie gerade genoss, nach einem alten Jägerrezept zubereitet worden war und Elchfleisch enthielt. Daraufhin hatte sie umgehend das Bad aufsuchen müssen.

In diesem Jahr gab es keine Flucht ins Bad. Und es gab keinen Jake. Das war auch okay für Ella. Ehrlich. Mims hatte recht: Ohne diesen Kerl, der nicht nur verantwortungslos und immer noch ein großes Kind war, sondern auch noch jedem Rock hinterherlief, war sie viel besser dran. Und ihr Leben würde vollkommen sein, sobald sie ihn nicht mehr jeden Tag sehen musste.

Aber sie vermisste seine Mutter und seine Geschwister. Es war irgendwie nett gewesen, jemanden Mom nennen zu können.

Zu ihrer eigenen Mutter hatte sie nie Mom gesagt. Stattdessen hatte sie irgendwann angefangen, die Freunde ihrer Mutter aus der Modebranche zu imitieren, und von da an hatte sie sie Mims gerufen. Woher dieser Spitzname kam, hatte Ella nie herausgefunden. Sie wusste nur, dass er etwas mit der Vorliebe ihrer Mutter für Mimosen zu tun hatte. Oh, und angeblich auch mit einem Tycoon und einer Jacht. Ihre Mutter hatte sowieso nie eine Mom sein wollen. Das war in ihren Augen schlicht nicht glamourös genug. Und Lily Swan verlieh allem einen gewissen Glamour, einschließlich der Mutterschaft. So war Ella also ohne Mom, dafür aber mit einer Mims aufgewachsen, und im Laufe der Zeit war es ihr völlig normal erschienen. Wenn sie gefragt wurde, warum sie ihre Mutter nicht Mom nannte, hatte Ella ihren Freunden diese Geschichte erzählt.

Und wenn sie gefragt wurde, warum sie keinen Daddy hatte, gab sie das zum Besten, was ihre Mutter auf Partys auch immer sagte – ein Mädchen brauchte nicht wirklich einen Daddy.

Dabei hatte sie sich immer einen gewünscht. Sehnsuchtsvoll hatte sie zugesehen, wenn andere kleine Mädchen von ihren Vätern auf den Schultern getragen oder von ihnen zum Eisessen eingeladen wurden.

Als sie Jake geheiratet und einen Schwiegervater bekommen hatte, war das der beste Bonus überhaupt gewesen.

Jakes Dad hatte sie immer mit einer Umarmung und der Frage: „Na, wie geht's meiner Lieblingsschwiegertochter?" begrüßt. Er hatte die Luft in ihren Autoreifen geprüft und hatte ihr kleine Waschbären geschnitzt, die sie auf ihren Kaminsims gestellt hatte. Mims fand sie kitschig, doch Ella liebte sie, weil sie jedes Mal, wenn sie sie ansah, an das freundliche, strahlende Gesicht ihres Schwiegervaters dachte.

„Wir sind so traurig, dass wir dich verlieren", hatte Mom O'Brien ihr in einer ganz lieben Karte geschrieben, nachdem Ella und Jake ihre Trennung offiziell gemacht hatten. Auch Ella fand es traurig, nicht mehr zur Familie zu gehören. Zu schade, dass eine Frau nicht einfach den Ehemann loswerden, aber die Familie behalten kann, dachte sie, als sie das Schild, das an der Tür zur Boutique Gilded Lily's hing, auf „Geschlossen" drehte.

Sie war müde – den ganzen Tag lang mit Menschen zu arbeiten konnte anstrengend sein. Aber es ist eine gute Art von Müdigkeit, entschied sie, als sie begann, die Kasse abzurechnen. Von jetzt bis Silvester würde es im Geschäft ziemlich hektisch werden. Gilded Lily's war der Laden, der in Icicle Falls am ehesten an einen Neiman Marcus oder Nordstrom herankam. Die Boutique gehörte ihrer Mutter, aber inzwischen betrieb Ella den Laden. Sie liebte schöne Sachen, und sie liebte es, den Kundinnen zu helfen, das perfekte Kleid für besondere Gelegenheiten zu finden, sei es eine Party oder ein Abschlussball. Und dazu gehörten natürlich auch die passenden Accessoires, die dem Kleid den letzten Pfiff gaben. Heute, an diesem Schwarzen Freitag, waren eine Menge Kundinnen da gewesen, die den letzten Pfiff gebraucht hatten.

Jetzt war ein langer Arbeitstag zu Ende, und es war Zeit heimzugehen. *Das Heim ist dort, wo das Herz ist. Trautes Heim, Glück allein.*

So ein Quatsch.

Sie trat hinaus in die kühle Bergluft und schloss die Tür hinter sich ab. Winterliche Dunkelheit hatte sich über die Stadt gelegt, doch in der Innenstadt funkelte und glitzerte es. Weihnachtsbeleuchtung zierte die Bäume im Park sowie die kleinen Tannenbäume, die vor den Geschäften standen, und rote Schleifen verschönerten die nostalgischen Laternen an der Center Street.

An allen kommenden Wochenenden würde es eine kleine

Zeremonie geben, bei der die Lichter der wolkenkratzergroßen Tanne auf dem Marktplatz eingeschaltet wurden. Mit ihren Hunderten von bunten Lichtern würde sie das winterliche Bild der Stadt vervollkommnen. Mit den Bergen ringsherum und der bayerisch anmutenden Architektur wirkte Icicle Falls wie eine animierte Postkarte, malerisch und bezaubernd – die vollkommene Kulisse für ein vollkommenes Leben. Nur war Ellas Leben im Moment alles andere als vollkommen; eher glich es einem Kleid, das nicht mehr passte.

Sie brauchte nicht lange vom Laden zu ihrem kleinen Cottage an der Mountain View Road. Ihr Traumhaus. Im Sommer hatte sie zwei Schaukelstühle mit dicken Kissen auf die Veranda gestellt, und sie und Jake hatten an warmen Abenden dort draußen gesessen. Während sie gestrickt hatte, hatte Tiny, ihr Bernhardiner, faul zu ihren Füßen gelegen und mit ihr zusammen Jakes Gitarrenspiel gelauscht. Letztes Jahr zu Weihnachten hatte es ihr großes Vergnügen bereitet, bunte Lichterketten an der Veranda anzubringen, während Jake die Lichterketten auf dem Dach befestigt hatte – es war richtig gute Teamarbeit gewesen.

Bei diesen Erinnerungen seufzte Ella. Sie war davon ausgegangen, dass sie dieses Haus für immer behalten würden, hatte sich vorgestellt, wie sie darin eine Familie gründen oder es, wenn Jake ein berühmter Countrystar geworden war, als Ferienhaus behalten würden.

Ihre Mutter hatte diese Visionen nicht mit ihr geteilt. „Ihr solltet euch nicht so schnell ein Haus kaufen", hatte Mims sie gewarnt, als sie es sich das erste Mal angeschaut hatten. „Ihr seid beide noch jung, und du weißt doch nicht mal, ob diese Ehe überhaupt hält."

„Natürlich hält sie", hatte Ella empört geantwortet. „Warum sollte sie nicht halten?"

Ihre Mutter hatte sich nicht weiter dazu geäußert, sondern nur die Lippen geschürzt wie eine Frau, die ein dunkles Geheimnis hütete. Woher hatte Mims gewusst, dass die Beziehung mit Jake in die Brüche gehen würde? Was waren das für frühe

Warnsignale gewesen, die Mims gesehen, Ella aber offenbar übersehen hatte?

Was auch immer es gewesen war, Mims hatte es für sich behalten, und um zu zeigen, dass sie ihre Tochter unterstützte (nachdem die Entscheidung gefallen und der Kaufvertrag unterschrieben war), hatte sie ihnen einen Gutschein von *Hearth and Home* geschenkt, damit sie sich dort eine neue Couch aussuchen konnten. Dazu hatte sie angemerkt: „Ehrlich, Ella, ihr könnt euch doch nicht mit Sachen vom Flohmarkt einrichten. Was sollen denn die Leute denken?"

„Vielleicht, dass wir glücklich sind?", hatte Ella vorgeschlagen.

Mims hatte die Bemerkung ignoriert. „Geh los und schau dir die Sofas bei *Hearth and Home* an, Baby. Du findest bestimmt eins, das dir gefällt, da bin ich mir sicher."

Tatsächlich hatte Ella eine Couch gefunden, die ihr auf Anhieb zugesagt hatte, und Mims hatte das braune Ledersofa mit den geschnitzten Mahagoniakzenten ausdrücklich gelobt. „Du hast einen wunderbaren Geschmack", hatte sie gesagt, um dann hinzuzufügen: „Zumindest in den meisten Dingen." Was übersetzt heißen sollte: Dein Männergeschmack ist äußerst zweifelhaft.

„Also wirklich, Darling, du hättest doch nun wirklich was Besseres verdient", hatte Mims ihr geraten, als es zwischen Ella und Jake ernster wurde. „Wenn es sein muss, dann schlaf mit ihm, aber du meine Güte, du musst dich doch nicht dein Leben lang mit diesem Mann belasten."

Was für eine Mutter redete so mit ihrer Tochter? Tja, Lily Swan tat es. Mims hatte nie das Bedürfnis nach einem Ehemann verspürt. Also vermutete Ella, dass sie von ihrer Tochter erwartete, genauso weise zu sein und es ihr gleichzutun. „Männer können Spaß machen, aber wirklich nötig sind sie nicht", hatte Ella ihre Mutter einmal sagen hören.

Wie viel Spaß hatte Mims wohl mit Ellas Vater gehabt? Und was hatte sie davon abgehalten, eine Familie zu gründen? Das war, genau wie das Alter ihrer Mutter, streng geheim, und Ella hatte irgendwann aufgehört zu fragen.

Als sie die Haustür aufschloss, kam gerade ihr eigener Mr-nicht-nötig, ihr Exmann, den Flur entlanggeschlendert. Er trug Boxershorts und einen Wäschekorb – sonst nichts. Tiny trottete hinter ihm her. Ella hasste es, wenn Jake das machte – nicht die Wäsche, sondern halb nackt herumlaufen.

Jake O'Brien besaß einen Körper, mit dem er durchaus zum Beispiel für Unterwäsche hätte Reklame machen können, und sein Anblick war irgendwie … na ja, er lenkte halt ab. Er hatte doch den ganzen Tag Zeit gehabt, um die Wäsche zu erledigen. Warum hatte er bis jetzt damit gewartet?

Stirnrunzelnd sah sie ihn an.

Er musterte sie genauso finster. „Was ist?"

Tiny kam zu ihr gerannt und wedelte freudig mit dem Schwanz. Ella beugte sich zu ihm und begrüßte den Hund, indem sie ihn hinter den Ohren kraulte. „Hättest du die Wäsche nicht schon mal früher machen können?" Das klang ziemlich schnippisch, dabei war sie eigentlich gar kein schnippischer Mensch. Jedenfalls war sie das vor der Scheidung nicht gewesen.

„Ich war beschäftigt", antwortete Jake.

Wahrscheinlich mit irgendeiner Frau. Nicht, dass es sie interessierte. Es ging sie nichts mehr an, was er tat oder mit wem er es tat.

„Wieso interessiert es dich überhaupt, wann ich meine Wäsche mache? Schließlich sind wir nicht mehr verheiratet."

„Das ist genau der Punkt", erwiderte sie und richtete sich wieder auf. „Wir sind nicht mehr verheiratet. Und ich finde, du solltest hier im Haus nicht in deiner Unterwäsche herumlaufen." Jetzt klang sie nicht nur schnippisch, sondern auch noch so, als wollte sie ihn herumkommandieren. Das war doch gar nicht ihre Art.

Jake blieb neben ihr stehen. Und diese Nähe richtete noch immer merkwürdige Dinge bei ihr an.

Nein, das war Vergangenheit, davon ließ sie sich nicht mehr beeindrucken! Sie versuchte, den wohligen Schauder, der ihr über den Rücken lief, zu ignorieren.

Jake grinste sie an, und es war absolut kein harmloses Grinsen. „Hast du … Probleme damit?"

Sie spürte, dass ihr die Röte in die Wangen stieg. Ertappt. „Es gehört sich einfach nicht." Schnippisch, herrisch und übertrieben tugendhaft – wer war diese neue und nicht gerade bessere Ella? „Ich laufe ja schließlich auch nicht in meiner Unterwäsche durchs Haus."

„Ich hätte absolut nichts dagegen."

Aus dem Stirnrunzeln wurde ein böser Blick. „Wir mögen uns zwar noch dieses Haus teilen, aber aus rein wirtschaftlichen Gründen."

„Ich verhalte mich rein geschäftlich, und wenn meine Boxershorts dir was ausmachen, dann zieh doch aus."

Als ob sie es sich leisten könnte auszuziehen. Sie hatte nicht mehr Geld auf dem Konto als er.

„Du kannst ja wieder zu deiner Mutter zurückgehen."

Fehlte nur noch, dass er „Mamakind" hinterherschob.

Sie war kein Mamakind, und sie hatte, genau wie er, das Recht, hier wohnen zu bleiben, bis das Haus verkauft war. Sie war erwachsen. Sie brauchte nicht zurück zu ihrer Mutter zu laufen.

Außerdem hatte Mims sich inzwischen räumlich verkleinert und war in eine der schicken neuen Eigentumswohnungen am Mountain Ridge gezogen, die etwas außerhalb des Stadtzentrums lagen. Dort waren Hunde von Tinys Größe gar nicht erlaubt. Und wenn Jake glaubte, dass sie ihm Tiny überlassen würde, dann hatte er sich aber gründlich getäuscht. Tiny brauchte sowohl Herrchen als auch Frauchen. Auch wenn sie bald getrennte Wege gehen würden, mussten sie sich das Sorgerecht eben teilen. Ganz davon abgesehen, dass Ella hierbleiben musste, um sicherzustellen, dass das Haus vorzeigefähig aussah. Wenn sie nicht da war, würden potenzielle Kunden vermutlich nichts als schmutzige Toiletten, dreckiges Geschirr in der Spüle und Bierdosen auf dem Couchtisch zu sehen bekommen, und dann würden sie das Haus nie verkaufen.

Das Haus verkaufen – der Gedanke daran versetzte ihr immer noch einen Stich. Aber es war nur einer von vielen Stichen, die sie im vergangenen Jahr hatte erdulden müssen. Einen Moment lang hatte sie die verrückte Idee, eine Hand auf Jakes Gesicht zu legen und zu fragen: „Was ist mit uns passiert? Warum machen wir das?“ Aber sie wusste, was passiert war, und jetzt gab es kein Zurück mehr. Der Zug war bereits abgefahren. Hatte nicht nur die Stadt, den Bundesstaat, sondern auch das Land verlassen. Jetzt mussten sie einfach, jeder für sich, allein weiterziehen.

Sie seufzte. „Pass auf: Wir stecken hier nun mal beide fest, bis das Haus verkauft ist. Können wir nicht einfach versuchen, miteinander auszukommen?“

Er schaute sie aus diesen schönen dunklen Augen an. Von wegen schöne Augen … die machte er gern auch anderen Frauen.

„Ich bin nicht derjenige, der mit all dem hier angefangen hat, El“, sagte er leise.

„Ach ja?“ Wer hatte denn das hier „angefangen“, indem er mit der Telefonnummer einer anderen Frau in der Hosentasche angekommen war?

Doch es war sinnlos, das alles noch einmal aufzuwärmen. Jake würde ihr nur wieder diese alberne Story von der Keyboarderin auftischen, die unbedingt in seiner Band mitspielen wollte. So ein Quatsch! Das war bestimmt nicht alles gewesen, was diese Frau von ihm gewollt hatte. Die Nachricht auf dem Anrufbeantworter, die Ella gehört hatte, als sie die Nummer angerufen hatte, war ziemlich vielsagend gewesen. *Ich bin zurzeit nicht zu Hause, bitte hinterlassen Sie eine Nachricht. Falls du es bist, Jake, ich kann mich jederzeit und überall mit dir treffen.*

Wozu? Für ein privates Vorspielen? Von da an war es nur noch bergab gegangen.

Übrigens hatte er schon vorher die Maske des perfekten Ehemannes fallen lassen, indem er mit jedem kleinen Groupie geflirtet hatte, das zur Bühne gekommen war, wenn seine Band

Ricochet gespielt hatte. Eines Abends hatte Ella ihn sogar dabei erwischt, wie ihm ein Mädchen einen schwarzen Stringtanga zugesteckt hatte, als die Band gerade eine Pause machte. Angeblich hatte er eine Cola holen wollen. Als er sah, dass Ella kam, hatte er das Teil wie eine heiße Kartoffel schnell zurückgegeben. Eine heiße Kartoffel mit Spitzenbesatz.

„Sie hat mich überrumpelt. Ich war so schockiert, dass ich gar nicht wusste, was ich tun soll", hatte er sich gerechtfertigt.

Genau wie er nicht gewusst hatte, was er mit der Telefonnummer einer gewissen Keyboardspielerin machen sollte? Für wie dumm hielt er sie eigentlich? Und nachdem sie den Beweis in den Händen gehabt hatte … oh ja, da hatte er sich aufs hohe Ross geschwungen und sich total beleidigt gegeben, weil ihre Mutter den Nerv besessen hatte, einen Privatdetektiv anzuheuern, der ihm gefolgt war. Wer konnte ihr das schon verübeln, nachdem sie gehört hatte, wie Jake hinter dem Rücken ihrer Tochter herummachte und die Unterhöschen von anderen Frauen sammelte?

Aber das, was auf den Bildern zu sehen war, war eindeutig: Ihr Ehemann stand vor einer fremden Haustür und umarmte eine andere Frau. Nachdem er über eine Stunde lang bei ihr gewesen war. Eine Stunde! Er hatte behauptet, dass er einfach nur bei ihr vorbeigeschaut hatte, um ihr ein paar Noten zu bringen. Von wegen! Wenn die beiden sich in der Stunde mit Musik beschäftigt hatten, wollte Ella einen Besen fressen. Wie viele Quickies konnte ein untreuer Ehemann in einer Stunde schaffen? Das wollte sie lieber gar nicht näher ergründen. Oh, verflixt, wer einmal behauptet hatte, dass ein Bild mehr als tausend Worte sagte, der musste wohl einen untreuen Ehemann gehabt haben.

Na ja, Jake hatte seine Keyboarderin, und Ella hatte ihre Scheidung bekommen. Damit hatten sie beide, was sie wollten. „Ohne ihn bist du besser dran", hatte Mims gesagt. „Er wird es nie zu etwas bringen, folglich bleibst du dein Leben lang arm. Hungernde Musiker sind definitiv ein Verlustgeschäft."

„Ich habe Jake doch nicht geheiratet, um reich zu werden", hatte Ella protestiert.

„Glückwunsch, das ist dir gelungen“, hatte Mims gekontert. Männer waren vielleicht nicht unbedingt nötig. Aber wenn es nach ihrer Mutter ging, sollte ein Mann, sobald eine Frau sich einen geangelt hatte, gefälligst wenigstens sein eigenes Geld verdienen.

Ihre Mutter hatte recht. Jake war unreif und verantwortungslos, und, was das Schlimmste war: Er war ein Ehebrecher. Sie konnte froh sein, dass sie ihn los war. Selbst wenn er in seinen Boxershorts unglaublich heiß aussah.

Grimmig schaute er sie an. „Vergiss es. Es macht überhaupt keinen Sinn mehr, darüber auch nur ein Wort zu verlieren. Ich könnte reden und reden, bis ich blau anlaufe, und trotzdem würdest du nicht ein Wort von dem, was ich sage, hören.“ Nach dieser spitzen Bemerkung marschierte er die Treppe hinauf.

Ella wandte ihm den Rücken zu. Sie würde nicht – auf gar keinen Fall! – auf sein knackiges Hinterteil starren.

Am besten, sie verschwand ganz. Jake würde gegen acht Uhr das Haus verlassen, weil er einen Auftritt im Red Barn hatte, einer kleinen Kneipe etwas außerhalb der Stadt. Dort würde er den Abend über Countrysongs für Leute singen, die mehr daran interessiert waren, sich zu betrinken und jemanden für einen One-Night-Stand aufzugabeln, als seiner Band zu lauschen.

Ella dagegen hatte die Band immer unheimlich gern spielen gehört.

Ach, vergiss es, schalt sie sich.

Einen Augenblick später kam Jake wieder die Treppe hinunter und ging in Richtung Küche. Seine Boxershorts hatte er unter einer Jeans verborgen, doch sein Oberkörper war immer noch nackt und bescherte Ella einen weiteren wohligen Schauder. „Ich brauche die Küche noch für zwanzig Minuten“, rief er ihr über die Schulter zu.

„Bleib meinetwegen, so lange du willst.“ *Und bring alles in Unordnung.* „Ich gehe wieder“, rief sie.

„Hast wohl ein heißes Date, was?“

Das ging ihn gar nichts an. Sie weigerte sich, darauf zu antworten. Stattdessen schnappte sie sich ihre Handtasche und ging zur Haustür. Tiny folgte ihr hoffnungsvoll.

Ella kniete sich vor ihn und streichelte ihn. „Ich bin wieder da, sobald er weg ist, versprochen“, flüsterte sie. „Dann bürste ich dich ganz gründlich.“

Tiny stieß ein leises Bellen aus und sabberte ein wenig. (Auch Tiny sorgte für ein reichliches Maß an Unordnung, aber im Gegensatz zu dem anderen männlichen Bewohner dieses Hauses konnte er nichts dafür.)

Sie küsste ihn auf den Kopf. Dann schlüpfte sie mit schlechtem Gewissen zur Tür hinaus. Der arme Tiny. Er spürte die schlechte Stimmung im Haus. Ob er sich in seinem Hundeherzen fragte, was er verbrochen hatte, dass er in so einem unglücklichen Heim gelandet war? Wenn sie geahnt hätte, dass so etwas passieren könnte, hätte sie niemals das Tierheim aufgesucht.

Doch das war jetzt nicht mehr zu ändern. Irgendwie würde sie es wiedergutmachen. Wie, wusste sie allerdings auch nicht. Ella hoffte, sie fand eine Wohnung, in der es erlaubt war, dass ein Hund in dieser Größe sabberte und haarte. *Oje.*

Ihr Schwarzer Freitag wurde von Minute zu Minute schwärzer. Sie verließ das Haus. Während sie die Straße entlangging, tippte sie Cecily Sterlings Telefonnummer ins Handy.

Ella und Cecily waren seit der Highschool befreundet. Cecily war sogar diejenige gewesen, die Ella und Jake zusammengebracht hatte. Als Cecily nach Los Angeles gezogen war, hatten sie sich aus den Augen verloren, aber seit sie Anfang des Jahres nach Icicle Falls zurückgekehrt war, trafen sie sich wieder regelmäßig. Cecily war schockiert gewesen, als sie von der Scheidung gehört hatte. Aber sie war sehr mitfühlend gewesen und hatte ihre Unterstützung angeboten. Es gab Männer, die an ihr interessiert waren; genau genommen zwei, aber sie hatte die Nase voll von Männern (hatte sie jedenfalls behauptet), was sie zu einer idealen Essensbegleitung machte.

„Hast du schon gegessen?“, fragte Ella, als Cecily ans Telefon ging.

„Nö", erwiderte Cecily. „Ich bin gerade erst zur Tür reingekommen."

„Dann hast du wohl keine große Lust, gleich wieder loszugehen, oder?"

„Kommt drauf an. Was schwebt dir vor?"

„Ich muss mich noch für ein, zwei Stunden rumtreiben. Wollen wir bei Zelda's essen gehen?" Obwohl es Freitagabend und die Stadt voller Touristen war, die sich auf eine Shoppingtour am Samstag freuten, würde Charlene Albach bestimmt noch einen freien Tisch für ihre Freundinnen finden.

„Jake ist wohl noch zu Hause, was?", vermutete Cecily.

„Ja", gab Ella zu. Es war wirklich albern. Sie konnte doch nicht jedes Mal, wenn Jake zu Hause war, in Charleys Restaurant laufen.

„Für einen Huckleberry Martini könnte ich mich vielleicht aufraffen", sagte Cecily.

Oh ja, ein Huckleberry Martini klang gut. Oder auch zwei. So viele, wie sie brauchte, um das Bild von Jake in seinen Boxershorts aus ihrem Kopf zu vertreiben.

Jake knallte einen Topf auf den Herd und zog eine Dose Chili aus dem Regal. Chili aus der Dose. Das war ja wie in den schlimmsten Junggesellenzeiten.

Mist, er war ja auch wieder Junggeselle.

Missmutig runzelte er die Stirn, während er die Dose unter den elektrischen Dosenöffner hielt. Das war doch echt alles Mist. Sein ganzes Leben war Mist. Von vollkommen zu vollkommenem Mist … und das innerhalb eines Jahres.

Konnte man daraus vielleicht ein Lied machen? Wahrscheinlich nicht. Er leerte den Inhalt der Dose in den Topf und gab noch jeweils eine Dose mit geschälten Tomaten und mit Mais dazu, sein persönliches Geheimrezept.

Tiny war ebenfalls in die Küche gekommen und sah ihn erwartungsvoll an. „Ja, ich weiß, du isst auch gern Chili", sagte er zu dem Hund. Er öffnete eine weitere Dose und goss sie in den Topf. „Du weißt aber schon, dass du danach schrecklich furzen wirst, oder?“

Tiny wedelte mit dem Schwanz.

„Ja, du hast recht. Wen stört’s. Wir sind echte Kerle, und die machen das nun mal.“ Und echte Kerle liefen auch in ihren Boxershorts durchs Haus.

Er nicht mehr, jetzt, wo er und Ella nicht länger zusammen waren. In Boxershorts durchs Haus zu laufen war nicht mehr erlaubt. Vielleicht sollte er sie dann auch mal darauf ansprechen, dass sie ihre BHs nicht immer so sichtbar aufhängen sollte, wenn sie gewaschen hatte? War ihr eigentlich klar, wie sehr ihn das verrückt machte? Er brauchte nur einen Blick auf diese kleinen spitzenbesetzten Körbchen zu werfen, und schon hatte er sich und Ella vor Augen, wie sie in diesem Schlittenbett, das sie auf einem Flohmarkt gefunden hatten, übereinander herfielen.

Er seufzte. Wie konnte es angehen, dass er eben noch glücklich verheiratet und im nächsten Moment schon unglücklich geschieden war?

Er und Ella waren füreinander bestimmt. Sie hätten zur Eheberatung gehen, hätten die Probleme aufarbeiten sollen.

Ach, verdammt, sie hätten gar keinen Eheberater gebraucht, wenn er die Sache erklärt hätte, sobald sie angefangen hatte, ihre Version von „Your Cheatin’ Heart“ zu singen und ihm vorgeworfen hatte, er hätte sie betrogen. Natürlich hatte er es versucht, aber Ella hatte ihm das Wort abgeschnitten. Und als sie dann noch diese Bilder vor ihn auf den Tisch geworfen hatte, war er so schockiert darüber gewesen, dass seine Schwiegermutter etwas so Unglaubliches tun konnte, so betroffen und sauer … dass er ausgerastet war. Verletzter Stolz und Zorn hatten ihn erst an den ehelichen Abgrund geführt und schließlich hinabgestoßen.

Es war ein rasanter Fall gewesen, und er hatte aus erster Hand erfahren, dass es, sobald das Wort Scheidung einmal gefallen war, nichts mehr zu sagen gab.

Jetzt stand er also hier, verletzt und unglücklich. Die Frau, die einmal geglaubt hatte, er könnte ihr die Sterne vom Himmel holen, wollte nichts mehr mit ihm zu tun haben.

Und sein Chili brannte an. Fluchend zog er den Topf von der Herdplatte. „Du kriegst den angebrannten Teil“, informierte er Tiny. „Dir ist es ja egal.“

Dir ist es ja egal. Diese Worte hatte ihm Ella an den Kopf geschleudert. Und sie hatte darauf bestanden, dass er die Scheidungspapiere unterzeichnete.

„Ich bin nicht derjenige, der die Scheidung eingereicht hat“, hatte er zurückgegiftet.

„Unterschreib einfach, Jake. Bitte.“

Als er die Tränen in ihren Augen gesehen hatte, hätte er Ella an sich ziehen und sie küssen sollen, bis sie keine Luft mehr bekam. Dann hätte er die Scheidungspapiere zerreißen, sich ein bisschen Geld von Pops leihen und mit ihr nach Nashville ziehen sollen. Das war eine Stadt, in die ihre Mutter ihnen nie und nimmer gefolgt wäre. Und das war vermutlich genau das, was sie brauchten. Dann wären sie endlich zu zweit und nicht länger zu dritt gewesen.

Er goss seine kulinarische Kreation in eine Schüssel, gab Tiny den Rest und marschierte zurück in sein Zimmer. Sein Zimmer. Noch so eine Sache, die zum Himmel stank. Dies hier war das Gästezimmer. Irgendwann hätte es das Kinderzimmer werden sollen. Jetzt war es *sein* Zimmer.

Frustriert ließ er sich auf dem schmalen Bett nieder, das zu allem Unheil auch noch um etliche Zentimeter zu kurz für ihn war (auch ein Flohmarktschnäppchen), und seufzte. Hier saß er nun, ein Hausbesetzer in seinem eigenen Heim. Vielleicht hatte Lily Swan ja doch recht. Vielleicht war er ein Loser. Vielleicht hatte er kein Talent. Wenn er es einfach nur zugegeben, die Band verlassen und einen Job in der Schokoladenfabrik von Sweet Dreams Chocolate angenommen hätte, dann wären er und Ella vielleicht noch zusammen. Dann hätte es keine Groupies gegeben, keine Jen, keinen Grund, eifersüchtig zu sein. Stattdessen träumte er weiter von einer Karriere als Songwriter und davon, ein Star zu werden. Er hatte versucht, seinen Traum (und sich und Ella) zu finanzieren, indem er in einem Musikladen gearbeitet hatte, doch leider war der Laden pleitegegangen. Ein paar Gitarrenschüler hatte er noch, aber damit wurde er nicht gerade reich. Kurz gesagt, im Moment war er wirklich ein Loser, unfähig, die Frau zu halten, die er liebte, und außerdem kaum noch in der Lage, an seinen Träumen festzuhalten.

Als er den Kopf hob und zur Kommode blickte, glitzerte Ellas Verlobungsring, als wollte er sich über Jake lustig machen. Ein ganzes Jahr lang hatte er Anzahlungen für den Ring geleistet, hatte sich den Rest des Geldes, das er noch brauchte, von Pops geliehen, den Ring bezahlt und Ella noch am selben Abend gefragt, ob sie ihn heiraten würde. Als sie ihm die Scheidungspapiere zugeschoben hatte, hatte sie ihm sowohl den Verlobungs- als auch den Ehering wiedergegeben. „Die kann ich nicht behalten", hatte sie gesagt. Genauso wenig, wie sie ihn behalten konnte.

„Nein, die habe ich dir doch geschenkt. Behalte sie", hatte er beharrt.

Ella liebte Schmuck, und den Verlobungsring hatte sie besonders gern gemocht. Doch sie hatte nur den Kopf geschüttelt. Die Ringe wollte sie auf keinen Fall haben.

Aber Jake konnte sich nicht dazu durchringen, sie zu verkaufen. Auch wenn sie Ella nichts mehr bedeuteten: Ihm bedeuteten sie immer noch etwas.

Verdammt, er war ein Countrysong auf zwei Beinen.

Schlecht gelaunt stellte er sein Chili beiseite und zog sich an. Hier noch länger herumzuhängen war sinnlos. Er würde ins Red Barn gehen. Vielleicht würde er dort eine nette Frau treffen, die ihn und seine Musik zu würdigen wusste.

Doch selbst wenn er eine finden sollte, würde er sie anschauen und nur Ella sehen.

Und das war das Schlimmste an der ganzen Sache.

3. KAPITEL

Zufrieden blickte Charlene Albach, die von ihren Freunden nur Charley genannt wurde, auf ihr kleines Reich. *Sechs Uhr abends, und alles läuft gut.*

Das Restaurant Zelda's war voller Gäste, viele von ihnen Touristen, die sich ein nettes Thanksgiving-Wochenende in der Stadt gönnten. Charley war ihnen gern dabei behilflich, es zu genießen. Es war schade, dass sie nicht zu ihrer Schwester nach Portland hatte fahren können, um mit ihrer Familie zu feiern, aber das Restaurant gehörte jetzt ihr allein, und sie konnte einfach nicht weg. Also hatte sie sich stattdessen darauf konzentriert, anderen Familien einen richtig tollen Urlaubstag zu bereiten, hatte einen Truthahn mit allen erdenklichen Beilagen serviert, inklusive einer Füllung, hergestellt nach einem Rezept ihrer Urgroßmutter. Na ja, mit ein paar kleinen Neuerungen. Das war ja das Tolle, wenn man ein Restaurant betrieb: Man konnte neue Rezepte ausprobieren und sich köstliche Geschmackserlebnisse einfallen lassen, die die Gäste dazu brachten, immer wiederzukommen.

Heute waren auf jeden Fall viele Gäste erschienen. Offenbar hatten die Leute bei Schlittenfahren und Shoppen ordentlich Hunger bekommen. Morgen würden sie wieder Schlitten fahren, noch mehr einkaufen und nochmals bei Zelda's einfallen. Das bedeutete ordentlich Geld in der Kasse, was wiederum ein erfreuliches Weihnachtsfest versprach. Charley hatte sich vorgenommen, in diesem Jahr einmal richtig verschwenderisch zu sein, wenn sie für ihre Freundinnen einkaufen ging. Schließlich waren die alle für sie da gewesen, als sie plötzlich und unerwartet zu einer alleinstehenden Frau geworden war. Es war eine schmerzhafte Erfahrung gewesen, und sie hatte vor, sich zu bedanken, indem sie Geschenke kaufte, die den Weihnachtsmann stolz machen würden.

Gerade hatte sie einem Ehepaar in den Vierzigern und deren Teenagertochter, die damit beschäftigt war, SMS zu schreiben, einen Tisch zugewiesen, als Ella O'Brien und Cecily Sterling hereinschneiten. „Und ich dachte, bei mir im Laden würde es hoch hergehen“, stellte Ella fest, als sie sich umschaute.

Die Szene war wahrlich eine Augenweide. Menschen jeden Alters und jeder Herkunft, alle warm angezogen, genossen die Spezialitäten des Hauses, sei es nun Lachs im goldgelb gebackenen Teigmantel, Kürbiscurry, gebackenes Wintergemüse oder Heidelbeer-Käsekuchen zum Dessert. Auch die anderen Sinne wurden angesprochen: Der köstliche Duft von Salbei strömte aus der Küche und verführte die Gäste dazu, die leckere Truthahnlasagne zu probieren, die Charleys Küchenchef Harvey kreiert hatte, und das Klappern des Bestecks sowie das Stimmengewirr erinnerten Charley daran, dass das Leben schön war.

Nein, es war besser als einfach nur schön. Es war großartig. Wer brauchte schon einen Mann? Dass sie ihren betrügerischen Ehemann losgeworden war, hatte ihre Kreativität freigesetzt. Das Restaurant lief ohne ihn viel besser. Und Charley ging es ohne ihn auch besser. Sex wurde sowieso überbewertet.

Und wenn sie sich das immer wieder einredete, dann glaubte sie es irgendwann vielleicht sogar selbst.

„Hast du noch ein Plätzchen für uns?“, fragte Cecily.

„Für eine ehemalige Mitarbeiterin finde ich immer ein Plätzchen. Bist du sicher, dass du nicht doch wieder für mich arbeiten willst?“, fügte Charley hinzu, als sie die beiden zu ihrem letzten Zweiertisch führte. „Zum Beispiel heute?“

„Samantha hält mich bei Sweet Dreams schon genug auf Trab“, erwiderte Cecily lächelnd. „Ich glaube, meine Kellnerinnenzeit ist vorbei.“

Genau wie ihre Zeit als Partnervermittlerin, jedenfalls behauptete Cecily das. Manchmal hatte Charley schon überlegt, ob sie Cecily bitten sollte, für sie noch einmal eine Ausnahme zu machen und ihr einen perfekten Mann zu suchen. Doch dann erinnerte sie sich daran, dass es so etwas gar nicht gab. Vermutlich war das ein Grund dafür, dass Cecily sich von ihrer Partnervermittlung verabschiedet hatte und stattdessen half, den Familienbetrieb, die Schokoladenfabrik, zu führen.

Und es gibt gute Gründe, warum du Single bist, ermahnte Charley sich. Männer waren eine Belastung und hatten kein Durchhaltevermögen. Richard, ihr Ex, hatte das zur Genüge bewiesen.

Vergiss ihn. Dein Schwarzer Freitag verläuft außerordentlich erfolgreich. Es besteht also kein Grund, schwarzzusehen.

„Das heißt, bei dir im Laden ist es heute auch gut gelaufen?", fragte sie Ella, als sie ihren Freundinnen die Speisekarte reichte.

„Ja, bei uns ist eine Menge Inventar über den Ladentisch gegangen", erwiderte Ella sichtlich zufrieden.

Kein Wunder. Ella besaß die Gabe, unwiderstehliche Auslagen im Schaufenster zu präsentieren. Charley war schon häufig genug der Versuchung erlegen. Wie sollte eine Frau auch einem heißen Top samt Sweater widerstehen, der unbedingt berührt werden wollte? Die Sachen schienen einem geradezu zuzuflüstern: „Probiere uns einfach einmal an. Oh, und findest du diesen herrlichen Schal, der dort vorn mit uns zusammenhängt, nicht auch toll?"

Und auch Ella selbst war eine wandelnde Werbekampagne für ihren Laden. Heute Abend trug sie Jeans, die in braunen Wildlederstiefeln steckten, deren Rand mit Kunstfell besetzt war, und dazu einen cremefarbenen Kaschmirpullover. Das Ganze hatte sie mit einer flotten roten Jacke und einer Baskenmütze abgerundet. Um eine Baskenmütze tragen zu können, brauchte man Stil. Aber den besaß Ella im Überfluss. Kein Wunder, wenn man bedachte, wer ihre Mutter war.

„Da wird deine Mom ja zufrieden sein", warf Cecily ein.

Gab es irgendetwas, was Lily Swan glücklich machte? Charley konnte die Male, die sie die Frau hatte lächeln sehen, an einer Hand abzählen. Jedenfalls ein echtes Lächeln. Wie hatte eine so snobistische saure Zitrone nur so eine nette Tochter produzieren können?

Das war eins der Rätsel des Lebens, genau wie die Frage, wie Charley nur so dumm hatte sein können, nicht mitzubekommen, dass ihr Ehemann direkt unter ihrer Nase eine Affäre gehabt hatte … mit der Frau, die – es war kaum zu glauben – im Restaurant als Empfangsdame arbeitete. Irgendwie hatte Ariel wohl übersehen, dass ihre Arbeitsplatzbeschreibung sich nur auf zahlende Gäste bezog. Ihre Pflichten reichten nicht so weit, dass sie es dem Mann ihrer Chefin zu Hause in ihrem Bett auch noch gemütlich machen sollte.

Doch das war Schnee von gestern. Charley kehrte in die Gegenwart zurück. „Das heißt, du bist hier, um zu feiern?“, fragte sie Ella.

„Na, ich würde sagen, sie ist eher hier, um jemandem aus dem Weg zu gehen“, warf Cecily ein. Daraufhin verzog Ella das Gesicht. „Jake ist noch zu Hause“, fügte sie erklärend hinzu.

„Wie ich sehe, klappt es mit eurer kleinen WG hervorragend“, witzelte Charley.

Ella zuckte mit den Schultern. „Ist ja nicht mehr lange. Wie auch immer, er kann sich kein eigenes Haus leisten, und ich könnte auch nicht die Hälfte der Kosten plus noch die Miete für eine eigene Wohnung aufbringen.“

„Deine Mom könnte dir doch bestimmt unter die Arme greifen.“

„Ich weiß. Aber ich hätte kein gutes Gefühl, wenn ich sie fragen würde.“

„Ich hätte ihm einen Tritt in den Hintern gegeben und ihn rausgeworfen“, stellte Charley unmissverständlich klar. „Soll er doch bei einem von seinen Kumpeln aus der Band unterkommen.“

„Da wären deren Frauen und Freundinnen sicher schwer begeistert“, meinte Cecily grinsend.

„Na, in seiner Situation kann er nun mal nicht wählerisch sein“, erklärte Charley. „Strafe muss sein.“ Oh, verflixt, sie hasste Männer, die ihre Frauen betrogen, wirklich.

„Ich weiß, er sah genauso unschuldig aus wie ein Mann, der mit einer Skimaske in eine Bank geht. Aber es fällt mir immer noch schwer, mir vorzustellen, dass Jake dich betrogen haben soll“, sagte Cecily zu Ella. „Es passt so gar nicht zu ihm.“

Die gute alte Cecily, die in jedem Menschen immer das Beste sehen wollte, selbst wenn es nichts Gutes zu sehen gab. Obwohl Charley zugeben musste, dass Jake anscheinend wirklich ein netter Mann war. Er und Ella waren Cecilys erster erfolgreicher Verkupplungsversuch gewesen, damals, als sie und Ella noch in der Highschool gewesen waren. Dass Jake und Ella an unterschiedlichen Colleges studiert hatten, war ihrer Leidenschaft füreinander nicht abträglich gewesen, und nach dem Abschluss hatten sie eine große kirchliche Hochzeit gefeiert. Ellas Mutter war nicht gerade begeistert von Jake, doch sie hatte ihrer Tochter eine Hochzeit ausgerichtet, die einer Prinzessin würdig gewesen wäre. Ella und Jake waren nicht nur eine bezaubernde Braut und ein gut aussehender Bräutigam gewesen, sondern schienen auch ein ideales Paar abzugeben, das sich für immer gefunden hatte.

Tja, sie und Richard hatten auch wie ein ideales Paar gewirkt. Aber die Dinge waren nicht immer so, wie sie schienen.

„Darüber will ich nicht reden", sagte Ella steif.

„Gute Idee", stimmte Charley zu. „Dieser Tisch wird hiermit zur liebeskummerfreien Zone erklärt." Sie sah, dass ein weiteres Paar zur Tür hereinkam, und entschuldigte sich, um ihre Gäste zu begrüßen.

Die beiden waren schätzungsweise Ende dreißig. Der Mann wurde schon langsam kahl, und seine Frau war auch keine Schönheit, aber so, wie sie sich ansahen, merkte man, dass Liebe blind machen konnte. Die Frau hing am Arm des Mannes, als wollte sie ihn nie wieder loslassen.

Charley konnte sich noch gut daran erinnern, wie es gewesen war, als sie Richard so festgehalten hatte. Doch irgendwann, im Laufe der Zeit, hatte sie ihn losgelassen …

Sie verbannte diese Gedanken und lächelte die Neuankömmlinge an. „Guten Abend. Wie geht es Ihnen?" Eigentlich brauchte sie doch gar nicht zu fragen. Die beiden waren schwer verliebt.

„Wunderbar", antwortete der Mann.

„Hatten Sie reserviert?", wollte Charley wissen.

Er schüttelte den Kopf. „Jemand hat uns erzählt, dass man hier gut essen kann. Wie lange müssten wir warten?"

„Ungefähr zwanzig Minuten, aber es lohnt sich auf jeden Fall." Charley lächelte. „Wenn Sie möchten, können Sie an der Bar Platz nehmen, und wir sagen Ihnen sofort Bescheid, sobald ein Tisch frei wird. Probieren Sie doch mal unseren Schokoladenkuss-Cocktail", riet sie der Frau.

„Das hört sich gut an", entgegnete die und drückte den Arm ihres Mannes.

„Okay, dann warten wir", sagte er und nannte Charley seinen Namen.

Als sie den beiden hinterhersah, überlegte sie, ob sie wohl für den Rest ihres Lebens zusammen glücklich sein würden. Ja, entschied sie, das würden sie. Und zu ihrer Silberhochzeit würden sie hierher ins Zelda's kommen, um zu feiern. Mit diesem netten Gedanken im Kopf machte sie sich auf, um einer schon leicht gestressten Maria zu helfen, den Ecktisch abzuräumen.

Während Ella und Cecily ihre Huckleberry Martinis genossen und auf ihr Essen warteten, unternahm Cecily einen weiteren Versuch, ihre Freundin davon zu überzeugen, dass sie vielleicht einen Fehler gemacht hatte.

Es war nicht das erste Mal, dass sie das probierte. Aber Ella war entschlossen gewesen, sich von Jake scheiden zu lassen, obwohl Cecily sicher war, dass sie Jake immer noch liebte. Natürlich war er nicht perfekt, aber er war perfekt für Ella – er war ein netter Kerl mit einer netten Familie. Unbekümmert und zu jedem Spaß bereit, war er genau das, was Ella brauchte, um ein Gegengewicht zu dem Leben in Perfektion zu bieten, das ihre Mutter von ihr erwartete.

„Ich weiß, jetzt, wo die Scheidung durch ist, scheint es zu spät zu sein", begann Cecily. „Aber ich glaube immer noch, dass du noch mal darüber nachdenken solltest. Es fühlt sich einfach nicht richtig an."

Ella starrte in ihr Martiniglas. Es sah fast so aus, als würden gleich ein paar Tränen hineinkullern. „Ich weiß, dass du berühmt bist für dein Gespür, was Paare angeht, aber dieses Mal täuschst du dich, Cec. Wir passen einfach nicht zusammen. Er ist so verantwortungslos. Und man kann ihm nicht trauen."

„Aber außer deinen Vermutungen hast du doch keinen Beweis gehabt."

„Glaub mir, es gab noch mehr", widersprach Ella und trank einen großen Schluck Martini.

Das konnte Cecily kaum glauben. Denn Jake war eine ehrliche Haut. Was war nur mit den beiden passiert? Als sie damals nach Los Angeles gezogen war, waren die beiden bis über beide Ohren verliebt gewesen. Doch als sie wieder hier nach Icicle Falls zurückgekehrt war, hatten sie sich heftig zerstritten.

„Ach, komm, er ist doch nicht wirklich verantwortungslos", verteidigte sie Jake. „Ich meine, es stimmt schon, dass er keinen normalen Job mit festen Arbeitszeiten hat. Aber er hat einen Traum."

„Von einem Traum kann man nicht leben."

Das klang eher nach Lily Swan als nach Ella O'Brien. Ellas Mutter hatte Jake noch nie gemocht. Wahrscheinlich war er ihr zu ungeschliffen für ihre elegante Tochter. Was Kleidung und Dekoration anging, besaß Ella einen ausgezeichneten Geschmack. Aber wenn man es ganz genau nahm, war sie auch nur ein schlichtes Mädchen aus einer Kleinstadt und keine Trendsetterin aus New York. So könnte man eher Lily Swan bezeichnen. Sie hatte sich hier in dieser Kleinstadt niedergelassen, um ihre Tochter großzuziehen, doch sie hatte sich schon immer für etwas Besseres gehalten. Einen Schwiegersohn zu haben, der Countrymusiker war und sich mit Gitarrenstunden und den Auftritten seiner Band über Wasser hielt, entsprach nicht ihrer Vorstellung eines erfolgreichen Lebens.

War Lily eigentlich so erfolgreich gewesen? Wenn sie tatsächlich ein Topmodel gewesen wäre, wäre sie doch sicherlich in London, New York oder L. A. gelandet – jedenfalls nicht in Icicle Falls. Wenn man Cecily fragte, würde sie sagen, dass

Lily Swan angefangen hatte, ihrer eigenen Propaganda zu glauben.

Aber Cecily wurde ja nicht gefragt, und selbst wenn, hätte sie nichts gesagt. Und auch jetzt hätte sie eigentlich das Thema nicht angeschnitten, wenn Ella nicht so ausgesehen hätte, als ginge es ihr richtig schlecht. Diesen Gedanken konnte Cecily einfach nicht ertragen.

„Ich weiß nicht", sagte sie. „Ich finde, wenn man keine Träume hat, ist das Leben doch gar nicht lebenswert." Sie hatte davon geträumt, nach Hause zu kommen und sich ein neues Leben aufzubauen, und das hatte bisher auch prima geklappt.

Nur Liebe spielte in ihrem neuen Leben keine Rolle mehr. Damit hatte sie zu viele schlechte Erfahrungen gemacht. Daran musste sie sich regelmäßig erinnern, und zwar immer dann, wenn sie Luke Goodman traf, den Produktionsmanager bei Sweet Dreams. Außerdem musste sie sich immer wieder ins Gedächtnis rufen, dass sexuelle Anziehungskraft nicht gleichbedeutend mit Liebe war, und zwar wenn sie Todd Black begegnete, dem Mann, dem das Man Cave gehörte, eine schäbige Kneipe am Stadtrand.

Ella trank ihren Martini aus. „Es hat einfach nicht sein sollen. Mims hatte recht."

Mütter wissen immer alles besser? Nein, Lily Swan hatte ihrer Tochter einfach einer erstklassigen Gehirnwäsche unterzogen. Die sie zuallererst natürlich selbst genossen hatte: Sie hatte Ella eingeredet, dass ihre Tochter etwas sehr viel Besseres verdient hätte als Jake. Wenn Ella es auf Reichtum und Status abgesehen hätte, hätte das vielleicht sogar gestimmt. Aber so war ihre Freundin nicht gestrickt. Hoffentlich erkannte sie das noch rechtzeitig, bevor eine andere Frau daherkam, Jakes zerbrochenes Herz auflas und ihn sich schnappte.

Für Charly verging der Abend wie im Fluge. Gegen halb zehn taten ihr die Füße weh. Nichts Neues. Um halb zehn schmerzten ihre Füße immer. Ein paar Gäste waren noch da, tranken einen Kaffee, genossen das Dessert oder einen Absacker. Doch der Großteil der Gäste war weitergezogen oder hatte sich in die Bar begeben, die zum Restaurant gehörte. Im Speiseraum war nur noch gedämpftes Stimmengewirr zu hören, und ab und zu das Klirren von Besteck auf den Tellern.

Abgesehen von den müden Füßen war dies die Zeit am Abend, die Charley am liebsten war. Die hektische Abendessenszeit war vorüber, und sie konnte sich darüber freuen, dass sie den Gästen einen erinnerungswürdigen Abend mit köstlichem Essen bereitet hatte, an dem sie feiern und mit anderen Menschen zusammen sein konnten.

Essen. Das war der Mittelpunkt des Lebens. Vom Staatsessen bis zum Essen im kleinen Familienkreis, das gemeinsame Einnehmen von Mahlzeiten war ein wesentlicher Bestandteil des Lebens, der zur menschlichen Begegnung beitrug. Und es gab der Liebe zusätzliche Würze. Wenn man sein Gegenüber über einen schön gedeckten Tisch ansah, musste man sich doch einfach verlieben. Und wenn die Geschmacksnerven zum Leben erwachten, weil ein Schokoladendessert oder ein Krabbensoufflé auf der Zunge zerging, kamen auch alle anderen Sinne ins Spiel. Es hatte schon seinen Grund, warum es hieß: Liebe geht durch den Magen.

Bestimmt gab es Leute, die meinten, sie würde nur ein Restaurant besitzen. Doch Charley wusste es besser. Sie nahm Anteil am Leben anderer Menschen.

Heute Abend hatte sie sogar einen ziemlich großen Anteil abbekommen. Sie lächelte, als sie an die Jugendliche dachte, die die ganze Zeit SMS geschrieben hatte, als sie mit den Eltern hereinkam. Auf dem Weg nach draußen war sie doch tatsächlich stehen geblieben, um ihr zu sagen, wie gut ihr der Blaubeerkuchen geschmeckt hatte. Als Charly an das verliebte Pärchen dachte, das Hand in Hand das Restaurant verlassen hatte, wurde ihr Lächeln noch breiter. Oh ja, es war ein erfolgreicher Abend, dachte sie, als sie die schmutzigen Teller auf einem Tablett stapelte.

Gerade hatte sie es hochgehoben, um es in die Küche zu bringen, als ein kalter Windhauch durch die Tür hereinblies. Charly hob den Kopf, um zu sehen, wer der Spätankömmling war. Ihr blieb fast das Herz stehen, und das Tablett rutschte ihr vor Schreck aus den Händen. Mit einem lauten Poltern zerbarsten die Teller und Gläser auf dem Boden. Gütiger Himmel! Das konnte doch nicht wahr sein.

Doch leider war es wahr. Da stand der Geist der vergangenen Weihnacht. Ihr Ex.

4. KAPITEL

Fassungslos starrte Charley ihren Exmann an. Die unterschiedlichsten Gedanken schossen ihr durch den Kopf: Was macht er hier? Habe ich Halluzinationen? Das könnte ich am besten herausfinden, indem ich ihm einen zerbrochenen Teller an den Kopf werfe.

Maria kam angelaufen, um ihr beim Aufsammeln der Scherben zu helfen, sah Richard und brachte ein schockiertes „Oh“ heraus.

Okay, jetzt wusste Charley, dass sie nicht unter Halluzinationen litt.

Er trat ins Restaurant. „Hallo, Charley. Du siehst gut aus.“

Er auch. Richard war nicht groß, so um die eins siebzig, aber das, was von ihm da war, war durchaus nicht zu verachten. Ja, in seinem dunklen Haar fanden sich ein paar mehr graue Strähnen – sie hoffte, dass ihm seine neue Freundin jede einzelne davon beschert hatte –, aber abgesehen davon, näherte er sich der Vierzig mit nur wenigen Falten um seine grauen Augen. Er hatte immer noch volle Lippen und ein kräftiges Kinn, das schon so manchen getäuscht hatte. Man hätte ihn glatt für einen Filmhelden halten können. Schauspieler, ja. Held, definitiv nicht.

Da stand er in seiner Jeans und einer Winterjacke und schaute Charley an … ja, wie? Hoffnungsvoll? Nein, das konnte nicht sein. Sie besaß nichts, was er wollte. Das hatte er mehr als deutlich gemacht, als er sich für eine andere Frau entschieden hatte.

„Was willst du hier?“, fragte sie mit tonloser Stimme.

„Ich wollte dich sehen.“

„Pech, ich will dich aber nicht sehen. Nie wieder.“ Charley bückte sich und half Maria, die Scherben aufzusammeln.

Richard kam zu ihnen und legte Teile des zerbrochenen Geschirrs auf das Tablett.

„Versuche gar nicht erst, mir zu helfen“, fuhr Charley ihn an. „Sonst schneidest du dich noch und verklagst mich hinterher.“

Sie gab ihm so schon genügend Geld. Das würde dem Ganzen dann die Krone aufsetzen. Die Scheidungsvereinbarung beinhaltete, dass sie ihm seinen Anteil des Restaurants hatte abkaufen müssen. *Ihres* Restaurants!

Sicher, er hatte mit ihr zusammengearbeitet, aber das Restaurant war ihres – ihr Traum, ihr Baby. Sie hatte die gesamte Erbschaft, die sie von ihrer Großmutter bekommen hatte, in diesen Laden gesteckt. Am Anfang war es ein heruntergekommener Schuppen gewesen. Mit Fantasie und harter Arbeit hatte sie daraus einen beliebten Treffpunkt gemacht. Richard war nur auf den fahrenden Zug aufgesprungen.

Und am Ende hatte er ihr das Fell über die Ohren gezogen.

Er legte eine Hand auf ihre. „Ich muss mit dir reden."

Maria schnaubte verächtlich, bevor sie das Tablett mit dem zerbrochenen Geschirr in die Küche trug.

Damit sprach sie Charley sozusagen aus der Seele. Die blieb in der Hocke sitzen und musterte ihren Ex. „Noch mehr Geld kannst du ja wohl nicht haben wollen. Du hast weiß Gott schon genug von mir bekommen."

Er sah sie an, als hätte sie ihm mit dem Steakmesser einen Stich ins Herz versetzt. „Charley ... hör zu, hier können wir nicht reden."

„Ich will überhaupt nicht mit dir reden."

„Ich weiß, ich habe es nicht verdient, dass du mir auch nur eine Minute deiner Zeit schenkst. Aber können wir bitte ins Haus gehen?"

„Mein Haus", erinnerte sie ihn. Auch seinen Anteil vom Haus hatte sie ihm abgekauft.

„Bitte?"

Vielleicht lag es daran, dass sie neugierig war. Vielleicht war es auch die Verzweiflung in seiner Stimme, die ihr Appetit auf mehr machte. Jedenfalls spürte sie, dass sie schwach wurde.

Trotzdem beharrte sie: „Ich bin hier noch nicht fertig."

„Ich habe ein Zimmer im Gerhardt's. Ruf mich doch auf meinem Handy an, wenn du hier Schluss machst."

Dasselbe Handy, das er benutzt hatte, um Nachrichten an Ariel zu schicken, um heimliche Quickies in der Bar zu verabreden, bevor die Angestellten kamen. Bevor Charley kam.

„Charley, bitte. Ich weiß, ich habe es nicht verdient. Aber lass uns bitte wenigstens miteinander reden."

„Ich denke drüber nach", sagte sie. „Mehr kann ich nicht versprechen."

Er nickte ein wenig unbeholfen. „Ich warte", sagte er und ging wieder.

Langsam stand Charley auf. Sie war erst neununddreißig, doch plötzlich fühlte sie sich wie neunzig: ausgelaugt und völlig erschöpft.

Maria kam mit einem Besen und einer Kehrschaufel zurück. Sie runzelte die Stirn. „Was wollte dieser *Bastardo* denn hier?"

„Keine Ahnung." Und sie war sich auch nicht sicher, ob sie es wirklich herausfinden wollte. „Aber er will mich nachher noch sprechen."

„Lass es", warnte Maria sie. „Er hat dir schon mal wehgetan."

„Keine Angst. Ich lasse nicht zu, dass er das noch einmal macht", versicherte Charley ihr.

Aber als sie schließlich nach Hause kam, rief sie Richard dennoch an. Wahrscheinlich würde er sowieso nicht eher verschwinden, bis sie nachgab. Je eher sie sich also mit ihm traf, desto schneller war er wieder weg.

Zehn Minuten später stand er vor ihrer Tür.

„Beeil dich", sagte sie, als er ins Haus trat. „Ich bin müde, und ich will ins Bett." *Allein, so wie immer, seit du weg bist.*

Er deutete zum Wohnzimmer. „Können wir uns setzen?"

Nein, auf keinen Fall. Dass Richard sich wieder in ihrem Wohnzimmer breitmachte, war das Letzte, was sie wollte. Es war schon schlimm genug, dass fast alles, was darin stand, Erinnerungen an ihr gemeinsames Leben heraufbeschwor. Das fing mit dem braunen Sofa an, wo sie gekuschelt und Football oder eine der vielen Kochsendungen geschaut hatten, und endete mit der Tiffanylampe, die er ihr vor drei Jahren zum Geburtstag geschenkt hatte. Von der hätte sie sich schon längst trennen sollen. Verflixt, sie hätte sich von allem trennen sollen. „Ich verstehe nicht, was du hier willst“, sagte sie verbittert und ging zur Couch. Mit verschränkten Armen ließ sie sich darauf fallen und sah Richard böse an.

Er setzte sich dicht neben sie – viel zu dicht – und musterte sie mit ernstem Blick. „Ich bin hier, weil ich dich bitten wollte, mich zurückzunehmen.“

Das war ja wohl das Schockierendste, was sie erlebt hatte, seit … ja, seit sie festgestellt hatte, dass er sie betrog. „Was?“

„Ich weiß nicht, was ich mir damals dabei gedacht habe.“

„Ich auch nicht. Aber ich weiß, womit du gedacht hast“, konterte sie.

Röte überzog sein Gesicht, doch er wandte den Blick nicht ab. „Wenn ich die Zeit zurückdrehen könnte …“

„Hättest du sie nicht flachgelegt?“, beendete Charley den Satz für ihn. „Was ist los, Richard? Hat sie dich wegen eines Jüngeren verlassen?

Die Röte vertiefte sich. Bingo! „Ich war ein Idiot.“

„Ja, das warst du“, stimmte Charley zu, „und soweit ich weiß, bist du das immer noch. Warum sollte ich mich wieder mit dir einlassen?“

„Weil ich dich liebe.“

Diese Aussage ließ Charley nur kurz verbittert auflachen. „Oh, ich bitte dich. Du machst mich krank.“

„Ich liebe dich wirklich“, beharrte er. „Ich habe dich immer geliebt. Ariel war ein Fehler.“

„Ein Fehler, den du nur allzu gern begangen hast“, hob Charley hervor. „Du hattest die Chance, sie aufzugeben, aber das wolltest du ja nicht.“

„Ich konnte nicht klar denken.“

„Tja, ich kann es aber.“ Sie stand auf und bedeutete ihm damit, dass diese alberne Diskussion ein Ende hatte.

Auch Richard stand auf. Er war kaum größer als sie. Warum hatte sie sich eigentlich so einen kleinen Mann ausgesucht?

„Ich bitte dich doch nur, mir die Chance zu geben, dir zu beweisen, dass ich mich geändert habe. Zwölf gemeinsame Jahre, Charley – das muss doch auch dir etwas bedeuten."

„Es hätte dir etwas bedeuten sollen, als du dich auf die Suche nach einer Abwechslung begeben hast."

Er seufzte. „Du hast recht."

„Du weißt, wo die Tür ist."

Voller Bedauern sah er sie an. „Wie kann ich dich davon überzeugen, dass ich mich verändert habe?"

Sie musterte ihn. „Weißt du …"

In ihm schien Hoffnung aufzukeimen.

„Mir fällt nichts ein." Sie ging zur Tür und öffnete sie. „Gute Nacht, Richard."

Er akzeptierte den Wink mit dem Zaunpfahl und ging zur Haustür. Aber als er an Charley vorbeiging, sagte er: „Ich gebe noch nicht auf. Du bist es wert, dass man um dich kämpft."

Vor einem Jahr hatte er das noch nicht so gesehen. Sie schlug die Tür hinter ihm zu und schloss ab.

Das Gingerbread-Haus öffnete um zehn, doch Cass kam immer schon um sechs, um Kuchen und Kekse zu backen und, vor allem zu dieser Jahreszeit, um Lebkuchenhäuser zu kreieren, von denen viele im ganzen Land Abnehmer fanden.

Auch in ihrer Heimatstadt wurden ihre Kreationen hoch geschätzt, und Olivia Wallace kam gegen elf, um das Haus abzuholen, das Cass für die Hotellobby der Icicle Creek Lodge gebaut hatte. Es war eine perfekte Kopie von Olivias Hotel, das fast einem kleinen bayerischen Jagdschloss glich. Sogar ein schmaler Fluss aus blau gefärbtem Zuckerguss schlängelte sich an dem Lebkuchenhaus entlang.

„Es ist wie immer zauberhaft", sagte Olivia. „Allerdings weiß ich nicht, ob ich es schaffe, nicht ständig davon zu naschen."

Olivias gut gerundete Figur lieferte den Beweis für ihre mangelnde Willenskraft. Aber Olivia war Witwe, und daher hatte sie, wie Cass fand, jedes Recht der Welt, so viel zu naschen, wie sie wollte. Außerdem durfte Cass sich sowieso kein Urteil darüber erlauben. Schließlich naschte auch sie nur allzu gern.

„Hier ist noch ein bisschen was extra, wenn die Versuchung zu groß wird", sagte sie und reichte Olivia eine Tüte mit Lebkuchenkeksen in Form von Tannenbäumen.

„Oh, danke. Was bekommst du dafür?"

„Nichts. Die gehen aufs Haus. Aufs Lebkuchenhaus", fügte Cass zwinkernd hinzu.

Dani, die gerade die heutigen Bestellungen von Lebkuchenhäusern zur Post gebracht hatte, kam in den Laden. „Oh, hier kommt ja unsere zukünftige Braut", begrüßte Olivia sie.

Dani errötete erfreut und lächelte Olivia an.

Sie wird eine bildhübsche Braut, dachte Cass. Wenn sie nur mehr Zeit hätten, um die Hochzeit zu planen.

„Ich habe deiner Großmutter und deiner Tante unsere letzten Zimmer vermietet", erzählte Olivia Dani. „Es war schlau, dass du neulich angerufen hast. Sonst wäre das auch schon belegt gewesen", fügte sie hinzu. „Seitdem hatte ich noch drei Anfragen."

„Eine davon war bestimmt von meiner Stiefmutter", sagte Dani, und diesmal errötete sie nicht vor Freude.

Babette. Cass merkte, dass sich ihre Stimmung merklich verschlechterte. Bimbette passte wohl eher. Cass hatte sie noch nicht kennengelernt, aber sie hatte Bilder von ihr gesehen. Die Frau war nichts weiter als ein hübsches Anhängsel. Cass wusste aus zuverlässiger Quelle (nämlich von ihrem Sohn), dass sie nicht kochen konnte.

Aber Mason hatte Babette ja auch nicht wegen ihrer Kochkünste geheiratet. Sie war professionelle Cheerleaderin für die Seattle Seahawks gewesen, eine sogenannte Sea Gal. Davon zeugte ihre perfekte Figur. Natürlich hatte sie diesen Beruf aufgegeben, als sie sich Mason im reifen Alter von dreißig Jahren geschnappt hatte. Und jetzt war sie schon, ja, was, einunddreißig? Und Stiefmutter einer Zwanzigjährigen. Was für ein Witz.

Olivia machte den Eindruck, als wäre ihr die Sache unangenehm. „Ich wünschte, ich hätte das eher gewusst. Dann hätte ich euch eine Reihe von Zimmern reserviert."

„Wenn wir alle das eher gewusst hätten, wären wir auch sehr viel strukturierter an die Sache herangegangen", meinte Cass. Es war als Erklärung und nicht als Anschuldigung gegen ihre Tochter gemeint gewesen. Doch der Röte nach zu urteilen, die Danis Wangen überzog, nahm sie sich diese Bemerkung sehr zu Herzen. „Aber Mike hat diesen Job in Spokane bekommen und fängt im Januar an. Und natürlich wollen die beiden zusammen sein."

„Natürlich", sagte Olivia zu Dani. „Ich hoffe wirklich, dass eure Gäste noch Zimmer finden. Ich weiß, dass Annemarie voll belegt ist, und Gerhardt auch."

Keine freien Zimmer. Was für ein Pech. Dann verpassen Mason und Bimbette vielleicht die Hochzeit. Kein sehr freundlicher Gedanke, schalt Cass sich.

„Oh", meinte Dani besorgt.

„Im Mountain Springs drüben in Cashmere ist vielleicht noch etwas frei", schlug Olivia vor. „Das ist auch nicht besonders weit entfernt."

Dani nickte und zog ihr Handy aus der Jeans.

Als sie ein Stück zur Seite trat, um zu telefonieren, senkte Olivia die Stimme. „Das alles ist sicher ein bisschen heikel, oder?"

Wenn das mal keine Untertreibung war. „Ja, ein wenig", erwiderte Cass.

„Schon als ich das Zimmer reserviert habe, kam ich mir wie eine Verräterin vor, aber Dani hat mich ja gefragt."

„Das ist schon okay. Eigentlich bin ich dir sogar dankbar. Sonst hätten sie womöglich noch bei mir übernachten wollen."

Allein der Gedanke daran ließ Cass erschaudern. Ihre kritische Exschwiegermutter und ihre gehässige Exschwägerin in ihrem Haus? Eine grässliche Vorstellung!

Zwei Frauen mittleren Alters waren in den Laden gekommen und warteten geduldig vor einer der Glasvitrinen. Olivia, die genau wie alle anderen Einwohner in Icicle Falls wusste, wie wichtig die Einnahmen durch die Touristen waren, meinte: „Dann verschwinde ich lieber mal wieder. Ich muss noch einkaufen gehen, sonst bekommen meine Gäste morgen früh nichts zum Frühstück.“ Zu den neuen Kundinnen sagte sie: „Die Lebkuchenfiguren sind köstlich. Aber probieren Sie auf jeden Fall auch die Windbeutelschwäne. Danach werden Sie sich alle zehn Finger lecken.“

Die Frauen hörten auf ihren Rat, kauften Lebkuchenkekse und ein paar Windbeutel. Eine von ihnen erstand auch ein Lebkuchenhaus.

In der Zwischenzeit waren weitere Kunden in die Bäckerei gekommen. Normalerweise half Dani immer mit, doch gerade war sie mit ihrem Handy in der Backstube verschwunden und versuchte verzweifelt, ein Zimmer für Mason und Bimbette zu finden.

Die sollen sich ihre eigene Unterkunft suchen. Cass öffnete die Tür zur Backstube. „Ich könnte hier vorn gut und gern ein bisschen Hilfe gebrauchen.“

Dani wandte ihr den Rücken zu und hob eine Hand. Was sollte das heißen? Dass sie versuchte, den Menschen am anderen Ende der Leitung zu verstehen? Dass sie gleich kommen würde?

„Jetzt“, fügte Cass mit strenger Bärenmutter-Stimme hinzu.

„Okay, danke“, sagte Dani und beendete das Telefonat.

„Schätzchen, du musst dich später darum kümmern“, sagte Cass. „Wir haben Kunden.“

„Wir haben immer Kunden“, murmelte Dani missmutig.

Weshalb sie auch ihre Rechnungen bezahlen konnte. Bisher hatte das ihrer Tochter nie etwas ausgemacht.

Aber sie war ja auch noch nie verlobt gewesen.

Während der nächsten zwanzig Minuten war Hektik angesagt, doch dann wurde es wieder ruhiger. Cass wusste, dass diese Ruhe nicht lange andauern würde. Sobald die Mittagszeit vorüber war, würden die Kunden wieder hereinströmen.

Sie drehte das Schild an der Tür auf „Geschlossen“. „Wir sind um 13.00 Uhr wieder für Sie da“, verriet die Uhr darunter.

Somit hatten auch sie Zeit, um eine kleine Mittagspause einzulegen. Und Dani hatte Zeit, sämtliche Pensionen und Motels im Umkreis von zwanzig Kilometern anzurufen.

Cass setzte sich an einen Tisch in der Ecke und trank einen Kaffee, während Dani nach jedem Telefonat verzweifelter aussah. Diese Verzweiflung sorgte dafür, dass sich der Magen von Cass verkrampfte und der Kaffee plötzlich bitter schmeckte. Wenn ihre Tochter keinen Erfolg hatte, verhieß das nichts Gutes – gar nicht mal so sehr für Dani, und auch nicht für Mason und Bimbette, sondern vor allem für Cass.

Und richtig. Um Viertel vor eins ließ sich Dani auf den Stuhl neben Cass fallen und warf ihr Smartphone auf den Tisch.

Sag mir, dass uns die Eier ausgegangen sind. Sag mir, dass irgendjemand seine Ware nicht bekommen hat. Sag mir sonst was, aber sag mir nicht das, was du jetzt aussprechen willst.

„Es ist nirgends etwas frei", verkündete Dani unglücklich.

Hastig, ehe ihre Tochter die gefürchteten Worte aussprechen konnte, meinte Cass: „Irgendwie bekommen sie das schon hin. Seattle ist ja nicht so weit weg. Dein Dad kann am Tag der Hochzeit herkommen."

Dani sah sie entsetzt an. „Aber was ist mit dem Essen nach der Hochzeitsprobe am Abend vorher? Und was ist, wenn etwas passiert? Wenn zum Beispiel der Pass geschlossen wird?"

Dann fallen wir auf die Knie und danken Gott.

Okay, jetzt wurde sie wirklich garstig. Es war der große Tag ihrer Tochter, und die wollte ihren Vater dabeihaben. „Ich bin sicher, dass er eine Lösung findet", sagte Cass und versuchte, so zu klingen, als würde sie Anteil nehmen.

„Mom, wie soll er das denn schaffen, wenn es absolut keine freien Zimmer gibt?"

Da dies sicherlich nur eine rhetorische Frage war, hielt Cass den Mund.

„Können sie für ein paar Tage bei uns bleiben?"

Jetzt war es heraus. Es war genau das, was Cass die ganze Zeit befürchtet hatte. Was für eine schöne Weihnachtsbescherung! Ihr Ex und seine Tussi, die mit ihr unter einem Dach wohnten. „Wir haben keinen Platz, um sie unterzubringen“, argumentierte sie.

„Sie können in meinem Zimmer schlafen. Dann schlafe ich bei Amber.“

„Ich wollte Grandma Nordby dein Zimmer geben.“ Cass würde eher in kochendes Öl springen, als dass sie ihre Mutter auf die Straße setzte, um Mason und Bimbette das Zimmer zu überlassen.

„Dann gib ihnen Willies Zimmer, und lass ihn auf dem Schlafsofa schlafen. Oder lass sie auf dem Schlafsofa übernachten.“

Das fehlte Cass gerade noch: dass sie morgens herunterkam und ihren Ex samt seiner zweiten Frau aneinandergekuschelt im Wohnzimmer vorfand.

„Für eine Nacht können wir doch Platz für sie finden, oder nicht?“, flehte Dani. „Höchstens zwei Nächte.“

Es musste doch noch einen anderen Weg geben, um dieses Problem zu lösen. Cass versuchte, Zeit zu schinden. „Lass mich noch mal darüber nachdenken, okay?“

Dani verzog das Gesicht. „Ich weiß schon, was das bedeutet.“

Cass auch, und sie fühlte sich gerade wie eine ganz gemeine Rabenmutter … und trotzdem …

Eine Frau mit zwei Mädchen stand an der Ladentür, und die Kleinen linsten hoffnungsvoll ins Geschäft.

„Schließ bitte die Tür auf“, sagte Cass resigniert.

„Ja klar, gerne doch“, erwiderte Dani in einem Ton, der verriet, wie ungern sie der Bitte ihrer Mutter folgte.

„Es wäre nett, wenn du unsere Kunden mit einem Lächeln und nicht mit grimmigem Gesicht begrüßen würdest“, rief Cass ihr hinterher.

„Ich lächele doch“, rief Dani zurück. Äußerlich lächelte sie, aber innerlich kochte sie vor Wut.

Sie finden schon einen Platz zum Übernachten, redete Cass sich ein. Ach, wenn sie es doch nur selbst glauben könnte.

5. KAPITEL

Es war Sonntagabend, Zeit für den wöchentlichen Frauenabend. Die Freundinnen hatten beschlossen, im Dezember Weihnachtsfilme anzuschauen, und Cass' Freundin Samantha Sterling hatte den Film für den heutigen Abend ausgesucht: *The Family Man – eine himmlische Entscheidung.*

„Ich finde diesen Film toll", hatte sie gesagt. „Es ist so schön, wie sich der Held von einem Miesepeter und Geizhals in einen wunderbaren Ehemann und Vater verwandelt."

„Ich wusste ja gar nicht, dass du so romantisch veranlagt bist", hatte Cass sie aufgezogen.

„Bin ich ja auch gar nicht", hatte Samantha erwidert, „aber ich weiß, was wichtig ist."

Das musste Cass ihr allerdings zugestehen. Samantha Sterling hatte hart gekämpft, um ihre Firma, eine Schokoladenfabrik, zu retten. Im Zuge dessen hatte sie Icicle Falls, das in einer wirtschaftlichen Krise gesteckt hatte, wiederbelebt: Sie hatte die grandiose Idee, ein Schokoladenfestival zu sponsern. Angespornt von diesem Erfolg, wurden die Stadtoberen von einem wahres Festivalfieber ergriffen. Im Oktober gab es jetzt das Oktoberfest. Die kleine Zeremonie, bei der am Anfang der Adventszeit die Lichter der großen Tanne auf dem Marktplatz angeschaltet wurden, sollte jetzt an jedem Adventswochenende wiederholt werden, und obendrein überlegte man, ob man im Frühsommer nicht ein Weinfestival veranstalten sollte.

Samantha und ihre Schwester Cecily waren die Ersten, die ankamen. Mit rosigen Wangen stampften sie lächelnd den Schnee von ihren Stiefeln. Die blauäugige, blonde Cecily war die Schönheit der Familie, doch mit ihrem roten Haar und den Sommersprossen war auch Samantha alles andere als hässlich. Im August hatte sie Blake Preston, den Manager der Bank, geheiratet, und sie strahlte immer noch vor Glück. Doch das wird sich mit der Zeit abnutzen, mutmaßte Cass.

Oh, was bist du doch für eine Zynikerin, schalt sie sich gleich darauf.

„Wir haben Nervennahrung mitgebracht", verkündete Samantha und reichte Cass eine Schachtel Pralinen von Sweet Chocolates.

Schokolade, Nervennahrung, Seelentröster und beste Freundin jeder Frau. „Ich weiß ja nicht, was ihr essen wollt, aber für mich ist das gerade gut genug", ulkte Cass. „Hast du auch an den Film gedacht?"

Cecily hielt eine DVD hoch, deren Cover Nicolas Cage zierte. „Alles dabei."

Als Nächste kam Ella. Sie war nicht so schön wie ihre glamouröse Mutter Lily Swan, aber sie war niedlich, und sie wusste, wie sie sich kleiden musste, um ihre Vorzüge zu betonen. Heute Abend wirkte sie mit ihrer eng geschnittenen Jeans, der weißen Bluse, der schwarzen Lederweste und dem langen, metallisch glitzernden roten Schal wie ein Fotomodell, das gleich vor die Kamera treten sollte. In der Hand hielt sie eine Schüssel mit ihrer Spezialität: Parmesan-Popcorn. Ella schaffte es sogar, Popcorn mit Flair zu produzieren.

Cass entschied, dass Flair etwas war, was man entweder mit in die Wiege gelegt bekam oder nicht. In ihrer Bäckerei konnte sie wahre Kunstwerke schaffen, aber wenn es um persönlichen Stil ging, kam sie nicht über das Stadium der Banalität hinaus. Na ja, konnte ihr ja auch egal sein. Sie musste niemanden beeindrucken.

Nicht einmal die Verwandten deines Ex?

Nein, redete sie sich standhaft ein. Ein gutes Leben war die beste Rache, und inzwischen führte sie ein wirklich gutes Leben, vielen Dank. Sie musste nicht wie ein Fotomodell aussehen, um das zu beweisen.

Sie schob die Gedanken an Babette zur Seite, die zur Hochzeit sicherlich mit perfekter Frisur und neuen Strähnchen auftauchen würde, den dürren kleinen Körper von etwas absolut Schmeichelhaftem umhüllt. Vielleicht sollte Cass heute Abend doch einmal auf die Schokolade und das Popcorn verzichten.

Charley kam als Letzte. Sie hatte eine Flasche Wein mitgebracht und sah so durcheinander aus, dass man hätte glauben können, sie brauchte die ganze Flasche für sich allein.

„Okay, was ist los?“, fragte Cass, sobald die Frauen im Wohnzimmer saßen und mit Drinks und Snacks versorgt waren.

„Richard ist wieder da.“ Charley nahm eines von Cass’ Lebkuchenmännchen und biss ihm den Kopf ab.

Cass ließ fast ihr Weinglas fallen. „Was?“

Charley nickte. Der nächste Körperteil des Lebkuchenmannes verschwand.

„Warum ist er zurückgekommen?“, wollte Cass wissen. „Was will er?“

„Mich“, antwortete Charley.

„Dich? Er hat dich wegen einer anderen Frau verlassen! Sag ihm, er soll sich zum Teufel scheren“, riet Samantha ihr.

Cass hätte es nicht besser formulieren können. „Das sehe ich genauso.“

„Also hat er Ariel verlassen?“, fragte Cecily.

„Er meint, das alles wäre ein Fehler gewesen.“

Das sagten Männer immer, wenn man sie mit heruntergelassenen Hosen erwischte. Cass runzelte die Stirn. „Ein noch größerer Fehler wäre es, ihn wieder zurückzunehmen.“

„Das machst du auch nicht, oder?“, fragte Samantha.

„Auf keinen Fall.“ Charley schüttelte entschieden den Kopf.

„Kluge Entscheidung“, meinte Cass. Charley besaß die Art von endlos langen Beinen, die Männer dazu brachten, ihr hinterherzustarren. Außerdem hatte sie herrlich langes Haar und war eine liebenswerte und starke Persönlichkeit. Sie hatte es nicht nötig, einen Loser zurück in ihr Leben zu lassen.

„Hast du ihm das gesagt?“, wollte Samantha wissen.

„Natürlich.“

„Warum ist er dann immer noch hier?“, hakte Samantha nach.

Inzwischen machte Charley dem zweiten Lebkuchenmann den Garaus. „Er meinte, so schnell würde er nicht aufgeben.“

„Ach herrje“, kommentierte Ella und verdrehte die Augen.

„Wie kommt es eigentlich, dass Männer dich nur wollen, wenn du sie nicht willst?“, brummte Charley.

„Weil sie Idioten sind“, erklärte Cass.

„Nicht alle“, murmelte Samantha.

„Blake stellt die Ausnahme von der Regel dar“, beruhigte Cass sie.

„Es gibt auch noch andere Ausnahmen“, fügte Cecily hinzu.

„Du meinst zum Beispiel Luke Goodman?“, neckte ihre Schwester sie.

„Genau“, stimmte Cecily mit neutraler Stimme zu.

Ella seufzte. „Wieso stehen wir immer auf die bösen Jungs?“

Charley seufzte ebenfalls. „Weil wir Masochisten sind?“

„Böse Jungs haben irgendetwas“, überlegte Cecily sehnsuchtsvoll, doch als sie sah, dass ihre Schwester die Stirn in Falten zog, untersuchte sie hastig eine ihrer Haarsträhnen nach gespaltenen Spitzen.

„Ja, genau, sie haben etwas Böses“, erklärte ihre Schwester streng. „Männer wie Richard und Todd Black bedeuten nichts weiter als Liebeskummer.“

„Ich habe gar nicht von Todd geredet“, verteidigte Cecily sich, errötete aber gleichzeitig.

„Ich aber“, erwiderte Samantha.

Cecily nahm eine Handvoll Popcorn. „Ich weiß ja nicht, wie es mit euch ist, aber ich könnte jetzt gut den Film anschauen.“

Cecily hatte recht: Es machte keinen Spaß, wenn Samantha die herrische ältere Schwester herauskehrte, und gerade tat sie genau das. Cass stellte den Film an.

Während sich die Handlung entfaltete und das Leben des fiktionalen Jack Campbell nachzeichnete, musste Cass unwillkürlich über ihre eigenen Lebensentscheidungen und über Mason nachdenken. Was wäre, wenn ihnen ein Ausblick auf eine glücklichere Zukunft vergönnt gewesen wäre, eine Zukunft, in der sie zusammengeblieben und als beste Freunde gelebt hätten, statt so wie jetzt als Gegner?

Ach, letztlich war es doch egal. Sie und Mason hatten ihre

Entscheidungen getroffen, und kein hipper Engel würde in ihrem Leben auftauchen, um ihnen eine zweite Chance zu gewähren. Die beste Aussicht, die sich ihr bot, war die auf die Hochzeit ihrer Tochter. Eine Hochzeit, die ohne Pannen verlaufen sollte. Wozu gehörte, dass sie selbst sich höflich und zuvorkommend verhielt. Wenn ihr das gelang, käme das schon einem Wunder gleich.

Was für ein schöner Film. Und was für eine schöne Art, die Weihnachtszeit zu beginnen. Als der Film endete, hatte Ella Tränen in den Augen. Sie weinte immer, wenn sie solche Filme sah. Bei traurigen Filmen kamen ihr die Tränen, weil ihr die armen Leute so leidtaten. Gab es ein Happy End, vor allem bei romantischen Filmen, weinte sie, weil das alles so überwältigend hoffnungsvoll war. Irgendwo da draußen in der realen Welt konnte es doch auch passieren, dass ein Mann wieder zur Vernunft kam und feststellte, dass er gar nicht in die weite Welt hinausmusste, um sein Glück zu finden, sondern dass es vielleicht direkt hier vor seiner Haustür lag. Vielleicht hatte Charleys Ehemann, genau wie dieser Jack Campbell, das jetzt erkannt?

Jake hatte ihr versichert, dass es bei ihm so gewesen wäre. Dass Ella alles sei, was er bräuchte.

Was für eine schamlose Lüge! Gott sei Dank hatte ihre Mutter ihr die Augen geöffnet. Sonst hätte sie die besten Jahre ihres Lebens vergeudet, hätte den Haushalt mit einem winzigen Budget zusammengehalten, während er sich mit anderen Frauen vergnügte.

„So“, meinte Cass und hob ihr Glas. „Trinken wir auf die Jack Campbells dieser Welt, wo auch immer sie sich verstecken mögen.“

„Darauf trinke ich auch. Ich habe meinen gefunden“, sagte Samantha.

„Und auf Weihnachten.“ Cecily hob ihr Glas.

„Und auf Weihnachtshochzeiten“, fügte Samantha hinzu. „Wisst ihr eigentlich schon alle, dass Dani verlobt ist?“

„Das ist ja toll! Warum hast du uns gar nichts erzählt?", wollte Ella von Cass wissen.

„Darauf wartest du doch schon seit Monaten. Es überrascht mich jetzt wirklich, dass du es nicht von allen Dächern verkündet hast", meinte Charley.

„Ich wollte es euch erzählen." Cass zuckte mit den Schultern. „Habe es aber irgendwie vergessen."

Nachdem Ella sich mit Jake verlobt hatte, hatte sie es gar nicht erwarten können, es allen zu erzählen. Wie konnte eine Frau vergessen, solche tollen Neuigkeiten zu verkünden? „Das ist ja so aufregend. Komm, erzähl schon."

„Sie heiratet an dem Wochenende vor Weihnachten. Die Feier findet drüben bei Olivia statt."

„Oh, das wird bestimmt ganz fantastisch", sagte Cecily. „Olivia hat immer so schön dekoriert, dass man das Gefühl hat, man ist bei *Schöner Wohnen*."

Vor allem zu Weihnachten. Draußen vor der Pension würden weiße Lichterketten glitzern, und drinnen würden Girlanden und rote Schleifen das Geländer zieren. Doch die schönste Dekoration würde der antike Schlitten sein, geschmückt mit Schleifen und Bändern und umgeben von dekorativen Geschenkkartons. Ella konnte sich schon gut vorstellen, wie Dani und Mike in dem Schlitten sitzen und in ihrem Hochzeitsstaat für Fotos posieren würden.

„Puh, da bleibt euch ja nicht mehr viel Zeit", sagte sie. Sie selbst hatte neun Monate gebraucht, um ihre Hochzeit zu planen.

„Und ich dachte, es wäre schon eine immense Herausforderung gewesen, unser Schokoladenfestival in sechs Wochen vorzubereiten", scherzte Cecily.

„Warum die Eile?", hakte Ella nach. Als ihr die vermutlich einzig logische Erklärung dafür einfiel, errötete sie.

„Nein, sie bekommen kein Baby", erklärte Cass. „Es ist nur wegen des Umzugs nach Spokane im Januar."

„Meinst du, ihr schafft das alles in so kurzer Zeit?", fragte Ella, nachdem Cass von Mikes neuem Job erzählt hatte.

„Hast du Stress, weil du befürchtest, dass du das alles nicht rechtzeitig auf die Reihe bekommst?", warf Cecily ein. „Wir können dir gern helfen."

„Auf jeden Fall", ergänzte Charley, und auch Ella nickte.

„Das ist aber nicht das Haar in der Suppe, oder?" Samantha schaute Cass an.

„Was denn dann?", wollte Ella wissen. „Machst du dir Sorgen, weil sie noch so jung ist?"

„Sie ist jung", gab Cass zu. „Und ich hatte gehofft, dass sie und Mike mit der Hochzeit noch ein Jahr warten würden. Aber schon seit sie zwölf Jahre alt war, hat sie ihr Leben genau vorgezeichnet – Backen, Ehemann, Babys."

Das konnte Ella gut nachvollziehen. Ihr ging es genauso, abgesehen vom Backen natürlich. Sie hatte sich immer eine Familie gewünscht, eine Familie mit Mann. „Was ist denn dann das Haar in der Suppe?"

Cass runzelte die Stirn. „Dani möchte, dass ihr Vater sie zum Altar führt."

Sie alle wussten, wie Cass zu ihrem Ex stand. „Oh", meinte Ella nur, weil ihr nichts anderes einfiel.

„Ja, oh. Und es wird noch besser. Ratet mal, wo er und Stiefmami der Vorstellung meiner Tochter nach übernachten sollen?"

Charleys Augen wurden so groß, dass Ella schon fürchtete, sie würden ihr gleich aus dem Kopf fallen. „Das ist nicht dein Ernst, oder?"

„Mein voller Ernst", antwortete Cass.

Cecily griff nach der Pralinenschachtel. „Du brauchst eine hiervon."

Diverse Pralinen und ausgiebige Mitleidsbekundungen später löste sich die Party auf.

„Wie sollen wir ihr nur helfen, das durchzustehen?", fragte Cecily, als die Frauen die Auffahrt hinuntergingen.

„Wir könnten Bimbette auflauern", witzelte Charley. „Oder ihren Ex vergiften." Sie schüttelte den Kopf. „Cass wäre verrückt, wenn sie sich darauf einlässt."

„Sie wird nachgeben", vermutete Samantha. „Sie gibt sich zwar gern tough, aber wenn es um ihre Kinder geht, ist sie weicher als ein Marshmallow. Ich denke, wir sollten rund um die Uhr für sie erreichbar sein, damit sie notfalls Dampf ablassen kann."

„Gute Idee", stimmte Charley zu. „Ich kann mir nicht vorstellen, im selben Haus mit meinem Ex gefangen zu sein." Anscheinend fiel ihr plötzlich ein, was sie da gesagt hatte, denn sie errötete. „Entschuldige, Ella."

„Ist schon okay", sagte Ella. „Und ich kann dir aus Erfahrung berichten, dass es hart werden wird."

„Hoffentlich schafft ihr es bald, euer Haus zu verkaufen, damit du endgültig einen Schlussstrich ziehen kannst. Um dann weiterzuziehen", meinte Samantha.

Weiterziehen. Ausziehen. Auch Ellas weihnachtliche Stimmung verzog sich gerade. „Hoffentlich", stimmte sie zu.

Sie verabschiedete sich von den anderen und kehrte allein in ihr leeres Traumhaus zurück.

Jake hatte einen Auftritt im Red Barn. Der Einzige, der also zu Hause war, war Tiny. Zur Begrüßung wedelte er mit dem Schwanz und bellte.

„Ich weiß", sagte sie und rieb seinen Kopf. „Du brauchst ein bisschen Auslauf, was, mein Junge?"

Tiny bellte erneut und sprang aufgeregt hin und her. Ella öffnete die Haustür, und sofort schoss der Hund in die Dunkelheit hinaus.

Ella folgte ihm in etwas moderaterem Tempo und überlegte dabei, wie es wohl wäre, ein Hund zu sein. Machten Hunde sich auch Sorgen? Fragten sie sich jemals, ob sie die richtige Entscheidung getroffen, das Richtige getan hatten?

Natürlich waren das alberne Gedanken. Ein Hund brauchte nichts weiter zu tun, als es zu genießen, ein Hund zu sein. Die schwierigen Entscheidungen traf jemand anderes.

Wenn sie und Jake Bernhardiner gewesen wären …

Was für eine verrückte Idee! Sie schüttelte den Kopf und pfiff

Tiny zurück. Zu schade, dass sie Jake nicht hatte zurückpfeifen können, bevor er anderswo gewildert hatte.

Jake war eben kein Mann, der nach ihrer Pfeife tanzte. Statt zu sagen, dass es ihm leidtäte, statt sie um Entschuldigung zu bitten, nachdem er es mit seiner Keyboarderin getrieben hatte, war er zum Angriff übergegangen. „Ella, ich bin es echt leid. Wenn du mir nicht vertrauen kannst, dann können wir nicht mehr zusammen sein."

Von da an war es nur noch bergab gegangen.

„Du brauchst keinen Mann, um glücklich zu sein", hatte Mims ihr erklärt.

Tja, jetzt hatte Ella zwar keinen Mann mehr, doch glücklich war sie auch nicht.

Zwanzig Minuten lang grübelte sie darüber nach, während Tiny überall herumschnüffelte und sein Terrain markierte. Dann fing es an zu schneien, und sie machten sich auf den Heimweg. Als sie wieder ins Haus kam, entschied Ella, dass sie, bevor sie ins Bett ging, dringend noch einen heißen Kakao brauchte.

Sie zog ihren Mantel aus und ging in die Küche, um das letzte Päckchen mit dem Instantkakao aufzumachen. Zu ihrer Überraschung stellte sie fest, dass Jake es tatsächlich geschafft hatte, seinen Teller von ihrem alten Tisch mit der roten Resopalplatte wegzuräumen. Allerdings hatte sie sich zu früh gefreut: Kurz darauf fand sie ihn in der Spüle wieder. Von der Spüle zum Geschirrspüler war es nur ein weiterer Handgriff. War das denn wirklich so schwierig? Wahrscheinlich hatte er ihn da stehen gelassen, weil er davon ausging, dass sie ihn schon wegräumen würde.

Sie öffnete den Schrank unter der Spüle, um das Geschirrspülmittel herauszuholen.

Was war das denn? Wasser. Eine kleine Pfütze. Wie hatte er das denn geschafft?

Sie wischte es auf und stellte den Teller in den Geschirrspüler. Nun war nur noch ein Topf mit Resten von angebranntem Chili übrig. Und das war ziemlich fest in den Topf eingebrannt. Also gab sie den Versuch, es herauszukratzen, schnell auf und tat Spülmittel und Wasser hinein, damit es über Nacht einweichen konnte. Anschließend spülte sie den Schwamm und das Spülbecken aus und öffnete den Schrank, um alles wieder wegzustellen.

Oh nein. Da war schon wieder eine Pfütze. Ein leckender Abfluss – das fehlte ihnen gerade noch! Da würde sie morgen früh gleich einen Klempner anrufen müssen. Noch eine Rechnung, die durch zwei geteilt werden musste.

Ella griff nach dem Telefon und wählte Jakes Handynummer. Wahrscheinlich stand er auf der Bühne und sang über die Liebe, zusammen mit dieser Keyboardspielerin, die anderen die Männer ausspannte. Oder er saß an einem Tisch, trank Cola und flirtete mit irgendeinem Cowgirl, das in hautengen Jeans steckte. Das war sein Leben – unterhaltsam, glamourös und verantwortungslos. Und während er flirtete und Gitarre spielte, musste sie sich mit undichten Wasserabflüssen herumärgern.

Es war gut, dass sie aus dieser Beziehung raus war. Beim nächsten Mal würde sie sich klüger anstellen, wenn sie sich einen Mann aussuchte. Vielleicht sollte sie sich einen Klempner suchen.

Eigentlich hatte sie erwartet, dass der Anruf auf Jakes Mailbox auflaufen würde, doch er antwortete nach dem zweiten Klingeln. „Alles in Ordnung?"

Warum dachte er sofort, dass etwas nicht in Ordnung wäre? Oh ja. Sie rief ihn an. „Der Wasserablauf unter dem Wasserhahn in der Küche ist undicht. Ich wollte dir nur kurz Bescheid sagen, damit du ihn nicht benutzt, wenn du nach Hau… zurückkommst." *Nach Hause* wäre die falsche Wortwahl gewesen. Dieses Haus war kein Zuhause mehr. „Ich rufe morgen den Klempner an." Vielleicht konnte er sie noch am selben Tag irgendwie dazwischenschieben. Das würde ihr gut passen, denn montags blieb ihr Laden geschlossen.

„Lass das bleiben", sagte Jake.

„Wir können es doch nicht so lassen." Niemand würde ein Haus kaufen wollen, das langsam, aber sicher, verfiel.

„Ich weiß. Ich repariere es."

Jake war nicht gerade der weltbeste Heimwerker. Im letzten Sommer hatte er einen ganzen Stapel Kanthölzer verbraucht, nur um eine einzige Stufe der Verandatreppe zu reparieren. „Ich glaube nicht, dass das eine gute Idee ist."

„Hey, jeder Mann kann einen undichten Wasserablauf reparieren", empörte er sich. „Ich sehe nicht ein, dafür einen Klempner zu bezahlen."

Und sie würde definitiv nicht die Gesamtrechnung übernehmen. „Okay", meinte sie. „Aber du machst es gleich morgen früh, okay?" Ihr Makler, Axel Fuchs, hatte ihr geraten, immer darauf zu achten, dass der Zustand des Hauses stets tipptopp war. Man wusste ja nie, wann vielleicht potenzielle Käufer vorbeikommen würden.

„Ich mach's morgen", sagte Jake. „Mach dir keine Sorgen."

Keine Sorgen machen? Das würde ihr höchstens gelingen, wenn sie ein Bernhardiner wäre.

6. KAPITEL

Richard war Geschichte. Das sollte auch so bleiben, und genau das würde Charley ihm beim nächsten Mal, falls er wie der Geist der vergangenen Weihnacht noch einmal auftauchen sollte, auch sagen. Es war absolut nicht in Ordnung, so einfach aus dem Nichts im Leben seiner Ex aufzukreuzen, nachdem die sich gerade endlich von ihrem Groll befreit (na ja, zumindest zum Großteil) und ihr Leben wieder im Griff hatte. Genau das würde sie ihm sagen, entschied sie, während sie sich schminkte.

Es war Montag, und das Restaurant hatte geschlossen. Montags machte sie sich sonst eigentlich nie die Mühe, sich zu schminken.

Wütend betrachtete sie ihr Spiegelbild. *Warum tust du das?*

Aus Stolz. Sie wollte, dass Richard sie nur von ihrer besten Seite sah, wenn sie ihm sagen würde, dass er sich gefälligst aus dem Staub machen sollte.

„Du Lügnerin", schalt sie sich. „Du willst nur, dass er dich von deiner besten Seite sieht, Punkt, aus."

Charley warf die Wimperntusche in ihr Kosmetiktäschchen und verließ das Bad.

Montagmorgens blieb sie immer zu Hause. Vormittags kümmerte sie sich um die Wäsche und tummelte sich auf Facebook. Nach dem Mittagessen las sie meist ein wenig oder schaute sich irgendwelche Kochsendungen im Fernsehen an, bevor sie sich auf den Weg ins Fitnessstudio machte, um sich auf dem Laufband auszupowern. Oder sie holte sich eine Kleinigkeit aus der Bäckerei – das machte auf jeden Fall mehr Spaß als das Laufband.

Doch heute Morgen wollte sie nicht zu Hause herumhängen. Wenn Richard einen Überraschungsangriff plante, würde er das Fort verlassen vorfinden. Sie könnte ihre letzten Weihnachtseinkäufe erledigen. Sich mal wieder bei Gilded Lily's umschauen, bei Hearth and Home oder im Mountain Treasures. Oh, und zum Mittagessen würde sie sich eine leckere Bratwurst im Big Brats gönnen. Anschließend könnte sie noch bei Sweet Dreams vorbeischauen und Samantha Hallo sagen. Oder einen Abstecher ins Gingerbread-Haus machen und sich ein paar Lebkuchen gönnen.

Sie setzte sich die Mütze auf, die Ella ihr gestrickt hatte. Dann griff sie nach ihrem Wintermantel.

Gerade als sie die Haustür öffnete, kam Richard die Verandastufen empor. Gegen die Winterkälte trug er einen dicken Parka und eine Skimütze, und in der Hand hielt er eine Thermoskanne. Charley wusste gar nicht so genau, was sie mehr ärgerte: die Tatsache, dass er ihre Anweisung, sich vom Acker zu machen, einfach ignorierte oder dass ihr Herz bei seinem Anblick anfing, ein wenig schneller zu schlagen. „Was willst du denn hier?“

„Dich entführen.“

„Das ist illegal. Außerdem bist du nicht groß genug, um mich zu überwältigen“, fügte sie hinzu, in der Hoffnung, dass ihn das verletzte. Sie schloss die Tür hinter sich und marschierte an Richard vorbei.

„Ich wollte dich zu einer Schlittenfahrt entführen“, sagte er, ohne auf ihre Spitze einzugehen.

Abrupt blieb sie stehen. Eine Schlittenfahrt. Abgesehen von Schokolade gab es kaum etwas, was sie mehr in Versuchung führen konnte. Schlittenfahrten wurden in Icicle Falls zu einer immer größeren Touristenattraktion. Schon seit sie und Richard hierhergezogen waren, hätte Charley gern mal eine gemacht. Leider hatte sie aber nie die Zeit dafür gefunden. Irgendwie hatte Schlittenfahren etwas so Romantisches an sich.

Ausgerechnet mit ihrem Ex eine Schlittenfahrt zu machen würde allerdings überhaupt nicht romantisch sein. „Curriers bietet unter der Woche keine Schlittenfahrten an.“

„In dieser Woche schon. Ich habe mit Kirk Jones eine spezielle Vereinbarung getroffen.“

Spezielle Vereinbarung. Welche Strippen hatte Richard gezogen, um den Eigentümer der Baumschule dazu zu bewegen, seine Pferde an einem Montag anzuspannen?

Richard hielt die Thermoskanne hoch. „Heiße Schokolade mit Pfefferminzschnaps.“

„Und wenn es Champagner wäre: Das wäre mir auch egal."
„Den gibt es zum Brunch. Im Firs."
Das Firs war ein exklusives Resort, das sich über ein ziemlich großes Grundstück erstreckte und alles Mögliche einschloss: Wanderwege, heiße Whirlpools sowohl im Innen- wie im Außenbereich sowie Schwimmbecken und Saunen, und das alles vor der malerischen Kulisse der schneebedeckten Berge. Die Apartments waren luxuriös ausgestattet, und im Speisesaal bekam man Köstlichkeiten, zubereitet von Spitzenköchen, von denen Charley nur träumen konnte.
Jetzt wurde die Versuchung noch stärker.
Lass es bleiben.
„Ich bitte dich doch nur, mir eine Chance zu geben. Schenk mir einfach nur den heutigen Tag."
Einen Tag, mehr verlangte er nicht.
Sie seufzte. „Warum bist du zurückgekommen?"
„Weil ich dich brauche."
„Vor einem Jahr, als du Ariel in der Bar gevögelt hast, hast du mich nicht gebraucht."
Richard verzog das Gesicht. „Charley, ich habe mich verändert. Lass es mich dir beweisen."
Im Firs zu essen war genauso spektakulär wie ein Essen im Canlis in Seattle. Sie hatte nicht die Absicht, sich wieder mit Richard einzulassen. Aber das hieß ja nicht, dass sie nicht zur Abwechslung auch einmal ihn ausnutzen konnte. Nur Desserts, überlegte sie. Sie würde ihn benutzen, so wie er sie benutzt hatte. Dann merkte er endlich einmal, wie sich das anfühlte.
„Okay, ich komme mit", sagte sie. „Es wird dir nichts nützen, aber ich bin dabei."
Er grinste, als hätte sie ihm gerade angeboten, mit ihm ins Bett zu gehen. „Das ist doch schon mal ein Anfang."
Die Currier's Baumschule war rustikal, aber sehr malerisch gelegen. Der schneebedeckte Zaun, der das Grundstück umgab, war mit Tannengirlanden und roten Schleifen geschmückt. Den großen Baum im Vorgarten zierten nicht nur Schnee, sondern auch

Lichterketten und bunte Kugeln. Hinter dem Haus erstreckten sich die angepflanzten Bäume, vor allem Tannen, in allen erdenklichen Arten und Größen. Weiter links entdeckte Charley einen Stand, wo die Gäste sich mit einem Glühwein wärmen konnten, und auf der rechten Seite stand die große Scheune. Dort wartete bereits der altmodische Schlitten, der ebenfalls festlich geschmückt war. Selbst die Pferde, die vor den Schlitten gespannt waren, hatte man herausgeputzt, mit kleinen Glöckchen am Geschirr und roten Schleifen in Mähne und Schwanz. Einer der Füchse stampfte mit dem Huf auf. Ein anderes Pferd stieß ein leises Wiehern aus.

Ein schlanker grauhaariger Mann in dicker Winterkleidung kam aus der Scheune und winkte ihnen zu. „Sie kommen genau richtig“, rief er Richard zu und bedeutete ihnen, sich zu ihm zu gesellen. „Heute ist der perfekte Tag für eine Schlittenfahrt“, begrüßte er Charley.

„Es ist nett von Ihnen, dass Sie extra für uns fahren“, erwiderte Charley.

Er grinste, ein strahlendes Lächeln, das ansteckend war. „Für Liebende doch immer.“

Liebende? Was hatte Richard ihm bloß erzählt? „Nicht wirklich“, sagte Charley und runzelte die Stirn. „Wir sind geschieden.“

Kirk Jones zog die Augenbrauen hoch. Richards Mundwinkel gingen parallel nach unten.

„Oh, na ja“, sagte Kirk und räusperte sich. „Es ist trotzdem ein schöner Tag für eine Schlittenfahrt.“

„Egal mit wem“, fügte Charley hinzu, ignorierte Richards helfende Hand und kletterte auf den Schlitten.

Kirk hatte eine karierte Wolldecke in den Schlitten gelegt, und Richard breitete sie über ihren Beinen aus.

„Danke, Liebster.“ Ihre Worte trieften vor Ironie.

„Du kannst doch nicht mich dafür verantwortlich machen, dass die Leute ihre Schlüsse ziehen“, rechtfertigte er sich.

„Hast du ihm vielleicht ein wenig auf die Sprünge geholfen?“

„Nein. Ich habe ihm die Wahrheit gesagt.“

Charley hob eine Augenbraue. „Ach ja? Und wie lautete die?“

„Dass dies hier für eine ganz besondere Frau sein sollte. Das ist schließlich nicht gelogen." Er öffnete die Thermoskanne und zog zwei Plastikbecher aus seiner Manteltasche.

Während er ihnen den heißen Kakao einschenkte, überlegte Charley, dass Richard schon immer ein Händchen für romantische Gesten besessen hatte – so hatte er zum Beispiel ein Gericht kreiert und es nach ihr benannt, hatte sie einmal nach Seattle entführt, um dort Weihnachtseinkäufe mit ihr zu machen, und schließlich die Nacht mit ihr in einem schönen Hotel verbracht, wo er ein funkelndes Schmuckstück unter ihrem Kopfkissen versteckt hatte.

Was er wohl für Ariel Romantisches veranstaltet hatte?

Er reichte ihr die heiße Schokolade, goss sich selbst etwas ein und schloss die Thermoskanne wieder. „Auf Neuanfänge", sagte er und hob seinen Becher.

Sie erwiderte nichts darauf, sondern nippte nur an ihrem Kakao und wandte den Blick ab.

„Oder die Hoffnung auf Neuanfänge", berichtigte Richard sich.

Träum weiter, dachte Charley nur und nippte wieder an ihrem Kakao.

Kirk war inzwischen ebenfalls auf den Schlitten geklettert. Er schnalzte mit der Zunge und gab den Pferden einen leichten Schlag mit der Peitsche, sodass sie sich abrupt in Bewegung setzten.

Zum Glück hatte Charley ihren Kakao schon halb ausgetrunken, sonst hätte sie ihn jetzt auf dem Schoß. Und das wäre eine Schande gewesen, denn er schmeckte köstlich. Das hier war kein Instantzeug, das konnte sie herausschmecken. Der Kakao war mit Sahne und aus feinster holländischer Schokolade zubereitet worden. Schokolade, der Weg zum Herzen einer Frau.

Aber nicht zum Herzen dieser Frau. Nie mehr würde Richard einen Platz in ihrem Herzen finden, nicht einmal mit einem GPS aus köstlicher Sweet-Dreams-Schokolade.

Trotzdem, entschied sie, konnte sie diese Fahrt genauso gut genießen.

Und es gab wahrlich eine Menge zu genießen. Die Schlittenfahrt war genauso toll, wie Charley es sich vorgestellt hatte. Sie zuckelten an Tannenbäumen vorbei, die alle in Weiß getaucht waren, und an weißen Feldern, die einen geradezu dazu einluden, im Schnee zu spielen. Und während der ganzen Zeit bimmelten die Glöckchen am Geschirr der Pferde. Es war frostig kalt, und Charley konnte ihren Atem sehen, doch der Kakao und die Decke hielten sie warm. Richard sah sie die ganze Zeit über an, als wäre er ein Verhungernder und sie sein sechsgängiges Menü. Die beste Medizin für verletzten Stolz.

Nur leider war Richard derjenige gewesen, der ihren Stolz verletzt hatte. Tod durch Verhungern war noch viel zu gut für ihn.

„Das hier ist vollkommen, oder?“, sagte er und legte Charley einen Arm um die Schultern.

Sofort rückte sie von ihm ab und befreite sich. „Fast.“

Er war klug genug, um nicht nachzufragen, was an der Sache hier nicht perfekt war.

Sie bogen in einen kleinen Weg, der einen Hügel hinunter- und sie unter einem Dach von verschneiten Zweigen entlangführte. Das war wirklich zauberhaft. Charley seufzte und lehnte sich auf der Bank zurück.

Vorn auf dem Kutschbock saß Kirk und sang ein Lied über schönes Wetter für einen Schlittenfahrt.

„Mit dir“, flüsterte Richard. „Ach, Charley, so jemanden wie dich gibt es nicht noch einmal.“

„Stimmt“, meinte sie.

„Es tut mir so leid, dass ich das auf die harte Tour lernen musste.“

„Ja, du kannst einem echt leidtun“, meinte sie bissig. Er runzelte die Stirn. Und Charley konnte sich ein hämisches Lachen nicht verkneifen.

Nach dem Brunch, zu dem sie auch mehrere Gläser Champagner getrunken hatte, wurde aus Charlys hämischem Lachen ein Kichern.

„Ich habe zu viel getrunken“, stellte sie fest, als Richard sie nach Hause fuhr.

„Vielleicht ein bisschen.“

„Warum hast du mich so viel Champagner trinken lassen?“ Sie stöhnte. „Da habe ich nachher bestimmt einen schrecklichen Brummschädel.“

„Na, dem können wir ja abhelfen“, erwiderte er. „Du brauchst nur ein wenig Wasser, und zu deinem Glück habe ich ein Perrier dabei.“

Sie beäugte ihn misstrauisch. „Du hast wirklich an alles gedacht, was?“

„Und an noch ein bisschen mehr“, meinte er lächelnd.

Charley erzitterte, aber das lag nicht an Richards Lächeln. Nein, nein, nein. Ihr war einfach nur auf der Schlittenfahrt kalt geworden, das war das Problem.

„Wie wäre es, wenn ich dir ein Feuer im Kamin anmache?“, bot Richard an, als er den Wagen vor ihrer Haustür anhielt.

Das fehlte ihr gerade noch: dass er mit ins Haus kam und es sich vor dem Kamin gemütlich machte. „Ich denke, lieber nicht. Ich habe noch so einiges zu erledigen.“ Dummerweise sehnte sie sich nach dem üppigen Essen und all diesem Champagner eigentlich nur noch danach, ein kleines Nickerchen zu machen. Sie stieg aus dem Auto aus, ehe Richard zu ihr herumkommen und die Wagentür öffnen konnte. „Danke, Richard“, sagte sie und schloss die Tür.

Er stieg ebenfalls aus und hielt eine grüne Flasche hoch. „Wasser. Erinnerst du dich?“

„Ich denke, ich kann mich auch mit dem Wasser aus dem Wasserhahn behelfen.“

„Dies hier schmeckt aber besser“, beharrte er und folgte ihr den Weg hinauf zum Haus. Wie ein schlechter Geruch.

Sie öffnete die Tür, und ehe sie sich von ihm verabschieden und ihm die Tür vor der Nase schließen konnte, war er schon hineingeschlüpft.

Ella hatte Besorgungen gemacht, und als sie nach Hause kam, fand sie einen riesigen Stapel schmutziges Geschirr in der Spüle vor. Auch das Wasser war immer noch abgestellt. Von oben waren Jakes Stimme und der Klang seiner Gitarre zu hören. Na toll. Natürlich hatte er vergessen, den Abfluss zu reparieren.

Wütend marschierte sie die Treppe in sein Zimmer hinauf. Und da saß er auf dem Bett, in Jeans und T-Shirt und barfüßig – ein umwerfender Countrysänger mit dunklen, zerzausten Haaren, der gut genug aussah, um das Cover einer CD zu zieren, und der völlig versunken in seine Musik war und den Rest der Welt anscheinend vollkommen vergessen hatte. Es hatte einmal eine Zeit gegeben, da hatte Ella das unglaublich liebenswert gefunden. Jetzt fand sie es nur noch verantwortungslos.

Tiny, der zu Jakes Füßen lag und hingebungsvoll lauschte, sprang auf, als er sie bemerkte und kam schwanzwedelnd zu ihr. Jake hörte auf zu singen, und seine Hände über den Gitarrensaiten stockten. Er drehte den Kopf. Er sah schuldbewusst und überrascht zugleich aus. „Du bist schon zu Hause?"

„Es ist zwanzig nach fünf", informierte sie ihn. „Du hast versprochen, heute den Abfluss zu reparieren."

„Wollte ich auch. Mache ich auch noch."

„Nun, danach sieht es aber nicht aus. Ich rufe einen Klempner an."

Jake legte die Gitarre aufs Bett. „Ich besorg jetzt noch schnell, was ich brauche, dann hab ich es in einer Stunde erledigt."

„Der Baumarkt schließt in zehn Minuten."

„Das schaffe ich noch."

Sie runzelte die Stirn, sagte aber nichts mehr. Sie wusste, dass es ein Fehler gewesen war, darauf zu bauen, dass er die Sache erledigte. Zum Glück kam heute Abend niemand, um das Haus zu besichtigen.

Als Jake aus dem Baumarkt zurückkam, hatte Ella sich Jeans und einen Pullover angezogen und wärmte sich übrig gebliebene Hühnersuppe auf.

„Das riecht gut", sagte er.

Ihre Hühnersuppe war schon immer eins seiner Lieblingsessen gewesen. Doch jetzt aßen sie nicht mehr zusammen.

„Mach den Abfluss heil, dann bekommst du was ab."

Er grinste und breitete sein Werkzeug auf dem Fußboden aus – einen Maulschlüssel, eine Taschenlampe, irgendeine Art von Schlauch und eine Schüssel, die er aus dem Schrank geholt hatte.

„Mehr brauchst du nicht?", fragte sie.

„Es ist eine total einfache Reparatur. Ich muss nur den Anschlussschlauch für die Kaltwasserleitung austauschen. Allerdings müsstest du die Taschenlampe halten."

Fest davon überzeugt, dass sie da sein würde (so wie er immer fest davon überzeugt war), öffnete er die Türen unter der Spüle, hockte sich hin und krabbelte hinein. Die Schüssel nahm er mit. Ella stellte die Kochplatte aus, auf der die Suppe stand, und nahm die Taschenlampe.

„Wofür ist die Schüssel?", wollte sie wissen. Es war schwer zu ignorieren, wie knackig sein Hinterteil aussah, aber sie gab sich alle Mühe.

„Um das Wasser aufzufangen, das vielleicht noch in der Leitung ist. Hey, wo bist du?"

„Ich bin hier." Sie hockte sich ebenfalls hin und richtete die Taschenlampe auf den Abfluss.

„Du musst weiter reinkommen. Richte das Licht auf den Schlauch. Genau hier."

Sie krabbelte noch weiter hinein. Und jetzt hockten sie da, nebeneinander unter der Spüle und waren sich näher, als sie sich innerhalb des letzten Jahres gekommen waren. Sein würziges Aftershave stieg ihr in die Nase und rief Erinnerungen an seine stürmischen Küsse wach. Als er den Maulschlüssel ansetzte, konnte sie nicht anders: Sie musste auf seine Muskeln starren, die sich bewegten. Sie hatte keine Ahnung gehabt, wie schnell es unter einer Küchenspüle so heiß werden konnte.

Jetzt war der alte Schlauch ab. „Gib mir mal den anderen Schlauch", bat Jake sie.

Als Ella ihm den Schlauch reichte, kam sie sich vor wie eine

Krankenschwester im Operationssaal. „Skalpell, Herr Doktor“, witzelte sie.

„Das hast du gut erkannt: Ich bin der liebe Onkel Doktor, der alles wieder heil macht.“

Zu schade, dass er nicht das, was zwischen ihnen kaputt gegangen war, heilen konnte.

Es dauerte nicht lange, bis der neue Schlauch fest saß, aber es war lange genug für Ella, um sich allen möglichen albernen Gedanken hinzugeben, denen sich eine geschiedene Frau definitiv nicht hingeben sollte, jedenfalls nicht in Bezug auf ihren Ex.

Mit einem letzten Ruck zog Jake alles fest. „So, fast wie neu.“ Er drehte sich zu ihr herum, und langsam schwand sein lockeres Lächeln. Stattdessen wurde es durch einen Blick ersetzt, den Ella nur allzu gut kannte. Einen Blick, der sie beide immer direkt ins Schlafzimmer geführt hatte. „Hat dir schon mal jemand gesagt, wie gut du unter einem Spülbecken aussiehst?“

Jake, der Schmeichler. Ja, das hatte er schon immer gut gekonnt.

„Hat dir schon mal jemand gesagt, dass du ziemlich eingebildet bist?“, konterte sie und kam wieder hoch.

Tiny, der sich das ganze Prozedere angeschaut hatte, bellte kurz. Dann hörten sie, wie die Haustür aufgeschlossen wurde und Stimmen durch den Flur hallten. Mit einem weiteren Bellen flitzte Tiny zur Küche hinaus.

„Jemand zu Hause?“, rief Axel Fuchs, ihr Makler. „Tiny, Platz!“

Ella starrte Jake voller Panik an. „Axel!“ Sie sprang auf und eilte den Flur entlang.

Tatsächlich, da stand er, wie immer piekfein im Anzug, über dem er heute einen Kamelhaarmantel trug. Axel war ein großer, schlanker Mann mit blonden Haaren und kantigen Gesichtszügen. Er war stets akkurat gekleidet und hätte für das Titelbild des *Gentleman's Quarterly* posieren können. In seiner Gegenwart war Ella sich ihrer abgetragenen Jeans und der zerzausten Haare nur allzu unangenehm bewusst. Umso mehr, nachdem sie das Paar entdeckte, das Axel begleitete. Auch die beiden waren wie aus dem Ei gepellt. Sie schienen Ende vierzig zu sein, und man konnte ihnen ansehen, dass sie Geld hatten. Potenzielle Käufer.

Und Jake lungerte in der unaufgeräumten Küche herum, auf dem Boden lag Werkzeug, weil der Ablauf kaputt gewesen war. Sie würde ihn dazu bringen, das alles schnell beiseitezuräumen, während das Paar sich im ersten Stock umsah. Ella dachte an das ungemachte Bett, auf dem Jake gesessen hatte. Mist. Trotzdem war es immer noch besser, als wenn sie das Chaos in der Küche zu Gesicht bekamen.

Tiny tat sein Möglichstes, um die Besucher zu begrüßen. Ella hielt ihn am Halsband fest. „Nein, Tiny. Platz. Keine Angst, der beißt nicht", versicherte sie der Frau, die sich hinter ihrem Ehemann versteckte.

„Aber er zerkaut bestimmt gern alles Mögliche, oder?", fragte der Mann und sah sich misstrauisch um, als wollte er nach Schäden suchen.

„Nein, er ist ein gut erzogener Hund", antwortete Ella schnell.

Die Frau entspannte sich wieder. „Hier riecht aber irgendetwas sehr gut."

„Oh ja, ich war gerade dabei, mir eine Suppe warm zu machen", sagte Ella und strich ihr Haar glatt. *Und einen undichten Wasserabfluss zu reparieren.*

Es war so peinlich, so eiskalt erwischt zu werden. Normalerweise wären sie gar nicht hier. Weder sie noch Jake. Axel hatte es lieber, wenn die Besitzer nicht anwesend waren, wenn er die Häuser potenziellen Käufern zeigte. Warum hatte er nicht Bescheid gesagt, dass er kommen würde?

„Ich koche auch für mein Leben gern", meinte die Frau. „Lassen Sie uns als Erstes die Küche anschauen." Und ehe Ella sie aufhalten konnte, marschierte sie schon den Flur entlang.

Kaum hatte sie die Küche betreten, blieb sie abrupt stehen. Jake war gerade dabei, sein Werkzeug und den alten Schlauch zusammenzusammeln. „Oh."

Oh ... nein. „Nur ein kleines Leck", sagte Ella. Sie wünschte inständig, Jake würde seinen Schlauch nehmen und endlich verschwinden.

Der Mann, der bisher noch gar nichts gesagt hatte, brummte. Viel wusste Ella nicht über das Maklergeschäft. Aber sie wusste, dass so ein Brummen nichts Gutes verhieß.

„Lassen Sie uns den Rest des Hauses anschauen", meinte Axel jovial. „Es ist wirklich in exzellentem Zustand."

„Ja, das sehe ich", meinte der Mann. Es klang noch schlimmer als das Brummen.

Wieder gingen sie durch den Flur, und Ella warf Jake einen bösen Blick zu.

„Was ist?"

„Du hattest den ganzen Tag Zeit, um die Spüle zu reparieren", zischte sie ihn an.

„Ich habe an einem Lied gearbeitet."

„Na, ich hoffe, es war ein gutes, denn es könnte sein, dass es uns einen möglichen Verkauf gekostet hat."

„Dann kommen eben andere Käufer", entgegnete er.

„Wann? Verdammt, Jake! Das war das Einzige, worum ich dich gebeten hatte. Warum hast du es nicht einfach erledigt?"

„Habe ich doch. Eben."

Es war sinnlos, mit ihm darüber zu reden. Er war hoffnungslos. Sie eilte hinter Axel und dem Paar her. Jetzt standen sie im Wohnzimmer und schauten sich dort um. „Wir haben hier erst kürzlich frisch gestrichen."

„Mmm", murmelte die Frau.

„Wir haben das Haus wirklich gut in Schuss gehalten", fuhr Ella fort.

Daraufhin stieß der Mann nur ein weiteres Brummen aus, und Axel sagte hastig: „Kommen Sie, ich zeige Ihnen die Schlafzimmer." Seine Kunden gingen die Treppe hinauf, und Ella wollte ihnen gerade folgen, als Axel meinte: „Warum warten Sie nicht hier unten?"

„Oh." Frustriert und peinlich berührt ließ Ella sich aufs Sofa plumpsen und griff nach einer Wohnzeitschrift, während sie entgegen aller Vernunft hoffte, dass dieses Pärchen vergessen würde, was es in der Küche gesehen hatte. Doch Jake sei Dank, würden die beiden das wohl nicht. Wenn sie so weitermachten, würden sie hier für immer gefangen bleiben.

Axel und die Kunden kamen wieder hinunter und gingen erneut in die Küche. Die Frau lächelte höflich, doch ihr Ehemann sah aus, als hätte er eine hautnahe Begegnung mit dem Grinch gehabt. Schon fünf Minuten später hatten sie das Haus verlassen.

„Ich komme sofort zu Ihnen", rief Axel ihnen hinterher.

Sofort eilte Ella zu ihm. „Hat es ihnen gefallen?"

„Das meiste schon. Allerdings waren sie von dem leckenden Abfluss in der Küche alles andere als angetan. Auch von Jakes Schlafzimmer waren sie entsetzt. Ella, jeder will etwas kaufen, was aussieht wie ein Foto aus einer Zeitschrift. Sie und Ihr Exmann müssten sich schon ein bisschen mehr Mühe geben."

Das tat weh. Sie gab sich so viel Mühe. Es war dieser Nichtsnutz, mit dem sie nicht mehr verheiratet war, der ihr vollkommenes Haus immer wieder auf den Kopf stellte. „Das tue ich doch", protestierte sie. „Aber ich konnte ja nicht ahnen, dass der Abfluss anfangen würde zu lecken. Und ich wusste auch nicht, dass Sie vorbeikommen würden."

„Das habe ich Jake aber heute Nachmittag gesagt", erklärte Axel.

„Ach ja?" Jake hatte es den ganzen Nachmittag über gewusst, und trotzdem hatte er den Abfluss nicht repariert? Sie würde ihn mit einer von den Lichterketten eigenhändig erwürgen.

„Hat er Ihnen das nicht erzählt?"

Ella schüttelte den Kopf.

Axel runzelte die Stirn. „Dieser Typ ist ein Chaot."

Ella seufzte. „Stimmt."

„Was haben Sie nur je an ihm gefunden?", fragte Axel verwundert, und bevor sie etwas sagen konnte, fügte er hinzu: „Ich schaue, was ich mit Mr und Mrs Winters machen kann und melde mich dann wieder bei Ihnen."

Sie bedankte sich. Mit einem müden Seufzer schloss sie die Tür hinter ihm.

In dem Moment kam Jake den Flur entlang. „Na, hat es ihnen gefallen?“

„Vielleicht wenn sie nicht den leckenden Abfluss gesehen hätten“, erwiderte Ella eisig.

„Hey, Abflüsse lecken nun mal hin und wieder.“

„Ja, das tun sie. Und Makler melden sich an.“

Immerhin besaß er den Anstand zu erröten.

Ella richtete anklagend den Finger auf ihn. „Du wusstest, dass heute Leute zur Besichtigung kommen würden. Axel hat dich heute Nachmittag angerufen.“

„Es war schon später Nachmittag.“

„Das ist völlig unerheblich“, fuhr Ella ihn an und hob frustriert die Hände.

„Nein, ist es nicht. Es muss mindestens schon vier Uhr gewesen sein, als er angerufen hat. Ich war gerade dabei, ein neues Lied zu schreiben. Ich war mittendrin und wollte den Faden nicht verlieren.“

Langsam verlor sie die Geduld. „Also hast du einfach weiter vor dich hin geklimpert. Was hast du dir dabei gedacht, Jake? Dass die Heinzelmännchen kommen, den Abfluss für dich reparieren und deinen Abwasch machen?“

„Ich hätte das noch erledigt“, antwortete er trotzig.

„Aber du hast es nicht rechtzeitig getan, und das hat uns mit ziemlicher Sicherheit den Verkauf gekostet.“ Ella marschierte wieder in die Küche, und Jake folgte ihr, mit einem winselnden Tiny im Gefolge.

Ella nahm den Topf mit der Suppe vom Herd. „Hier, kannst du alles essen. Mir ist der Appetit vergangen.“

Jake kam zu ihr. „El, es tut mir wirklich leid. Du hast recht: Ich hätte den Abfluss gleich machen sollen.“

Er hätte eine Menge Dinge machen sollen. Ella wandte ihm weiterhin den Rücken zu.

„Ich habe einfach die Zeit vergessen.“

„Ach ja, und damit ist es okay? Wenn du das gleich heute Morgen erledigt hättest, wärst du damit durch gewesen. Hast du heute Morgen auch schon geschrieben?“

„Nein.“

Ha!

„Da habe ich an Arrangements für die Band gearbeitet.“

„Die Band“, fluchte sie. Natürlich, die Band und ihre Keyboarderin, die anderen die Ehemänner ausspannte, kamen immer an erster Stelle. Ella musste sich wirklich sehr beherrschen, um ihm nicht die Suppe über den Kopf zu gießen.

Da klingelte ihr Handy, und sie eilte zum Tisch im Flur, wo sie ihre Handtasche abgelegt hatte. Hastig kramte sie das Handy heraus. „Ich wette, das ist Axel. Vielleicht hat er das Paar ja doch dazu überreden können, ein Angebot abzugeben.“ Kurz bevor die Mailbox ansprang, nahm sie den Anruf entgegen und meldete sich mit einem atemlosen Hallo.

„Tut mir leid, Ella, aber es hat nicht geklappt.“

Verflixt, das war ja zum Heulen. Frustriert ging sie ins Wohnzimmer und ließ sich auf die Couch fallen. „Ich dachte, es hätte ihnen gefallen. Zumindest der Frau.“

„Ja, in gewisser Weise schon, aber doch nicht gut genug, um ein Angebot zu unterbreiten. Keine Angst, wir finden schon noch einen Käufer.“

Wenn das so weiterging, würde das wohl noch Jahre dauern. Missmutig starrte sie auf Jakes derzeitiges Lieblingsbuch, das auf dem Couchtisch lag. *Tu, was du liebst, dann klappt es auch mit dem Geld.* Wie wäre es mit „Tu, was du versprochen hast, und dann klappt es auch mit dem Verkauf“?

Wenn sie noch lange hier mit Jake zusammenwohnte, würde sie ihn irgendwann umbringen. Sie mussten das Haus verkaufen und jeder sein eigenes Leben führen. „Was kann ich tun, damit es endlich verkauft wird?“

„Sorgen Sie dafür, dass es überall gut aussieht.“

„Das mach ich“, versprach sie. „Sonst noch Ideen?“

„Gehen Sie mit mir essen, dann überlegen wir weiter“, schlug

Axel vor. „Sie müssen mal rauskommen, weg von diesem Loser."

Inzwischen war auch Jake ins Wohnzimmer gekommen. Er war ein Loser. Allerdings wäre ihr Leben sehr viel einfacher, wenn er auch wie einer aussehen würde.

„Ein Abendessen? Das hört sich gut an", meinte sie.

„Abendessen?", wiederholte Jake. „Mit wem?"

„Ich reserviere uns für Mittwochabend einen Tisch im Schwangau", sagte Axel.

„Oh, das Schwangau! Wie nett."

Jake guckte grimmig. „Du gehst doch wohl nicht mit diesem albernen Pinkel aus, oder?"

„Sehr schön. Ich hole Sie um sieben Uhr ab."

„Perfekt", erwiderte Ella.

„Dieser Typ ist so was von weit entfernt davon, perfekt zu sein, wie ein Mann nur sein kann", murmelte Jake.

„Bis Mittwoch", sagte Ella. Als sie das Telefonat beendete, stieß Jake einen angewiderten Laut aus. „Du benimmst dich wirklich sehr erwachsen", meinte sie nur spöttisch.

„Ja. Genauso reif wie du, wenn du mit diesem Idioten ausgehst, nur weil du wegen dem Abfluss sauer auf mich bist."

„Ja, ich bin deshalb sauer auf dich. Aber das hat nichts damit zu tun, dass ich mit Axel ausgehe."

„Warum gehst du denn dann mit ihm aus?", wollte Jake wissen.

„Das geht dich gar nichts an", erklärte sie. „Wir sind nicht mehr verheiratet, und ich kann tun und lassen, was ich will. Immerhin habe ich gewartet, bis wir geschieden waren, ehe ich das mache, was ich will."

„Ich auch! Aber ich kann immer noch nicht das tun, was ich gerne tun will, denn was ich will, ist … ach, vergiss es", beendete er den Satz verärgert und stürmte nach oben.

Was hatte er sagen wollen? *Was* wollte er?

War es nicht egal? Ella nahm wieder die Zeitschrift in die Hand und starrte darauf. Aber sie las nicht wirklich darin.

Tiny kam zu ihr, setzte sich auf den Boden und legte seinen

großen Kopf auf ihren Schoß. „Ich weiß", meinte Ella und streichelte ihn. „Du magst es nicht, wenn wir uns streiten."

Tiny rülpste und leckte sich die Pfoten. Der Rülpser roch verdächtig nach Chili.

„Hat Herrchen dir wieder Chili zu essen gegeben?"

Tiny winselte und klopfte mit dem Schwanz auf den Boden.

Ella betrachtete ihn grimmig. Der Hund hatte zugenommen. Und es gab nur einen Menschen, der dafür verantwortlich sein konnte, und das war nicht sie. „Er soll dir doch nicht immer etwas von unserem Essen abgeben. Ich wette, er hat dir auch schon wieder heimlich Kekse zugeschanzt."

Tiny hielt seine Hundeschnauze wohlweislich geschlossen. Stattdessen schaute er Ella nur mit treuem Hundeblick an.

„Keine Angst, ich mach dir keinen Vorwurf", sagte sie zu ihm. „Ich weiß ja, wer dafür verantwortlich ist."

Derselbe Mann, der dafür verantwortlich war, dass die potenziellen Kunden beschlossen hatten, ihr Geld anderweitig auszugeben. Jake O'Brien war wirklich ein Dorn in ihrem Fleisch.

Ella hatte keine Ahnung, warum sie sich plötzlich an ein Picknick oben an den Lost-Bride-Wasserfällen erinnerte, an den Tag, an dem Jake ihr einen Heiratsantrag gemacht hatte. Unvermittelt traten ihr Tränen in die Augen. Sie hatte sich damals eingebildet, sie hätte den Geist der verlorenen Braut gesehen, der einer Legende nach dort oben bei den Wasserfällen umherspukte. Wie alle im Ort wusste auch sie, dass jede Frau, die diesen Geist zu sehen bekam, kurz darauf einen Heiratsantrag erhielt. Und tatsächlich hatte Jake an dem Tag einen Verlobungsring in der Tasche gehabt.

„Heirate mich, El. Versüße mir den Tag, versüße mir mein Leben. Sag Ja."

Natürlich hatte sie „Ja, ja, ja!" gesagt, und sie hatten die Verlobung mit einem Kuss besiegelt. Es war der glücklichste Tag in ihrem Leben gewesen.

Inzwischen schien das so unendlich lange her zu sein. Jake O'Brien war kein Dorn in ihrem Fleisch, sondern in ihrem Herzen, und je schneller sie ihn herauszog, desto besser.

Jake stieß mit dem Fuß gegen den Stapel schmutziger Wäsche auf dem Fußboden. Er hatte wirklich vorgehabt, den Abfluss zu reparieren, ehe Ella zurückkehrte und bevor Axel, dieser Idiot, vorbeikam. Aber er war so vertieft in dieses neue Lied gewesen. Ella wusste doch, wie es war, wenn er dabei war, einen Song zu komponieren. Warum hatte sie ihm nicht geglaubt? Verdammt, warum glaubte sie ihm eigentlich *nie*?

Die Antwort war einfach. Schuld daran war allein Ellas Mutter. Lily Swan hatte ihn von Anfang an nicht gemocht. Er selbst stammte aus einer Familie einfacher Leute, die jagten und angelten und ihr Haus selber putzten, und damit waren sie definitiv nicht cool genug für das ehemalige Miss-Amerika-Topmodel-das-nie-eins-war. Ganz offensichtlich hatte Lily für ihre Tochter andere Pläne gehabt. Wahrscheinlich sollte Ella statt einen Jungen vom Land lieber einen Jetsetter heiraten. Also hatte sie sich sofort darangemacht, die Beziehung zu zerstören.

Und das war wirklich eine Sünde, denn er und Ella waren glücklich zusammen gewesen. Sie waren füreinander bestimmt. Irgendwann in naher Zukunft würde er den Durchbruch als Countrysänger schaffen, und dann hätte Ella ein glamouröses Leben führen können. Dann wäre er in der Lage gewesen, ihr jeden Wunsch zu erfüllen.

Früher hatte sie an ihn geglaubt. Doch das tat sie jetzt nicht mehr. Inzwischen war er in ihren Augen nur noch ein Schürzenjäger, ein fauler Nichtsnutz. Vielen Dank, liebe Schwiegermutter, dass du alles vergiftet hast. Danke, dass du unser Leben ruiniert hast. Danke, dass du deine Nase in Sachen hineingesteckt hast, die dich absolut nichts angingen.

Wirklich zu schade, dass er immer noch keinen großen Hit gelandet hatte. Er hätte die gute alte Mims auf eine lange Reise geschickt – vorzugsweise zum Mond.

Dieser Gedanke ließ ihn lächeln. Dann schoss ihm eine Idee durch den Kopf. Er lachte laut auf und griff nach seiner Gitarre. „Mims, ich werde ein Weihnachtslied für dich komponieren."

7. KAPITEL

Dani hatte immer noch keine Unterkunft für Mason und seine Kinderbraut gefunden, und Cass spürte den Druck, den ihre Tochter wortlos auf sie ausübte. Jeder Seufzer, jeder anschuldigende Du-könntest-helfen-Blick ihrer Tochter verursachten ihr gleichzeitig ein schlechtes Gewissen und schlechte Laune. Schließlich tat sie das, was jede vernünftige Frau in so einer Situation tut: Sie rief ihre Mutter an.

„Und jetzt will Dani, dass ich die beiden bei uns zu Hause unterbringe", beendete sie ihren Bericht jammernd.

„Okay", sagte ihre Mutter, „ich finde, du hast zwei Möglichkeiten: Du kannst dich weigern, dann fühlst du dich besser ... ungefähr zwei Minuten lang. Oder du quetschst uns alle irgendwie rein und machst deine Tochter glücklich."

Cass seufzte. „Ich hatte mir die Hochzeit von Dani anders vorgestellt."

„Cassie, er wäre auf jeden Fall bei der Hochzeit dabei gewesen", stellte ihre Mutter nüchtern fest.

„Aber ich hätte mir niemals träumen lassen, dass sie will, dass er sie zum Altar führt!"

„Warum sollte sie nicht wollen, dass ihr Vater sie zum Altar bringt?"

„Ihren meist abwesenden Vater."

„Trotzdem ist es ihr Vater."

„Traurig, aber wahr. Okay, okay, vielleicht habe ich, ganz tief im Unterbewusstsein, mit dieser Möglichkeit gerechnet, aber ich hätte mir niemals vorgestellt, dass der Vater des Jahres und Bimbette bei mir im Haus übernachten."

„Das Leben verläuft selten nach Plan", sagte Mom.

Vielleicht war das ein Grund dafür, dass Cass Bäckerin geworden war. Backen war einfach. Man folgte einem Rezept, und alles wurde so, wie man es geplant hatte, so wie es sein sollte. Vollkommen.

Nur für eine vollkommene Familie gab es kein Rezept. Anders als Mehl, Zucker, Butter und Eier waren Menschen nicht vorhersehbar und leider häufig genug nicht kooperativ. So wie sie im Moment.

„Es ist doch nur für ein paar Tage“, beschwichtigte ihre Mutter sie. „Ich an deiner Stelle würde nett sein.“

Nett sein, pah. Cass beendete das Telefonat und ging wieder in die Backstube, wo Dani letzte Hand an ein vorbestelltes Lebkuchenhaus anlegte. Schon seit sieben Uhr morgens hatten sie in angespanntem Schweigen zusammen daran gearbeitet. Eigentlich hatten sie schon seit Samstag in angespanntem Schweigen zusammengearbeitet. Jetzt war es fast zehn Uhr, und in ein paar Minuten würden sie das Geschäft öffnen. Im Laufe des Tages würden sie mit all den Kunden, die im Moment in den Laden kamen, ziemlich beschäftigt sein. Der beste Zeitpunkt, um die Sache endlich zu regeln, war also genau jetzt.

Cass bekam Herzklopfen. Sie wollte das nicht. Sie wollte es absolut nicht.

Trotzdem holte sie tief Luft und wagte den Sprung ins kalte Wasser. „Okay, du hast gewonnen. Ruf deinen Vater an und sag ihm, das Hotel Wilkes hat noch was frei.“

Innerhalb einer Millisekunde wandelte sich Danis Miene von grimmig zu freudestrahlend. „Wirklich?“

Cass runzelte die Stirn. „Wirklich. Weiß der Himmel, wo wir sie unterbringen sollen, aber irgendwo werden wir schon ein Plätzchen für sie finden.“ Vielleicht in der Bäckerei, im begehbaren Kühlschrank.

Dani ließ den Spritzbeutel mit dem Zuckerguss fallen und rannte durch die Küche, um Cass zu umarmen. „Danke! Du bist die beste Mutter der Welt.“

Oder die dümmste.

Dani schnappte sich ihr Smartphone und tätigte ihren Anruf. Man musste kein Genie sein, um zu erahnen, wen sie anrief. Und natürlich … „Daddy? Ich habe tolle Neuigkeiten!“

Für jemand anderen, aber nicht für Cass. Na gut, es ging immer auf und ab. „Jetzt können wir anfangen zu planen", sagte sie, nachdem Dani das Gespräch mit ihrem Vater beendet hatte.

„Oh ja, darauf freue ich mich schon", erwiderte Dani.

Ja, es würde Spaß machen. Und die Freude, dieses besondere Ereignis mit ihrer Tochter zusammen planen zu können, würde einen Teil des Ärgers darüber wettmachen, dass sie ihren Exmann einquartieren musste. „Als Erstes müssen wir uns um die Einladungen kümmern, die eigentlich schon längst hätten draußen sein sollen. Wie wär's, wenn wir heute ein bisschen früher schließen und noch schnell nach Wenatchee rüberfahren?"

„Oh, wir wollen keine normalen Einladungen verschicken", meinte Dani leichthin.

„Keine Einladungen?" Wie sollte man eine Hochzeit feiern, ohne dazu einzuladen?

„Wir schicken die Einladungen per E-Mail."

Ach herrje, war das nicht ein bisschen billig, oder wurde Cass einfach nur alt? Nein, zweiundvierzig war noch nicht alt. Also war es billig.

„Es geht schneller", sagte Dani. „Außerdem wissen sowieso schon fast alle Bescheid."

„Na gut, eine Sache weniger, die wir erledigen müssen. Gute Idee", gab Cass nach. „Dann bleiben aber immer noch die Blumen, die Torte und natürlich …"

Ehe sie auch nur das Brautkleid erwähnen konnte, unterbrach Dani sie. „Ich hatte eigentlich an Cupcakes gedacht."

„Cupcakes?", wiederholte Cass. Ihre Tochter wünschte sich Cupcakes für ihre Hochzeit, die in dreieinhalb Wochen stattfinden sollte? Während der geschäftigsten Zeit des Jahres? Eine Torte konnte Cass im Schlaf backen, aber Cupcakes, diese kleinen Teufel, waren viel arbeitsintensiver. Jedenfalls für sie, denn sie hätte den Ehrgeiz, jedes einzelne Küchlein zu etwas Besonderem zu machen. Und wenn normalerweise ein Stück Hochzeitstorte pro Gast ausreichte, würden Cupcakes schnell und reichlich verputzt werden, und nur die wenigsten würden sich mit einem begnügen. Das wiederum bedeutete, dass sie eine riesige Menge backen und verzieren musste. „Dani, Schätzchen, du weißt, was hier um diese Zeit los ist, oder?“

Dani biss sich auf die Lippe. „Ich würde wirklich gern Cupcakes haben.“

Sie hasste es, ihre Tochter zu enttäuschen, aber … „Ich weiß nicht“, begann Cass.

„Na gut“, meinte Dani schnippisch und marschierte davon, um die Ladentür aufzuschließen. „Es ist zwar meine Hochzeit, aber mach doch, was du willst.“

Wenn Cass tun könnte, was sie wollte, dann würden Mason und seine jugendliche Frau von der Gästeliste verschwinden. Grimmig griff sie nach dem Spritzbeutel und machte sich an die Arbeit, um das Lebkuchenhaus fertig zu verzieren.

Wieso war Dani eben so aufgebraust? Sie hatte sich für ihre Tochter verbogen, sich praktisch in eine menschliche Brezel verformt, indem sie Mason und Bimbette zu sich eingeladen hatte. Aber selbst das war offenbar noch nicht genug gewesen.

Cass wusste, dass es dieses Brautzilla-Phänomen gab, aber sie hatte nicht damit gerechnet, dass sie es in ihrer Familie erleben würde. Dani war (jedenfalls normalerweise) ein ziemlich gutmütiges, kooperatives und verantwortungsbewusstes Mädchen. Anscheinend änderte sich das gerade. Und dabei hatten sie noch nicht mal über das Essen, über den Blumenschmuck und das Brautkleid gesprochen. Oder das Budget, das angesichts des unerwartet frühen Zeitpunktes der Hochzeit eher niedrig ausfallen würde. Auf was für Ausbrüche musste sie sich wohl noch gefasst machen, wenn sie sich über das Budget stritten? Cass wollte lieber gar nicht darüber nachdenken.

Das Lebkuchenhaus war jetzt fertig, verlockend verziert mit Zuckerguss und den unterschiedlichsten Süßigkeiten. Die Fenster aus roten Gelatineblättern sahen so aus, als würde drinnen ein gemütliches Kaminfeuer brennen. Einen Moment lang stellte Cass sich vor, sie würde geborgen in dem Haus sitzen und in aller Ruhe an den Wänden knabbern.

Unverhofft öffnete sich jedoch die Tür zu ihrem Lebkuchenidyll, und herein kam ein Lebkuchenmann, der verdächtig nach Mason aussah und eine Lady im Schlepptau hatte. Außerdem kam noch ein Mädchen herein, das mit ihrem kleinen Lebkuchenfuß aufstampfte und verlangte, dass ihre Mutter genügend Cupcakes backte, um damit ganz Icicle Falls verköstigen zu können.

Cass schüttelte den Kopf, um diese grässliche Vision zu vertreiben. Wie schrecklich. Wo waren eigentlich die guten Feen, wenn man sie mal brauchte?

Am Mittwochmorgen war Ella gerade dabei, aufzuräumen und eine Bluse wieder wegzulegen, die eine Kundin in der Umkleidekabine liegen gelassen hatte, als Charley in die Boutique kam, um sich ein bisschen umzusehen.

„Suchst du etwas für eine bestimmte Gelegenheit?“, fragte Ella.

Ella liebte es, Frauen dabei zu helfen, fantastisch auszusehen, und bei Charley mit ihren langen Beinen und der schlanken Figur machte es richtig Spaß. Fast so, als würde man mit Puppen spielen, nur eben in etwas größerem Maßstab. Das war nicht bei allen Kundinnen so. Einige von ihnen stellten eine echte Herausforderung dar. Trotzdem versuchte Ella immer, für jede die richtigen Farben und den richtigen Stil zu finden, die ihnen schmeichelten, und Frauen, die bei Gilded Lily's vorbeischauten, verließen den Laden immer mit einem guten Gefühl.

„Eigentlich nicht“, antwortete Charley. „Ich wollte nur mal schauen, was es Neues gibt. Vielleicht einen Pullover. Oder eine neue Bluse, die ich zu meinem engen schwarzen Rock anziehen könnte, wenn ich im Restaurant arbeite.“

Noch vor Kurzem hatte Charley behauptet, sie würde keine neuen Sachen brauchen. „Na, wen willst du denn neuerdings beeindrucken?“, meinte Ella scherzhaft.

Dann fiel es ihr wieder ein. „Hm, du hast dich nicht zufällig mit Richard getroffen?“, hakte Ella vorsichtig nach. Im Grunde ging sie das ja gar nichts an.

Aber … seit Ella an den Frauenabenden bei Cass teilnahm, waren sie und Charley gute Freundinnen geworden. Gaben Freundinnen nicht aufeinander acht?

Charley beschäftigte sich auf einmal sehr intensiv mit einer weißen Seidenbluse. „Er hat mich Montag ins Firs eingeladen."

„Oh."

„Er behauptet, es täte ihm leid. Er möchte, dass wir es noch einmal zusammen versuchen."

Wenn Jake mich bitten würde, es noch einmal miteinander zu versuchen, überlegte Ella, würde ich ihm eine zweite Chance einräumen?

„Natürlich will ich das nicht", behauptete Charley.

„Wahrscheinlich ist das auch besser so", meinte Ella. „Wenn er dich ein Mal betrogen hat, betrügt er dich bestimmt irgendwann wieder."

Charley nahm die Bluse von der Stange. „Glaubst du, dass Menschen sich ändern können?"

Wenn sie es könnten, hätte Jake dann nicht aufgehört, überall und ständig mit anderen Frauen zu flirten? Wäre er ihr dann nicht treu geblieben? Und hätte er ihr nicht bewiesen, dass er es ernst meinte, indem er sich einen richtigen Job gesucht hätte, als der Musikladen dichtgemacht hatte, statt nur nachmittags ein paar Leuten Musikunterricht zu erteilen und in seiner Band zu spielen? Damit, Teenager zu unterrichten, die davon träumten, bei *American Idol* anzutreten, konnte man schwerlich seinen Lebensunterhalt verdienen, und in zehn Jahren würde er wahrscheinlich noch immer dasselbe machen – auf der Gitarre herumklimpern und seinem Vater im Herbst bei der Apfelernte helfen. Wenn er dann sechzig war, saß er in Seattle an einer Straßenecke und spielte dort Gitarre.

Oder in Nashville. Er war immer noch wild entschlossen, einen Hit zu landen und sich in die Musikmetropole aufzumachen. Es hatte mal eine Zeit gegeben, da hatten sie beide davon geträumt, dorthin zu ziehen. Er würde den Durchbruch schaffen. Sie würden sich irgendwo in der Stadt ein altes Haus kaufen, das Ella richtig schön dekorieren würde, und wenn er auf Tour ging, würde sie mitfahren.

Aber inzwischen war sie erwachsen geworden.

„Es gibt Menschen, die sich ändern", sagte sie. Sie motten ihre Kleinmädchenträume ein und werden vernünftig.

Charley nickte nachdenklich. „Ich glaube, ich probiere die hier an."

Die Bluse würde ihr gut stehen, vor allem, wenn sie ihre Haare hochsteckte, um ihren langen Audrey-Hepburn-Hals hervorzuheben. Ella reichte ihr eine Kette aus grauen Flussperlmuscheln. „Die würde toll dazu passen. Zieh dazu deinen schwarzen Rock und ein Paar hohe Schuhe an, und fertig ist ein umwerfendes Outfit."

Charley nahm die Kette. „Warum nicht?"

Ein paar Minuten später kam sie aus der Umkleidekabine, um sich Ella zu präsentieren. „Oh ja." Ella nickte enthusiastisch.

„Finde ich auch", meinte Charley lächelnd. „Gekauft. Das ziehe ich heute Abend zur Arbeit an."

Wo Richard bestimmt auftauchen würde. *Oh, Charley, sei vorsichtig.* Ella überlegte, ob sie das laut sagen sollte. Vielleicht lieber nicht. Aber sie hätte es gern getan. Während sie kassierte, biss sie sich auf die Zunge.

„Ich weiß, was du denkst", sagte Charley.

„Dass ich nicht will, dass du wieder verletzt wirst?"

„Keine Angst. Ich habe nicht die Absicht, mir von ihm wehtun zu lassen."

Ella nickte. Charley war eine starke Frau, und sobald sie einmal eine Entscheidung getroffen hatte, stand sie auch dazu. Aber selbst die besten Vorsätze konnten in einem romantischen Nebel verloren gehen. Sie hoffte, dass Charley das nicht passierte.

Nachdem Charley mit ihren Errungenschaften den Laden verlassen hatte, wurde es wieder still. Ella gönnte sich eine zehnminütige Pause und zog einen Liebesroman unter dem Tresen hervor.

Eigentlich hätte sie sich gleich in die Geschichte vertiefen sollen, denn als sie zuletzt mit dem Lesen aufgehört hatte, hatten sich Ophelia und der Herzog gerade in einer sehr verfänglichen Situation befunden. Aber die Worte auf der Seite drangen nicht in ihr Bewusstsein vor. Stattdessen grübelte sie über Charleys Frage nach. *Glaubst du, dass Menschen sich ändern können?*

Schließlich gab sie es auf zu lesen und entschied, dass sie eine neue Schaufensterdekoration brauchte.

Die hatte sie gerade fertig, als ihre Mutter vorbeikam. Mims kümmerte sich sonntags um den Laden, damit Ella einen Tag freinehmen konnte, aber auch während der Woche kam sie öfter vorbei. Heute war sie ganz in Schwarz gekleidet, abgesehen von dem braunen Kaschmirmantel, den sie über dem Pullover mit dem V-Ausschnitt und der Hose aus Wollstoff trug. Mit einem Schal von Hermès und Goldschmuck unterstrich sie ihr Outfit. Damit und mit den perfekt frisierten und gefärbten blonden Haaren sah sie aus wie eine moderne Grace Kelly.

„Hübsche Schaufensterdeko." Sie nickte zu Ellas Werk. „Wann hast du das gemacht?"

„Gerade eben. Es war ziemlich ruhig."

„Die Ruhe vor dem Touristenansturm am Wochenende", sagte Mims. „Wie ich sehe, hat jemand die Perlenkette gekauft." Mims registrierte alles. „Du solltest lieber gleich eine neue Kette rauslegen, damit keine Lücke entsteht."

Natürlich, das hätte sie sofort machen sollen. So gut sie auch war, es passierte ihr doch leider immer wieder einmal, dass sie etwas vergaß. Schnell lief sie nach hinten, um eine Kette aus dem Lagerraum zu holen. Dieses Mal entschied sie sich für eine mehrreihige Kette, die in Rottönen gehalten war. Sie passte optimal zur Weihnachtszeit. Die würde sich jetzt in der Adventszeit bestimmt schnell verkaufen lassen.

Mims folgte ihr. „Ich dachte, du hättest vielleicht Lust, heute Abend ins Schwangau zu gehen. Ich habe gehört, dass es ein paar neue vegetarische Gerichte gibt."

„Ich kann heute Abend nicht."

Ihre Mutter sah sie verwundert an. „Warum nicht? Du willst doch sicher nicht mit … dieser Person im Haus bleiben?"

Schon während der ersten sechs Monate, als Ella mit Jake zusammen gewesen war, hatte ihre Mutter ständig seinen Namen vergessen. Mal war er James, dann Jack oder manchmal sogar George. Jetzt schien Mims große Freude daran zu haben, seinen Namen überhaupt nicht mehr in den Mund zu nehmen. Ella war sich nicht sicher, warum, aber es störte sie.

„Ich werde nicht mit Jake zu Hause bleiben", sagte sie und betonte dabei seinen Namen ganz besonders „Aber ich habe schon andere Pläne fürs Abendessen."

„Ach ja?" Jetzt begannen Mims' Augen interessiert zu funkeln. „Mit wem?"

„Axel Fuchs."

„Axel." Mims dachte einen Moment über diese Information nach. „Er sieht nicht schlecht aus." So wie Mims das sagte, klang es, als hätte ihre Tochter ausnahmsweise einmal Geschmack bewiesen. „Ich habe gehört, dass er im nächsten Jahr für das Bürgermeisteramt kandidieren will." Das, gepaart mit Axels weltmännischem Gehabe, war in den Augen von Mims sicherlich eine gewinnbringende Kombination.

War es das auch für Ella? Sie war sich nicht sicher. Aber Axel sah wirklich gut aus, und mit ihm auszugehen war definitiv besser, als zu Hause herumzuhocken und über ihre gegenwärtige Lage zu lamentieren.

„Er fährt einen Lexus", fuhr Mims fort.

Na, damit war die Sache ja geritzt. Axel war der Fang des Jahres. Ella konnte ihren Widerwillen nicht verbergen. Als sie die Kette aufhängte, verzog sie das Gesicht.

„Was ist schlecht daran, wenn man mit einem Mann ausgeht, der Ambitionen hat?", wollte Mims von ihr wissen.

„So ein richtiges Date ist das, glaube ich, gar nicht. Wir wollen zusammen essen und überlegen, wie wir das Haus schneller verkaufen können."

„Was für eine fadenscheinige Ausrede", spöttelte Mims. „Natürlich ist das eine Verabredung. Was ziehst du an? Ich hoffe, nicht dieses Outfit. Du siehst aus wie eine Verkäuferin."

Sie *war* eine Verkäuferin. Ella zuckte mit den Schultern, machte sich aber nicht die Mühe, darauf zu antworten.

„Wo geht er mit dir hin?"

„Ins Schwangau."

Mims nickte zustimmend. „Du könntest die Pilzlasagne probieren und mir hinterher erzählen, wie sie schmeckt. Und zieh das kleine Schwarze an, das ich dir zu Weihnachten geschenkt habe."

„Ich dachte eigentlich an etwas Legereres."

„Nicht zu leger. Damit bringst du Männer nur dazu zu geizen."

„Ich brauche keinen Mann, der ein Vermögen für mich ausgibt", protestierte Ella.

Ihre Mutter bedachte sie mit einem langmütigen Blick. „Und das ist genau der Grund, warum du jetzt in so einem Schlamassel steckst. Sei diesmal etwas klüger, Schätzchen."

Und heirate einen Millionär. Oder einen Prinzen aus irgendeinem kleinen europäischen Land.

Ella seufzte innerlich. Ihre Mutter hoffte immer noch, dass irgendetwas von ihrem Glamour auf Ella abfärben würde, doch dafür war es zu spät. Wenn Mims wirklich gewollt hätte, dass ihre Tochter zum Jetset gehörte, hätte sie sich nicht in einer Kleinstadt niederlassen sollen.

Als Mims das Haus in Icicle Falls geerbt hatte, war sie eigentlich davon ausgegangen, dass es nur eine Zwischenstation in ihrem Leben sein würde, während sie sich von einem kleinen – wie sie es nannte – Karriererückschlag (sprich: dem Alter) erholte. Doch sie war zu lange geblieben, und Ella hatte es hier zu gut gefallen. Später hatte Mims dann versucht, ihren Fehler wiedergutzumachen (und noch einmal in der glamourösen Welt Fuß zu fassen), indem sie Ella regelmäßig auf die New Yorker Fashion Week geschleppt hatte. Aber New York war Ella zu groß und zu überlaufen gewesen. Schließlich erkannte Mims, dass ihrer Tochter diese Ausflüge keinen Spaß machten und schenkte sich die Mühe. Stattdessen fuhr sie allein auf Shoppingtour oder nahm ihren Freund Gregory mit, der genauso modebegeistert war wie sie.

„Ella, hörst du mir überhaupt zu?“

Blinzelnd fand Ella zurück in die Gegenwart. „Ja, natürlich.“

„Mit fünfzig ist dieser junge Mann bestimmt Millionär“, sagte Mims voraus. „Du hast immer noch die Chance, wieder auf die Füße zu kommen.“

„Ich weiß nicht mal, ob er mir überhaupt gefällt ... auf diese Weise.“

„Gib der Sache wenigstens eine Chance. Wir sind hier nicht in New York, Schätzchen. Deine Möglichkeiten sind begrenzt.“

So wie auch die von Mims, seit sie sich hier niedergelassen hatte. Warum war ihre Mutter eigentlich nicht nach New York oder Paris oder ... sonst wo hingezogen?

Ella kannte die Antwort darauf. Ihretwegen. Mims hatte viele Fehler, aber sie nahm ihre Rolle als Mutter ernst, und für sie käme es niemals infrage, allzu weit entfernt von ihrer Tochter zu wohnen. Wenn Ella in einer Kleinstadt leben wollte, würde Lily Swan eben auch in einer Kleinstadt wohnen. Und regelmäßig nach Seattle fahren, an die Ostküste oder nach Europa. Das einzige Problem daran war, dass sie jedes Mal, wenn sie zurückkehrte, weniger Gefallen an Icicle Falls fand. Sie besaß eine Wohnung in Seattle. Sie könnte dort wohnen. Ella hatte ihr das schon einmal vorgeschlagen.

„Erst wenn du dich wirklich häuslich niedergelassen hast“, hatte Mims gesagt. „Was wäre ich denn für eine Mutter, wenn ich einfach davonlaufen und allein wohnen würde?“

Die Antwort darauf war einfach – eine glückliche Mutter.

„Ich bin überzeugt davon, dass du heute Abend bestimmt viel Spaß haben wirst“, sagte Mims jetzt. „Und ich kann es kaum erwarten, alles darüber zu erfahren.“ Sie küsste ihre Tochter auf die Wange und verließ den Laden. Der Duft ihres Parfums blieb wie ein neugieriger Geist in der Luft hängen.

„Ich *werde* heute Abend Spaß haben“, entschied Ella. Und sie würde nicht ein einziges Mal an Jake denken.

Konnte sich ein Mensch ändern?

8. KAPITEL

Jake sah, wie der silberne Lexus vor dem Haus hielt. Missmutig verzog er das Gesicht. Axel Fuchs war ein Raubtier mit einer seidenen Krawatte um den Hals, und es war nicht schwierig zu erraten, wen er als Beute im Auge hatte. Er fuhr einen Lexus, na und? Dafür war er mindestens zehn Jahre älter als Ella, und er sah aus wie ein ausgemusterter Wikinger – blond und blauäugig, aber viel zu dürr und verweichlicht, als dass er mit den großen Jungs hätte auf Raubzug gehen dürfen. Was fanden Frauen nur an ihm? Ach ja, die Seidenkrawatte und den Lexus.

Natürlich ging er mit ihr ins Schwangau. Es war weder so hip noch so unterhaltsam wie das Zelda's, aber es war das teuerste Restaurant in der Stadt. Überteuert, wenn man Jake fragte, vor allem das Bier. Wen interessierte es schon, ob es importiert worden war?

Ein Mal, zu ihrem ersten Hochzeitstag, war er mit Ella dorthin gegangen, und sie hatte geschwärmt, als wäre es Disneyland. Weiße Leinentischdecken und Kerzenbeleuchtung, sodass man kaum die Speisekarte lesen konnte.

„Du zahlst für die Atmosphäre", hatte Ella gesagt, während sie begeistert die dunkle Holzvertäfelung und die Malereien an den Wänden gemustert hatte.

Atmosphäre. Wieso war das für Frauen so wichtig? Das hatte Jake noch nie verstanden. Er war eher der Typ für einen saftigen Burger mit knusprigen Pommes. Oder der Typ für ein Picknick. An sonnigen Sonntagnachmittagen hatten Ella und er sich oft einige Sandwiches und Chips sowie ein paar Äpfel eingepackt und sich ein hübsches Fleckchen am Icicle Creek gesucht. Sie hatten den Tag am Ufer des Flüsschens verbracht, die Füße ins Wasser baumeln lassen und geredet. Manchmal hatte er sogar seine Gitarre mitgenommen und Ella etwas vorgesungen. Das hatte sie immer geliebt. Jedenfalls hatte sie es behauptet.

Jetzt kam Axel den Weg zum Haus hoch. Was hatte er wohl

für diesen Anzug bezahlt? Ella könnte das bis auf den Penny genau schätzen. Sie liebte schöne Klamotten und wusste sich zu kleiden, aber sie hatte nie begriffen, dass nicht das, was eine Frau anhatte, die Männer auf sie aufmerksam machte. Es war die Frau, die die Sachen trug, die zählte.

Kleider machen Leute – wer auch immer das gesagt hatte, er hatte sich geirrt.

Es klingelte, und Jake überlegte, ob er Axel einfach dort in der Kälte stehen und weiter klingeln lassen sollte. Vielleicht würde ihm der Finger abfrieren. Vielleicht würde er aufgeben und weggehen. Leider war das nicht sehr wahrscheinlich.

Jake war schon auf halbem Weg zur Tür, als Ella, mit Tiny auf den Fersen, die Treppe hinuntergeeilt kam. „Ich gehe schon."

Grimmig verschwand Jake wieder im Wohnzimmer und griff nach seiner Gitarre.

Und begann, darauf herumzuklimpern. Ziemlich laut.

Trotzdem hörte er, wie Axel sagte: „Ella, Sie sehen unglaublich aus."

Als wenn das was Besonderes wäre. Ella sah *immer* unglaublich aus. Aber heute Abend hatte sie sich besondere Mühe gegeben – sie trug ihr Haar offen (diese herrliche Mähne, durch die Jake so gern mit beiden Händen hindurchgefahren war) und trug ein, wie Frauen sagten, kleines Schwarzes, kombiniert mit hochhackigen Schuhen. Wie Frauen auf diesen Dingern gehen, geschweige denn laufen konnten, war ihm ein Rätsel. Aber verdammt, eine tolle Frau auf High Heels – welcher Mann konnte da widerstehen?

Und sie trug sie für Axel. Jake zupfte noch lauter auf seiner Gitarre. Trotzdem konnte er Ellas Stimme hören, als sie antwortete: „Danke, Axel. Es ist immer nett, wenn ein Mann bemerkt, was eine Frau anhat."

Jake bemerkte immer, was sie anhatte. Und dann dachte er daran, wie er es ihr wieder ausziehen könnte. Er würde seine Großmutter verwetten, dass Fuchs, dieser Schuft, genau dasselbe dachte.

Die Tür wurde geschlossen, und sie waren weg. Tiny kam ins Zimmer und setzte sich zu Jakes Füßen. Genauer gesagt, ließ er sich auf einem von Jakes Füßen nieder. Der würde jetzt innerhalb von wenigen Minuten taub sein. Wenn Jake doch nur sein Herz genauso schnell betäuben könnte.

Er zupfte einen Akkord. „Ich wünschte, mein Herz wär' aus Eis." Gefolgt von einem weiteren Akkord. „Dann bräuchte ich nichts mehr zu fühlen." Aus den Akkorden wurde eine Melodie, und die Worte sprudelten aus ihm heraus. „Wie lang muss ich diesen Schmerz ertragen? Wie lang wird es dauern, bis ich wieder geheilt bin?" Blöde Frage. Er würde nie geheilt sein, würde nie über Ella hinwegkommen.

Er stopfte seine Gitarre so wütend in die Tasche, dass die Saiten ein lautes Geräusch von sich gaben, als wollten sie protestieren.

Ella studierte die Speisekarte. Hier im Schwangau war alles furchtbar teuer, sogar das Schnitzel. Von allen Restaurants in der Stadt war dies hier Mims' Lieblingsrestaurant. Ellas auch, obwohl sie, wenn sie denn mal ausging, meist ins Zelda's ging – einerseits, weil ihr das Essen dort schmeckte, andererseits, weil Charley eine Freundin war und sie gerne ihre Freunde unterstützte. Dies hier war also ein eher seltenes Vergnügen.

Als Axel den Wein aussuchte, veranstaltete er ein großes Brimborium. „Da wir in einem deutschen Restaurant sind, sollten wir mit einem Rheinwein beginnen, oder was meinen Sie?", fragte er.

„Das hört sich gut an", stimmte sie zu, obwohl der Wein vermutlich an sie vergeudet war.

Sie war keine Weinkennerin. Abgesehen von einem gelegentlichen Huckleberry Martini im Zelda's oder einem mit Rum verfeinerten Eierpunsch zu Weihnachten trank sie eigentlich nur Mineralwasser oder Saft. Allerdings vermutete sie, dass sie in Axels Augen ziemlich landeimäßig wirken würde, wenn sie ihm das beichtete. Und wenn er bereitwillig so viel Geld für

Wein ausgeben wollte, würde sie ganz bestimmt nicht das billigste Essen auf der Karte auswählen.

Sobald der Wein bestellt war, lehnte er sich mit einem zufriedenen Lächeln zurück. „Ich denke, der wird Ihnen gefallen. Er ist nicht zu aufdringlich im Geschmack, aber trotzdem würzig, und ein guter Einstieg in den Abend."

„Ich bin sicher, dass er mir schmeckt", log sie.

„Es ist einer meiner Lieblingsweine. Es gibt doch nichts Besseres, als nach einem langen Tag zu entspannen, Jazz zu hören und ein gutes Glas Wein zu trinken."

Jazz. Ach herrje. Ella stand eher auf Countrymusik.

„Jazz ist die wahre amerikanische Musik", erklärte Axel.

„Countrymusik auch", fügte sie hinzu, um ihren Teil zur Unterhaltung beizutragen.

„Die ist aber nicht so kultiviert", meinte er kopfschüttelnd. „Geklimper, zerbeulte Laster und Bier. Ach ja, Jake spielt ja in einer Countryband, oder?"

Jake besaß ein zerbeultes Auto, aber er sang moderne Countrymusik, die ziemlich angesagt war, und er trank Saft aus biologischem Anbau. Selbst in den Klubs, in denen er spielte, blieb er bei antialkoholischen Getränken. „Alkohol und Musik passen nicht zusammen", sagte er immer. „Dann wird man nachlässig. Und überhaupt, wenn man sich nicht an der Musik berauschen kann, hat man in diesem Geschäft nichts zu suchen."

Warum erinnerte sie sich ständig an Dinge, die Jake gesagt hatte? Wen interessierte es schon, was er zu sagen hatte? Heute Abend war sie mit Axel hier, und der war reich und kultiviert – all das, was Jake nicht war.

„Lassen Sie uns nicht über Jake reden."

„Ausgezeichnete Idee", erwiderte Axel. „Also, was für Musik mögen Sie?"

„Oh, eigentlich alles." Es war immer gut, offen für alles zu sein und seinen Horizont zu erweitern.

„Was hören Sie, wenn Sie nach der Arbeit nach Hause kommen?"

Jake, wie er Gitarre spielt. Das würde sie vermissen, wenn das Haus endlich verkauft war. Wenn sie sich das Geld geteilt hatten und auseinandergegangen waren. Die endgültige Trennung. „Na ja, im Moment ist es schwierig, Musik zu hören. Jake gibt entweder Gitarrenunterricht, oder er arbeitet an einem neuen Song."

Axel runzelte die Stirn. „Das ist keine angenehme Situation. Sie müssen da wirklich endlich raus." Ach herrje, er klang wie ihre Mutter.

„Es muss doch etwas geben, womit ich das Haus noch ansprechender machen kann", sagte sie.

„Das Haus hat durchaus Potenzial und sieht ganz nett aus. Das Rustikale passt gut hierher nach Icicle Falls."

„Ich hatte so gehofft, dass dieses Pärchen es kaufen würde", sagte sie seufzend. „Würde es helfen, wenn wir Weihnachtsdeko hätten? Vielleicht einen Tannenbaum? Damit es heimeliger wirkt?"

„Könnte gut sein. Wenn Sie es nicht übertreiben. Heutzutage geht es doch vor allem darum, gewisse Akzente zu setzen und alles ins rechte Licht zu rücken."

„Ich finde inzwischen, dass es ein bisschen, na ja, ich weiß nicht, kahl aussieht."

„Ein Weihnachtsbaum würde sich vielleicht ganz gut machen."

Also würde sie einen Tannenbaum besorgen. Und vielleicht eine Tannengirlande über dem Kamin anbringen und ein paar Kerzen aufstellen. Zimt. In Häusern, in denen es gut duftete, fühlten Menschen sich sofort wohl; das hatte sie schon gewusst, ehe Axel es ihr erzählt hatte. Außerdem hatte sie immer Spaß daran, das Haus festlich zu dekorieren. Dies würde ihr letztes Weihnachten dort sein – kein schöner Gedanke, also schob sie ihn schnell beiseite. Stattdessen versuchte sie, sich darüber zu freuen, dass sie bald ein neues Heim haben würde, das sie schmücken konnte. Ein neues Heim und einen Neuanfang.

Der Wein wurde gebracht, und der Kellner goss Axel den obligatorischen ersten Schluck ein, damit er ihn probieren konnte. Axel schnüffelte, schwenkte und nippte, bevor er sein Okay gab und der Kellner einschenken durfte. Anschließend bestellten sie ihr Essen – Sauerbraten für Ella, Rouladen für Axel sowie eine Vorspeise für sie zusammen, mit viel Hummer –, und dann hob Axel sein Glas. „Auf den Hausverkauf und auf die Freiheit."

„Auf die Freiheit", antwortete Ella. Das Haus war wie ein Klotz am Bein. Sie konnte erst ausziehen, wenn es verkauft und Jake ein für alle Mal aus ihrem Leben verschwunden war. Sie hob ihr Glas und trank ziemlich gierig einen großen Schluck. Erst da bemerkte sie Axels erhobene Brauen. „Es war ein langer Tag", rechtfertigte sie sich schnell.

„Das kann ich mir vorstellen."

Sie sprachen noch ein wenig über das Haus und darüber, wie hart Axel daran arbeitete, sie endlich dort herauszubekommen. Sie gingen zum Du über und kamen dann wieder auf ein Thema zu sprechen, das nicht wirklich neu war – Axel. Er reiste gern. Er besaß eine Eigentumswohnung in Seattle, die er bei einer Zwangsversteigerung ergattert hatte. Er fuhr liebend gern in die Stadt, um sich Theaterstücke oder Musicals an der Fifth Avenue anzuschauen. Fernsehen, abgesehen von den interessanten Programmen auf PBS, war etwas für Idioten, und warum sollte sich irgendjemand für diese blöden Reality Shows oder Sitcoms begeistern, wenn er (oder sie) stattdessen auch einen Roman von James Joyce genießen konnte?

Vielleicht war dies nicht unbedingt der richtige Zeitpunkt, um zu gestehen, dass sie gern Sendungen wie *Der Bachelor* sah und am liebsten Liebesromane las.

„Was liest du gern?", fragte Axel schließlich.

„Vanessa Valentine", platzte sie heraus.

„Wen?"

„Sie schreibt über … Beziehungen."

Axel nickte langsam. Offenbar war er nicht gerade beeindruckt und versuchte, das zu verbergen.

„Ich lese alle möglichen Autoren gern."

Er lächelte zustimmend und nippte an seinem Wein. „Deine Mutter hatte recht. Du und ich, wir haben viel gemeinsam."

Ihre Mutter! „Du hast mit meiner Mutter gesprochen?"

„Schon vor einer Weile", meinte er achselzuckend. „Du weißt doch, es ist nicht so leicht, in einer Kleinstadt eine Frau von Format zu finden."

Vielleicht sollte er nach New York ziehen. Es gab da eine Reality Show über Makler in New York. Da könnte er mitmachen und Rheinwein trinken.

„Natürlich wusste ich vom ersten Augenblick an, dass du Format hast", fuhr Axel fort.

„Tatsächlich?" Es war schwierig, sich nicht geschmeichelt zu fühlen. Es war schwierig, nicht beeindruckt zu sein. Axel hatte alles – Erfolg, Geld, gutes Aussehen. Und er mochte Jazz. Na ja, niemand war perfekt.

Jetzt begann er, richtig Süßholz zu raspeln. „Ich muss dir ganz ehrlich sagen: Ein Mann kann noch so großen Erfolg haben, aber ohne die richtige Frau an seiner Seite, mit der er alles teilen kann, bedeutet das rein gar nichts. Ich meine, es macht doch wirklich keinen Spaß, in Venedig allein eine Gondelfahrt zu machen oder allein an der Seine entlangzuspazieren." Er lächelte Ella an. „Eine schöne Frau macht solche Erfahrungen doch erst vollkommen."

Er fand sie schön. Mit ihrer Stupsnase und dem runden Gesicht hatte sie sich selbst nie als schön empfunden. Wer konnte das auch schon, wenn er sich tagtäglich mit der unvergleichlichen Lily Swan verglich? Selbst Jake hatte ihr nie gesagt, dass er sie schön fand. Niedlich, ja. Auch begehrenswert. Aber schön?

Vielleicht konnte sie doch noch lernen, sich für Jazz zu begeistern.

Jake hatte extrem schlechte Laune, als er zur Bandprobe kam.

„Was ist dir denn für eine Laus über die Leber gelaufen?", fragte Tim, der Schlagzeuger.

„Keine", log Jake. Auch wenn die Mitglieder der Band seine

Freunde waren, hatte er nicht vor, ihnen zu erzählen, dass seine Ex mit einem anderen Mann aus war.

Um so zu tun, als hätte sie Mitleid mit ihm, stimmte Jen Elton Johns „Sorry Seems to Be the Hardest Word“ auf ihrem Keyboard an. „Du brauchst Trost, Jake“, meinte sie leicht spöttisch.

„Ich hab da noch einen flüssigen Trost im Schrank“, bot Larry, der Leadgitarrist, an. Auch Larry hielt sich daran, dass während ihrer Auftritte kein Alkohol getrunken wurde, doch während der Proben war ein Bier oder ein Glas Schnaps erlaubt. Jake war der Einzige, der sich auch während der Proben nicht dazu hinreißen ließ.

„Ach was, er muss nur mal ein bisschen Musik machen“, sagte Guy, der Bassist. „Hast du das neue Lied mitgebracht, von dem du uns erzählt hast?“

Oh ja, und Jake war genau in der richtigen Stimmung, um diesen Song zu spielen.

Am Ende der ersten Strophe machten alle große Augen. Der beste Beweis für das, was Jake schon vermutet hatte: Er hatte einen richtig guten Countrysong geschrieben. Auf diese Weise war seine Exschwiegermutter doch noch zu etwas zu gebrauchen gewesen. Die anderen stimmten mit ihren Instrumenten bereits bei der zweiten Strophe ein, und da sie alle ausgezeichnete Musiker waren, klang das Lied schon nach wenigen Minuten richtig gut.

Kaum hatten sie den Refrain das letzte Mal gesungen, meinte Larry: „Voll abgefahren, Mann. Wir sollten den Song am Wochenende spielen, damit könnten wir einen Hit zur Weihnachtszeit landen.“

„Verdammt, das ist nicht nur ein Hit zur Weihnachtszeit. Das könnte echt ein großer Renner werden“, warf Guy ein. „Seit den Sechzigern hat es keinen Schwiegermutter-Song mehr in den Charts gegeben. Oder?“

„Keine Ahnung“, meinte Larry, „aber es sollte auf jeden Fall einen geben. Damit kann sich jeder Typ auf der ganzen Welt identifizieren.“

Guy schüttelte den Kopf. „Ich nicht“, sagte er. „Meine

Schwiegermutter ist echt cool. Sie backt mir zu Weihnachten meine Lieblingskekse und brät mir jedes Jahr zu meinem Geburtstag ein richtig leckeres Steak."

„Aber das ist nicht normal", erklärte Larry.

„Na ja", meldete sich Jake zu Wort, „ich kenne Männer, die ihre Schwiegermütter mögen." Zu schade, dass ein Mann sich nicht das Passende zusammenstellen konnte. *Ich nehme diese Frau und die Mutter ihrer besten Freundin.*

Larry verzog das Gesicht. „Die lügen bestimmt. Chrissies Mom macht mich wahnsinnig."

„Sie zählt doch noch gar nicht als Schwiegermutter", meinte Guy. „Chrissie und du, ihr seid doch gar nicht verheiratet."

„Und das werden wir auch erst sein, wenn sie sich eine neue Mutter zulegt."

Guy wandte sich an Jake. „Ich kann nur sagen: Wenn die Mom deiner Ex dich hierzu inspiriert hat, dann war es das alles wert."

„Nicht wirklich", murmelte Jake.

Er zwang sich, alle weiteren Gedanken an seine Exfrau zu verbannen. Stattdessen konzentrierte er sich darauf, den Song zu arrangieren. Eine Weile arbeiteten sie daran. Anschließend übten sie noch einige Weihnachtslieder ein, bevor sie den neuen Brad-Paisley-Hit einstudierten. Nach anderthalb Stunden begann er zu überlegen, ob Ella wohl immer noch mit Axel aus war. Vielleicht hatte der sie inzwischen ja auch schon nach Hause gebracht. Hatte er sie abgesetzt und war verschwunden, oder hatte sie ihn noch eingeladen? Wenn sie ihn eingeladen hatte, war er dann immer noch da? Was machten sie gerade?

„Lasst uns für heute Schluss machen", verkündete er unvermittelt.

„So früh?", protestierte Larry. Er sah enttäuscht aus. „Komm schon, Jake, ich hab Lust, heute richtig einen draufzumachen." Larry hatte immer Lust, einen draufzumachen.

Guy sah ihn an, als wäre er verrückt geworden. „Wir machen nie so früh Schluss. Bist du krank?"

Er musste krank im Kopf sein, dass er so besessen von der Frau war, mit der er nicht mehr verheiratet war. „Ja. Ich fühle mich echt beschissen." Er fühlte sich schon seit Langem beschissen, aber das tat ja nichts zur Sache.

„Okay, dann hören wir eben auf", meinte Larry. „Wir relaxen ein bisschen und trinken dir zu Ehren ein Bier. Aber sieh zu, dass du bis Freitag wieder fit bist."

„Ich hab noch nie einen Auftritt verpasst", versicherte Jake ihm und verstaute seine Gitarre.

Fünfzehn Minuten später kam er zu Hause an, genau in dem Augenblick, als auch Ella und dieser Lackaffe in seinem feinen Anzug vorfuhren. Jake stieg aus seinem Transporter aus und beäugte den Lexus ungnädig. Was für ein Weichei-Auto.

Offenbar hatten sie es nicht eilig, aus dem Wagen auszusteigen. Also ließ Jake sich Zeit, als er den Weg zum Haus hochging. Die beiden blieben weiter im Weichei-Wagen sitzen. Jake stellte seine Gitarre ab und ließ Tiny nach draußen. Der Hund war glücklich, ihn zu sehen und genauso glücklich, im Vorgarten herumzustrolchen und in den Büschen zu schnüffeln. Jake blieb auf der Veranda stehen und beobachtete ... Ella und Axel.

Schließlich schien Fuchs den Wink mit dem Zaunpfahl zu verstehen und stieg aus dem Wagen aus. Natürlich ging er um das Auto herum, um Ella die Tür zu öffnen. Sie glitt heraus, und man konnte einen Blick auf eins ihrer wohlgeformten Beine erhaschen, das unter dem Mantel hervorblitzte. Ella hatte tolle Beine. Verflixt, alles an Ella war toll.

Jetzt kamen sie den Weg hoch. Dabei sahen sie beide nicht sonderlich begeistert aus.

Drei sind einer zu viel, was? Pech. Jake blieb, wo er war, lässig an den Türrahmen gelehnt. „Hallo, Kinderchen, wie war es beim Tanzen?"

Ella funkelte ihn wütend an, doch Axel weigerte sich, nach dem Köder zu schnappen. Er lächelte nur höflich. Ja, er war eben ein ausgesprochen tüchtiger Geschäftsmann.

Jetzt waren sie auf der Veranda angekommen. „Wolltest du reingehen?“, fragte Ella unmissverständlich.

„Tiny ist noch nicht fertig.“

„Ich kann ihn im Auge behalten“, sagte Ella.

„Es macht mir nichts aus.“

Axel gab auf. „Na, dann werde ich mich mal verabschieden.“

„Es war wirklich ein schöner Abend“, sagte Ella zu ihm.

Wirklich schön? Echt? Es war doch nur ein Essen gewesen. Oh, aber ein Essen mit vornehmen Tischdecken. Das machte wohl einen großen Unterschied.

„Wir wiederholen das auf alle Fälle bald einmal“, sagte Axel.

Nicht, wenn Jake etwas dazu zu sagen hatte. Ach ja, hatte er ja leider nicht.

Axel ging zurück zum Wagen, und Ella marschierte an Jake vorbei ins Haus. Er rief Tiny und folgte ihr … zufrieden grinsend.

Doch als er sich zu Ella gesellte, sorgte sie dafür, dass ihm das Grinsen verging. „Das war ja ein sehr erwachsenes Benehmen“, fuhr sie ihn an, während sie aus den Schuhen schlüpfte.

Er stellte sich dumm. „Was?“

„Du weißt genau, was ich meine. Du bist so ein Heuchler.“

„Wie bitte?“

„Du darfst dich mit anderen Frauen amüsieren, aber ich darf nicht mal einen anderen Mann anschauen? Stimmt’s?“

„Ich hab nie …“, begann er.

Sie unterbrach ihn. „Hast du ständig. Ich werde mich wieder mit Axel treffen, und ich werde mein eigenes Leben führen. Und ich werde einen Weihnachtsbaum kaufen und dafür sorgen, dass das Haus verkauft wird!“

Jake war sich nicht sicher, was der Weihnachtsbaum damit zu tun hatte, aber die Kernaussage der Tirade hatte er durchaus verstanden. Für Ella war er Geschichte. Und sobald sie das Haus verkauft hatten, würde sie ihn ganz aus ihrem Leben verbannen. Eigentlich wäre jetzt der richtige Zeitpunkt, um zu sagen: „Liebling, wir haben einen Fehler gemacht. Komm, wir setzen uns zusammen und reden miteinander, ganz in Ruhe und vernünftig. Lass uns all die Verdächtigungen und die Wut vergessen. Lass mich dich stattdessen lieben." Doch statt all das auszusprechen, stand er stumm im Flur und sah ihr böse hinterher, als sie nach oben ging.

Sein Leben war wie ein schlechter Countrysong. Jetzt fehlte ihm nur noch, dass sein Auto den Geist aufgab und sein Hund starb.

Als könnte er seine Gedanken lesen, winselte Tiny leise.

„Das hab ich nicht ernst gemeint, Tiny", sagte Jake. „Komm, wir gehen in die Küche und holen uns ein bisschen Chili."

Ella warf ihre Schuhe in den Schrank und ließ sich aufs Bett fallen. Sie konnte es wirklich nicht erwarten, endlich dieses Haus zu verkaufen und von Jake O'Brien wegzukommen. Von ihm und seinem unreifen Benehmen und seinen billigen Countrysongs. Wahrscheinlich war er jetzt in der Küche und brachte dort wieder alles durcheinander. So, wie er versuchte, ihr Leben durcheinanderzubringen.

Aber sie würde das nicht zulassen. Und sie würde lernen, Jazz toll zu finden, und wenn es sie umbrachte.

9. KAPITEL

Am Freitagmorgen machte Ella sich gerade fertig, um in den Laden zu gehen, als Axel anrief. „Ich wollte dir nur Bescheid sagen, dass ein Pärchen in die Stadt kommt, das sich ein Zweithaus kaufen will. Ich könnte mir vorstellen, dass ihnen euer Haus gefällt."

„Das ist ja wunderbar", antwortete Ella begeistert. Wenn diese Leute ein Ferienhaus suchten, hatten sie ganz offensichtlich Geld. Vielleicht würden sie ja sogar den geforderten Preis bezahlen.

„Sie kommen heute Nachmittag. Wenn es also noch etwas zu tun gibt ..."

Zum Beispiel Jake dazu zu bringen, seine Unterwäsche einzusammeln und das schmutzige Geschirr aus der Spüle zu entsorgen? Sehr diplomatisch. „Ich sorge dafür, dass alles pikobello aussieht", versprach Ella.

Kaum hatte sie das Telefonat beendet, machte sie sich auf die Suche nach Jake. Es war nicht schwierig, ihn zu finden. Sie musste nur ihrer Nase folgen, denn er war in der Küche und briet sich Eier mit Speck. Natürlich spritzte dabei das Fett über den ganzen Herd. Er war wirklich das wandelnde Chaos.

„Axel kommt heute Nachmittag mit einem Paar vorbei, das sich das Haus anschauen will", informierte sie ihn.

Seine einzige Reaktion war ein Grummeln.

Seitdem sie mit Axel essen gewesen war, verhielt sich Jake ziemlich garstig. Das machte es schwierig, vernünftig mit ihm zu reden. Sie versuchte es trotzdem. „Du räumst also bitte die Küche auf, ja?"

„Ja", brummte er, offensichtlich beleidigt.

„Danke", sagte sie nur und verließ die Küche. Sie hatte keine Zeit, hier herumzustehen und böse Blicke auszutauschen. Sie musste zur Arbeit. Aber erst würde sie schnell noch auf den Dachboden laufen und ein paar Dekoartikel herunterholen, um für eine weihnachtliche Stimmung im Haus zu sorgen. Der erste Eindruck war so wichtig.

Allerdings war es genauso wichtig, pünktlich im Laden zu sein. Mims legte großen Wert darauf. Ella beschleunigte ihren Schritt, öffnete die Tür zum Dachboden und eilte die schmale Treppe empor.

Weil die Tür immer geschlossen war, herrschte hier oben eine ziemliche Kälte. Ella rieb sich die Arme und schaute sich schnell um. All der Krimskrams, Zeugen ihres gemeinsamen Lebens. Dort drüben stand der Picknickkorb, den Cecily ihnen zur Hochzeit geschenkt hatte. Hinten in der Ecke lag Jakes alter Fanghandschuh. Damals, als sie noch ein glückliches Paar gewesen waren, war Ella zu all seinen Softballspielen mitgegangen. Hier stand der alte Schrankkoffer, den sie auf einem Flohmarkt gefunden hatten. Und dort, in der anderen Ecke, sorgfältig verpackt und verstaut, hing ihr Hochzeitskleid. Hastig wandte Ella den Blick ab.

Im letzten Jahr hatte Jake die Weihnachtsdekoration weggeräumt, und die Kartons waren einfach irgendwie in die Ecken geschoben worden. Glücklicherweise erkannte sie die Kartons, in denen die Kerzen und die Schneekugeln waren. Auf dem Kaminsims würden die sich richtig gut machen. Bis sie einen Tannenbaum hatten, waren das genau die richtigen Teile.

Vielleicht würden sie gar keinen Baum mehr brauchen. Vielleicht würde das Paar, mit dem Axel heute herkommen wollte, sich sofort in das Haus verlieben und ein Angebot unterbreiten.

In Anbetracht der knappen Zeit nahm Ella nur schnell den Karton und eilte wieder hinunter.

Nachdem sie die Sachen aufgestellt hatte, stopfte sie den Karton in den Garderobenschrank und machte sich auf den Weg zur Arbeit. Wenn alles gut lief, war das Haus heute Abend schon verkauft und somit Geschichte. So wie sie und Jake.

Jake hatte gerade ein paar Lieder zusammengestellt und stärkte sich mit einem Becher Kaffee, als er sah, wie der silberne Lexus vor dem Haus hielt. Das Weichei war da. Und er würde sich nicht darüber freuen, Jake zu sehen. Pech, Jake war auch nicht sonderlich erpicht darauf, mit diesem Typen zusammenzutreffen. Sie waren also sozusagen quitt. Außerdem gehörte die Hälfte des Hauses immer noch ihm, und er hatte jedes Recht der Welt, sich hier aufzuhalten.

Er stand am Fenster und beobachtete, wie Axel und seine Klienten aus dem Wagen stiegen und zum Haus kamen. Das Paar war schon etwas älter, vermutlich in den Fünfzigern. Er sah aus wie ein Model für The North Face. Sie trug einen Mantel, der mit Kunstfell besetzt war, dazu Schuhe mit hohen Absätzen. Ihr Haar war genauso unecht wie der Besatz ihres Mantels, jugendlich blond gefärbt und zu einem perfekten Bob geschnitten. Alles an ihr schrie geradezu: „Mein Mann hat Geld." Mist. Solche Leute sollten sein Haus kaufen?

Axel entdeckte ihn am Fenster, und sein Lächeln wurde sichtlich frostiger.

Jaja, ich weiß. Du hattest gehofft, ich wäre verschwunden. Das hoffst du, seit du angefangen hast, Ella nachzustellen. Jake hob zur Begrüßung seinen Kaffeebecher. Und freute sich darüber, wie grimmig Axel ihn ansah. Doch im nächsten Moment setzte Axel wieder sein Verkäufergrinsen auf und redete mit den beiden Fischen, die er an der Angel hatte, während er sie die Treppe hinauf auf die Veranda drängte.

Plötzlich hörte Jake ein Geräusch, das nichts Gutes für Axel und die Fische verhieß. Es war ein lautes, schepperndes Poltern, das sich anhörte, als würden der Weihnachtsmann und eine ganze Herde Rentiere das Metalldach als Rutsche benutzen. Oh, oh. Ella war auf dem Dachboden gewesen, um die Weihnachtsdekoration herunterzuholen, bevor sie zur Arbeit gegangen war. Wahrscheinlich hatte sie die Tür nicht zugemacht – keine so gute Idee, denn das hieß, dass den ganzen Tag lang all die Wärme von unten nach oben auf den Dachboden gestiegen war. Auf jeden Fall genügend, um den Schnee auf dem Dach schmelzen und ihn hinunterrauschen zu lassen auf …

Er hörte den Schrei, sah die Lawine. Entsetzt beobachtete er, wie einer der Eiszapfen sich von der Dachrinne löste. Er hatte vergessen, sie abzuschlagen. Und nun sauste er wie ein Schwert auf die drei Leute nieder, die bereits von Schnee bedeckt waren. Gerade noch rechtzeitig konnten sie ausweichen. Die Frau schrie so schrill, dass sich garantiert auch all die anderen Eiszapfen, die bisher nicht abgefallen waren, lösen würden.

Jake rannte zur Tür und riss sie auf. „Alles in Ordnung?"

„Was glauben Sie?", stieß Axel zwischen zusammengebissenen Zähnen hervor.

Das Paar stand unter Schock. Die beiden sahen aus wie schneebedeckte Vogelscheuchen. Die Frau blinzelte Jake aus einer Schneemaske heraus an. Sie jammerte, während sie sich über das Gesicht wischte und sich dann den Schnee aus den Haaren schüttelte. „Oh nein, meine Frisur." Aber die war nicht ihr einziges Problem. Ihre Wimperntusche verlief, und die Frau sah aus wie der Vampir Barnabas Collins in Frauenklamotten. Ihr Ehemann dagegen, der sich den Schnee von den Schultern wischte, wirkte so, als wäre er kurz davor, einen Mord zu begehen.

Genau wie Axel. Dass dessen Kunden unter dem Schnee begraben worden waren, tat Jake leid. Doch bei Axel sah die Sache schon anders aus. Da hielt sich sein Mitleid in Grenzen, denn irgendwie war es schon ganz befriedigend zu sehen, wie dieser schmierige Typ vom Kopf bis zu den teuren Schuhen vom Schnee durchnässt wurde. Fast hätte Jake gelacht. Doch die Erkenntnis, dass Ella über diese Sache alles andere als begeistert sein würde, ließ ihn ernst bleiben.

„Was war das?", wollte der Mann wissen.

„Das passiert manchmal bei Metalldächern", beschwichtigte Axel ihn. „Nichts, worüber Sie sich Sorgen machen müssen."

„Nichts, worüber ich mir Sorgen machen muss?", wiederholte der Mann und hob die Stimme. „Ein Schritt näher, und dieser Eiszapfen hätte sich durch Annabels Kopf gebohrt."

Der ist bestimmt sowieso hohl, dachte Jake. „Kommen Sie rein und trocknen Sie sich ab", bot er an.

Die Frau machte einen Schritt rückwärts. „Ich glaube nicht."

Inzwischen war auch Tiny zur Tür gekommen und bellte zur Begrüßung.

Annabel kreischte panisch.

Ein weiterer Eiszapfen sauste auf die Veranda nieder. „Ahhh!" Annabel drehte sich um und floh die Stufen hinunter.

„Zeigen Sie uns eine Wohnung", sagte ihr Ehemann und eilte hinter ihr her.

„Sie haben den Verkauf versaut", beschuldigte Axel Jake und sah ihn böse an.

„Hey, ich kann nichts dafür, dass der Schnee vom Dach gerutscht ist", fuhr Jake ihn an. „Das war Gottes Werk."

Axel sah aus, als wollte er noch mehr sagen, wischte sich jedoch nur noch den letzten Schnee von seinem teuren Mantel und stapfte seinen Klienten hinterher.

„Ein Glück, die sind wir los", meinte Jake zu Tiny und schlug die Tür zu.

Ella würde das gewiss anders sehen.

Tatsächlich. Eine Stunde später klingelte Jakes Handy. Getreu dem Motto „Angriff ist die beste Verteidigung", ließ er ihr gar keine Chance, etwas zu sagen. „El, das war nicht mein Fehler."

„Du hast die Eiszapfen nicht entfernt, obwohl ich dich darum gebeten hatte. Wieso ist das jetzt also nicht dein Fehler?"

„Okay, die Sache kannst du mir anlasten", gab er zu. „Aber nicht das mit dem Schnee. Ich bin nach oben gegangen und habe nachgeschaut. Du hast die Tür zum Dachboden offen gelassen. Die warme Luft, die den ganzen Tag lang nach oben gestiegen ist, hat das Dach erwärmt und die Schneelawine ausgelöst."

Das nahm ihr den Wind aus den Segeln. Aber eine Sekunde später hörte Jake, wie sie schniefte. „Oh, komm schon, El, bitte nicht weinen. Irgendjemand wird das Haus schon noch kaufen."

„Aber nicht, wenn wir versuchen, sie mit Schnee und Eiszapfen zu ermorden."

„Pass auf: Die Eiszapfen sind alle ab, und ich habe auch

den Schnee von der Veranda geschaufelt. Also, beim nächsten Mal …"

„Ich weiß nicht mal, ob es ein nächstes Mal gibt. Axel war echt sauer."

„Also, Axel, der kann mir …" Jake verkniff sich den Rest des Satzes, als er merkte, dass sie so nicht wirklich weiterkamen.

„Oh, warum rede ich überhaupt mit dir?", meinte Ella unglücklich.

Sie legte auf, ehe er sagen konnte: „Weil ich derjenige bin, an den du dich wendest, wenn du unglücklich bist. Weil du mich nämlich immer noch liebst." Er schaute zu Tiny, der ihn, den Kopf zur Seite gelegt, anschaute. „Weißt du was? Für dich ist es viel einfacher, ein Kerl zu sein als für mich." Liebe sollte nicht so schwierig sein.

Das wäre doch ein schöner Titel für ein Lied. Zu schade, dass es auch die traurige Geschichte seines Lebens war.

Am Freitag schloss Cass die Bäckerei eine Stunde eher, damit sie und Dani zu Lupine Floral hinübergehen konnten, um die Blumen für die Hochzeit auszusuchen. Es war der erste Dezember, und in der Stadt wimmelte es von Menschen, die ihre Weihnachtseinkäufe machten.

Morgen um diese Zeit würde der Marktplatz voller Besucher sein, die dabei sein wollten, wenn die Lichter am großen Weihnachtsbaum angeschaltet wurden. Es sollten Weihnachtslieder angestimmt werden, der Weihnachtsmann würde kurz vorbeischauen, und der Pastor wollte einige Fürbitten aussprechen. Anschließend würde dann der Countdown folgen, bevor Hunderte von bunten Lichtern die riesige Fichte auf dem Marktplatz erstrahlen lassen würden und der Glockenchor „Joy to the World" spielen würde. In der letzten Woche vor Weihnachten würde es jeden Abend derartige Veranstaltungen geben. Unter anderem würden die Chöre singen und die örtliche Folkstanzgruppe auftreten. Außerdem würde jeden Abend an der Eislaufbahn ein Feuer brennen, damit die Familien sich Hot Dogs und Marshmallows rösten konnten. In Icicle Falls wusste man eben, wie man feierte.

Und wie man Besucher anlockte. Im vergangenen Jahr hatten sie harte Zeiten durchstehen müssen, weil kaum Schnee für die Skiläufer und Wintersportfans gefallen war, aber auch daraus hatten sie gelernt. Inzwischen gab es reichlich andere Aktivitäten, die nicht unbedingt mit der Skisaison verknüpft waren. Abgesehen von Weihnachten konnte man auch während der anderen Jahreszeiten immer etwas finden, was sich zu feiern lohnte. Eine Reihe von Events war in Planung, sodass sich ihre kleine Stadt gerade zu einem wahren Besuchermagnet entwickelte.

Sogar das Blumengeschäft Lupine Floral hatte sich etwas ausgedacht, um die Touristen anzulocken. Die beiden Inhaber hatten ein hübsches weihnachtliches Ansteckssträußchen aus roten Nelken und kleinen Zuckerstangen kreiert, die sich die Frauen an ihre Wintermäntel oder an die Hüte stecken konnten. Als Cass und Dani sich am Freitagnachmittag auf dem Weg zum Blumenladen durch die Menschenmassen schoben, zählten sie bestimmt ein halbes Dutzend davon.

Das Schaufenster von Lupine Floral war ein wahres künstlerisches Winterwunderwerk in Weiß und Silber. Ein kleiner Fluss aus silberfarbenem Schleifenband schlängelte sich durch kunstvoll gesteckte weiße Rosen und Nelken in silbernen Vasen. Ein kleiner Wald aus Schleierkraut erhob sich aus Milchglasvasen, die durch Girlanden aus künstlichen Perlen verbunden waren. Das Zentrum des Fensters bildete ein kleiner Tannenbaum, geschmückt mit silbernen Kugeln und blauen Schleifen.

„Das könnte mir gefallen“, sagte Dani, als sie den Laden betraten.

„Was genau?“, hakte Cass nach.

„Alles.“

Cass sah schon, wie das Geld davonflatterte. Trotzdem nickte sie gutmütig und folgte ihrer Tochter hinein. Wenn sie doch nur schon mehr gespart hätte!

Selbst wenn Dani ihr noch ein Jahr länger Zeit gelassen hätte, wäre sie wohl nicht in der Lage gewesen, alles Geld aufzubringen, das sie vermutlich für diese angeblich kleine Hochzeitsfeier ausgeben würden. Sie hätte schon vor langer Zeit anfangen sollen zu sparen. *Kopf hoch. Wenn du all das hier abbezahlt hast, ist Amber bestimmt auch schon verlobt, und du kannst von vorn anfangen.* Zum Glück war eins ihrer Kinder ein Junge.

Als sie hereinkamen, verabschiedete Kevin Carlyle, wie immer adrett gekleidet, heute in Designerjeans und einem grauen Kaschmirpullover, gerade eine andere Kundin. „Oh, hier ist ja unsere zukünftige Braut!", begrüßte er sie. „Herzlichen Glückwunsch, Dani. Wir freuen uns so für dich."

„Danke", antwortete Dani.

„Es gibt doch nichts Schöneres als eine Weihnachtshochzeit", fuhr Kevin fort.

Und nichts Teureres, dachte Cass. Wenn Dani und Mike im Sommer geheiratet hätten, wäre es ein Leichtes gewesen, sämtliche Gärten ihrer Freunde zu plündern. Auf diese Weise hätte man eine Menge Geld sparen können. Kein guter Stil, schalt sich Cass. Für eine Hochzeit schnorrte man keine Blumen aus anderer Leute Gärten. Außerdem war es wichtig, die ortsansässigen Geschäfte zu unterstützen, und Heinrich und Kevin hatten wahrlich schon genügend Leckereien bei ihr in der Bäckerei gekauft.

Heinrich kam aus dem hinteren Ladenteil, wo er vermutlich an einem Blumenarrangement gearbeitet hatte. Kevin war erst Anfang vierzig, doch Heinrich ging schon stark auf die Fünfzig zu, was man an seinem sich lichtenden braunen Haar erkennen konnte. Auch er trug eine teure dunkle Jeans und dazu einen schwarzen Rollkragenpullover.

„Meine Damen", begrüßte er sie, „das wird ja so ein Vergnügen werden. Ich habe schon seit Ewigkeiten keine Hochzeit mehr im Dezember bestückt."

„Ich hoffe, wir bekommen das mit einem nicht allzu großen Budget hin", sagte Cass. Daraufhin erntete sie einen bösen Blick von ihrer Tochter.

Heinrich lachte. „Das schaffen wir schon. Kommt, setzt euch, und dann reden wir." Er zog einen flachen Laptop unter dem Ladentresen hervor und führte sie hinüber in eine Ecke, wo ein weißes Eisentischchen mit passenden Stühlen stand. Wie alles im Laden war auch diese kleine Sitzecke eine Augenweide. Auf dem Tisch war eine weiße Decke ausgebreitet, und darauf stand eine viereckige Glasvase mit einem weihnachtlichen Blumenstrauß.

Kevin brachte ihnen Flaschen mit Perrier, und Heinrich öffnete den Laptop. „Was ist dein Thema, Darling?"

„Tja, eigentlich hatte ich an Rot und Weiß gedacht", meinte Dani. „Mein Kleid ist weiß mit einem weißen Fellimitatbesatz."

„Dein Kleid?" Dani hatte sich schon ein Hochzeitskleid ausgesucht?

„Ich wollte es dir noch zeigen", sagte Dani zu Cass. „Ich habe es letzten Monat entdeckt, als ich Daddy in Seattle besucht habe."

„Du bist mit deinem Vater in einen Brautladen gegangen?" In Cass machte sich Eifersucht breit. Als würde sich ein böses Monster bei ihr einnisten.

„Nein", erwiderte Dani. „Ich bin einfach nur … losgezogen."

„Ganz allein?" Das machte doch überhaupt keinen Spaß.

„Babette und ich waren shoppen."

Babette! Masons Vorzeigefrau, die selbst noch ein Kind war? Ihre Tochter war mit Babette Hochzeitskleider anschauen gewesen?

„Wir sind zufällig an einem Laden vorbeigegangen, und da hab ich es gesehen", erklärte Dani. „Ich habe nichts gekauft, Mom. Ich wollte mit dir dorthin fahren."

Aber sie hatte es schon anprobiert. Babette hatte es gesehen. Na und, redete Cass sich ein. *Na und, na und, na und!*

Es half nichts. Cass spürte, dass ihr Tränen in die Augen traten.

Heinrich räusperte sich. „Okay, Rot und Weiß sind zu Weihnachten ja wirklich genau das Richtige."

Cass befahl sich, den Brautladen in Seattle gedanklich hinter sich zu lassen, und kehrte in die Gegenwart zurück. „Ich glaube, Dani könnte sich jetzt auch etwas anderes vorstellen."

Anscheinend war es ihr gelungen, den Schmerz aus ihrer Stimme fernzuhalten, denn die Röte auf Danis Wangen wich, und ihre Schultern entspannten sich wieder. „Mir gefällt diese Kombination aus Weiß und Silber in eurem Schaufenster richtig gut."

„Das kann man mit allem kombinieren", sagte Heinrich. „Welche Farbe haben die Kleider deiner Brautjungfern?"

„Das haben wir noch nicht entschieden", sagte Dani, „aber Ella hat ein paar tolle Kleider bei Gilded Lily's. Zum Beispiel gab es ein hübsches graues Kleid, das meinen Brautjungfern gut gefallen hat."

„Das würde gut zu Silber und Weiß passen. Und wir könnten ein paar rote Akzente setzen, vielleicht mit deinem Brautstrauß." Heinrich lächelte Cass an. „Und deine Mutter könnte eine fantastische Torte zaubern, bei der sie die Farben Silber und Weiß und vielleicht ein bisschen Rot benutzt."

Der gute alte Heinrich, der Schmeicheleien einsetzte, um die verletzte mütterliche Seele zu trösten.

„Das hört sich gut an", meinte Dani.

„Und wo finden die Hochzeit und der Empfang statt?", fragte er.

„Alles bei Olivia", antwortete Dani. „Die Trauung ist in diesem großen Konferenzsaal und der Empfang im Speisesaal."

„Oh, wunderbar. Allein schon wegen dieses Blicks vom Speisesaal aus." Heinrich küsste seine Fingerspitzen. „Da können wir die Natur hereinholen."

Und dann legten sie los.

„Das ist alles fantastisch", sagte Cass schließlich. „Und was würde uns das kosten?"

„Was habt ihr denn für diesen Posten veranschlagt?", wollte Heinrich wissen.

Nicht viel, war vermutlich keine sehr hilfreiche Antwort.

Cass hatte die Sachen im Kopf grob durchgerechnet und prompt Kopfschmerzen bekommen. Sie nannte eine Summe, von der sie hoffte, dass die sie nicht als den größten Geizhals von ganz Icicle Falls dastehen ließ.

Ihre Tochter sah sie an, als *wäre* sie der größte Geizhals von Icicle Falls.

Heinrich hatte sich während ihrer Unterhaltung Notizen gemacht. Jetzt sagte er: „Lasst mich das mal kurz kalkulieren", und verschwand zusammen mit Kevin im Hinterzimmer.

„Verflixt, Mom. Davon können wir gerade mal den Brautstrauß und Ansteckstäußchen kaufen."

„Wir müssen ja auch noch das Essen, dein Kleid und einen DJ bezahlen, ganz davon abgesehen, dass wir Olivia bezahlen müssen."

„Ich habe etwas Geld gespart", sagte Dani. „Ich kann den Blumenschmuck bezahlen."

„Nein, das übernehme ich schon. Du brauchst dein Geld für den Umzug", sagte Cass schnell. Dani hatte im Laufe ihres jungen Lebens nie große Ansprüche gestellt. Sie verdiente es, die Hochzeitsfeier zu bekommen, die sie sich wünschte. Und die Blumen, die sie sich wünschte. Cass würde eben ihren Kreditkartenrahmen ausschöpfen müssen. Wie viel dieses Hochzeitskleid wohl kostete?

Denk nicht darüber nach.

Jetzt kam Heinrich zurück, und ein lächelnder Kevin folgte ihm. „Okay, das passt."

„Das heißt, für diese Summe könnt ihr all das bereitstellen?", fragte Cass.

Das war unmöglich.

„Nicht ganz", sagte Heinrich.

„Na ja, dann", begann Cass, gewillt, ihr Konto zu überziehen.

„Aber wir übernehmen die Differenz", fügte Kevin hinzu, bevor sie weiterreden konnte. „Als Hochzeitsgeschenk."

„Oh, danke", flüsterte Dani.

Cass bekam schon wieder feuchte Augen. „Vielen Dank, ihr

beiden. Wann immer ihr etwas aus der Bäckerei haben möchtet … kommt einfach vorbei."

Kevin grinste. „Daran werde ich denken, wenn wir unsere Silvesterparty vorbereiten."

So, damit hatten sie die erste Hochzeitshürde sicher übersprungen. Jetzt mussten sie sich nur noch Gedanken machen um … alles andere.

Eigentlich könnte Mason die Hälfte der Kosten übernehmen, überlegte Cass. Aber es widerstrebte ihr, ihn darum zu bitten. Als die Kinder groß geworden waren, hatte er nur seine Unterhaltszahlungen geleistet, mehr nicht. Und offenbar wollte er auch jetzt nichts mit der Sache zu tun haben, sonst hätte er es ja angeboten. Nein, sie würde schon einen Weg finden, wie sie die Wünsche ihrer Tochter erfüllen konnte. Allein, wie immer.

Dani schob einen Arm durch den von Cass. „Danke, Mom. Das wird wunderschön."

Ja, das würde es werden. Egal, was es kostete.

Als Richard ins Zelda's geschlendert kam, war es schon relativ spät. Charley hatte sich gerade zu Ed York und Pat Wilder gesellt, die noch einen Apfelkuchen und Kaffee zum Dessert genossen. Der Anblick ihres Exmannes rief die unterschiedlichsten Emotionen in Charley wach. Als er neulich wieder in ihrem Leben aufgetaucht war, hatte sie vor allem Wut und Abneigung verspürt. Aber heute Abend kam noch etwas anderes dazu – Sehnsucht. *Na und?*

War sie verrückt geworden? Auf diese Zutat sollte sie wirklich lieber verzichten.

Sie bemühte sich, lässig zu lächeln, doch irgendwie schien es ihr nicht so ganz zu gelingen, denn Pat schaute zur Tür. „Ach herrje", murmelte sie.

Das war noch untertrieben. Charley wünschte sich, sie hätte unter der Woche eine Empfangsdame engagiert. Ja, sie war die Geschäftsführerin, aber sie musste ja nicht rund um die Uhr hier im Restaurant sein, als hätte sie kein Privatleben. Wenn sie heute Abend nicht Dienst schieben müsste, hätte sie sich in ihrem Haus verstecken und die Tür verschlossen halten können. Um so zu tun, als hätte sie ein Privatleben.

Warum gab er nicht auf? Sie ging in Richtung Eingang, blieb aber immer wieder stehen, um mit Gästen zu sprechen. *Soll er doch warten.*

Aber anscheinend hatte Richard kein Problem damit. Jedenfalls begrüßte er sie mit einem Lächeln, als sie ihn schließlich erreichte. „Hübsch sieht es hier aus", stellte er fest und begutachtete die roten Schleifen, die sie an den Fenstern angebracht hatte, sowie den kleinen Tannenbaum, den sie – mit roten und goldenen Kugeln geschmückt – in der Lobby aufgestellt hatte.

„Wie schön, dass es dir gefällt." *Und jetzt verzieh dich.*

„Du siehst auch hübsch aus. Genau genommen siehst du zum Anbeißen aus", sagte er und musterte den schwarzen Bleistiftrock und die neue Bluse mit der Kette, die sie bei Gilded Lily's erstanden hatte. Glaubte er etwa, sie trug das extra für ihn?

Wenn nicht für ihn, für wen denn dann?

Dazu wollte sie jetzt lieber nichts sagen.

„Ist es schon zu spät, um noch einen Tisch zu bekommen?"

„Du weißt genau, dass es nicht zu spät ist", antwortete sie und führte ihn zu einem kleinen Ecktisch in der Nähe der Küche. Es war nicht gerade der beste Platz im Restaurant, aber den besten Platz verdiente er auch nicht. Eigentlich verdiente er überhaupt keinen Platz.

„Perfekt", meinte Richard jedoch. „Jetzt kann ich den neuen Küchenchef in Aktion erleben. Ist er so gut wie ich?"

„Es gibt viele Männer, die so gut sind wie du. Die sogar besser sind." Sie reichte ihm die Speisekarte und ging.

„Lass dir Zeit, bevor du ihn bedienst", sagte sie zu Ginny, der Kellnerin, die für seinen Tisch zuständig war.

Ginny schaute sie mit großen Augen an. Immerhin war in ihrem Arbeitsbereich sonst nur noch ein einziger Tisch besetzt. Doch sie nickte.

Richard schien es nicht zu stören. Jedes Mal, wenn Charley

zu ihm hinüberblickte, lächelte er zufrieden und inspizierte alles. Als würde ihm immer noch die Hälfte hiervon gehören. Wieder stieg Wut in Charley auf. Was fiel ihm ein! Für den Rest des Abends vermied sie es, in seine Nähe zu kommen, selbst als er nur noch der einzige Gast war.

Schließlich, um zehn Uhr, sagte sie ihm: „Das Restaurant schließt jetzt. Du musst gehen."

„Ich bin noch nicht fertig." Er hielt das Weinglas hoch, an dem er sich schon seit einer halben Stunde festhielt. Es war noch ein Schluck darin.

Sie nahm das Glas und trank es aus. „Jetzt bist du fertig."

Er lehnte sich auf seinem Stuhl zurück. „Ich habe deinen Wagen gar nicht draußen vor der Tür gesehen. Wie wäre es, wenn ich dich nach Hause begleite?"

„Wie wäre es, wenn du es lassen würdest?"

„Es ist doch nur ein Spaziergang nach Hause, Charley."

Es wäre ein zu langer Spaziergang. Sie schüttelte den Kopf. „Nein danke."

„Bitte."

Er sah so zerknirscht aus. Und immer noch so gut. Oh, verflixt. Was war nur mit ihr los?

„Charley, ich möchte das, was ich dir angetan habe, wiedergutmachen."

Allein die Erwähnung dessen, was er ihr angetan hatte, stärkte ihre Entschlossenheit. „Das kannst du nicht", erwiderte sie mit steinerner Miene.

„Ich kann es versuchen, wenn du mir eine Chance gibst."

Nachdem er es noch ein paar Minuten lang mit immer neuen Schmeicheleien und mit Reue versuchte, gab Charley schließlich nach. *Dummkopf. Was denkst du dir nur dabei?* Sie hatte so eine Ahnung, und die hinterließ ein ungutes Gefühl in ihr.

Charley zog die Schuhe aus, die sie im Restaurant getragen hatte, und schlüpfte in ihre Stiefel. Dann traten sie hinaus in die Winterwunderlandschaft. Die Häuser an den Straßen sahen aus wie mit Zuckerguss überzogene Lebkuchenhäuschen. In vielen

Heimen funkelte schon die Weihnachtsbeleuchtung. Charley vergrub sich tiefer in ihrem langen Mantel, um sich gegen die Kälte zu wappnen. Sie hätte doch lieber Hosen anziehen sollen.

„Dir ist kalt“, sagte Richard und legte einen Arm um sie.

„So kalt auch wieder nicht“, log sie und löste sich von ihm. Dann versteckte sie sich in ihrem Mantelkragen wie eine große Schildkröte.

„Nicht mal gegen die Kälte darf ich für dich ankämpfen, was?“

„Ich kann allein für mich sorgen.“

Das quittierte er lediglich mit einem Nicken.

Den Rest des Weges legten sie schweigend zurück, und als sie vor ihrer Haustür angekommen waren, drehte Charley sich zu ihm um und meinte: „Siehst du? Ich habe dich nicht gebraucht, um nach Hause zu finden.“

„Du hast mich nie gebraucht.“

War das etwa eine Art Anschuldigung? „Hat Ariel dich deshalb so attraktiv gefunden? Hat sie dich gebraucht?“

Er zuckte mit den Schultern.

„Wie praktisch, wenn man so eine Entschuldigung hat.“ Charley wandte ihm den Rücken zu und schloss die Haustür auf.

Sie versuchte, Richard die Tür vor der Nase zuzumachen, doch er war schneller und schlüpfte mit ihr ins Haus, so wie schon beim letzten Mal. Nun, das würde ihn auch nicht weiterbringen, genauso wenig wie beim letzten Mal.

„Ein Schlummertrunk, dann gehe ich. Versprochen.“

Sie sollte ihm sagen, er solle jetzt verschwinden. Also, sag es ihm. „Ein Drink noch“, sagte sie. Sie hängte ihren Mantel auf, dann ging sie zum Sideboard im Esszimmer, wo sie ihre kleine Bar hatte. Sie brauchte nicht zu fragen, was er wollte. Sie wusste es. Jack Daniel’s, ohne Eis.

Kurz darauf reichte Charley ihm das Glas.

„Willst du gar nichts trinken?“

„Nein.“

„Nicht mal einen Pfefferminzschnaps?", versuchte er, sie zu locken.

„Nein." Charley trank hin und wieder gern mal ein Glas Wein, und um diese Jahreszeit gönnte sie sich auch gern einen Kakao mit einem Schuss Pfefferminzschnaps. Aber sie trank lieber in netter Gesellschaft. Dies hier war keine nette Gesellschaft. Doch es lag etwas in der Luft, und das verursachte ihr eine Gänsehaut, die schlimmer war als die, die sie auf dem Nachhauseweg verspürt hatte.

„Na gut", sagte Richard und hob sein Glas in ihre Richtung. „Ich schau dir in die Augen, Kleines."

Casablanca, ihr gemeinsamer Lieblingsfilm. „Hast du Ariel auch so zugeprostet?"

Er gab ein verächtliches Geräusch von sich. „Als wenn sie gewusst hätte, woher das Zitat stammt."

„Jeder weiß, aus welchem Film das stammt." Und doch hatte es nach etwas so Besonderem geklungen, als Richard es zu ihr gesagt hatte.

Sie hätte ihren Mantel anbehalten sollen. Das Haus war kalt. Normalerweise machte sie sich nicht die Mühe, es zu heizen, jedenfalls nicht, wenn sie jeden Abend spät von der Arbeit kam und direkt ins Bett ging. Allein. Wieder erzitterte sie.

„Komm, ich mach schnell den Kamin an", bot Richard an und machte sich auf den Weg dorthin.

„Nein!" Ihre Stimme klang schärfer als nötig, auf jeden Fall schärfer als geplant. „Ich habe nicht vor, noch lange aufzubleiben." Sie setzte sich auf die Couch und legte sich eine Decke um die Schultern.

„Oder mich lange hierbleiben zu lassen, was?"

„Wozu auch?"

„Um zu reden und uns daran zu erinnern, warum wir einmal zusammengekommen sind."

„Vorübergehende geistige Umnachtung?"

„Wir hatten auch schöne Zeiten. Bis ich es vermasselt habe", fügte er schnell hinzu, wahrscheinlich ehe sie es tun konnte.

„Und ich bin mir auch nicht sicher, ob man zwölf Jahre als vorübergehend bezeichnen kann."

„Ich war davon ausgegangen, dass unsere Ehe ein Leben lang halten würde." Charley spürte, dass sich ihr die Kehle zuschnürte.

„Ja, so hätte es auch sein sollen." Jetzt saß er neben ihr auf dem Sofa, und sein Drink stand vergessen auf dem Couchtisch. „Oh, Schatz. Es tut mir so leid. Ich habe es echt versaut."

Sie entzog sich ihm. „Ja, das hast du. Und nun soll ich das einfach vergessen und dich mit offenen Armen wieder willkommen heißen?"

„Nein. Das hätte ich von dir auch nicht erwartet. Das Einzige, worum ich dich bitte, ist, dass du einmal darüber nachdenkst, ob wir nicht von vorn anfangen können. Erinnerst du dich daran, wie schön es zwischen uns war?"

Sie erinnerte sich. Vielleicht hatte sein betrügerisches Verhalten deshalb so wehgetan. Sie stand auf. „Es ist spät, Richard, und ich bin müde."

Er nickte und stand ebenfalls auf. „Bring mich zur Tür."

Sie blieb, wo sie war. „Du kennst doch den Weg."

Er nickte, nahm ihre Hand und zog Charley mit in den Flur.

Nur wenige nervöse Herzschläge später standen sie im Eingangsbereich, wo Charley normalerweise immer den weihnachtlichen Mistelzweig aufgehängt hatte.

Richard deutete auf die Stelle. „Dieses Jahr ist hier ja gar kein Mistelzweig."

„Nein. Ich war nicht gerade in der Stimmung, jemanden zu küssen." Jetzt wünschte sie, sie hätte ihn aufgehängt, hätte sich einen Mann gesucht, der toll aussah und den sie darunter hätte küssen können. Sie hätte ein Foto davon schießen können, es auf ihrer Facebook-Seite hochladen und eine Kopie davon an Richard schicken sollen. Vielleicht mit den Worten: *Hier siehst du, was dir entgangen ist.*

„Dann lass uns einfach so tun, als würde er dort hängen", murmelte er. Und dann, ehe Charley ihn aufhalten konnte, küsste er sie. Oh, wie lange war es schon her, seit sie geküsst worden war? Richard hatte schon immer gewusst, wie er sie dazu brachte, dahinzuschmelzen. Offenbar hatte er das nicht verlernt.

Er hatte ja auch reichlich Erfahrung gesammelt. Mit einer anderen Frau. Charley machte sich von ihm frei und riss die Haustür auf. „Gute Nacht, Richard."

Er schnappte sich seinen Mantel vom Garderobenständer. „Das gefällt mir."

Sie konnte sich nicht verkneifen nachzuhaken: „Was?"

„Du hast Gute Nacht gesagt. Du hättest auch Lebewohl sagen können." Er drehte sich um und eilte die Treppe hinunter.

„Lebe wohl!", rief sie ihm hinterher. Aber es war zu spät und kam ihr nur halbherzig über die Lippen. Und das wussten sie beide auch.

10. KAPITEL

Am Samstagmorgen hatte Charley es sich gerade mit der Dezemberausgabe von *Bon Appétit* gemütlich gemacht, als Richard mit zwei Bechern Eierpunsch-Kaffee aus dem Bavarian Brews vor ihrer Haustür auftauchte.

Charley sah ihn mürrisch an. „Soll ich dir sagen, was du damit machen kannst?"

Er hielt ihr einen der Becher hin, und das Aroma von Kaffee und Eierpunsch stieg ihr in die Nase. „Es wäre doch wirklich eine Schande, den verkommen zu lassen."

Abrupt riss sie ihm einen Becher aus der Hand. „Selbst wenn du mir mein Leben lang solchen Kaffee kredenzen würdest: Niemals könnten die wettmachen, was du mir angetan hast."

„Charley, ich versuche mein Bestes. Bitte lass mich reinkommen."

Sie hasste ihn wegen dieses flehenden Blicks, hasste sich, weil sie schon fast Mitleid mit ihm hatte. Trotzdem öffnete sie die Tür ein Stückchen weiter und ließ ihn herein.

Na wunderbar. Jetzt lässt du also im Austausch für einen Eierpunsch-Kaffee die Schlange wieder in dein Haus. Kluger Schachzug, Charley. Sie wandte Richard den Rücken zu und trank einen Schluck. Der Kaffee war besser als ihr Urteilsvermögen. „Was willst du, Richard?"

„Ich möchte, dass du mit mir frühstücken kommst."

„Das möchte ich aber nicht."

„Du hast doch Zeit. Es ist erst zehn Uhr."

„Nur weil ich Zeit habe, heißt das noch lange nicht, dass ich auch Lust dazu habe." Ihr Telefon klingelte. Vom Klingelton gerettet. Wer auch immer es war, was auch immer der Anrufer wollte, er würde auf jeden Fall die perfekte Ausrede liefern, um ihren Ex loszuwerden.

„Äh, hallo, Charley, hier ist Bruno."

Warum rief ihr Grillchef sie morgens um zehn Uhr an?

Warum rief er sie überhaupt an? Wenn es ein Problem gab, müsste sie darüber von ihrem Küchenchef Harvey informiert werden.

Ihr schwante Böses. „Wo ist Harvey?"

„Das weiß ich nicht. Deshalb rufe ich ja an."

„Was?" Charley ließ sich auf den nächsten Stuhl fallen. Ihr Küchenchef hätte seit sieben Uhr vor Ort sein sollen. Inzwischen hätte er sämtliche Lieferungen eingeräumt, die Gänse portioniert und die Küchenmannschaft auf das Abendmenü vorbereitet haben sollen. Stattdessen war da ... Bruno. Der gute alte Bruno, der nie auf voller Flamme kochte. Und der drei Stunden gewartet hatte, ehe er sie angerufen hatte.

„Er ist nicht hier", sagte Bruno. „Und im Kühlraum ist gähnende Leere. Der Schlachter hat sich nicht blicken lassen, und Sysco hat auch noch nicht geliefert. Ich habe keine Ahnung, was ich für das Essen heute Abend vorbereiten soll."

Der Bürgermeister hatte eingeladen – dreißig wichtige Leute aus Wirtschaft und Politik, und sogar der Repräsentant ihres Regierungsbezirks würde anwesend sein. „Ich bin überzeugt davon, dass Sie uns ein wunderbares Menü servieren werden, Charley", hatte Bürgermeister Stone zu ihr gesagt.

„Natürlich", hatte sie ihm versichert.

„Natürlich", hatte ihr Küchenchef ihr versichert. „Wir können ihnen gebratene Gans, gegrilltes Wintergemüse und zum Dessert einen traditionellen Feigenpudding servieren."

Jetzt erzählte Bruno ihr, dass nichts geliefert worden war. Und damit war sie geliefert. „Ich komme sofort", sagte sie und beendete das Telefonat. Sie rannte zur Tür. Den Kaffee hatte sie ebenso vergessen wie ihren Ex.

Richard kam hinter ihr hergelaufen. „Charley, was ist los? Wo willst du hin?"

Die Frage war nicht, wo sie hinwollte, sondern, wo sie landen würde. In Teufels Küche. „Mein Küchenchef ist nicht aufgetaucht." Richard antwortete etwas, doch sie hörte gar nicht hin. Sie war zu sehr damit beschäftigt, in Panik zu geraten. Das war eine Katastrophe. Dank Harveys Abtauchen konnte sie dichtmachen. Sie rannte zum Auto und versuchte noch beim Laufen, Harvey anzurufen. Sein Telefon klingelte. Und klingelte. Und klingelte weiter. Schließlich sprang der Anrufbeantworter an. „Harvey, wo bist du, verdammt noch mal?"

Als müsste sie noch fragen. Sie wusste es genau. Harvey hatte sein Versprechen, zu den Anonymen Alkoholikern zu gehen, nicht gehalten. Harvey trieb sich mit seinem besten Freund José Cuervo herum. Harvey hing mal wieder an der Flasche. Erst vor zwei Wochen hatten sie darüber gesprochen, als Charley ihn dabei erwischte, wie er sich an der Bar bedient hatte. Für seine Soße, hatte er behauptet. Doch die Fahne, die sie gerochen hatte, war eindeutig gewesen. Seine kulinarischen Kreationen waren nicht die einzigen, die mit Schuss waren. Sie hatte ihm noch eine Chance eingeräumt; jetzt würde sie ihm am liebsten ein blaues Auge verpassen. Oh, sie würde diesen kleinen Mistkerl umbringen! Einen Teller auf seinem Kopf zu zertrümmern würde sich bestimmt prächtig anfühlen.

Andererseits: Wer war denn der Dummkopf gewesen, der ihm noch eine Chance gegeben hatte? Genau. Sie war diejenige, die bestraft werden müsste.

Normalerweise herrschte am Samstagmorgen in der Küche des Zelda's rege Betriebsamkeit. Das Personal schnitt Tomaten, wusch Salat, stellte Desserts in den Ofen, schnitt das Steakfleisch und wog es ab. Doch als Charley heute in die Küche kam, lehnte nur Bruno an der Arbeitsplatte. Er trug zwar eine weiße Küchenchefjacke, sah aber eher wie ein verwirrter Patient aus, der nicht wusste, wie er hierher gelangt war. Neben ihm stand Andy, der für Salat und Dessert zuständig war, ein hagerer Typ, ebenfalls in weißer Jacke. „Es sind keinerlei Vorräte da", informierte er sie.

Charley marschierte zum Kühlraum und riss die Tür auf. Das Einzige, was sie sah, waren leere Metallregale, riesige Eimer mit Mayonnaise und Senf, Knoblauch, Schalotten, Plastikbehälter mit Soßen und Dressings sowie die Wagen mit leeren Metalltabletts. Aber weder Gemüse noch Fleisch. Bruno hatte es ihr ja gesagt, aber sie hatte es nicht glauben wollen.

Einen Moment lang stand sie einfach nur da und starrte auf all die leeren Regale. Dann verließ sie den Kühlraum wieder. Und dort, in der Mitte der Küche, standen ihre zwei Trantüten von Angestellten, schauten sie an und warteten auf ihre Befehle.

Prompt machte sie kehrt, ging wieder in den Kühlraum und schloss die Tür hinter sich. Und weil sie eine Frau der Tat war, raufte sie sich die Haare und schrie. Dann marschierte sie wieder zur Tür. Sie würde einfach mit dem Kopf dagegenschlagen, bis ihr das Hirn herausfiel. Hirn zum Abendessen, hahaha.

Gerade wollte sie ihren Plan in die Tat umsetzen, als die Tür geöffnet wurde.

Von Richard.

„Entschuldige, aber ich muss gerade mal meinen Kopf in den Ofen stecken", sagte sie und wollte an ihm vorbeigehen.

Er griff nach ihrem Arm, zog sie zurück in den Kühlraum und schloss die Tür. Nicht gerade der wärmste Ort für eine heißblütige Unterhaltung, aber Charley war schon so in Rage, dass sie sich der Kälte kaum noch bewusst war.

„Du musst dich zusammenreißen", sagte er.

„Von wegen mich zusammenreißen. Nein. Ich muss Harvey zerreißen!"

„Harvey ist Geschichte. Als Erstes musst du jetzt mal eine Liste von den Sachen machen, die du brauchst."

Was sie brauchte? Sie brauchte all ihre Lieferungen. Und einen Küchenchef, der das bestellte Menü für heute Abend vorbereitete. „Ich brauche ...", resigniert hob sie die Hände, „... alles! Ich brauche ein Wunder. Am besten bringe ich Harvey um und serviere seinen Kopf auf einem silbernen Tablett. Heute Abend ist das große Essen des Bürgermeisters, und es ist absolut *nichts* da!"

Richard umfasste ihre beiden Oberarme. „Charley, beruhige dich. So kenne ich dich ja gar nicht."

„Tja, das ist jetzt mein neues Ich", zischte sie.

„Na, dann solltest du schleunigst dein altes Ich wieder hervorholen und dich beruhigen", sagte er streng und zog sie aus dem Kühlraum. „Lass uns überlegen, wie wir die Sache retten können."

Sie fuhr sich mit der Hand durchs Haar. „Sicher. Du hast recht."

„Okay. Hast du dich beruhigt?"

Sie nickte. „Ich bin total cool. Nenn mich Icepack." Wie sollte sie nur dieses Chaos wieder in Ordnung bringen?

„Gut. Also, zuallererst: Was wolltet ihr den Gästen des Bürgermeisters heute Abend servieren?"

Sie erklärte es ihm und bemühte sich dabei, nicht so hysterisch zu klingen, wie sie sich fühlte.

Als sie geendet hatte, sagte er: „Okay. Wir müssen das Menü ändern."

„Warte mal eine Minute", erwiderte sie. „Du musst mir nicht helfen. Das hier ist nicht dein Problem."

„Weiß ich. Ich möchte aber helfen."

„Dann bezahle ich dich dafür." Das Letzte, was sie wollte, war, bei ihrem Ex in der Schuld zu stehen.

„Sei nicht albern." Er nahm ein Klemmbrett und begann, im Kühlraum Bestandsaufnahme zu machen. Natürlich gab es nicht viel aufzuschreiben, also war Richard innerhalb kürzester Zeit wieder draußen. Verdammt, wahrscheinlich würde man sie, noch ehe dieser Tag vorbei war, in einer Zwangsjacke abführen müssen.

Richard dagegen blieb völlig gelassen. Während Charley sich ausmalte, wie sie Harvey aufspürte, um ihn dann mit einem gefrorenen Lachs zu erdolchen, ging Richard auf die Jagd nach einem Menü für den Abend. Er telefonierte mit einigen Küchenchefs aus den anderen Restaurants der Stadt und schlüpfte problemlos wieder in die Rolle des Küchenchefs des Zelda's. Trotz aller Probleme stellte er ein Menü für den Abend zusammen, schrieb eine Einkaufsliste, rief ihre Zulieferer an und brüllte Bruno und Andy Befehle zu. Dann schickte er sie zum Supermarkt, um erst einmal das Nötigste einzukaufen.

Charley ließ sich mitreißen, schrieb das neue Menü und druckte es aus. Dann half sie Richard und dem Rest der Mannschaft, alles vorzubereiten. Die Mittagszeit war hektisch. Massen von Touristen kamen hereingeströmt, hungrig nach einem Vormittag, den sie damit verbracht hatten, zu shoppen und die Stadt zu erkunden. Aber sie schafften es, alle satt zu bekommen. Anschließend mussten sie sich auf den Abend vorbereiten, und als das erledigt war, blieb Charley gerade noch eine Stunde Zeit, um nach Hause zu flitzen, sich frisch zu machen und sich etwas anzuziehen, was für den Empfang der wichtigen Gäste am Abend angemessen war. Gerade rechtzeitig, um die Türen zu öffnen, war sie wieder im Restaurant, und als der Bürgermeister mit seinen Gästen eintraf, war im Zelda's alles so, wie es sein sollte.

„Wir freuen uns sehr auf das Essen, Charley", sagte Bürgermeister Stone zu ihr, als er das Restaurant betrat, eine pummelige Blondine an seiner einen und seine Schwester Darla an der anderen Seite.

„Es wird Ihnen bestimmt gefallen", erwiderte Charley.

Und das würde es auch. Richard hatte es geschafft, eine Gans aufzutreiben – von der zwar keine dreißig Leute satt würden, aber es reichte, um daraus ein Gänsesoufflé zu zaubern. Außerdem hatte er einen saftigen Hochrippenbraten erstanden. Dazu gab es das Wintergemüse, das Harvey versprochen hatte, einen Krabben-Artischocken-Salat und einen Brotpudding (der war schneller zuzubereiten als ein Feigenpudding) mit Rumsoße.

Wie ein edler Ritter war Richard angeritten gekommen und hatte ihren Tag gerettet. Wer hätte das gedacht? Anscheinend waren Exehemänner doch zu etwas nütze.

Gerade trat Jake mit einem Hot Dog in der Hand aus der Küche, als Ella die Treppe herunterkam. Missbilligend schaute er auf ihren kurzen Rock und den eng anliegenden schwarzen Pullover. Dazu trug sie Wildlederstiefel, goldene Ohrringe und ein Armband sowie einen hübschen Schal von Hermès.

„Du siehst aus wie eine Nutte", informierte er sie. „Gehst du wieder mit diesem Lackaffen aus?"

Oh, was fiel ihm ein! „Nur weil Axel keine Cowboystiefel trägt und nicht hilfloses Wild abknallt …"

„Nur als Nahrung", warf Jake ein.

„Wie auch immer. Deshalb ist er noch lange kein Lackaffe. Und ich sehe nicht aus wie eine Nutte."

„Da bin ich wohl fast einem Irrtum aufgesessen. Was meinst du denn, was dem Mann durch den Kopf geht, wenn er dich so sieht?"

„Vielleicht haben nicht alle Männer so eine schmutzige Fantasie wie du", konterte Ella.

„Glaub mir, das haben sie."

„Axel ist ein Gentleman, und anders als gewisse andere Leute hat er sich unter Kontrolle."

„Auch ich habe mich unter Kontrolle!"

Ja, das konnte man an seiner Stimme hören, die dem Gebrüll eines Löwen glich. „Jaja. Und ich kann anziehen, was ich will, und mich verabreden, mit wem ich will. Immerhin habe ich damit gewartet, bis wir geschieden waren", fügte sie hinzu. Das konnte sie sich einfach nicht verkneifen.

„Ich habe nie etwas mit irgendwem gehabt!"

Oh, bitte. „Na ja, jetzt kannst du machen, was und mit wem du willst, genau wie ich", sagte sie. Eigentlich hätte es sie glücklich machen sollen, dass sie das sagen konnte. Aber leider war das nicht der Fall.

„Na gut." Er machte eine resignierte Handbewegung. „Geh doch mit diesem Lackaffen aus. Aber ich kann dir sagen: Der will sowieso nur das eine."

Ella weigerte sich, diese Bemerkung mit einer Antwort zu würdigen. Und sie weigerte sich, mit Jake im Wohnzimmer zu bleiben, während sie auf Axel wartete. Kurz entschlossen ging sie in die Küche, um dort nach dem Rechten zu sehen.

Überrascht sah sie sich um. Es stand kein Senfglas auf dem

Tisch, und der war sogar abgewischt worden. Auch im Spülbecken standen ausnahmsweise mal keine schmutzigen Teller. Jake hatte es sogar sauber gemacht.

„Weißt du, ich bin kein totaler Chaot."

Als sie sich umdrehte, sah sie Jake, mit Tiny an seiner Seite, im Türrahmen stehen. In letzter Zeit fühlte sich Tiny anscheinend bei Jake am wohlsten. Kein Wunder. Jake war immer zu Hause, fütterte ihn mit Leckereien und machte ihn dick.

Jake war immer der Unordentlichere von ihnen gewesen. Wenn man sich jetzt die Küche ansah, würde man das jedoch gar nicht vermuten. Offenbar war ihm – genauso wie ihr – inzwischen auch sehr daran gelegen, das Haus zu verkaufen, damit er schnell verschwinden konnte. Eigentlich sollte sie sich darüber freuen, doch aus unerfindlichen Gründen tat sie es nicht. Vielleicht würde sie ja nie wieder glücklich sein.

Du bist glücklich, schalt sie sich und entschied, dass sie nur fest daran glauben musste.

Es klingelte, und hastig drängte Ella sich an Jake vorbei und eilte durch den Flur. Sie schnappte sich ihren Mantel und trat hinaus zu Axel, ohne ihm die Chance zu geben, ins Haus zu kommen. Das fehlte ihr gerade noch, dass Jake im Hintergrund herumlungerte und das fünfte Rad am Wagen spielte.

„Eine Frau, die pünktlich ist? Na, das ist ja wirklich beeindruckend", erklärte Axel. Er musterte ihr Outfit. „Ella, du bist in vielerlei Hinsicht beeindruckend."

Sein Blick verriet, was er dachte. Mist, Jake hatte doch recht gehabt.

Na und? Zur Abwechslung war es doch ganz nett, begehrt zu werden.

Als sie im Wagen saßen, entschuldigte Ella sich noch einmal für die letzte schreckliche Hausbesichtigung – besser gesagt, für die Hausbesichtigung, die nicht stattgefunden hatte.

„Keine Sorge", meinte Axel. „Ich finde noch die richtigen Käufer für euch, versprochen. Aber heute Abend sollst du dich entspannen und Spaß haben."

Unter Spaß verstand Axel die Ausstellung eines einheimischen Künstlers im D'Vine Wines. Moderne Kunst. Als Ella sich umschaute, blieb ihr fast der Käse im Hals stecken, der ihnen gereicht worden war.

Was sollte sie von einem Bild halten, das einen Weg zeigte, der von Bäumen in den wildesten Farben gesäumt wurde und so aussah, als hätte ein Grundschulkind es gemalt? Am Ende des Weges stand eine nackte Frau mit einer Tulpe als Kopf. Und hier hing das Bild einer roten Couch, die sich über vier Leinwände erstreckte. Allerdings konnte man die Couch wegen des schwarz-weißen Gekritzels, das über das ganze Bild verteilt war, kaum erkennen. Auf Ella wirkte es so, als hätte jemand das Bild verunstalten wollen.

„Bemerkenswert, oder?", fragte Axel, der neben ihr stand.

„Bemerkenswert", wiederholte sie. Bemerkenswert albern.

Der Künstler, ein Mann in den Vierzigern mit sorgfältig auf zottig getrimmten Haaren, kam auf sie zu. Er trug einen alten grauen Pullover und eine Jeans. Wahrscheinlich bildete er sich ein, dass er damit wie ein Künstler aussah, vermutete Ella. Sie fand, er sah einfach nur schlampig aus.

„Dorian", begrüßte Axel ihn. „Eine wunderbare Ausstellung."

„Ich bin sehr zufrieden", sagte der Mann. Und er sah wirklich sehr selbstzufrieden aus.

Ohne es zu wollen, verglich Ella ihn mit Jake. Wenn Jake ein Lied geschrieben hatte, war er immer ganz aufgeregt. Aber auch ganz bescheiden. „Glaubst du wirklich, dass es gut ist?" Sie könnte wetten, dass diesem Mann niemals so eine Frage über die Lippen kommen würde. Auch gut. Das ersparte anderen den Gewissenskonflikt, ob sie lügen oder ehrlich antworten sollten.

„Das hier ist Ella", sagte Axel.

Dorian musterte sie von Kopf bis Fuß. „Na, das ist ja mal ein Kunstwerk."

„Danke", murmelte Ella.

„Sie sollten mal für mich Modell stehen", schlug er vor.

Damit sie nackt, mit einer Tulpe als Kopf, auf Leinwand gebannt werden konnte? Darauf hatte sie nun wirklich keine Lust. Außerdem ... sie war nicht ihre Mutter. „Ich habe kein Interesse am Modeln."

Er zuckte mit den Schultern. „Schade." Dann wandte er seine Aufmerksamkeit wieder Axel zu. „Ich habe das perfekte Bild für dich. Hast du schon *New Day* gesehen?"

„Nein, zeig es uns", erwiderte Axel. Er wirkte so gierig, als hoffte er darauf, gleich auf einen versteckten Schatz zu stoßen.

Mit den Weingläsern in den Händen folgten sie Dorian in eine Ecke des Raumes zu ... Oh nein! Das war doch wohl nicht sein Ernst, oder? Ungläubig starrte Ella auf das primitive Bild, das eine blutrote Sonne zeigte, die über einem gelbgrünen Giftmüllfluss aufging.

„Das nenne ich Aussagekraft", sagte Axel ergriffen.

Ja, es sagte aus: *Nimm Pepto-Bismol, bevor du mich ansiehst.*

Axel nickte und deutete zu dem Bild. „Du hattest recht. Ich glaube, das muss ich haben."

Das sollte wohl ein Witz sein. Ella blickte verstohlen auf den Preis. Ein ziemlich teurer Witz.

„Na, kenne ich deinen Geschmack, oder was?", fragte Dorian.

„Sag Bridget, sie soll es für mich reservieren. Ich hole es mir morgen ab", versprach Axel.

Dorian schlenderte, auf der Suche nach einem neuen Opfer, davon, und Ella wandte sich an Axel. „Gefällt dir das wirklich?"

„Aber sicher. Dir nicht?"

Sie könnte vielleicht lernen, Jazz zu mögen. Sie könnte sich sogar dazu aufraffen, einige Klassiker zu lesen. Aber das hier? Sie schüttelte den Kopf.

„Man lernt moderne Kunst zu schätzen, wenn man die Symbolik verstanden hat", belehrte Axel sie. Stimmte das, oder plapperte er nur etwas nach, was er irgendeinen anderen Idioten hatte sagen hören, der ebenfalls ein überteuertes Bild gekauft hatte?

„Glaub mir, die Kunstwerke dieses Mannes hängen eines Tages im MOMA."

„Wo?"

„Im Museum of Modern Art in New York."

Oh, in dem Museum. Na gut, sie *war* ungebildet. Vielleicht sollte sie sich mal ein bisschen über moderne Kunst schlaumachen.

„Zu Hause habe ich ein paar tolle Bilder hängen. Warum fahren wir nicht einfach dorthin? Ich zeige sie dir und gebe dir eine kleine Lektion in moderner Kunst."

Ella war überzeugt davon, dass er mehr im Kopf hatte als eine Nachhilfestunde in moderner Kunst.

„Okay", antwortete sie. Warum nicht? Sie war nicht mehr verheiratet. Sie war bereit für eine neue … Lektion.

Axels Haus war ein großes, modernes Gebäude, das vorwiegend aus riesigen Glasfenstern zu bestehen schien. Das Wohnzimmer war mit Parkett ausgelegt, auf dem teure Perserteppiche lagen, auf denen wiederum edle, moderne Möbel standen, die eher dazu einluden, sie zu bewundern, als dass man es sich in ihnen gemütlich machen konnte. Und dort, über dem ebenso ungemütlich wirkenden Kamin, hing ein großes Gemälde, auf dem absolut … nichts zu sehen war. Es handelte sich einfach um eine weiße Leinwand.

„Äh, wartet das noch auf Inspiration?", fragte sie.

Axel lachte leise. „Es trägt den Titel *Vakuum*", meinte er und stürzte sich in eine ausschweifende Erklärung.

Seufzend meinte sie: „Auf mich wirkt es so, als würde die Leinwand darauf warten, dass endlich jemand etwas mit ihr anstellt." Gleichzeitig fragte sie sich, ob Axel sie selbst wohl auch so sah. Versuchte er, etwas mit ihr anzustellen, sie geistig zu erziehen?

„Na ja", meinte er. „Kunst ist nun einmal subjektiv." Er setzte sich auf das Sofa, das nicht gerade einladend wirkte, und klopfte auf den Platz neben sich. „Wenn du dich hinsetzt und es eingehend betrachtest, bist du bestimmt überrascht, was du alles siehst."

Ella gehorchte, betrachtete eingehend die weiße Leinwand und sah … nichts. Was, wie sie fand, nicht sonderlich überraschend war. Genauso, wie es sie überhaupt nicht überraschte, als Axel beschloss, sie zu küssen.

Der Kuss war nicht unbedingt schlechter als die, die sie von einem gewissen Exmann bekommen hatte, und er löste auch all die richtigen Empfindungen an all den richtigen Stellen aus. Aber gleichzeitig verspürte sie einen gewissen Widerwillen, und eine Stimme in ihrem Inneren protestierte und fragte: Was tust du hier?

Abrupt löste sie sich von Axel. „Es tut mir leid, Axel. Ich kann nicht."

„Oh, natürlich, ich verstehe. Du bist noch dabei, deine Scheidung zu verarbeiten. Aber du solltest wissen, dass nicht alle Männer Schweine sind und sich so wie dein Exmann verhalten. Du kannst mir vertrauen."

Das hatte Jake auch gesagt. Vielleicht sollte man als Frau überhaupt keinem Mann trauen? „Ich glaube, ich brauche mehr Zeit", sagte sie. Bestimmt war das das Problem.

„Verständlich", stimmte Axel zu, ließ aber seinen Arm auf ihren Schultern ruhen.

Einen Moment lang saßen sie schweigend da und schauten auf das Gemälde mit dem Nichts, das über dem Kamin hing, der steril wirkte.

„Je länger man es betrachtet, desto besser gefällt es einem, oder?", fragte er schließlich.

Das konnte sie nur hoffen.

Für Charley war der Tag wie in einem Rausch vergangen, und als schließlich der letzte Gast das Zelda's verließ, war sie fix und fertig. In den letzten vierzehn Stunden hatten sie und Richard unglaublich unter Strom gestanden. Also nahm Charley sich nun eine Flasche Wein aus der Bar, schnappte sich zwei Gläser und lud ihn ein, sich mit ihr an den kleinen Tisch hinten in der Küche zu setzen, wo sonst die Mitarbeiter ihre Pause machten.

Seufzend schlüpfte sie aus den Schuhen, und Richard folgte ihrem Beispiel. Während Charley den Wein einschenkte, ließ Richard sie nicht aus den Augen. „Du hast den Tag gerettet", bedankte sie sich, nachdem sie ihm ein Glas gereicht hatte.

„Nein, *wir* haben den Tag gerettet", korrigierte er sie und hob das Glas zum Anstoßen. Er trank einen großen Schluck, lehnte sich zurück und musterte Charley. „Was willst du morgen machen?"

Sie zuckte mit den Schultern. „Zusehen, ob ich Harvey aus der Flasche herausholen kann, in der er sich verkrochen hat."

„Damit er dir noch einmal dasselbe antun kann?"

„Oh, keine Sorge, ich werde mich umgehend auf die Suche nach einem Ersatz für ihn machen." Harvey konnte sich glücklich schätzen, wenn sie sich nicht auf die Suche nach einem Schläger machte, den sie ihm auf den Hals hetzte. „Ich hätte ihm niemals glauben sollen, als er versprochen hat, zu den Anonymen Alkoholikern zu gehen."

Richard schüttelte den Kopf. „Du hast ein zu weiches Herz, Charley. Lass ihn keinen Tag länger für dich arbeiten. Versetz ihm einen Tritt."

„Um dann sowohl Managerin als auch Küchenchefin zu sein?"

„Ich helfe dir."

„Du hast doch dein eigenes Restaurant", erinnerte sie ihn.

„Ich weiß. Aber ich kann noch ein wenig länger hierbleiben."

Lange genug, bis sie einen neuen guten Chefkoch gefunden hatte? Das war leichter gesagt als getan. „Allzu lange willst du dein Restaurant bestimmt auch nicht allein lassen."

„Lass das ruhig meine Sorge sein, okay? Im Moment gibt es nur einen Ort, wo ich gern sein möchte, und das ist hier", fügte er lächelnd hinzu.

Sie spürte, wie er mit seinem Fuß an ihrem Bein hochglitt. Noch gestern hätte sie nicht nur ihr Bein sofort weggezogen, sondern ihm auch den Wein ins Gesicht gekippt. Doch heute Abend – tja, sie war einfach zu müde. Und zu dankbar.

„Lasst uns das neue Lied noch einmal spielen", meinte Jakes Bassist.

Gute Idee. Seit Jake das Haus verlassen hatte, verspürte er das Bedürfnis, auf irgendetwas einzuschlagen, und im Laufe des Abends hatte sich seine Laune kein bisschen verbessert. Immer wieder musste er sich ernsthaft ermahnen, gefälligst ein Lächeln aufzusetzen. Doch dann dachte er an Ella und diesen Lackaffen Axel Fuchs, und am liebsten hätte er seine Gitarre zerschmettert, vorzugsweise auf Axels Kopf.

Natürlich würde er so etwas niemals tun. Es wäre eine Schande, das schöne Instrument so zu vergeuden.

Eine süße Kleine mit honigblonden Haaren kam in ihrer hautengen Jeans zur Bühne. „Könntet ihr vielleicht ein Weihnachtslied spielen?"

„Sicher", erwiderte Jake. „Wir haben genau den richtigen Song dafür." Zu den Leuten auf der Tanzfläche meinte er: „Hier kommt ein Lied für all diejenigen Männer unter euch, die verheiratet sind. Es heißt ‚Merry Christmas, Mama'."

Er drehte sich zu seinem Schlagzeuger herum. „Gib den Takt vor, Tim."

Und schon ging's los. Als die hübsche Kleine den Text hörte, verzog sie das Gesicht, während ihr Freund, der sie im Twostepp über die Tanzfläche führte, über das ganze Gesicht grinste. Genau wie die meisten anderen Männer auch. Die Bruderschaft der Schwiegersöhne. Kaum hatte Jakes Band das Lied beendet, applaudierte und johlte das Publikum begeistert.

„Sieht so aus, als hätten wir einen Hit gelandet", meinte Larry.

Die Kleine mit den honigblonden Haaren stand schon wieder an der Bühne. „Könnt ihr nicht was Netteres spielen?"

„Wie wär's mit ‚Meine Oma fährt im Hühnerstall Motorrad'?", fragte Jake. Das würde Schwieger- und Großmutter auf einen Streich erledigen.

„Ich liebe meine Großmutter", informierte die Kleine ihn und stapfte davon.

„Ach ja? Ich liebe meine auch", rief Jake ihr hinterher.

„Mann“, sagte Guy, „was ist denn mit dir los?“

„Nichts“, brummte Jake. „Lasst uns ‚Santa’s Flying a 747 Tonight‘ spielen.“

Das war ein alter Countrysong, nach dem man gut tanzen konnte, und die Leute mochten das Stück.

Allerdings nicht so sehr wie Jakes Song. Als er sich in der Pause einen Weg zum Tisch der Band bahnte, streckten viele der Männer den Daumen in die Höhe oder klopften ihm auf die Schulter.

Ja, da hatte er den Nagel auf den Kopf getroffen. Wenn sämtliche Schwiegermütter der Vereinigten Staaten zusammengetrieben und auf einer einsamen Insel ausgesetzt würden, würde die Scheidungsrate drastisch zurückgehen, davon war Jake überzeugt. Na, okay, nicht Guys Schwiegermutter, die ihm Kekse backte und ihm zu Ehren an seinem Geburtstag ein leckeres Steak briet. Sie durfte bleiben.

„Ihr wart echt spitze“, sagte Larrys Freundin Chrissie. Sie hielt ihr Smartphone in die Höhe. „Ich habe euch aufgenommen.“

„Klasse“, meinte Larry. „Lasst es uns auf YouTube hochladen. Mal sehen, was passiert.“

Jake zuckte mit den Schultern. „Warum nicht?“ *Rache ist süß … jedenfalls süßer als meine Exschwiegermutter.* Er grinste und trank einen großen Schluck Cola.

Als er nach Hause kam, war Ella schon im Bett, die Zimmertür fest vor ihm verschlossen. Als er an Ellas Zimmer vorbeiging, meldete sich in seinem Hinterkopf eine leise Stimme, die ihm sagte, dass es vielleicht doch keine so gute Idee wäre, diesen Song ins Netz zu stellen. Vielleicht war es überhaupt keine gute Idee gewesen, das Lied zu schreiben. Vielleicht sollte er Larry sagen, dass er die Sache noch nicht anschieben sollte.

Doch dann fragte er sich, warum er Rücksicht nehmen sollte. Was spielte es jetzt noch für eine Rolle? Ella war dabei, sich von ihrem vorherigen Leben zu verabschieden und sich neu zu orientieren. Dasselbe sollte auch er tun. Wie ein Spieler in Las Vegas sagte er sich: Lass die Kugel rollen.

11. KAPITEL

Am Sonntagnachmittag hatte Ella die gleiche Idee wie viele andere Einwohner von Icicle Falls auch: Sie hatte sich warm angezogen und sich aufgemacht, um einen Weihnachtsbaum zu kaufen. Inmitten all der großen und kleinen Tannen entdeckte sie Cass mit den Kindern und ging hinüber, um Hallo zu sagen. „Na, ihr seid in diesem Jahr ja auch frühzeitig dran damit, einen Baum zu kaufen."

„So beschäftigt, wie wir mit der Hochzeit sind, haben wir es für schlau gehalten, uns lieber jetzt schon darum zu kümmern", erwiderte Cass.

„Wie laufen denn die Vorbereitungen?", fragte Ella.

„Gestern haben wir den Blumenschmuck ausgesucht", antwortete Dani.

Und schon waren sie mitten im Thema und sprachen über Farben und die Kleider der Brautjungfern. „Falls du mit Mikaila und Vanessa nach der Arbeit vorbeikommen willst, könnte ich am Dienstag den Laden ein wenig länger geöffnet lassen", bot Ella an.

„Das wäre toll, denn Mom und ich wollen morgen nach Seattle fahren, um uns Brautkleider anzuschauen."

„Oh, wie schön!" Ella konnte sich noch gut daran erinnern, wie sie vor dem Spiegel im Brautladen gestanden und sich in dem eleganten weißen Kleid angeschaut hatte. Und wie sie sich ihr perfektes Leben mit Jake ausgemalt hatte. Teile davon waren ja auch vollkommen gewesen. „Dann passt das ja gut. Sag mir Bescheid, wenn die anderen am Dienstag auch Zeit haben, dann machen wir das so."

Willie inspizierte die Bäume eine Reihe weiter. „Hey, Mom, wie wäre es mit diesem hier?"

„Ach, ich glaube, ich muss mich wieder um den Baum kümmern. Bis heute Abend", sagte Cass und ging zu ihrem Sohn. Ella konnte noch hören, wie sie sagte: „Der sieht gut aus, ist aber leider zu teuer."

„Komm schon, Mom", moserte Willie. „Es ist Weihnachten. Sei nicht so ein Geizhals."

Ella konnte sich ein Lächeln nicht verkneifen. Cass würde bestimmt nachgeben. Wenn es um ihre Kinder ging, war sie ein Softie.

Ein wenig sehnsuchtsvoll überlegte Ella, dass sie immer davon ausgegangen war, sich jetzt vielleicht auch schon zusammen mit ihrem ersten Kind einen Tannenbaum aussuchen zu können. Vielleicht mit einem kleinen Mädchen in einem rosa Strampler. Doch leider verlief das Leben ja nie so, wie man es plante. Warum eigentlich nicht?

Auf der Suche nach einem Baum, der potenziellen Käufern ihres Hauses gleich ein heimeliges Gefühl vermitteln würde, spazierte sie die Reihen entlang. Schließlich fand sie ihn. Dieser Baum würde sich richtig gut im Erkerfenster machen. Jeder, der das Haus betrat, würde gleich denken, dass eine glückliche Familie darin wohnte. Jedenfalls so lange, bis er die getrennten Schlafzimmer sah.

„Da hast du dir ja ein Schmuckstück ausgesucht", wurde sie von Al, Mr Santa Claus höchstpersönlich, gelobt. Als er sich umschaute, wippte seine Weihnachtsmütze wie ein Schwanz. „Wo ist Jake?"

Im letzten Jahr war Jake noch mit ihr hier gewesen. Sie hatten sich einen kleinen Baum gekauft, ihn nach Hause gebracht und mit aufgefädelten Popcornschlangen dekoriert. Jake hatte viel mehr Popcorn gegessen als aufgefädelt, und sie hatte mit ihm geschimpft, weil er nicht seinen Teil zur Arbeit beigetragen hatte. Damals war das alles noch Spaß gewesen. Doch im Februar, als Mims ein ernstes Wörtchen mit ihr geredet hatte, war Ella klar geworden, wie wahr diese Worte doch gewesen waren.

„Wir sind nicht mehr zusammen", sagte Ella jetzt, und schnell verschwand das fröhliche Lächeln von Als Gesicht. Sie hasste es, den Leuten davon zu berichten, hasste die Verlegenheit und das Mitleid, das sich auf den Mienen der anderen spiegelte. *Armes Mädchen. Sie hat es nicht geschafft, ihre Ehe vor dem Scheitern zu bewahren.*

„Oh, das ist aber schade", sagte Al. „Also, na denn lass mich dir helfen, den Baum in dein Auto zu verfrachten. Hast du etwas zum Festbinden dabei?"

„Ja, im Kofferraum."

Mit der Hilfe seines Sohnes hievte Al den riesigen Baum auf ihr Autodach, der sofort ihr gesamtes Auto zu verschlingen schien.

„Wie gut, dass du es nicht so weit hast", meinte Al. „Sonst wäre sicher ein Strafzettel fällig."

„Na, dann hoffen wir mal, dass Tilda keinen Dienst hat", fügte sein Sohn hinzu. „Sonst gibt sie bestimmt einen."

Ella bedankte sich bei ihnen, stieg in den Wagen und fuhr nach Hause. Dabei musste sie durch die Tannenzweige lugen. Gerade als sie das Auto parkte, sah sie, dass Jake und Tiny die Straße entlangkamen. Tiny entdeckte sie und kam sofort angerannt, um sie zu begrüßen, als sie ausstieg.

„Hallo, mein Großer", sagte sie. „Seid ihr schön Gassi gegangen?"

Inzwischen war auch Jake bei ihnen. „Du hast mir gar nicht gesagt, dass du einen Weihnachtsbaum kaufen gehen wolltest."

Warum hätte sie das auch tun sollen? Es war ja nicht so, dass sie einen gemütlichen Nachmittag damit verbringen wollten, ihn zu schmücken. „Ich dachte, dass es dich sowieso nicht interessiert."

Er sah sie grimmig an. „Ich sehe auch keinen Sinn darin, einen Baum aufzustellen."

„Vielleicht habe ich es dir deshalb nicht erzählt."

„Was hat er gekostet?"

Sie hatte mehr ausgegeben als geplant, aber sie wollte nicht, dass Jake etwas dazugab. Das konnte sie allein bezahlen. Künftig würde sie ja alle ihre Sachen allein bezahlen müssen, und dazu gehörten eben auch Tannenbäume. „Ist doch egal", antwortete sie und begann, die Knoten des Seils zu lösen.

„Komm, lass mich das machen", sagte Jake und drängte sie zur Seite. „Ich verstehe wirklich nicht, warum du einen Baum gekauft hast."

„Damit das Haus schöner aussieht."

„Ach so! Na, das passt."

„Was?", wollte sie wissen.

„Nichts", sagte er verärgert.

Mims hatte zum Baumschmücken immer jemanden engagiert. Deshalb war das Schmücken für Ella immer noch etwas Neues, was ihr viel Spaß bereitete. Aber es war eigentlich etwas, was man mit einem Lächeln im Gesicht tun sollte. Heute gab es keinen Grund zum Lächeln. Was für eine blöde Idee. Was hatte sie sich nur dabei gedacht? Als wenn allein ein Tannenbaum genügen würde, um das Haus zu verkaufen. Vermutlich war es nicht das Fehlen der Weihnachtsdekoration oder ein leckender Abfluss, die dafür sorgten, dass das Haus keinen Käufer fand. Es war die fehlende Liebe im Haus. So etwas spürten die Leute sofort.

Jake wuchtete den Baum vom Wagen und zog ihn die Einfahrt hoch, fast so wie ein Höhlenmensch das erlegte Tier nach Hause schleppen würde. „Sei vorsichtig", mahnte Ella, als er die Treppen hochging und den Baum dabei hinter sich her schleifte.

„Keine Sorge."

Sie seufzte und folgte ihm. Es war wirklich eine idiotische Idee gewesen.

Er stellte den Baum am Eingang ab. „Brauchen wir den Tannenbaumständer?"

„Ich brauche einen Tannenbaumständer", erwiderte sie. „Aber ich hole ihn selbst."

Jake hob eine Hand. „Das kann ich auch machen. Dann bringe ich gleich die Kugeln und so vom Dachboden mit."

Eine halbe Stunde später stand der Baum im Ständer vor dem Erkerfenster und wartete darauf, geschmückt zu werden. Ella nahm an, dass Jake jetzt, nachdem sein Teil der Arbeit erledigt war, verschwinden würde. Doch stattdessen öffnete er den Karton mit den Lichterketten und zog eine heraus. „Sag mir, wie du sie aufgehängt haben möchtest", sagte er und begann, sie in der Tanne auszurichten.

So hatten sie es im letzten Jahr auch gemacht. Er hatte die Lichterketten angebracht, und sie hatte mit dem Auge der Künstlerin zugeschaut und ihm Anweisungen gegeben. Plötzlich musste sie schlucken, weil sie einen Kloß im Hals hatte.

„Wie ist es so?“, fragte er.

„Gut“, brachte sie heraus.

Nachdem die Lichterkette angebracht war, verschwand Jake in der Küche. Sein Job war erledigt.

Ella öffnete den Karton mit dem Christbaumschmuck, den sie gesammelt hatten. Unvermittelt spürte sie eine ungeahnte Welle der Traurigkeit in sich aufsteigen. Mit diesen Sachen waren eigentlich nur schöne Erinnerungen verbunden. Irgendwie war es nicht richtig, dass das alles jetzt auf einmal nichts mehr bedeuten sollte.

In dem Karton lagen hauptsächlich schlichte bunte Kugeln, doch es gab auch ein paar ganz besondere Schmuckstücke. Sie merkte, dass ihr die Tränen in die Augen traten, als sie einen Anhänger herausnahm, der wie ein Miniaturweihnachtsgeschenk aussah. Jake hatte ihn ihr zu ihrem ersten gemeinsamen Weihnachtsfest geschenkt. „Ich wünschte, ich könnte dir eine Schachtel voll mit kostbarem Schmuck schenken“, hatte er auf die Karte geschrieben, „hoffe aber, dass du dich erst einmal mit all meiner Liebe zufriedengibst.“

Sie schniefte und befestigte den kleinen Anhänger im Baum.

„Daran kann ich mich noch gut erinnern“, sagte Jake, und als Ella sich umdrehte, sah sie, dass er mit zwei Bechern in der Hand wieder ins Wohnzimmer gekommen war. Er reichte ihr einen der Becher. „Eierpunsch. Schließlich trinken wir immer Eierpunsch, wenn wir den Baum schmücken.“

Mit einem gemurmelten „Danke“ nahm Ella ihm einen Becher ab und nippte daran. „Dem hast du aber einen ordentlichen Schuss verpasst.“

„Mache ich doch immer.“

Und sie war dann immer ziemlich schnell beschwipst und ein bisschen ausgelassen. Doch sie waren nicht mehr verheiratet. Es bestand keine Veranlassung, beschwipst und ausgelassen zu sein. Ernüchtert stellte Ella den Becher auf den Couchtisch und machte sich wieder ans Schmücken. Jake gesellte sich zu ihr. „Du brauchst nicht zu helfen“, sagte sie zu ihm.

„Ich weiß. Aber ich möchte gern.“ Er nahm einen Porzellanengel mit einem Spitzenkleid. „Erinnerst du dich noch hieran?“

Sie nickte. Den Engel hatte Jake ihr vor drei Jahren am Thanksgiving-Wochenende im Kris Kringl Mart gekauft. Sie waren bummeln gewesen, hatten sich die Kunsthandwerkerstände angeschaut, heiße Schokolade getrunken und waren dann durch den Schnee nach Hause gegangen. Am Abend hatten sie ein knisterndes Feuer im Kamin angezündet und sich auf der Couch geliebt. Jetzt wandte Ella den Blick ab und hängte den Engel auf.

„El, ich wollte vorhin nicht so gemein klingen. Ich hatte nur nicht damit gerechnet, dass wir einen Baum aufstellen würden. Und …“

„Und was?“, hakte sie nach.

Er zuckte mit den Schultern. „Irgendwie ist es blöd, dass wir einen Baum aufstellen, um das Haus besser verkaufen zu können.“

„Du wolltest doch sowieso nach Nashville ziehen“, erinnerte sie ihn.

Er biss die Zähne zusammen, ein sicheres Zeichen dafür, dass er etwas zurückhielt, was er anscheinend lieber nicht sagen wollte.

Das hier war eine idiotische Idee gewesen. Ella trank einen großen Schluck Eierpunsch.

Währenddessen holte Jake eine kleine Jukebox heraus, auf der ein schwarzer Cowboyhut lag. Oh nein! Ella kippte den Rest ihres Eierpunsches in einem Zug herunter.

Ein wenig wehmütig betrachtete Jake den Anhänger. „Weißt du noch, wann du mir den geschenkt hast?“

Sie hatte ihn in einem Kiosk in einem Einkaufszentrum in Seattle gefunden, als sie dort ihren ersten Hochzeitstag gefeiert hatten. Die Firma hatte einen besonderen Service angeboten:

Man konnte die Anhänger mit individuellen Gravuren versehen lassen. Die Worte, die Ella ausgewählt hatte, lauteten: „Ja, ich will." Es war der Titel des Liedes, das Jake ihr zur Hochzeit komponiert und gesungen hatte.

„Ich brauche noch einen Eierpunsch", murmelte sie und ging in die Küche. Tiny folgte ihr hoffnungsvoll. „Das ist nicht gut für dich", sagte Ella, als sie den Eierpunsch einschenkte. Verflixt, all die Kalorien waren auch nicht gut für sie. Morgen früh, wenn sie auf die Waage stieg, würde sie das hier bitter bereuen, aber heute Abend brauchte sie dringend einen Seelentröster.

Sie hörte Schritte, und im nächsten Moment stand Jake neben ihr. „Ich könnte auch noch einen Nachschlag vertragen", sagte er und nahm ihr die Flasche ab. Er füllte seinen Becher und griff nach der Flasche Rum, die er auf der Arbeitsplatte hatte stehen lassen, um sich einen Schuss dazu zu schenken. Ehe Ella protestieren konnte, hatte er auch ihren Becher aufgefüllt. „Gehört nun mal dazu."

Schweigend ging Ella zurück zum Baum. Es reicht jetzt mit dem besonderen, erinnerungsträchtigen Schmuck, befand sie und holte einen Karton mit schlichten goldenen Kugeln heraus. Doch selbst die brachten sie fast zum Weinen.

Jake stupste die Jukebox mit dem Finger an. „Ich glaube immer noch, dass dieses Lied ein Hit werden könnte." Leise begann er zu singen. Damit zeichnete er ein musikalisches Bild ihrer Hochzeit.

Ella konnte es kaum ertragen. Sie griff nach dem Eierpunsch und trank noch einen großen Schluck. Dann rief sie schließlich: „Hör auf!"

Jake hielt inne und sah sie ernst an. „Was ist mit uns passiert, El? Warum haben wir nicht alles versucht, um die Sache wieder in Ordnung zu bringen?"

„Wozu? Du hättest dich doch nie geändert."

„Als wir zusammenkamen, mochtest du mich so, wie ich war", erinnerte er sie leise.

Dazu sagte sie gar nichts, und eine Weile verteilten sie schweigend weitere Kugeln im Baum. Jedes Mal, wenn eine neue Erinnerung aus dem Karton auftauchte, griff Ella nach ihrem Becher. Schnell war der Becher leer, doch Jake füllte ihn erneut. Und kurze Zeit später war er schon wieder leer. Wie schnell so ein Eierpunsch verschwand, wenn man versuchte, Erinnerungen darin zu ertränken!

Schließlich war der Baum fertig geschmückt. „Sieht gut aus“, befand Jake. „Eine Sache fehlt allerdings noch.“

Nach einem Blick auf die Kartons meinte Ella: „Ich glaube nicht.“

Jake griff nach einer alten Zeitung und zerknüllte sie. „Wir zünden immer ein Kaminfeuer an, wenn wir den Baum schmücken.“

Ja, früher. Früher hatten sie das immer gemacht. Ella schwieg beharrlich. Stattdessen räumte sie die leeren Kartons weg, während Jake das Anzündholz aufschichtete. Als sie zurückkehrte, hatte es bereits Feuer gefangen, und Jake legte ein paar Holzscheite nach. Der Duft der brennenden Kiefer breitete sich im Zimmer aus. Ein geschmückter Tannenbaum, ein Mann, der ein loderndes Feuer entzündete – das war eine Kulisse, die einer Zeitschriftenwerbung würdig war. Aber Werbung wofür? Für Glück.

Nein, dies hier war kein echtes Glück, sondern nur ein vom Alkohol produziertes Kribbeln.

Allerdings … Kribbeln war gar nicht so schlecht.

Jake holte die Rumflasche und gesellte sich zu ihr aufs Sofa. „Erinnerst du dich noch an das erste Mal, als wir in diesem Kamin ein Feuer angemacht haben?“, fragte er, als er ihren Becher noch einmal auffüllte.

Sie trank einen Schluck. Wie sollte sie das je vergessen? Er hatte geglaubt, er hätte den Kaminschieber geöffnet, doch stattdessen hatte er ihn geschlossen. Sie lächelte. „Seitdem hast du einiges dazugelernt. Du bist ziemlich gut darin geworden, ein Feuer anzuzünden.“ Auch auf anderen Gebieten hatte er dazugelernt und war ziemlich gut geworden. Vor allem, wenn es darum ging, sie zu lieben. Jeden Zentimeter ihres Körpers kannte er. Und er wusste genau, was sie erregte.

Als hätte er ihre Gedanken gelesen, spürte sie auf einmal seine Finger in ihrem Nacken, wo er sie direkt unter dem Haaransatz streichelte. Das zum Beispiel war eine der Zärtlichkeiten, bei denen sie schwach werden konnte.

„Dies ist unser letztes gemeinsames Weihnachten“, flüsterte er und begann dann noch einmal, den Refrain des Hochzeitsliedes zu singen, das er für sie geschrieben hatte.

Sag ihm, er soll aufhören, befahl sie sich selbst. Doch sie brachte es nicht über sich.

Schon immer hatte sie es geliebt, wenn Jake ihr etwas vorgesungen hatte. Es vermittelte ihr das Gefühl, in seinen Augen etwas ganz Besonderes zu sein. Es war schön, sich noch einmal als etwas Besonderes zu fühlen.

Jake nahm ihr den Becher ab und stellte ihn auf den Couchtisch. Dann umschloss er ihr Gesicht mit beiden Händen und schaute Ella voller Verlangen an. Der Blick aus seinen dunklen Augen zog sie vollkommen in seinen Bann.

Er liebt dich noch immer.

Das war nur der Rum, der ihr das einflüsterte. Sie würde einfach nicht darauf hören.

Sei ehrlich. Du liebst ihn auch immer noch, sagte der Rum. *Und du willst ihn.*

Der Rum hatte recht. Sie ließ zu, dass Jake sie küsste. Und als er sie immer wieder und immer stürmischer küsste, erwiderte sie seine leidenschaftliche Umarmung. Sie wehrte sich auch nicht, als er mit einer Hand unter ihren Pullover wanderte. Oh ... Ella hatte das Gefühl, als würden sich sämtliche Fasern ihres Körpers zu einer La-Ola-Welle hinreißen lassen. Oh, oh, dachte sie dann, das wird kein gutes Ende nehmen.

Doch, sprach der Rum. *Es wird wunderbar enden.*

Cecily schaute auf die Uhr im Wohnzimmer von Cass. „Was ist denn bloß mit Ella los? Dass sie zu spät kommt, passt so gar nicht zu ihr.“

Cass hatte schon die DVD mit dem Film „Das Wunder von

Manhattan“ eingelegt, und jetzt warteten sie nur noch darauf, dass auch das letzte Mitglied ihrer kleinen Runde eintraf. Ella liebte diese Filmabende. Wo steckte sie nur?

„Ich würde sagen, wir geben ihr noch zehn Minuten. Wenn sie dann nicht da ist, fangen wir ohne sie an“, meinte Samantha und steckte sich eine Pfefferminztrüffelpraline in den Mund.

„Ich habe sie heute beim Weihnachtsbaumverkauf getroffen.“ Cass nahm sich noch ein Plätzchen von dem Teller, der auf dem Couchtisch stand. „Vielleicht ist sie so mit dem Schmücken beschäftigt, dass sie es vergessen hat.“

„Ist es nicht ein bisschen früh, um den Baum aufzustellen?“, fragte Samantha. „Wir haben damit eigentlich immer bis Mitte Dezember gewartet, damit der Baum nicht schon vorher vertrocknet ist.“

„Al behauptet, seine Bäume seien so frisch, da bräuchte man nicht zu warten“, erwiderte Cass. „Obwohl, wenn ich so darüber nachdenke: Der, den wir letztes Jahr bei ihm gekauft haben, war Weihnachten schon brandgefährlich.“

„Wann wollt ihr denn jetzt euren Baum aufstellen?“, hakte Charley nach.

„Gute Frage“, meinte Cass. „Irgendwann, nachdem wir das Hochzeitskleid gekauft haben und bevor wir den DJ aussuchen.“

Samantha schüttelte den Kopf. „Diese Hochzeit in so kurzer Zeit vorzubereiten – ehrlich, ich weiß wirklich nicht, wie ihr das schaffen wollt.“

„Ein Kinderspiel“, meinte Cass.

„Hier spricht eine dreifache Mutter.“ Samantha lachte. „Habt ihr schon einen Caterer ausgesucht?“

„Steht auf der To-do-Liste. Ich muss jemanden finden, den Dani gut findet und den ich mir leisten kann.“

„Na ja“, meinte Samantha langsam, „Bailey hat vor, über die Weihnachtstage herzukommen. Sie ist die Königin der Caterer, und ich wette, man könnte sie dazu überreden, schon ein bisschen eher zu kommen. Sie würde euch bestimmt einen guten Preis machen.“

„Wenn das keine gute Idee ist!", freute sich Cass. „Wenn Bailey die Sache in die Hand nimmt, brauche ich mir wenigstens darüber keine Sorgen mehr zu machen."

„Okay, vielleicht abgesehen von der Sorge, dass sie stolpert und in die Hochzeitstorte fällt", scherzte Samantha.

Cecily konnte sich ein Lächeln nicht verkneifen. Bailey war manchmal ein wenig unbeholfen. Aber von den drei Schwestern war sie die Temperamentvollste, und wenn eine Frau ansonsten bewundernswert war, wurde ihr Tollpatschigkeit gern verziehen.

Cass schenkte sich ein Glas Wein ein. „So, ich denke, wir fangen jetzt einfach mit dem Film an. Schließlich muss ich früh aufstehen."

Das Leben einer Bäckerin. Schrecklich, dachte Cecily. Aber Cass hatte recht. Sie konnten ja nicht ewig warten. „Lasst sie uns doch kurz anrufen", schlug sie vor. Sie griff nach ihrem Handy und wählte Ellas Festnetznummer.

Jake antwortete nach dem dritten Klingeln.

Seit die beiden geschieden waren, wusste Cecily nie so recht, was sie zu ihm sagen sollte. Es war so unangenehm, wenn Freunde sich trennten. Verflixt, es war nicht nur unangenehm, es war herzzerreißend. „Oh! Hallo, Jake. Tut mir leid, wenn ich dich störe, aber wir wollen unseren Film anschauen und fragen uns, wo Ella steckt. Weißt du, ob sie schon losgegangen ist?"

„Sie wird es heute Abend nicht schaffen", antwortete Jake. „Sie hat zu viel Eierpunsch getrunken und kann nicht mehr fahren."

Zu Fuß dauerte es nur eine Viertelstunde bis zu Cass. „Zu viel Eierpunsch?"

„Wir haben den Baum geschmückt", sagte Jake, als würde das alles erklären.

Ehe Cecily noch etwas sagen konnte, fügte er hinzu: „Ich richte ihr aus, dass du angerufen hast, Cec." Und dann legte er auf. Cecily starrte auf ihr Telefon und versuchte herauszufinden, was diese Unterhaltung zu bedeuten hatte.

„Na, kommt sie noch?“, fragte Samantha.

„Nein“, meinte Cecily. „Sie hat zu viel Eierpunsch getrunken.“

„Zu viel Eierpunsch?“, wiederholte ihre Schwester.

„Eierpunsch und Baum schmücken. Irgendetwas ist da drüben los“, sagte Cecily.

„Meinst du, die beiden sind wieder zusammen?“, fragte Charley.

„Wenn du mich fragst: keine gute Idee“, sagte Samantha und wählte sich eine weitere Praline aus.

„Nicht unbedingt“, widersprach Cecily. „Vielleicht haben sie so eine Art Kompromiss gefunden.“ Sie hoffte es wirklich.

Cass schüttelte den Kopf. „Ich weiß nicht. Sich wieder mit dem Ex einlassen? Das hört sich für mich nicht sonderlich klug an.“

„Menschen können sich ändern“, warf Charley ein.

Cecily war nicht umsonst Partnervermittlerin gewesen. Sie verstand es, zwischen den Zeilen zu lesen, und Charleys Bemerkung hörte sich nach einer möglichen Horrorgeschichte an. „Nicht alle Menschen“, warnte sie.

Charley tat so, als würde sie den warnenden Blick ihrer Freundin nicht bemerken. Stattdessen füllte sie Popcorn in eine Schüssel und sagte: „Dann lasst uns mal den Film anschauen.“

Okay, hier schien ein Herz geradezu darauf zu warten, noch einmal gebrochen zu werden. Charley würde tun, was sie tun wollte, und niemand würde sie aufhalten können. Genauso wenig, wie man Ella hatte aufhalten können, als sie sich von ihrer Mutter überzeugen ließ, Jake den Laufpass zu geben. Cecily war die Expertin, was Herzensangelegenheiten anging. Warum hörten ihre Freundinnen eigentlich nie auf sie?

Vielleicht, weil du zwei gelöste Verlobungen hinter dir hast? Okay, das war ein Argument. Sie griff nach dem Popcorn. Dann lehnte sie sich zurück, um sich den Film anzuschauen. Was wohl drüben bei Ella passierte?

12. KAPITEL

Am Montagmorgen erwachte Ella aus einem tiefen Schlaf und stellte fest, dass sie auf einmal drei Arme hatte. Einer lag unter ihrem Kissen, der zweite war vor ihr ausgestreckt. Und über diesem Arm lag der dritte, ein muskulöser Arm mit dunklen Härchen. Blinzelnd versuchte sie, richtig wach zu werden, und sah, dass an diesem dritten Arm auch ein Körper hing, der neben ihrem lag. Ein Körper, der definitiv nicht in ihr Bett gehörte: Jake.

Mit einem leisen Aufschrei sprang Ella aus dem Bett. Diese abrupte Bewegung tat ihrem Kopf allerdings alles andere als gut. Hinter ihren Schläfen pochte es wie verrückt.

Jake war ebenfalls aufgewacht und sah verwirrt aus. „El?“

„Was tust du in meinem Bett?“ *Jemand hat in meinem Bettchen geschlafen. Und noch ganz andere Dinge getan.*

„Ich habe geschlafen“, murmelte er und setzte sich auf.

„Und davor?“ Warum fragte sie überhaupt noch? Sie wusste es doch ganz genau.

Er grinste.

„Aber wir sind geschieden.“ Sie fuhr sich mit der Hand durchs Haar. Wie hatte das passieren können? Was für eine idiotische Frage. Sie war übermäßig sentimental und total beschwipst gewesen.

„Dem können wir wieder abhelfen“, meinte er leichthin. Er kam unter der Bettdecke hervor und auf sie zu.

„Wo sind deine Sachen?“ Und da sie gerade beim Thema waren, wo waren *ihre* Sachen? Nackt. Sie war nackt. Hastig griff sie nach dem Bettüberwurf und hielt ihn wie einen Schild vor sich.

„Im ganzen Wohnzimmer verstreut, zusammen mit deinen Sachen. Und findest du nicht, dass es hierfür ein bisschen spät ist?“, neckte er sie und deutete auf ihren provisorischen Umhang. Er versuchte, sie zu umarmen, doch sie riss sich von ihm los. Dabei stolperte sie über den Bettüberwurf. „Das Ganze war ein Fehler. Du hast mich verführt!“

„Ach ja? Wenn du meinst! Aber du schienst ziemlich darauf erpicht zu sein, verführt zu werden. Komm schon, Ella. Tu nicht so, als hättest du es nicht genauso gewollt wie ich."

„Ich …" Es stimmte. „Das hat nichts zu bedeuten."

„Es bedeutet sehr viel. Es bedeutet, dass wir zusammengehören."

„Nein, tun wir nicht." Jake war ein Fehler gewesen. Die letzte Nacht war ein Fehler gewesen. Sie hatte genug davon, ständig Fehler zu machen. „Ich tue das nicht wieder. Niemals." Jedenfalls nicht mit Jake.

Plötzlich schoss ihr ein anderer Gedanke durch den Kopf: Was war, wenn sie jetzt schwanger geworden war? Manchmal genügte schon ein einziges Mal, und sie nahm die Pille ja nicht mehr. „Hast du verhütet?"

„Äh, nein."

Ein einziges Mal. Es ist doch nur ein einziges Mal gewesen, versuchte sie, sich zu beruhigen. Wie groß war da das Risiko? „Oh, mir ist schlecht", stöhnte sie. War das schon die Morgenübelkeit. So schnell?

„Ich mache uns einen Kaffee", bot Jake an.

Das war genau das, was ihr jetzt noch fehlte: zusammen mit ihrem Exmann gemütlich Kaffee zu trinken. *Du hattest ja auch nichts dagegen, gemütlich mit ihm eine Tasse Eierpunsch zu trinken.* Besser gesagt, mehrere Tassen.

Eilig ging sie unter die Dusche, in der Hoffnung, die verschwommenen Erinnerungen an Jakes Berührungen wegzuwaschen, zusammen mit den letzten Anzeichen von Verlangen, die sie vielleicht noch empfand.

Als Jake mit dem Kaffee aus der Küche kam, war Ella schon auf dem Weg zur Haustür.

„Wo willst du denn hin? Es ist doch erst acht Uhr."

„Ich muss in den Laden."

„Der öffnet doch montags gar nicht. Bitte, El. Lauf nicht weg."

„Ich laufe nicht weg", erwiderte sie stolz. „Ich kann nur

nicht … bleiben. Ich muss noch ein paar Dinge erledigen." Irgendetwas würde ihr schon einfallen.

Er musterte sie nachdenklich. „Was bist du doch für ein Angsthase."

„Ich bin kein Angsthase."

„Doch, bist du wohl. Übrigens …"

„Was ist?"

Er deutete auf ihren Oberkörper. „Du hast deinen Pullover falsch rum an."

Sie schaute an sich herab. Tatsächlich. Sie war so durcheinander, dass sie sich nicht einmal ordentlich anziehen konnte. „Danke", sagte sie, um Würde bemüht. Dann schloss sie die Tür hinter sich und lief die Auffahrt hinunter.

Erst als sie in der Boutique ankam, stellte sie fest, dass sie nicht nur zwei verschiedenfarbige Schuhe angezogen hatte, sondern dass auch eine schwarze Socke ihren rechten Fuß und eine blaue Socke ihren linken Fuß zierte. Verdammt. Jetzt sah sie äußerlich genauso chaotisch aus, wie sie sich innerlich fühlte. Da sie bei Gilded Lily's keine Schuhe verkaufte, musste sie also weiter so herumlaufen. Es sei denn, sie wollte nach Hause laufen und sich umziehen. Und dabei auf Jake treffen. Was sie, da war sie sich ganz sicher, definitiv nicht wollte. Zum Glück hatten sie montags nicht geöffnet. So bestand wenigstens keine Gefahr, dass jemand sie so sah und womöglich fragte, was sie sich dabei gedacht hatte, als sie sich heute Morgen angezogen hatte.

Die nächste Stunde verbrachte sie damit, die Homepage und die Facebook-Seite des Ladens wieder auf den neuesten Stand zu bringen, wobei sie krampfhaft versuchte zu ignorieren, dass ihre Kleidung nicht zusammenpasste und dass sie vollkommen aufgewühlt war. Anschließend machte sie sich daran, neue Ware zu bestellen. Auch in einem kleinen Laden gab es viel zu tun. Dummerweise halfen all diese Arbeiten nicht, die Gedanken an Jake zu vertreiben. Noch immer konnte Ella sich daran erinnern, wie sich die Berührung von Jakes Lippen auf ihrem Mund und ihrem Körper angefühlt hatte. An das Gefühl seiner Arme, als er sie an sich gezogen hatte ... Oh, hör schon auf, schalt sie sich. Du klingst wie die Heldin aus einem Liebesroman.

Und was war falsch daran?

Alles, wenn man sich von dem falschen Mann verführen ließ.

Seufz.

Jake hatte die Küche blitzblank geputzt. Nirgends war mehr ein Körnchen Staub oder Schmutz zu entdecken. Das würde Ella glücklich machen. Auch die Wäsche hatte er erledigt. Das Zusammenlegen bekam er nie richtig hin, aber er hoffte, dass sie seine Bemühungen trotzdem anerkennen würde. Somit war der Haushalt gemacht, jedenfalls soweit er das beurteilen konnte, und ihm blieben noch ein paar Stunden Zeit, ehe Curt Whalen zu seiner Gitarrenstunde kam. Jake wünschte, er könnte zur Boutique hinübergehen und Ella überreden, mit ihm Mittagessen zu gehen. Als er noch im Musikladen gearbeitet hatte, hatte er das häufiger getan. Dann waren sie ins Big Brats gegangen und hatten dort gegessen. An anderen Tagen hatten sie nur ein paar Sandwiches im Laden gegessen, wenn gerade keine Kunden da gewesen waren. Das waren schöne Zeiten gewesen. Sie hatten schlicht und einfach gelebt und das Leben genossen, während sie darauf warteten, dass er einen Hit landete.

Gestern Abend war es fast so gewesen wie damals, als sie frisch verheiratet gewesen waren – keine Sorgen, kein Streit, keine Schwiegermutter, die Lügen über ihn verbreitete. Warum konnten sie nicht einfach die Zeit zurückdrehen?

Die Zeit zurückdrehen. Ließ sich daraus vielleicht ein Lied komponieren? Sofort machte er sich auf die Suche nach seiner Gitarre. Zwei Stunden später hatte er sein Herz ausgeschüttet und daraus einen Wahnsinnssong gemacht. Der wäre sogar für die Band Lady Antebellum perfekt, überlegte Jake. Er ging nach unten in das kleine Zimmer, wo er sich mit Secondhand-Equipment eine Art Aufnahmestudio eingerichtet hatte, und machte sich daran, ein Demotape von dem Lied aufzunehmen. In nicht allzu ferner Zukunft würde einer seiner Songs groß rauskommen, davon war er fest überzeugt. Er kam seinem großen Ziel immer näher. Little Big Town Publishing hatte ihm Mut gemacht. Ein Lied, das von einem der Studios in Nashville genommen wurde – vielleicht würde das schon genügen, um Ella zurückzuerobern.

Ein Mann durfte ja wohl noch träumen, oder?

Am späten Vormittag rief Cecily bei Ella auf dem Handy an. „Wollen wir bei Zelda's einen Salat essen gehen?"

Nie im Leben würde Ella sich in diesem Aufzug in der Öffentlichkeit zeigen. „Äh, ich habe hier im Laden noch einiges zu tun."

„An einem Montag?"

„Es gab noch eine Menge zu erledigen." *Und eine Menge, wovor ich weglaufen musste.*

„Oh. Na schön, wie wäre es dann, wenn ich uns etwas hole und bei dir vorbeikomme?" Ehe Ella sich eine Ausrede ausdenken konnte, um ihre Freundin von sich fernzuhalten, fuhr Cecily fröhlich fort: „Also, bis gleich", und beendete das Telefonat.

Ella musterte ihre nicht zusammenpassenden Schuhe und verzog das Gesicht. Sie hätte Cecily sagen sollen, dass sie keine Zeit für eine Mittagspause hatte. Dass ihre Freundin hier auftauchte war das Letzte, was sie jetzt noch brauchte. Ihre Freundin, die Partnervermittlerin. Wenn es um Liebesdinge ging, war Cecily ungemein scharfsinnig. Dabei war Ella schon so durcheinander genug.

Eine halbe Stunde später klopfte Cecily an die Ladentür. Ella machte ihr auf, und ihre Freundin spazierte mit einer Tüte in der Hand herein. Sofort breitete sich im Laden ein köstlicher Duft nach Hähnchen aus. „Ich habe uns Salat mit gebratenen Hähnchenstreifen mitgebracht", erklärte sie, für den Fall, dass Ellas Nase nicht richtig funktionieren sollte.

„Das hört sich gut an." Ella eilte wieder auf die andere Seite des Verkaufstresens, um ihre Füße zu verbergen.

Cecily ließ ihr einen Moment Zeit, damit sie die ersten Bissen essen konnte. Dann meinte sie: „Wir haben dich gestern Abend vermisst."

Ella spürte, dass ihre Wangen zu glühen begannen. „Wir waren so damit beschäftigt, den Tannenbaum zu schmücken. Ich wollte das schnell erledigen. So lässt sich das Haus vielleicht besser verkaufen."

„Aha", meinte Cecily diplomatisch. Sie aß ein wenig von ihrem Salat. Dann griff sie nach der roten Halskette, die Ella vorhin auf den Tresen gelegt hatte. „Die ist hübsch und passt gut zu Weihnachten." Nach einem Blick auf das Preisschild sagte sie: „Ich glaube, die schenke ich Mom. Du kannst sie mir doch verkaufen, auch wenn du heute nicht geöffnet hast, oder?"

Ella nickte. Gleichzeitig spürte sie den prüfenden Blick ihrer Freundin auf sich. Oh, das war alles so peinlich. Nervös kaute sie auf ihrer Unterlippe, während sie den Kauf abwickelte.

„Alles in Ordnung?", fragte Cecily.

Ella steckte die Kette in eine Geschenktüte. „Ich glaube, ich habe einen Fehler gemacht."

„Wann? Als du dich hast scheiden lassen? Oder als du letzte Nacht mit Jake geschlafen hast?"

Ella starrte ihre Freundin schockiert an. „Kannst du hellsehen, oder was?"

„Als wir gestern Abend angerufen haben und Jake uns erzählt hat, dass du Eierpunsch getrunken hättest und nicht mehr fahren könntest, war es nicht so schwierig, eins und eins zusammenzuzählen."

Ella stöhnte. „Es war so dumm von mir! Ich weiß nicht, was ich mir dabei gedacht habe."

„Ich vermute auf jeden Fall mal, dass du dabei nicht an Axel gedacht hast."

Axel. Den hatte sie total vergessen. „Oh, wenn der das wüsste …"

„Keine Sorge", meinte Cecily. „Das wird ihm schon niemand erzählen."

Außer Jake vielleicht. „Ich hätte nicht wieder mit ihm schlafen sollen", murmelte Ella. „Und ich werde es ganz sicher nie wieder tun."

„Sag niemals nie.“ Cecily beugte sich über den Tresen und schaute auf Ellas Füße. „Übrigens, habe ich Halluzinationen, oder trägst du wirklich zwei verschiedenfarbige Schuhe?“

„Du hast Halluzinationen.“

„Aha“, meinte Cecily nur und beließ es dabei.

Die Bäckerei war montags geschlossen. Daher hatten sich Cass und Dani gleich, nachdem Willie zur Schule losmarschiert war, auf den Weg nach Seattle gemacht. Auch Amber (die ausnahmsweise einmal die Schule schwänzen durfte) nahm an dieser hochwichtigen Mission teil. Jetzt warteten Cass und Amber in einer gemütlichen Sitzgruppe im Brautladen darauf, dass Dani ihnen ihr Traumkleid vorführte.

Der Laden war die reinste Augenweide. Überall hingen Brautjungfernkleider, die für jeden Filmstar eine Zierde gewesen wären, sowie weiße Brautkleider, die einer Prinzessin würdig wären. Spitze, Organza, Satin – Geld, Geld, Geld. Der Samtsessel, in dem Cass saß, kostete wahrscheinlich mehr als all ihre Wohnzimmermöbel zusammen. Und es würde sie auch nicht überraschen, wenn das Brautkleid mehr kostete als ihre Möbel im ganzen Haus. *Samt* sonstiger Einrichtung.

Amber konnte sich gar nicht sattsehen. Seit sie in den Laden gekommen waren, stöberte sie überall herum. „Schau dir das hier an, Mom.“ Sie zog ein Kleid mit Stufenrock heraus.

„Wunderhübsch“, gab Cass zu. Alles hier war wunderhübsch.

Dani kam aus der Umkleidekabine, gefolgt von der Ladenbesitzerin, die die ganze Zeit um sie herumwuselte.

„Oh“, sagte Cass nur. Eine Flut von Bildern überschwemmte sie: Dani als lächelndes Baby, das aufgeregt im Kinderbettchen herumgehüpft war und darauf gewartet hatte, dass Cass es heraushob; die fünfjährige Dani, die die Kerzen auf dem Geburtstagskuchen, den Cass gebacken hatte und der aussah wie eine Puppe, auspustete; Dani mit siebzehn in ihrem ersten Abendkleid. Ihre Tochter war über Nacht erwachsen geworden. Jetzt stand sie hier, eine hübsche junge Frau in ihrem Brautkleid, der wahr gewordene Traum jeder Mutter. Sie trug ein schulterfreies, langärmeliges weißes Seidentaftkleid mit einem eng anliegenden Oberteil und einem weit schwingenden Rock. Ausschnitt, Ärmelaufschläge und der Saum hatten einen weißen Angorabesatz, passend zum Hut, der ebenfalls mit Angora verziert war. Tüll mit Spitze und Pailletten sorgten für zusätzlichen Glanz. Cass verstand genau, warum ihre Tochter sich auf Anhieb in dieses Kleid verliebt hatte.

Dani blickte sie hoffnungsvoll an. „Na, was sagst du dazu?"

„Wow", meinte Amber.

„Es ist umwerfend", befand auch Cass.

Dani strahlte. „Ich finde es so toll."

Cass schluckte und fragte: „Was kostet es?"

Dani strich mit der Hand über den weichen Besatz. „Zwölfhundertundsechzig Dollar für das Kleid."

„Es ist schon um dreißig Prozent heruntergesetzt", warf die Ladenbesitzerin ein. „Und wir müssen nichts daran ändern, was sehr ungewöhnlich ist."

„Und der Hut?", fragte Cass schwach.

„Zweihundert."

Also, vierzehnhundertundsechzig Dollar. Zuzüglich Mehrwertsteuer. Doch sie würde es zahlen. Das strahlende Lächeln auf dem Gesicht ihrer Tochter zu sehen war jeden Cent wert.

„Keine Sorge, Mom", sagte Dani. „Daddy bezahlt das Kleid."

Was tat er? „Oh."

„Ich habe gestern mit ihm gesprochen."

Ohne ihr etwas davon zu erzählen. Sei froh, dass er die Rechnung übernimmt, riet Cass sich selbst. Sei froh, dass er Anteil nimmt.

„Das ist … toll", meinte sie und bemühte sich, Freude in ihre Stimme zu legen.

„Er hat gesagt, wir sollen ihn anrufen, dann gibt er Ihnen seine Visa-Kartennummer", meinte Dani zur Ladenbesitzerin.

„Das ist ja echt cool von Daddy", warf Amber ein.

„Ja, finde ich auch." Obwohl sie sich eben schon die Leviten gelesen hatte, fiel es Cass schwer, die Worte über die Lippen zu bringen. Die Eifersucht nagte an ihr. Sie hatte so schwer gearbeitet, hatte alles für ihre Kinder getan, und jetzt kam es ihr vor, als würde sie einfach beiseitegeschoben. Aufgekauft und ausgequetscht.

„Ich weiß, dass es irrational ist", sagte sie später zu Dot, als sie wieder in Icicle Falls waren. „Aber es ärgert mich einfach, dass er jetzt, nachdem er so lange durch Abwesenheit geglänzt hat, auf einmal auf einem weißen Pferd angeritten kommt und den Helden spielt. Das ist so … passiv-aggressiv. Er redet nicht mit mir, macht, was er will, pickt sich einfach nur die Rosinen aus dem Kuchen und wirft zu diesen hochdramatischen Anlässen mit Geld nur so um sich."

Dots Operation am Fuß war gut verlaufen, und jetzt thronte sie auf ihrer Couch. Den Fuß hatte sie auf einem Kissen abgelegt. Auf dem Couchtisch vor ihr standen eine Schachtel mit Pralinen von Dots Freundin Muriel Sterling sowie ein Wasserglas. Ein Kreuzworträtselbuch und die Fernbedienung lagen ebenfalls in Reichweite. Und jetzt kam noch eine Schüssel mit Hühnersuppe hinzu, die Cass mitgebracht hatte.

„Komm schon, Kindchen", meinte Dot. „Wenn du eine Hochzeit planst, ist alles hochdramatisch. Das weißt du. Und dein Ex ist wie die meisten Männer: Er ist völlig ahnungslos. Er denkt gar nicht darüber nach, irgendetwas anzubieten – er wartet einfach nur mit seinem Scheckbuch. Deine Tochter hat seine Nummer, in vielerlei Hinsicht. Sie ruft ihn an und sagt ‚Daddy, ich brauch Geld', und er schiebt es rüber. Sieh es einfach positiv: Du brauchst es nicht zu bezahlen."

Und Dani hatte ihr Traumkleid bekommen. Trotzdem … „Ich habe das Gefühl, dass ich auf andere Art und Weise zahlen muss."

„Alles hat seinen Preis. Ich weiß, es ist schwierig zu teilen, nachdem du all die Jahre die alleinige Last tragen musstest und deine Kinder für dich hattest. Aber es sieht so aus, als würde sich das ändern, und dagegen kannst du nichts unternehmen. Es gehört alles zu dem Motto ‚in guten wie in schlechten Zeiten'."

„Wieso das denn? Wir sind doch gar nicht mehr verheiratet“, meinte Cass ungnädig.

„Wenn du Kinder hast, hebt eine Scheidung das ‚in guten wie in schlechten Zeiten‘ nicht auf.“

Dot hat recht, redete Cass sich ein, als sie nach Hause fuhr. Sie musste sich damit abfinden, dass Mason Teil des Lebens ihrer Kinder war und auch bleiben würde. Warum fiel es ihr nur so schwer, das zu akzeptieren?

Weil es einfach nicht fair war.

Wie oft hatten ihre Kinder sich im Laufe der vergangenen Jahre bei ihr darüber beschwert, dass etwas nicht fair sei? Und wie oft hatte sie erwidert, „Wer hat gesagt, dass das Leben fair ist?“ Natürlich war es das nicht, und jetzt musste sie ihren eigenen Ratschlag befolgen und das Beste daraus machen.

Um dieses Ziel nicht aus den Augen zu verlieren, rief sie sich das Bild von Dani vor Augen, als die überglücklich im Brautladen vor dem Spiegel gestanden und sich in ihrem Brautkleid bewundert hatte. Ihre Tochter würde heiraten, und sie durfte dabei sein und regen Anteil an allem nehmen. Wenn es ihr nicht gelang, daraus das Beste zu machen, dann war mit ihr irgendetwas Grundlegendes nicht in Ordnung.

„Ich werde Richard nicht weiter ermutigen“, sagte Charley zu ihrem Spiegelbild. Die Frau, die ihr entgegensah, hatte sich mächtig herausgeputzt. Sie trug eine dunkelgraue Hose, einen schwarzen Pullover und eine Kette mit einem Diamantanhänger – genau die Kette, die Richard ihr vor drei Jahren zum Valentinstag geschenkt hatte.

Ihn nicht ermutigen, haha! Deshalb hatte sie ihn auch am Samstagabend mit ihr füßeln lassen. Deshalb hatte sie auch den Mistelzweig gekauft und aufgehängt. Und deshalb trug sie auch einen schwarzen BH von Victoria’s Secret unter ihrem Pullover. *Hast du vor, heute Abend deinen Pullover auszuziehen?*

Sie verzog das Gesicht. „Du benimmst dich absolut lächerlich.“ Sie musste unbedingt damit aufhören. Oder?

Nein, antwortete sie sich selbst. Jeder verdiente eine zweite Chance. Richard bereute seine Sünden, und er tat alles, um es ihr zu beweisen. Und sie würde Victorias Geheimnis anbehalten.

Es klingelte, und auf einmal hatte sie Schmetterlinge im Bauch. Albern. Sie kam sich vor wie ein Teenager, der zum Abschlussball abgeholt wurde, nicht wie eine erwachsene Frau, die zum Essen gehen wollte. Sie öffnete die Tür, und Richard kam herein. Und mit ihm der Duft nach Armani-Duftwasser.

„Du siehst hinreißend aus", sagte er.

„Es sind doch nur eine Hose und ein Pullover", erwiderte Charley. Dennoch fühlte sie sich geschmeichelt. *Albern.*

„Ich habe nicht von deinen Sachen gesprochen." Er hielt ihr ein kleines Kästchen hin.

„Was ist das?"

„Eine Kleinigkeit, von der ich dachte, dass sie dir vielleicht gefallen könnte."

Charley öffnete die Schachtel und fand darin ein Paar silberner Ohrringe in Form von Tropfen. „Die sind ja hübsch."

„Ich dachte, die würden dir bestimmt gut stehen."

Kostbare Ohrringe, eine Schlittenfahrt, teures Ausgehen, einspringen, wenn Not am Mann war: Kein Mann gab sich so viel Mühe, wenn er das, was er getan hatte, nicht aufrichtig bereute.

Und jetzt waren sie auf dem Weg zum Orchard Haus, einer Pension, die einige Meilen außerhalb der Stadt lag, um dort ein Fünfgängemenü zu essen, das von einer der einheimischen Weinkellereien gesponsert wurde. Noch eine kostspielige Buße, die Charley ihren Ex gern bezahlen ließ.

Das Zelda's war sonntag- und montagabends geschlossen, und nach dem anstrengenden Wochenende, das sie hinter sich hatten, war ein köstliches Abendessen, das sie nicht selbst planen und servieren musste, genau das, was der Doktor verschrieben hatte – obwohl ein Herzspezialist ihr vielleicht geraten hätte, mit jemand anderem essen zu gehen.

Das Restaurant im Orchard House war ein Festival für die Sinne. Im Kamin brannte ein knisterndes Feuer, die Tische waren festlich mit feinstem Porzellan und blitzblankem Besteck gedeckt, und wunderhübsche winterliche Blumengestecke verliehen dem Ganzen noch mehr Atmosphäre. Doch nicht nur den Augen wurde etwas geboten, sondern auch den Ohren. Denn in einer Ecke des Raumes spielte ein Musiker Weihnachtslieder auf einer Harfe. Charley sog all das in sich auf und überlegte, was davon sie für ihr eigenes Restaurant nutzen konnte, um es noch schöner zu machen.

Das Essen war unglaublich gut, angefangen beim ersten Gang, zu dem es karamellisierten Apfel mit Brie sowie einen Aperitif gab, bis hin zum Dessert – Teekuchen mit weißer Schokolade, dazu Erdbeeren und einen Cabernet Sauvignon.

„Das war wunderbar", sagte Charley, als sie nach Hause fuhren.

„Genau wie die Frau an meiner Seite." Richard lächelte sie auf eine Art und Weise an, die ihr weiche Knie bescherte, von daher war Charley ganz froh, dass sie saß.

Ihr war bewusst, dass sie den Kampf gegen die guten Vorsätze verloren hatte. Heute Abend würde sie nachgeben. Sie wusste es, Richard wusste es. Anscheinend konnte eine Frau nur bis zu einem gewissen Grad standhaft bleiben. Wie auch immer, irgendwie hatte Charley das Gefühl, es wäre albern, sich noch weiter stur zu stellen. Als sie jetzt zusammen heimfuhren und sich auf engstem Raum so nahe waren, während Aerosmith ihnen „I Don't Want to Miss a Thing" sang, kam Charley sich vor wie in den guten alten Zeiten, als sie noch glücklich gewesen waren. Konnten sie das jetzt nicht wieder sein? Moment mal: Gerade waren sie doch glücklich, oder nicht?

Trotzdem würde sie es Richard immer noch nicht allzu leicht machen. Als sie vor ihrem Haus hielten, lud sie ihn nicht ein, mit hineinzukommen. Das erübrigte sich, denn so, wie er es schon die ganze Zeit tat, seit er wieder hier aufgetaucht war, würde er sich schon selbst einladen.

Und tatsächlich. „Kann ich dich noch zu einem Schlummertrunk überreden?", fragte er leise.

„Ich habe genug gegessen und getrunken."

„Wie wäre es dann, wenn wir einfach noch ein bisschen reden?"

„Reden ist gut."

Wie sich herausstellte, unterhielten sie sich wirklich angeregt. Sie durchwanderten noch einmal die Stationen ihres gemeinsamen Lebens, bevor Richard mit seiner Hand über ihren Arm wanderte. Eine Minute später küsste er sie. „Du bist eine erstaunliche Frau, weißt du das?", murmelte er.

„Das merkst du erst jetzt?"

„Ich wusste es die ganze Zeit. Lass mich zu dir zurückkommen."

Charley tat so, als müsste sie nachdenken. „Vielleicht. Hängt davon ab, ob du immer noch gut im Bett bist."

Er grinste und machte sich daran, es ihr zu beweisen.

Sie waren gerade so weit, dass das Geheimnis ihres Victoria's-Secret-BHs gelüftet werden konnte, als Charley Sirenen vernahm. „Hörst du das?"

„Hmm?", erwiderte Richard, während er kleine Küsse auf ihrem Hals verteilte.

„Feueralarm", sagte sie besorgt.

„Da hat wohl jemand eine Kerze brennen lassen."

Einer ihrer Freunde oder Nachbarn. Charley schob Richard von sich und setzte sich auf, um besser hören zu können. Ein Feuer, noch dazu direkt vor Weihnachten, war ein absoluter Albtraum. Sie nahm sich vor, demjenigen, den es getroffen hatte, auf jeden Fall einen Essensgutschein fürs Zelda's zu spendieren.

„Es ist nirgends hier in der Nähe." Richard strich über ihren Rücken.

Doch Charley ignorierte das angenehme Prickeln, das seine Berührung in ihr auslöste. „Es hört sich so an, als wäre es im Zentrum. Wenn das der Fall ist, steht womöglich einer der Läden in Flammen."

Kaum hatte sie den Satz beendet, klingelte ihr Telefon. Und plötzlich wusste sie, wer vom Brand betroffen war.

13. KAPITEL

Völlig schockiert stand Charley da und beobachtete von der gegenüberliegenden Straßenseite aus, wie ihr Baby in Flammen aufging. Sie hatte alles in dieses Restaurant gesteckt – ihr Geld, ihre Zeit und ihr Herzblut –, und jetzt ging es vor ihren Augen zugrunde. Und mit ihm ein Teil von ihr.

Die Flammen erhellten die Nacht und die Gesichter der Umstehenden. Die Feuerwehrleute kämpften unterdessen darum, den Brand unter Kontrolle zu bringen. Und die Hitze blies ihr ins Gesicht, als wollte sie sie noch mehr verhöhnen. Obwohl sie die Kälte vertrieb, konnte Charley nicht aufhören zu zittern. Wie hatte das passieren können? Wie angewurzelt stand sie da, bemerkte kaum, dass Richard einen Arm um sie gelegt hatte. Fassungslos sah sie zu, wie der Ort, in den so viele Menschen eingekehrt waren, wo so viele Veranstaltungen stattgefunden hatten, vor ihren Augen in Schutt und Asche versank.

Während die Feuerwehrleute mit riesigen Wasserschläuchen ihre Arbeit taten, verwandelten sich die Flammen in riesige Rauchwolken. Das war sogar noch schlimmer als das Flammenmeer, denn es illustrierte auf erschreckende Weise, was gerade mit Charleys Träumen geschah.

Es fiel ihr schwer, durch den Tränenschleier hindurch etwas zu erkennen, aber sie sah, dass ihre Freundinnen kamen, um ihr beizustehen. Cass stellte sich neben Charley, und auch Samantha und Cecily scharten sich um sie. Schließlich kam Ella und legte ihr eine Decke über die Schultern. Wie eine Palastwache schirmten sie sie vor allzu neugierigen Einheimischen und Touristen ab, hüllten sie in einen Mantel liebevoller Freundschaft.

Der Leiter der Feuerwehr, Chief Berg, kam zu ihr. „Es tut mir schrecklich leid, Charley."

„Wodurch wurde es verursacht?", fragte sie tonlos.

„Das können wir noch nicht sagen. Sobald das Feuer vollständig gelöscht ist, werden wir alles genau unter die Lupe nehmen und versuchen, den Brandherd ausfindig zu machen. Ich rufe Sie an, sobald ich Näheres weiß, versprochen."

Sie nickte und schaffte es, ihm zu danken.

„Komm, Charley. Du kannst hier nichts mehr ausrichten, und morgen wirst du viel zu tun haben", sagte Richard und versuchte, sie fortzuziehen.

Charley blieb stehen. „Nein. Ich bleibe, bis das Feuer gelöscht ist."

„Charley ..."

„Ich bleibe", stieß sie zwischen zusammengepressten Zähnen hervor.

Er gab auf. „Okay."

Langsam zogen die Leute wieder von dannen, aber ihre Freundinnen blieben, bis Zelda's Restaurant nur noch eine verkohlte Hülle war.

„Jetzt sollten wir nach Hause gehen", sagte Richard.

Diesmal widersetzte Charley sich nicht. Es gab nichts mehr zu sehen.

Erst als sie zu Hause war, brach sie zusammen. Sie rollte sich auf ihrem Bett ein und schluchzte und schluchzte. Richard legte sich hinter sie, zog eine Decke über sie beide, nahm Charley in die Arme und hielt sie einfach nur fest. Sie weinte, bis ihr Kopf schmerzte und ihre Kehle völlig rau war. Schließlich fiel sie erschöpft in einen unruhigen Schlaf. Doch schon im Morgengrauen war sie wieder wach, starrte an die Decke, während ihr die Tränen über die Wangen liefen.

„Ich mache uns Kaffee", meinte Richard, als auch er wach geworden war.

Er brachte ihr den Kaffee ans Bett, zusammen mit einem Croissant, auf das Charley nicht den geringsten Appetit hatte.

„Versuch es wenigstens", drängte Richard sie. „Es wird ein harter Tag."

Das war eine böse Untertreibung. Der schlimmste Teil des Morgens war der Moment, als sie die vermeintliche Ursache des Feuers erfuhr. Anscheinend war es einer ihrer Küchenmitarbeiter gewesen – vermutlich Bruno –, der eine Herdplatte angelassen hatte, nachdem sie am Sonntagmittag Feierabend gemacht hatten. Ein Topf auf dem Herd, der eigentlich hätte weggestellt worden sein müssen, hatte irgendwann angefangen zu brennen, und von dort hatte sich das Feuer ausgebreitet. Die Sprinkleranlage war nicht angesprungen, und wenn die Feuermelder nicht gewesen wären, wäre das gesamte Restaurant niedergebrannt. Was die Sache auch nicht viel schlimmer gemacht hätte, dachte Charley benommen. Die Renovierung würde monatelang dauern. Schweren Herzens rief sie bei ihrer Versicherung an.

Am Nachmittag kam Cecily zu ihrer Schwester ins Büro der Sweet Dreams Chocolate Company. „Wir müssen Charley einen Seelentröster bringen." In so schwierigen Zeiten ging doch nichts über Schokolade oder andere Leckereien.

„Ich wette, die steckt gerade bis zum Hals in Papierkram. Das Letzte, was sie jetzt braucht, sind Besucher", gab Samantha zu bedenken.

„Wir reden hier von der Frau, die eine Party geschmissen hat, als ihre Scheidung durch war", widersprach Cecily.

„Das war etwas anderes. Da hat sie ja gefeiert. Ich glaube nicht, dass sie heute Grund zum Feiern hat."

„Schokolade ist gut zum Feiern *und* zum Trauern."

Samantha überlegte einen Moment lang. „Du hast recht."

Eine Viertelstunde später machten sie sich mit einer Pralinenschachtel und gesalzenen Karamellbonbons, Charleys Lieblingskonfekt, auf den Weg zum Haus ihrer Freundin.

„Man kann den Brandgeruch immer noch riechen", sagte Cecily und zog die Nase kraus.

„Als wenn es nicht schon schlimm genug wäre, dass sie ihr verkohltes Restaurant anschauen muss", meinte Samantha und schüttelte den Kopf, „muss sie es auch noch riechen. Ich kann mir gar nicht vorstellen, was ich tun würde, wenn Sweet Dreams abbrennen würde."

„Du würdest alles wieder aufbauen und von vorn anfangen, genau wie Charley. Aber bitte sprich so etwas gar nicht erst aus. Da bekomme ich es mit der Angst zu tun."

„Keine Sorge, wir hatten unsere Pechsträhne schon."

„Arme Charley. Ich hoffe, dass dies die letzte Pechsträhne ist, die sie durchmachen muss", meinte Cecily, als sie die Stufen zur Veranda hochgingen.

Samantha klingelte, aber von drinnen war nichts zu hören. „Ich hab dir doch gesagt, dass es eine blöde Idee war", sagte sie und drehte sich um, um wieder zu gehen.

Cecily blieb stehen und klingelte erneut. „Lass ihnen einen Moment Zeit. Sie braucht diese Nervennahrung, und sie braucht ihre Freundinnen."

Jetzt hörten sie Schritte, die sich näherten. Kurz darauf öffnete Richard die Haustür.

„Wir haben hier etwas für Charley", sagte Samantha und hielt ihm die Schachtel hin.

Richard nahm sie und nickte ernst. „Das ist nett. Das kann sie gut gebrauchen."

Cecily wartete darauf, dass er sie ins Haus bat, schließlich gehörten sie zu Charleys engstem Freundeskreis. Stattdessen sagte er nur: „Danke. Ich geb es ihr." Und machte ihnen die Tür vor der Nase zu.

„Ich mag diesen Typ nicht", murmelte Samantha, als sie die Treppe wieder hinuntergingen.

Cecily verzog das Gesicht und schlug ihren Mantelkragen hoch. „Ich habe auch ein mulmiges Gefühl, was ihn anbelangt."

„Das solltest du Charley sagen."

„Ich bezweifle, dass sie irgendetwas auf mein dumpfes Gefühl gibt."

„Das sollte sie aber. Du irrst dich selten."

Cecily zuckte mit den Schultern. „Selbst wenn sie es täte, würde sie hiervon nichts wissen wollen. Wenn eine Frau sich eine Meinung über einen Mann gebildet hat, ist es schwierig, sie wieder davon abzubringen. In der Liebe müssen wir manchmal unsere Lektion auf die harte Tour lernen.“ Als wüsste sie das nicht am allerbesten. Erfahrung war ein gründlicher Lehrer.

„Jemand sollte mal ein Spray erfinden“, überlegte Samantha. „So wie Insektenspray, aber für Loser.“

Cecily lachte. „Ein ‚Böse-Jungs-Abwehr-Spray‘?“

„So was in der Art. Ich würde dir eine Dose kaufen.“

„Mir?“, protestierte Cecily.

„Ja. Damit könntest du dann jedes Mal Todd Black besprühen, wenn er im Laden auftaucht, um Pralinen für seine Mom zu kaufen. Seit wann ist *er* eigentlich so ein guter Sohn?“

Seit Cecily ihm im Drugstore begegnet war, als sie nach Icicle Falls zurückgekehrt war. Auch im Fitnessstudio war sie ihm über den Weg gelaufen. Mehrmals sogar. Gerade das war jedoch kein guter Ort, um einem Mann zu begegnen, zu dem man sich partout nicht hingezogen fühlen wollte – T-Shirts und Muskeln und … setzte Schwitzen eigentlich Pheromone frei? Todd Black war ein böser Junge, da war ein gebrochenes Herz vorprogrammiert. Cecily vermutete stark, dass er der Typ Mann war, der mit ihr schlafen, ihr erst das Herz stehlen und sich dann davonstehlen würde, um die nächste Frau zu erobern. Alles, was er sagte, war zweideutig und darauf ausgerichtet, ihre Hormone in Wallung zu bringen. Jede Begegnung mit ihm ließ ihren Hormonspiegel in die Höhe schießen. Es war dumm, sich zu einem Mann hingezogen zu fühlen, der so offensichtlich nicht der Richtige für sie war. Aber wenn er noch einmal vorschlug, dass sie doch in seine heruntergekommene Bar kommen sollte, um den Flipper dort auszuprobieren, dann, so fürchtete sie, konnte es durchaus passieren, dass sie seine Einladung annahm. Vielleicht würde es schon helfen, wenn sie ihn ein paar Monate lang nicht zu sehen bräuchte. Doch leider war das in einer Kleinstadt wie Icicle Falls fast unmöglich.

Aber wenn Todd nicht wäre, würde bestimmt jemand anderes auftauchen. Böse Jungs waren einfach ihre Achillesferse. Und, verflixt, das musste mal gesagt werden, böse Jungs waren einfach die interessantesten. Das heißt noch lange nicht, dass du dich mit einem einlassen musst, ermahnte sie sich.

Dieser letzte Gedanke ließ sie wieder an Charley und Richard denken. Hoffentlich irrte sie sich ausnahmsweise einmal, und Charleys böser Junge war inzwischen reformiert.

Gerade hatte Ella Pat Wilder, die ein hübsches Blümchentop und eine neue Kette bei ihr erstanden hatte, verabschiedet, da rief Axel Fuchs an.

„Ich bringe heute Abend so gegen halb sechs ein Ehepaar zur Besichtigung vorbei“, sagte er. „Du solltest also sicherstellen, dass Jake aufgeräumt hat.“

„Mach ich“, versprach sie. Notfalls könnte sie ein wenig eher Schluss machen, nach Hause laufen und selbst für Ordnung sorgen.

„Und wie wäre es, wenn du nach der Arbeit noch mit einer deiner Freundinnen für eine Weile weggehst?“, fügte Axel hinzu.

Wahrscheinlich fürchtete er, sie wäre ihm zu Hause im Weg. „Okay.“

„Und bring Jake dazu, mit Tiny Gassi zu gehen.“

Keine Frau, kein Mann, kein Hund – damit das Haus auf keinen Fall nach einem Heim aussieht, dachte sie. Warum ärgerte sie das? Selbst wenn sie alle im Haus waren, war es kein Heim mehr.

„Die Leute sind schon dran vorbeigefahren, und es hat ihnen gut gefallen. Und auch der Preis ist für sie okay“, fuhr Axel fort. „Also, drücken wir die Daumen, dass es diesmal mit dem Verkauf klappt.“

„Ich hoffe es wirklich“, sagte sie eifrig. Dann konnten sie und Jake endlich getrennte Wege gehen.

Nachdem sie das Gespräch mit Axel beendet hatte, rief sie Jake auf seinem Handy an. Natürlich antwortete er mal wieder nicht. Wieso besaß dieser Mann ein Handy, wenn er sich nie die Mühe machte, es zu benutzen? „Heute Abend kommen mögliche Käufer“, sprach sie auf seinen Anrufbeantworter. „Kannst du bitte dafür sorgen, dass die Küche und dein Schlafzimmer aufgeräumt sind?“ Sie drückte den roten Hörer und runzelte die Stirn. Sie kam sich nicht vor wie seine Frau, sondern wie seine Mutter. Exfrau, korrigierte sie sich hastig.

Eine Stunde später klingelte ihr Handy. „Ich hab deine Nachricht abgehört“, sagte Jake. „Es ist alles sauber.“

Hm. Sauber à la Jake oder richtig sauber?

„Der Geschirrspüler läuft gerade.“

„Kannst du noch den Küchenfußboden wischen?“

„Schon erledigt.“

„Noch mal prüfen, ob die Badezimmer ...“

„Habe ich bereits.“

Das war wirklich erstaunlich. „Oh! Na gut.“

„Noch etwas?“, fragte er knapp.

„Äh, Axel will, dass wir beide weg sind, wenn er das Haus zeigt.“

„Wann kommt er mit den Leuten?“

„So um halb sechs.“

„Okay, aber da bin ich noch nicht mit meinem letzten Schüler fertig“, sagte Jake, und in seiner Stimme schwang mit: Und ich verschwinde auch nicht eine Minute früher.

„In Ordnung.“

Ihre Stimme verriet offenbar: Wie auch immer, denn er fügte hinzu: „Aber anschließend verschwinden Tiny und ich dann sofort.“

„Gut.“

„Ja, gut“, murmelte er.

Jetzt fühlte Ella sich mies, so, als hätte sie ihn hinaus in die Kälte verbannt. Na ja, ihr ging es letztlich auch nicht besser. Und außerdem war das Ganze ja auch zu seinem Besten, nicht nur zu ihrem.

Sie machte erst spät Feierabend und fuhr danach zu Charley, um zu hören, wie es ihr ging. Ihre Freundin sah aus wie ein Zombie: rot geweinte Augen und darunter dunkle Schatten. Sie trug eine Jogginghose, und ihr Haar war zu einem nachlässigen Pferdeschwanz zusammengebunden.

„Komm rein", sagte sie. „Richard ist in der Küche und macht Abendessen. Möchtest du mitessen?"

„Wahrscheinlich wollt ihr beiden keine Gesellschaft", wich Ella aus. Sie hatte wirklich nur für ein paar Minuten vorbeischauen wollen.

Charley hielt die Tür weit auf. „Ich freue mich immer über Besuch. Außerdem, wie kann man zu gefüllter Schweinelende Nein sagen?"

Wie sich herausstellte, schaffte auch Ella es nicht, Nein zu sagen. Sie beobachtete, wie Richard ihre Freundin bediente und ihr nach dem Essen das Weinglas nachfüllte. Und als Charley sich einen Moment lang der Verzweiflung hingab, munterte er sie auf: „Keine Sorge, wir bauen es wieder auf. Und dann wird es noch schöner."

Wie nett.

„Du hast recht", sagte Charley. „Die Küche war sowieso dringend renovierungsbedürftig, und ich würde gern die Bar vergrößern." Sie starrte auf ihren Teller. „Ich hoffe nur, dass die Leute uns nicht untreu werden, solange wir alles wieder aufbauen."

„Natürlich werden sie das nicht", versicherte Ella ihr. „Alle lieben das Zelda's, und alle lieben dich."

Charley brach in Tränen aus. Richard tätschelte ihre Hand.

„Schatz, du solltest dich ein bisschen ausruhen", sagte er.

Ella verstand den Wink und verabschiedete sich in der Hoffnung, dass sich von nun an für ihre Freundin alles wieder zum Besten wenden würde. Gleichzeitig verspürte sie einen winzigen Anflug von Neid.

Als sie heimkehrte, empfing sie der Duft von Jakes Chili. Wenn sie gewusst hätte, dass er das wieder aufwärmen würde, wäre sie nach Hause geeilt und hätte Raumduft versprüht oder eine Duftkerze angezündet. Allerdings war es keine gute Idee, eine Kerze unbeaufsichtigt brennen zu lassen. Das Risiko eines Feuers war zu groß.

Wieder musste sie an das Restaurant der armen Charley denken. Manchmal meinte das Schicksal es wirklich nicht gut mit einem, und das Leben nahm wahrlich unerwartete Wendungen. Jedenfalls war es bei ihr so gewesen. Wer hätte je gedacht, dass sie nach so kurzer Zeit schon wieder geschieden sein würde und sich ihr Traumhaus mit ihrem Exmann teilen musste?

Sie hörte Jakes Stimme und stellte fest, dass er auch schon wieder zu Hause war. Das bedeutete, dass die potenziellen Käufer bereits da gewesen und schon wieder verschwunden waren. Sie schlüpfte aus ihren Schuhen und ging in die Küche, wo sie Jake dabei erwischte, wie er Tiny mit Crackern fütterte.

„Deshalb wird er so dick“, warf sie ihm vor.

„Hey, das ist Nervennahrung. Die braucht er.“

Ja, als Seelentröster, weil die Stimmung im Haus so schlecht war. Ella seufzte. „Hat Axel schon angerufen? Hat den Leuten das Haus gefallen?“

Jake nickte. „Ja. Er will nachher noch vorbeikommen und uns ihr Angebot unterbreiten.“

„Liegt das in der Nähe unserer Forderung?“

„Wahrscheinlich fünftausend weniger.“

Das ging in Ordnung, fand Ella. „Wunderbar. Lass es uns annehmen.“

„Müssen wir wohl“, erwiderte Jake. Er wandte ihr den Rücken zu und holte seine Schüssel mit Chili aus der Mikrowelle.

Ella verließ die Küche und ging hinüber ins Wohnzimmer, ohne wirklich zu wissen, was sie machen sollte. Es gab einfach nichts zu tun, und die neueste Ausgabe der Wohnzeitschrift hatte sie auch schon von vorn bis hinten durchgelesen. Also ging sie nach oben und putzte sich die Zähne. Anschließend frischte sie ihr Make-up auf. Dann überlegte sie wieder, was sie tun sollte. Nervös ging sie erneut hinunter. Sie fühlte sich wie eine Gefangene, die auf ihre Verurteilung wartete.

Wieso eigentlich? Sie sollte vor Freude tanzen. Endlich wollte jemand ihr Haus kaufen! Anfang des neuen Jahres war dann ein für alle Mal Schluss mit dieser lächerlichen Wohngemeinschaft, und sie war wieder eine freie Frau. Du solltest feiern, sagte sie zu sich.

Jake kam ins Wohnzimmer geschlendert, fläzte sich auf die Couch und starrte in den Kamin, in dem heute kein Feuer brannte. Beim Anblick ihres Exmannes war ihr noch weniger nach Feiern zumute.

Es klingelte, und Jake schaute sie grimmig an. „Lässt du ihn rein?"

Ja, das würde sie. Einen Moment später stolzierte Axel mit äußerst zufriedener Miene ins Wohnzimmer. „Sie wollen wissen, ob ihr auch ein paar von euren Möbeln hierlasst", sagte er.

„Was soll's? Meinetwegen", entgegnete Jake kühl.

„Was für Möbel?", wollte Ella wissen.

„Die Schlafzimmermöbel."

Das Schlittenbett. In dem Bett hatten sie nicht nur heiße Stunden verbracht. Sie hatten darin gelacht und geträumt.

Ella blickte zu Jake. Grimmig schaute er in die Dunkelheit hinaus. „Was meinst du: Sollen wir das machen?", fragte sie.

Er zuckte mit den Schultern. „Wir benutzen es ja sowieso nicht mehr."

„Tja, dann. Ich denke, das wäre okay", sagte Ella zu Axel. Wie Jake richtig festgestellt hatte: Sie würden es nicht mehr benutzen.

Es dauerte nur wenige Minuten, bis die Papiere unterzeichnet waren und Ella Axel zur Haustür begleitete.

„Ich finde, ihr habt einen guten Deal gemacht", sagte er.

„Ja, haben wir. Vielen, vielen Dank."

„Jetzt kannst du dich auf dein Leben konzentrieren."

Genau das sagte sie sich auch die ganze Zeit. „Ja, endlich."

„Lass uns doch am Freitagabend ausgehen und feiern. Der Icicle-Falls-Chor gibt in der Festival Hall sein Winterkonzert. Händels Messias. Vorher könnten wir noch essen gehen."

Klassische Musik war nicht gerade ihre Lieblingsmusik, aber sie gefiel ihr auf jeden Fall besser als Jazz. Und angesichts der Tatsache, dass sie gerade ihr Haus und ihren unerwünschten Mitbewohner losgeworden war, schien das Halleluja angemessen. „Sicher." Sie hatte sowieso nichts Besseres vor. Ihre Gedanken wanderten zu Jake, der missmutig im Wohnzimmer stand.

„Gut. Das Konzert beginnt um acht Uhr. Ich reserviere uns für halb sieben einen Tisch im Schwangau."

Einfach so, ohne sie zu fragen, wohin sie gerne gehen wollte? Okay, das Zelda's war im Augenblick keine Option, aber was war mit dem Italian Alps oder vielleicht dem Restaurant Der Spanier?

Nein. Dorthin war sie immer mit Jake gegangen.

Ach, verdammt, wen interessierte es schon, wohin sie und Jake immer gegangen waren? „Wie wäre es mit Der Spanier?"

Einen Moment lang sah Axel etwas perplex aus, weil ihm die Planung aus der Hand genommen worden war. Aber er erholte sich schnell. „In Ordnung, wenn du gern dorthin gehen möchtest."

„Möchte ich." Sie konnte in das Restaurant gehen, mit wem sie wollte, und Spaß haben. Jawohl!

Als Axel aus der Tür war, kehrte Ella ins Wohnzimmer zurück. Sie stellte fest, dass Jake dort wieder auf der Couch herumhing, während Tiny zu seinen Füßen lag.

„Na, da kannst du jetzt ja feiern, was?", begrüßte Jake sie.

„Ja, warum auch nicht?", konterte sie. Sie setzte sich ans andere Ende der Couch und wünschte, sie könnte mehr Enthusiasmus dafür aufbringen, wie sich die Dinge entwickelt hatten. „Ich meine, es ist doch eine Erleichterung. Endlich sind wir das Haus, das wir uns nicht leisten können, los." *Und unser Schlittenbett.*

Jake musterte sie von seinem Ende der Couch aus, und in seinen dunklen Augen entdeckte sie Traurigkeit. „Hast du dich je gefragt, wie es zu all dem hier kommen konnte, El?"

Diese Frage brachte sie fast zum Weinen. Sie biss sich auf die Lippe und schüttelte den Kopf.

Langsam schaute er sich im Zimmer um und nahm noch einmal alles in sich auf. „Ich werde das Haus vermissen. Wir haben hier schöne Zeiten verlebt."

„Hör auf." Die Worte klangen schärfer als beabsichtigt.

„Du hast uns bereits unsere Zukunft gestohlen, El. Nimm mir nicht auch noch die Vergangenheit."

„Ich? Oh nein. Fang ja nicht an, mich hier zum Sündenbock zu machen."

„Ich war nicht derjenige, der die Scheidung gewollt hat."

„Nein, aber du hattest ja nebenbei auch noch was Nettes laufen, nicht wahr?"

Darauf erwiderte er nichts. Stattdessen stand er auf und verschwand im Flur. Wahrscheinlich ging er in die Küche, um sich noch mehr Chili zu holen. Ella hörte, wie er dort herumhantierte und Schranktüren öffnete.

Aber einige Augenblicke später kam er mit etwas ganz anderem wieder. Sie sah die Weihnachtsbecher und wusste sofort, was darin war. „Oh nein. Kein Eierpunsch mehr."

Er hielt ihr einen Becher hin. „Wir waren einmal glücklich, El. Lass uns darauf trinken. Lass uns als Freunde auseinandergehen. Meinst du, wir können das?"

Na gut, sie konnten es zumindest versuchen.

Sie nahm den Becher, und Jake setzte sich neben sie auf die Couch. Dann stießen sie mit den Bechern an. „Auf den Neuanfang."

„Auf den Neuanfang", wiederholte sie.

Wieder schaute Jake sich im Zimmer um. „Ich hoffe, die neuen Besitzer haben genauso viel Freude an diesem Haus wie wir. Meinst du, sie stellen den Weihnachtsbaum an der gleichen Stelle auf?"

Irgendwie machte diese resignierte Freundlichkeit Ella nervös. Sie trank einen Schluck von ihrem Eierpunsch, der natürlich wieder mit Schuss war. „Ich weiß nicht."

„Ich hoffe, sie streichen nicht neu."

Sie und Jake hatten ein ganzes Wochenende damit zugebracht, das Wohnzimmer zu streichen. Ihre eine rote Wand mochte sie immer noch. „Ist das nicht die Farbe der Leidenschaft?", hatte Jake gewitzelt, nur um ihr anschließend zu demonstrieren, welche Leidenschaft die Wand in ihm hervorrief.

Nein, darüber wollte sie nicht mehr nachdenken. Das war Vergangenheit. Damit waren sie durch. Schluss, aus, vorbei. Sie hatte es so gewollt. Unvermittelt schluchzte sie auf.

„Ach, Schatz", murmelte Jake, und diesmal klang seine Stimme schmerzerfüllt.

Ehe Ella sich versah, küsste er sie. Und nur Sekunden später erwiderte sie seine Küsse voller Leidenschaft. Und dann begaben sie sich auf eine letzte Fahrt in ihrem Schlittenbett.

14. KAPITEL

Als Jake am Morgen aufwachte, stellte er fest, dass er allein im Bett lag. Mist. Er hatte gehofft, Ella noch einmal verführen zu können. Er rollte sich herum, um einen Blick auf den Wecker zu werfen, und entdeckte Tiny, der ihn anschaute. „Wo ist Frauchen, mein Junge?“

Tiny bellte. Eine kleine Ermunterung für Jake, aufzustehen und es selbst herauszufinden.

Es war erst halb neun. Um diese Zeit war Ella normalerweise noch nicht los zur Arbeit. Vielleicht war sie in der Küche und bereitete ihnen Frühstück zu. Das war doch mal ein netter Gedanke. Nur leider war sie nicht in der Küche, denn sonst wäre Tiny nicht hier oben. Er würde unten bei Ella sein und sie mit seinem Hundeblick hoffnungsvoll anschauen.

Jake warf die Bettdecke beiseite und ging nach unten, um die Lage zu inspizieren. In seinen Boxershorts. Vermutlich würde Ella sich jetzt, wo sie wieder zusammen waren, nicht mehr darüber beschweren. Sie *waren* doch wieder zusammen, oder nicht?

Die Küche war leer und sauber, nicht mal ein Teller in der Spüle. Und auch kein Liebesbrief auf dem Tisch. Vielleicht war sie in Eile gewesen. Vielleicht musste sie im Laden Inventur machen. Nein, Inventur wurde erst im Januar gemacht. Vielleicht hatte jemand mit ihr eine Verabredung für eine persönliche Stilberatung. Es kam häufiger vor, dass Ella ihre Kundinnen beriet, und wenn sie es tat, ging sie immer früher in den Laden, um sich vorzubereiten.

Jake nahm sein Handy vom Wohnzimmertisch und rief Ella an.

Das Hallo, mit dem sie antwortete, klang gepresst.

Okay, die Anzeichen verdichteten sich und machten es schwer, der Wahrheit noch länger auszuweichen. „Hallo, Schatz. Du bist verschwunden, ehe ich dich mit einem Kuss aufwecken konnte.“

„Jake, das, was wir heute Nacht getan haben, war ein Fehler. Wir hätten nicht miteinander schlafen sollen.“

Oh nein, nicht schon wieder diese alte Leier. „Komm schon, El. Das glaubst du doch selber nicht. Der einzige Fehler, den wir gemacht haben, war unsere Scheidung.“

„Es tut mir leid, aber …“

Er unterbrach sie, ehe sie den Satz beenden konnte. „Lass uns das alles bereden. Ich hole dich nachher im Laden ab, und dann gehen wir beim Spanier essen.“ Er würde seine Bandprobe absagen. Oder noch besser, er würde Ella mitnehmen, damit sie endlich Jen treffen und die angebliche Nebenbuhlerin kennenlernen konnte, auf die sie so eifersüchtig gewesen war. Ha.

„Ich kann nicht. Ich bin mit Mims verabredet.“

Ihre Stimme verriet, dass sie diese Verabredung nicht absagen würde. Und sobald sie einen Abend mit ihrer Mutter verbracht hatte, wäre alles vorbei. *Mims schlägt wieder zu.* Er musste Ella davon überzeugen, vernünftig zu sein, bevor die böse Hexe aus dem pazifischen Nordwesten sie wieder einer Gehirnwäsche unterzog. „Pass auf“, begann er.

„Es tut mir leid, Jake. Ich muss Schluss machen“, sagte sie und beendete das Telefongespräch.

Jake warf das Handy auf die Couch und starrte grimmig zum Kamin. Dann fluchte er. Anschließend trat er, von Tinys ausgelassenem Bellen angefeuert, mit dem Fuß ein Kissen durchs Zimmer. Er schleuderte noch ein weiteres Kissen gegen die Wand, doch als auch das nichts half, marschierte er nach oben. Er zog sich einen Trainingsanzug an und ging los, um seine Wut im Fitnessstudio abzuarbeiten.

Eine Stunde später war ihm das, zu seinem großen Unmut, immer noch nicht gelungen. Also verließ er das Studio, ging nach Hause und machte einen langen Spaziergang mit Tiny. Anschließend gönnte er sich eine große Schüssel voll mit süßen Frühstücksflocken, ging duschen und zog sich seine Lieblingsjeans und ein Sweatshirt mit dem Logo der Washington Huskies an.

Als er aus seinem armseligen Junggesellenzimmer trat, konnte er nicht anders: Er musste einfach noch einen Blick in das große Schlafzimmer werfen, wo er die letzte Nacht verbracht hatte. Das Schlittenbett schien ihn geradezu zu verhöhnen: *Alter, hier wird nicht mehr Schlitten gefahren.*

Cass war erschöpft. Nicht von der Arbeit, sondern von den Diskussionen mit ihrer Tochter über das Buffet auf dem Hochzeitsempfang. Als Dani die preisgünstigeren Vorschläge gesehen hatte, die Bailey Sterling gemailt hatte, hatte sie nur verächtlich gelacht.

„Für eine Hochzeit? Also ehrlich, Mom."

„Wieso? Was ist schlecht an Alfredo?", hatte Cass widersprochen. „Vor allem mit Shrimps drin, und hier sind es nicht nur Shrimps, sondern auch noch Räucherlachs."

„Wahrscheinlich jeweils ein Teelöffel voll", hatte Dani sarkastisch angemerkt.

„Wenn Bailey das macht, sicher nicht, und wenn wir Appetithäppchen hinzufügen …"

Daraufhin hatte Dani nur die Augen verdreht. „Was? Noch mehr Shrimps?"

„In Endivien, mit Avocado. Und wir können auch noch Hühnchen dazunehmen. Chickenwings mag jeder."

„Niemand mag Chickenwings. Die sind doch echt blöd!"

„Es ist blöd, ein Vermögen für Lachsfilet auszugeben, vor allem, wenn du auch noch eine Band engagieren willst."

Dani hatte nur die Hände in die Luft gehoben. „Na gut. Warum machen wir dann nicht gleich einfach einen Eintopf?"

Das war doch mal eine Idee. Ehe Cass etwas Gemeines sagen konnte, war ihre Tochter in Tränen ausgebrochen und hatte gedroht, Mason anzurufen. Wieder einmal.

„Mach doch", hatte Cass sie angefahren. „Lass deinen Vater doch für alles bezahlen. Vielleicht gleicht das dann all die Jahre aus, in denen er sich überhaupt nicht um euch gekümmert hat." Oh, das war ein böser Fehler gewesen.

„Wenn du uns nicht so weit weg bis hierher geschleppt hättest, hätte er sich mehr kümmern können."

„Und wenn ich es nicht getan hätte, hättest du niemals Mike kennengelernt."

Ihre Stimmen waren inzwischen so laut geworden, dass die Schallmauer in der Küche, wo Cass eine Ecke für den Familiencomputer eingerichtet hatte, fast durchbrochen wurde. Willie steckte den Kopf zur Tür herein. „Was ist los?"

„Nichts", hatte Cass ihn angefaucht.

„Ja, sicher", hatte er nur gemeint, aber weder Cass noch Dani machten sich die Mühe, etwas darauf zu antworten. Sie waren zu sehr damit beschäftigt, aufeinander loszugehen.

Schließlich hatte Cass etwas getan, was sie sonst nie tat: Sie hatte geweint. Wer sagte denn, dass nur Bräute Spaß haben durften?

Damit war der Streit beendet gewesen. Dani kniete sich reuevoll vor sie und schluchzte ebenfalls. „Es tut mir leid, Mom. Ich habe das alles nicht so gemeint. Es ist nur ..."

„Ich weiß. Es ist dein großer Tag. Natürlich willst du, dass es ein ganz besonderer Tag wird, und das will ich doch auch." Aber sie konnte es sich nicht leisten, ihrer Tochter eine Luxushochzeit auszurichten. Warum war sie nur nicht reich?

Am Ende hatten sie sich auf einen Kompromiss geeinigt: Der Lachs wurde gestrichen, dafür entschieden sie sich für mit dreierlei Käse gefüllte Hähnchenbrust, Fettuccine (ohne Shrimps und Lachs) und Caesar Salad. Und keine Appetithäppchen.

„Aber wir brauchen Champagner", hatte Dani beharrt. „Zum Anstoßen."

„Wie wäre es mit Champagner zum Anstoßen und Champagnerbowle zum Essen?"

Das, zusammen mit einer alkoholfreien Bowle, war ein weiterer Kompromiss gewesen.

Jetzt war Dani mit Mike unterwegs, Willie und Amber schauten sich einen Film an, und Cass hatte vor, ein langes heißes

Bad zu nehmen. Sie würde sich ein Pfefferminzschaumbad von Bubbles einlassen, dem Badartikelladen, der im letzten Sommer aufgemacht hatte, und versuchen, sich zu entspannen. Während sie sich auszog, vermied sie es tunlichst, sich im Spiegel anzuschauen. Aber es war schwierig zu ignorieren, dass im Bad eine dicke Frau lauerte.

Seit Dani sich verlobt hatte, hatte sie bestimmt schon wieder fünf Pfund zugenommen. Das richteten Kartoffelchips und die Schokolade von Sweet Dreams nun einmal bei einer Frau an, vor allem, wenn sie unter Stress stand.

Es war ihr egal, was Dot sagte. Es wäre nett gewesen, wenn Mason nach Danis Verlobung bei ihr angerufen und vorgeschlagen hätte, die Hälfte der Kosten für die Hochzeit zu übernehmen. Stattdessen spielte er dieses passiv-aggressive Spiel: Erst einmal nichts anbieten, aber jedes Mal, wenn Dani ihn anrief, spielte er den Superhelden. Wäre es anders gelaufen, hätte Cass doppelt so viel Geld und nur halb so viel Ärger gehabt.

Du hättest ihn ja auch anrufen können.

Den Gedanken schob sie entschieden beiseite. Schon früher hatte sie es immer gehasst, die Unterhaltszahlungen für die Kinder von ihm annehmen zu müssen. Damals, als sie sich hatten scheiden lassen. Obwohl es ja auch seine Kinder waren und ihr das Geld zugestanden hatte. Es war ihr immer weniger so vorgekommen, als ob diese monatlichen Schecks eine Unterstützung wären, als dass sie sein Gewissen beruhigten. Und genau so hätte es sich auch jetzt angefühlt.

Doch um Mason gegenüber fair zu bleiben, musste sie zugeben, dass er als Vater kein absoluter Nichtsnutz gewesen war. Zwar waren seine Unterhaltszahlungen hin und wieder zu spät eingetroffen, doch das hatte wohl eher an seinem verrückten Arbeitspensum und an Vergesslichkeit gelegen als an absichtlicher Verantwortungslosigkeit. Und jetzt nagte er auch nicht gerade am Hungertuch. Warum hatte er also nicht von vornherein angeboten, seinen Beitrag zur Hochzeit zu leisten?

Die Antwort war ganz einfach: Er war nicht einfach nur ahnungslos, sondern war noch immer der gleiche egozentrische Mann, der er immer gewesen war.

Sollte er doch sein Geld behalten. Sie brauchte es nicht. Sie brauchte ihn nicht. Schon seit Jahren nicht mehr. Sie brauchte überhaupt keinen Mann, sondern kam gut allein zurecht. Sehr gut.

Hatte sie eigentlich noch Chips im Haus?

„Ich bin so froh, dass das Haus verkauft ist", sagte Mims, als Ella sich ihre Haselnusstorte schmecken ließ.

Wieder einmal aß Ella im Schwangau, dem teuersten Restaurant in der Stadt, und langsam wurde der Küchenchef zu ihrem neuen besten Freund. Doch als sie ins Restaurant gekommen waren und sie gesehen hatte, wie voll es war, hatte sie sofort an die arme Charley denken müssen. Würden ihre ehemaligen Gäste wieder zu ihr kommen, wenn sie nach dem Wiederaufbau neu eröffnet hatte, oder würden sie sich alle daran gewöhnt haben, woanders zu essen? Ella hoffte inständig, dass sie wieder ins Zelda's gingen. Sie würde es auf jeden Fall tun.

„Je schneller du aus dem Haus rauskommst, desto besser", sagte Mims, während der Kellner ihr Kaffee einschenkte.

„Ich muss erst einmal eine Bleibe finden, wo Tiny erlaubt ist", sagte Ella.

„Lass doch deinen Exmann den Hund nehmen", meinte Mims und machte eine wegwerfende Handbewegung. Damit war das Thema Tiny für sie erledigt.

Auf die gleiche Art und Weise hatte sie sich auch Jakes entledigt, als Ella sich zu der Scheidung durchgerungen hatte. „Ehrlich, Kindchen, ohne ihn bist du besser dran. Dieser Kerl war nicht gut genug für dich."

Aber Tiny war gut genug für sie, und Ella hatte nicht die Absicht, ihn Jake allein zu überlassen, damit der ihn fütterte, bis der arme Hund völlig aus dem Leim ging. „Er gehört uns beiden."

Mims verdrehte nur die Augen und nippte an ihrem Kaffee. „Sich so einen großen Hund anzuschaffen war sowieso lächerlich. Ehrlich, Ella, ich weiß nicht, was du dir dabei gedacht hast."

Sie hatte gedacht, sie würden die kommenden Jahre in diesem Haus verbringen, würden, sobald sie ein bisschen mehr Geld hatten, zu dem Hund noch ein Kind bekommen. Kind. Baby. Oh, oh, wie groß waren wohl die Chancen, dass eins von Jakes Spermien den Weg zu einer ihrer Eizellen gefunden hatte? Bei dem Gedanken verkrampfte sich ihr Magen, und sie schob den Rest ihrer Torte zur Seite.

„Isst du das nicht auf? Das überrascht mich."

„Ich habe keinen Hunger mehr." Jetzt klang sie trotzig. Na und? Sie fühlte sich trotzig.

„Du solltest sowieso nicht so ein fettes Zeug essen."

Immer wieder hatte Mims versucht, Ella einzureden, dass Zucker ein Teufelszeug sei. Wenn eine Frau schon Kalorien zu sich nehmen musste, dann sollten sie in einem Glas Weißwein schwimmen. Doch hin und wieder genoss Ella es, mit dem Teufel zu flirten, vor allem über Weihnachten. Im vorletzten Jahr hatte sie sich sogar im Plätzchenbacken versucht. Natürlich waren sie nicht so gut geworden wie die von Cass, aber Jake hatten sie geschmeckt.

Schon wieder Jake. Sie musste endlich aufhören, ständig an ihn zu denken. An ihn und seine Spermien. Du hast die Wahl gehabt, ermahnte sie sich streng. Jetzt musst du mit den Konsequenzen leben. Und wenn das bedeutete, dass sie ein Baby bekam, okay, dann war das eben so. Sie hatte sich schon immer ein Baby gewünscht.

Allerdings hatte sie nie ein Baby allein großziehen wollen. Und wenn Jake nach Nashville zog, würde sie genau das tun müssen.

Nun, ihre Mutter hatte das ja auch gut hinbekommen. Warum sollte es ihr also nicht ebenfalls gelingen? Sie sah das Bild schon vor sich: Mommy und das Baby bei einem ernsten Gespräch. *Tut mir leid, dass dein Daddy nicht hier ist, aber Daddys werden sowieso überbewertet. Frag deine Grandma.*

Mims griff über den Tisch und legte eine Hand auf Ellas. „Warum schaust du so traurig drein? In deinem Leben wendet sich doch gerade alles zum Besten."

Zum Besten? War es wirklich so? Sie hatte ihren Ehemann verloren, ihre Träume und jetzt auch noch ihr Heim. Bestens.

„Nicht schon wieder!", klagte Larry.

Jake sah ihn grimmig an. „Was ist?"

„Du siehst aus, als wäre dir schon wieder eine Laus über die Leber gelaufen. So wie letzte Woche auch. Was ist los?"

„Nichts", fuhr Jake ihn an. Dabei klang er so, als wäre ihm nicht nur eine, sondern gleich eine ganze Horde Läuse über die Leber gelaufen.

„Vielleicht muntert ihn das auf", sagte Jen. „Hat einer von euch mal einen Blick auf unseren Song auf YouTube geworfen?"

Das Lied. Dadurch, dass so viel anderes passiert war, hatte Jake das Lied völlig vergessen.

„Oh ja", meinte Larry. „Das wird ein Grinsen auf dein Gesicht zaubern, Alter. Was meinst du, wie viele Leute es schon angeklickt haben?"

Jake zuckte mit den Schultern. „Fünfzig?"

„Versuch's mal mit achthundert", erwiderte Larry.

„Achthundert?", wiederholte Guy. „Ich kenne höchstens zwanzig Leute, einschließlich Familie und Freunde, die da reinschauen würden. Wer alles hat sich das angehört?"

„Die Leute schicken den Link weiter, du Blödmann", sagte Larry. „Was denkst du denn? Sämtliche Leute in der Verpackungsfabrik haben es an ihre Freunde weitergeschickt. Ich wusste, dass du da ein großes Ding gelandet hast", meinte er zu Jake.

„Ja, hat er wirklich", stimmte Tim zu. „Echt super. Und was für eine großartige Möglichkeit, um Rache an der bösen Schwiegermutter zu nehmen, dafür, dass sie dein Leben verpfuscht hat."

„Ausgleichende Gerechtigkeit", meinte Jen.

„Häh?“

„Es bedeutet, dass sie das bekommt, was sie verdient“, erklärte Jen und lächelte Jake zu.

Und angesichts all der Gemeinheiten, die sie ihrer Tochter vermutlich noch immer eintrichterte, verdiente sie eine Menge. Jake lächelte zum ersten Mal an diesem Abend. *Ja. Frohe Weihnachten, Schwiegermama!*

Es war Freitag, und mittlerweile war Jake zu dem Schluss gekommen, dass seine ehemalige Schwiegermutter weit mehr als ein böses Lied verdiente. Vielleicht eine nette kleine Winterkreuzfahrt – den Icicle-Falls-Wasserfall hinunter, vorzugsweise splitterfasernackt in eine Tonne gesteckt –, mitten in der Nacht natürlich. Oder wie wäre es mit einem Besuch in einer ihrer Lieblingsstädte – ein finsteres Seitengässchen, wo hoffentlich der eine oder andere Straßenräuber lauerte, inklusive? Wenn es Mims nicht gäbe, wären er und Ella wieder zusammen, davon war er überzeugt.

Stattdessen war ihre Beziehung wieder am Nullpunkt angelangt. Sie teilten sich zwar das Haus, doch zwischen ihnen war eine unsichtbare Mauer errichtet worden. Wütend und frustriert beobachtete Jake jetzt, wie Ella wieder einmal mit Axel Fuchs davonfuhr. Weiß der Himmel, wo sie heute hinwollen, dachte er grimmig. Ella hatte es ihm nicht gesagt. Im Grunde hatte sie so gut wie gar nicht mehr mit ihm geredet.

Das Haus war verkauft, und sie führte jetzt ihr eigenes Leben. Und genau das sollte er auch tun.

Er machte mit Tiny einen langen Spaziergang im Schnee. Dann marschierte er wieder heim. Nicht heim, korrigierte er sich. Zurück zum Haus. Es war nichts weiter als ein Haus.

Noch immer frustriert, machte er sich für den Auftritt im Red Barn fertig.

„Tut mir leid, aber du bist heute Abend allein und auf dich gestellt“, sagte er dem Hund.

Tiny winselte und wedelte mit dem Schwanz. Er hatte die

Gitarre an der Haustür stehen sehen und wusste, dass er hundeseelenallein bleiben musste.

Jake kraulte ihn noch einmal hinter den Ohren. „Vielleicht bleibt sie ja nicht allzu lange weg."

Es sei denn, sie blieb über Nacht bei Axel.

Würde sie das tun? Jake verzog das Gesicht. Bisher war er der einzige Mann in Ellas Leben gewesen. Die Vorstellung, dass dieser schleimige Typ sich mit ihr im Bett vergnügen könnte, genügte, um Jake die Fäuste ballen zu lassen.

Sie würde es tun. Irgendwann würde sie es tun. Einfach nur deshalb, weil sie es konnte.

Warum also sollte er sich wie ein Chorknabe verhalten?

Das fragte er sich auch später am Abend, als ein niedlicher kleiner Groupie namens Allison zur Bühne kam, um mit ihm zu flirten.

„Die ist heiß auf dich", meinte Larry.

„Wer ist das nicht?", warf Jen ein und zwinkerte Jake zu.

Es war offensichtlich, dass Jake ein neues Kapitel in seinem Leben aufschlagen konnte, und wenn er wollte, konnte er gleich heute Abend damit anfangen.

Na, vielleicht würde er das sogar tun. Vielleicht war er es leid, wie ein dummer Welpe hinter Ella herzulaufen. Er trank seine Cola aus. Vielleicht sollte er sich heute Nacht flachlegen lassen. Warum nicht? Ella hielt ihn doch sowieso für einen Rumtreiber. Vielleicht war es an der Zeit, dass er seinem Ruf gerecht wurde.

15. KAPITEL

Das Schnarchen war laut genug, um einen Toten zu wecken. Jake rollte sich herum und gab seinem Bettgenossen einen Schubs.

Tiny schreckte auf und hob seinen großen Kopf, als wollte er sagen: „Was ist passiert?"

„Du schnarchst schon wieder", informierte Jake ihn. Er schaute auf den Wecker – zehn Uhr. Ella war bestimmt schon lange weg.

Zumindest war sie gestern Abend nach Hause gekommen. Als er gegen eins von seinem Auftritt zurückgekehrt war, hatte er einen Blick ins Schlafzimmer geworfen. Erleichtert hatte er festgestellt, dass ihr schlanker Körper unter der Decke im Schlittenbett lag – bis ihm eingefallen war, dass sie vielleicht mit Axel Sex gehabt hatte und erst danach nach Hause gefahren war.

Sex. Eigentlich hatte er ja auch einen draufmachen wollen. Aber sein Gewissen hatte ihn daran erinnert, dass Sex aus Rache für keinen der Beteiligten gut war. Das konnte er niemandem antun. Er wollte kein Schürzenjäger sein. Im Grunde wollte er nichts weiter als sein Leben mit Ella teilen.

Er setzte sich auf die Bettkante und versuchte, seine grauen Zellen aufzuwecken, indem er sich, nicht gerade sanft, die Haare raufte. Was sollte er jetzt nur tun, verdammt?

Das Lied zu Ende schreiben, das er für Ella komponierte. Genau. Das war doch mal ein Plan.

Cecily war mit Luke Goodman, dem Produktionsmanager von Sweet Dreams, und seiner Tochter Serena auf der Eisbahn verabredet und machte vorher noch einen kleinen Abstecher zu Johnsons Drogerie. Gerade als sie Wimperntusche in ihren Einkaufskorb gelegt hatte, kam Todd Black den Gang entlanggeschlendert.

„Hallo", begrüßte er sie.

Zack – schon schoss ihr Hormonspiegel wieder in die Höhe. Warum nur passierte das jedes Mal, wenn er auftauchte? Vergiss es, ermahnte sie sich, bevor sie Todd betont gelassen begrüßte.

Er blieb neben ihr stehen und blickte in ihren Korb.

Hey, wieso war er so neugierig? Hastig zog Cecily den Korb zur Seite.

„Das brauchst du doch gar nicht."

Was, die Kopfschmerztabletten oder die Wimperntusche?

„Wieso tragen Frauen eigentlich überhaupt Make-up?"

Okay, nicht die Schmerztabletten.

„Um hübsch auszusehen", antwortete sie.

„Das ist uns Männern eher egal", behauptete er. „An euren Wimpern sind wir nicht sonderlich interessiert."

„Das sagst du so. Aber wenn eine Frau ohne Make-up herumliefe, würde kein Mann sie anschauen."

„Na klar, ich schon", konterte er. „Ich würde einfach nur woanders hinsehen." Er demonstrierte es, indem er seinen Blick langsam zu ihren Brüsten wandern ließ.

„Jämmerlich", meinte sie angewidert.

„Nein, nur ehrlich."

„Na, dann vielen Dank für die Ehrlichkeit."

„Ich versuch ja nur zu sagen, wie es ist." Er lächelte ein wenig spöttisch. „Aber du bist doch die Partnervermittlerin. Du weißt ja schon, wie es läuft. Oder haben deine männlichen Kunden nach Frauen mit großen … Wimpern gefragt?"

„Nein. Und vielleicht ist das auch einer der Gründe, warum ich nicht mehr im Geschäft bin. Und mich nicht mehr verabrede." Sie setzte ihren Weg den Gang entlang fort.

Statt den Wink mit dem Zaunpfahl zu verstehen und zu verschwinden, schlenderte Todd neben ihr her. „Ist schon lustig, dass du so clever bist und trotzdem nicht siehst, was direkt vor deiner Nase ist."

Cecily blieb stehen. „Okay, dann beiße ich ausnahmsweise mal an. Was befindet sich direkt vor meiner Nase?"

Er stellte sich vor sie, *ganz* nah vor sie. „Ich."

Zack! Oh, diese Hitze … Plötzlich waren ihre Lippen ganz trocken. *Leck dir jetzt bloß nicht über die Lippen.*

Sie konnte nicht anders. Sie waren extrem trocken.

Aus dem zynischen Lächeln war ein sehr viel intimerer Gesichtsausdruck geworden. Mit dem Daumen strich Todd über ihre Unterlippe. „Du solltest dir Lippenbalsam kaufen, meine Schöne. Es wäre eine Schande, wenn diese hübschen Lippen aufplatzen würden."

Wow! Ihr Hormonspiegel schoss durch die Decke. Hastig trat Cecily einen Schritt zurück. „Danke. Das mache ich." Sie schlüpfte an ihm vorbei und ging weiter.

So leicht ließ Todd sich nicht abschütteln. „Weißt du, was noch gut gegen die Kälte hilft?"

„Was?"

„Heiße Schokolade. Ich spendiere dir eine."

Sie musterte ihn mit hochgezogener Augenbraue. „Möchtest du einen Bonbon, meine Kleine?"

Er lachte. „Komm mit. Unternimm eine kleine Spritztour mit mir."

„Tut mir leid, ich steige nicht zu fremden Männern ins Auto."

„Komm schon, Cecily. Hör auf, so ein Feigling zu sein. Du weißt, dass du gern mit mir zusammen sein willst."

Ja, das wollte sie.

Und sie wollte es nicht. Der vernünftige Teil von ihr lehnte sich dagegen auf.

„Einen Becher Kakao. Was ist daran so schlimm? Das tut doch niemandem weh."

Doch, vermutlich ihrem Herzen … hinterher. „Tut mir leid", sagte sie. „Ich habe schon andere Pläne."

Es war keine Verabredung. Luke würde es gern sehen, wenn aus ihrer Freundschaft mehr werden würde, aber sie war entschlossen, es bei einer platonischen Ebene zu belassen. Es wäre Luke gegenüber einfach nicht fair, sich auf mehr einzulassen. Sie hatte den Männern abgeschworen. Den guten, den bösen und den … umwerfenden.

Todd zuckte mit den Schultern. „Eines Tages wirst du es nicht mehr aushalten können. Eines Tages wirst du an meine Tür klopfen, bereit für eine Tanzstunde."

Sie erinnerte sich an ihre Unterhaltung vor einigen Monaten, als sie in Ohnmacht gefallen und im Hinterzimmer seiner Kneipe gelandet war. Die Vorstellung, Todd in Aktion zu sehen, war jetzt genauso verführerisch wie damals. Oh ja, Todd Black hatte es drauf, und das hatte er schon mehr als ein Mal demonstriert, seit sie wieder nach Hause gezogen war.

Aber sie war nicht interessiert. Sie war an keinem Mann interessiert. „Na, bis es dazu kommt, wirst du wohl einen sehr langen Atem brauchen."

„Du wärst überrascht, was für einen langen Atem ich habe. Du wärst überrascht, bei wie vielen Dingen ich sehr ausdauernd sein kann."

Sie verdrehte die Augen, schüttelte den Kopf und beließ es dabei.

Sie hatte genug von ihm. Es gab bessere Möglichkeiten, seine Zeit zu verbringen, als sich mit dem Piraten von Icicle Falls zu kabbeln. Sie erledigte ihren Einkauf und machte sich anschließend auf den Weg zur Eisbahn.

Die kleine Eisbahn im Park, auf der sich die Eisläufer in bunter Winterkleidung tummelten, hätte dem Maler Norman Rockwell als Inspiration dienen können. Am Rand saßen Leute auf den Parkbänken, tranken heiße Schokolade und aßen geröstete Mandeln. Oder sie standen an den Feuerstellen und wärmten sich vor der nächsten Runde auf dem Eis. Weiter oben, den Hügel hinauf, vergnügte sich eine Gruppe Jungs bei einer Schneeballschlacht. Der Duft von Zimt und Vanille, der vom Stand mit den gerösteten Mandeln herüberdriftete, ließ Cecily das Wasser im Mund zusammenlaufen.

Luke hockte bereits am Rand der Eisbahn und schnürte die Schlittschuhe seiner Tochter. Serena, die inzwischen fünf Jahre alt war, sah in ihren rosafarbenen Leggins, dem rosa Parka und der Strickmütze auf ihren Locken einfach süß aus. Eigentlich sah die Kleine immer so aus, als könnte sie für das Titelblatt einer Zeitschrift posieren. Das war ihrer Großmutter zu verdanken, die die Mutterrolle übernommen hatte, als Lukes Frau bei einem Autounfall ums Leben gekommen war.

Serena sah Cecily näher kommen und winkte. Und zwar nicht zaghaft, sondern so heftig, dass sie vor Aufregung auf der Bank auf und ab hüpfte. Luke drehte sich um und winkte ebenfalls. Er hüpfte zwar nicht auf und ab, aber das Strahlen auf seinem Gesicht verriet, dass auch er von Cecilys Erscheinen begeistert war.

Sie musste aufhören, sich mit dem Mann zu verabreden. Es war nicht fair.

„Cecily, ich habe neue Schlittschuhe!“, rief Serena.

„Die sind ja schick“, bewunderte Cecily sie, als sie zu den beiden trat.

„Meine Füße sind gewachsen“, verkündete Serena. „Daddy hat gesagt, ich werde so groß wie er und kann Basketballspielerin werden.“

„Würde dir das gefallen?“, wollte Cecily wissen.

Serena zog die Stirn in Falten. „Nein. Ich will nur mit Grandma Kekse backen.“

„Vielleicht wirst du ja später einmal Bäckerin, so wie Mrs Wilkes“, schlug Cecily vor.

„Oh ja, dann kann ich Lebkuchenmännchen backen!“, rief Serena.

„Du backst sie, und wir essen sie“, meinte Luke.

Serena hüpfte von der Bank und stakste zum Eis. „Kommt, eislaufen!“

„Wart mal einen Moment, mein Schatz“, sagte Luke und hielt sie mit seiner großen Hand fest. „Allein gehst du nicht auf die Eisbahn, schon vergessen?“

Serena runzelte die Stirn. „Beeil dich, Daddy. Zieh schon deine Schlittschuhe an.“

Luke setzte sich auf die Bank und deutete auf den Platz neben sich, damit Cecily ebenfalls ihre Schlittschuhe anziehen konnte.

Serena beobachtete die anderen Eisläufer, und Cecily nahm sich einen Augenblick Zeit, um ebenfalls zuzuschauen. Es sah so aus, als wäre halb Icicle Falls auf den Beinen, um die frische Luft an diesem Samstag zu genießen. Teenager rasten im Kreis an den älteren Eisläufern vorbei. Kleine Kinder schwankten hin und her, beschützt von ihren Eltern, und ein oder zwei fortgeschrittene Läufer übten gewagte Sprünge in der Mitte der Bahn. Ein kleiner Junge, der hinter einem quietschenden Mädchen herlief, fiel hin, blinzelte schockiert und kam dann wieder auf die Füße, um seine Jagd fortzusetzen.

Neben Cecily fing Luke an zu lachen. „Vielleicht schafft er es, wenn er erwachsen ist, sie doch noch einzufangen." Er zog seine Schnürsenkel fest und stand dann auf. „Bereit?", fragte er Cecily und streckte ihr eine Hand hin.

Bereit, um gefangen zu werden? Natürlich hatte er das nicht gemeint. Und sie war auch nicht bereit.

Aber sie schnürte die Schuhe noch einmal fest und ergriff dann seine Hand. Die andere Hand streckte Luke seiner Tochter entgegen, und schon standen sie auf dem Eis.

Manchmal vergaßen die Leute, wie gefährlich Eislaufen sein konnte. Man konnte fallen und sich den Arm brechen. Oder es konnte noch Schlimmeres passieren. Und doch waren heute so viele Leute hier. Es war einfach aufregend, über das Eis zu flitzen, mit dem Wind im Gesicht. Und genau deshalb gingen die Leute das Risiko ein. War es bei der Liebe nicht genauso?

Sie musste jetzt wirklich endlich aufhören, mit Luke irgendwelche Sachen zu unternehmen.

Wirklich.

Als Pastor Jim am Sonntag von der Wichtigkeit der Selbstbeherrschung sprach, rutschte Ella unruhig auf der Kirchenbank herum. Mit ihrer Selbstbeherrschung war es in letzter Zeit nicht weit her gewesen. War es falsch, mit jemandem zu schlafen, mit dem man zwar jetzt nicht mehr, mit dem man aber einmal verheiratet gewesen war? Vielleicht konnte sie sich, technisch gesehen, herausreden? Egal, ob richtig oder falsch, es war auf jeden Fall dumm gewesen, und sie würde nicht wieder so dumm sein, selbst wenn Jake sie noch so verführerisch küsste.

Nein, keine Küsse mehr! Entnervt stieß sie die Luft aus.

„Alles in Ordnung?“, flüsterte Cecily, die neben ihr saß.

Nein, es war nicht alles in Ordnung. Sie war ... verwirrt. Trotzdem nickte sie. Das fehlte gerade noch. Dass eine Frau in der Kirche verkündete, dass sie Probleme hatte. In der Kirche, wo sie von Leuten umgeben war, die sich alle Sorgen machen und ihr sofort Hilfe anbieten würden.

Nach dem Gottesdienst ging sie mit Cecily, Samantha und deren Mann, Blake Preston, zum Mittagessen. Hauptsache sie war nicht allein mit Jake im Haus. Sie waren fertig miteinander. Schluss, aus, vorbei.

Wahrscheinlich war er sowieso nicht da. Seit der Scheidung verbrachte er die Sonntage meist bei seinen Eltern.

Sonntagsessen bei den O'Briens – oh, wie sie das vermisste! Sonntagsbraten mit allem, was dazugehörte, selbst gebackene Kekse, Kartenspielen mit viel Gelächter und vielleicht sogar eine Lektion im Stricken – diese Nachmittage hatten bei Ella immer das Gefühl ausgelöst, als wäre sie mitten in einer alten Familienfernsehserie gelandet. Jetzt war sie wohl eher in ... ja, was? ... *Desperate Housewives* ... gelandet. Oder in *Lost*. Auf jeden Fall fühlte sie sich verzweifelt und verloren, und ihr Strickzeug hatte sie seit Monaten nicht in die Hand genommen.

Wenn du erst einmal ausgezogen bist, wird alles wieder gut, redete sie sich ein. Sobald sie Jake nicht mehr jeden Tag sehen musste. Sobald sie nicht mehr Gefahr lief, berührt zu werden. Natürlich war das das Problem: Er brachte nicht nur ihre Gefühle, sondern auch ihre Hormone völlig durcheinander und versuchte damit, sie glauben zu machen, dass sie ... Sie drängte den Gedanken weg, ehe er zu einem Satz werden konnte. Und womöglich ihr Inneres wie eine Leuchtreklame zum Strahlen brachte. Aber natürlich war er noch da, dieser Satz: *Sie glauben zu machen, dass sie wieder zusammenkommen und glücklich sein könnten.*

Jake war ein Schürzenjäger und ein Faulpelz. Immer würde sie diejenige sein, die den Lebensunterhalt für die Familie verdienen musste, und nie würde sie wissen, ob sie ihm vertrauen konnte oder nicht. Wenn sie sich mit jemandem wie Axel zusammentat, hätte sie alles: eine Familie. Einen angenehmen Lebensstil. Venedig. Paris.

Nashville.

Nein, nicht Nashville!

„Irgendwas ist nicht in Ordnung", stellte Cecily fest, nachdem sie Herman's Hamburgers verlassen hatten.

Ella merkte, dass sie nicht bei der Sache gewesen war. Hatte Cecily etwas gesagt? „Was?"

„Du verhältst dich schon den ganzen Vormittag äußerst merkwürdig. Bist du sicher, dass bei dir alles okay ist?"

Ella nickte. Es war alles okay. Na ja, zumindest würde bald wieder alles in Ordnung sein. Irgendwann.

Das redete sie sich noch immer ein, als sie am Sonntagabend zum allwöchentlichen Filmabend bei Cass eintraf. Auch Cass hatte inzwischen ihren Weihnachtsbaum aufgestellt, dekoriert mit allen möglichen Kugeln und anderen Dingen, viele ganz offensichtlich von kleinen Händen gefertigt, ein buntes Zeugnis von einer glücklichen Familie. Anders als ihr Baum, der lediglich eine traurige Erinnerung an eine gescheiterte Familie darstellte. *Oh ja, dir geht es super.*

Heute Abend wollten sie die klassische Version von *A Christmas Carol* mit Alastair Sim anschauen. Es war sehr schön, das Happy End mitzuerleben.

Und es regte zum Nachdenken an. „Glaubt ihr, dass Menschen sich ändern können?", fragte Ella. Plötzlich fiel ihr auf, dass sie die Frage wiederholte, die Charley ihr beim letzten Mal gestellt hatte, als sie bei ihr im Laden gewesen war.

„Ich glaube nicht", befand Cass.

„Ich habe es früher auch nicht geglaubt." Charley nahm sich

eines der Häppchen, die sie mitgebracht hatte. „Aber ich glaube, ich habe mich geirrt. Vor allem, nachdem Richard so in die Bresche gesprungen ist, als Harvey wieder auf Sauftour gegangen war und mich einfach hat sitzen lassen. Und seit dem Feuer ist er für mich auch eine große Stütze."

Ella sah, wie Samantha und Cecily Blicke austauschten. „Es zahlt sich immer aus, wenn man vorsichtig ist", meinte Samantha.

Charley kniff misstrauisch die Augen zusammen. „Was meinst du damit?"

„Dass es gut ist, Vorsicht walten zu lassen."

„Redest du von Richard?"

Samantha holte tief Luft, ein eindeutiges Zeichen dafür, dass sie sich darauf vorbereitete, ihnen etwas Unschönes aufzutischen. „Ich möchte wirklich nicht, dass du dich unüberlegt in etwas hineinstürzt."

„Ich überstürze doch nichts", rechtfertigte Charley sich. „Überhaupt, wieso bist du so misstrauisch?"

„Weil er dir schon mal ziemlich wehgetan hat, und das könnte er noch einmal tun", erwiderte Samantha offen.

Jetzt sah Charley so aus, als wollte sie Samantha an die Gurgel springen. „Nur, weil er ein Mal einen Fehler gemacht hat …"

„Heißt das noch lange nicht, dass er nicht erneut einen machen kann", beendete Samantha den Satz für sie.

„Das wollte ich nicht sagen!"

„Ich weiß. Hör zu", fuhr Samantha fort. „Wenn man alles durch die rosarote Brille sieht, passiert es schnell, dass man die Warnsignale missachtet. Ich möchte dir nur raten, ein bisschen vorsichtig zu sein."

„Was für Warnsignale?"

„Wie wäre es zum Beispiel mit der Tatsache, dass er anscheinend endlos lange hier herumlungern kann? Welcher Geschäftsmann kann das schon? Welcher Restaurantbesitzer kann das?"

„Jemand mit einem guten Geschäftsführer", konterte Charley. „Wie wäre es, wenn du geradeheraus sagst, was du denkst?"

„Ich denke, dass er allein vielleicht doch nicht so erfolgreich war. Vielleicht ist er zurückgekommen, um sich an die Gans, die goldene Eier legt, zu halten."

„Falls du es nicht bemerkt haben solltest: Mein goldenes Ei wurde vor Kurzem gebraten", erklärte Charley mit eisiger Stimme.

Samantha ließ sich nicht beirren. „Es ist alles versichert. Du bekommst Geld von der Versicherung und hast ein wertvolles Grundstück."

Ein unangenehmes Schweigen senkte sich über den Raum. Ella hatte das Gefühl, dass alle die Luft anhielten.

Alle, außer Samantha, die mutig weitersprach. „Er hat dich noch nicht mit nach Seattle genommen, um sein Restaurant anzuschauen. Warum nicht?"

„Weil er so damit beschäftigt ist, mir hier zu helfen", antwortete Charley. „Gerade könnte ich nicht einfach nach Seattle verschwinden, weißt du." Sie blickte böse in die Runde. „Also ehrlich."

„Meinst du nicht, dass er dir gern zeigen würde, wie erfolgreich er ist?", beharrte Samantha.

Sogar Jake spielt mir gern seine Lieder vor, dachte Ella. Männer gaben vor ihren Frauen gern an, um ihnen zu beweisen, wie toll sie waren.

Das machte sie traurig. Hatte sie Jake nicht genügend Anerkennung gezollt und ihn deshalb in die Arme einer anderen Frau getrieben?

In der Zwischenzeit stritten sich Charley und Samantha immer noch. „Richard muss mir gar nichts beweisen", meinte Charley schnippisch. „Nicht mehr."

Samantha hob eine Augenbraue. „Ach, wirklich?"

Charley blinzelte heftig. Ganz offensichtlich kämpfte sie gegen die Tränen an. „Ja, wirklich, und vielen Dank für eure Unterstützung."

„Dies *ist* eine Form der Unterstützung." Cass sprach ruhig und gelassen. „Wie Cecily schon gesagt hat: Wir wollen nicht, dass du noch einmal verletzt wirst. Wir möchten, dass du auf der Hut bist."

„Hast du dir sein Restaurant schon mal im Internet angesehen?", fragte Samantha.

„Ich war beschäftigt", verteidigte Charley sich.

„Guck dir wenigstens seine Homepage an", drängte Samantha sie. „Wenn es so aussieht, als wäre es eins dieser Nobelrestaurants, dann kannst du alles vergessen, was ich gesagt habe."

Jetzt liefen Charley die Tränen über die Wangen. Cecily reichte ihr ein Taschentuch und umarmte sie. „Er hat dir vor nicht allzu langer Zeit ziemlich wehgetan. Keine von uns will, dass dir das noch einmal passiert. Das ist alles. Glaub mir, es ist uns wirklich wichtig, was mit dir geschieht."

Charley wischte sich die Augen trocken und nickte. „Ich weiß. Es tut mir leid, dass ich so zickig war."

„Dein Restaurant ist gerade abgebrannt. Es ist dein gutes Recht", meinte Samantha. „Aber du kannst es wieder aufbauen und es sogar noch besser und schöner als vorher machen. Das ist sehr viel einfacher, als ein zerbrochenes Herz zu flicken."

Wie wahr.

Nach ein paar weiteren Tränen und freundschaftlichen Umarmungen machte Charley sich auf den Weg, weil sie angeblich noch Papierkram zu erledigen hatte.

„Und ein paar Recherchen sollte sie auch anstellen", murmelte Samantha, als ihre Freundin zur Tür eilte. „Ich hoffe, sie tut es auch."

„Weißt du etwas, was wir nicht wissen?", fragte ihre Schwester.

An Samanthas Miene konnte man erkennen, dass das der Fall war.

„Okay, spuck es aus", befahl Cass.

„Na ja, misstrauisch, wie ich bin, habe ich mir mal sein Restaurant angeschaut."

„Hat er überhaupt eins?", hakte Cass besorgt nach.

„Oh ja, das hat er. Aber es ist nicht geöffnet."

16. KAPITEL

Samanthas Verdächtigungen bahnten sich einen Weg in Charleys Hinterkopf und begannen, wie eine Horde Termiten alles zu untergraben.

Richard war aus Gerhardts Gasthaus aus- und wieder in ihr Bett eingezogen. Als sie nach Hause kam, lag er ausgestreckt auf der Couch und schaute sich *Hidden Surprises* an, eine Sendung, in der Kleinstadtrestaurants vorgestellt wurden. Nachdem Charley gesehen hatte, was für einen Erfolg es Samantha und ihrer Firma beschert hatte, dass sie von Mimi LeGrand in *All Things Chocolate* vorgestellt worden waren, hatte sie schon überlegt, ob sie den Produzenten dieser Sendung nicht einmal nach Icicle Falls einladen sollte. Dank der unangenehmen Überraschung war diese Option natürlich in weite Ferne gerückt.

Sie runzelte die Stirn. „Kannst du das vielleicht ausschalten?"

Sofort drückte Richard die Fernbedienung, und das gemütliche Restaurant verschwand vom Bildschirm. „Ich habe nur die Zeit totgeschlagen, bis du nach Hause kommst. Wie war die Party?"

Nett, bis der Film zu Ende war. „Es war okay."

„Nur okay?"

„Es fällt mir im Moment schwer, mich für irgendetwas zu begeistern." Das schloss auch Richard ein. Manchmal sollte eine Frau auf ihre Freundinnen hören. Jetzt wünschte Charley sich, sie hätte die Hände auf die Ohren gepresst und „La, la, la, la, la" gesungen.

„Für gar nichts?" Er klopfte auf das Kissen neben sich auf der Couch, und Charley ging zu ihm und setzte sich. „Ein neues Jahr steht vor der Tür, Schatz." Er legte einen Arm um sie und küsste sie. „Ich wette, in der Zwischenzeit kann ich dich vielleicht doch ein wenig begeistern."

In gewisser Weise. Doch sogar als Richard sie liebte, waren die Termiten am Werk. *Er ist nicht mit dir nach Seattle gefahren, um dir sein Restaurant zu zeigen. Warum nicht?*

Dafür konnte es vielerlei Gründe geben. Vielleicht wollte er sich im Moment einfach nur darauf konzentrieren, sie zurückzuerobern. Vielleicht dachte er, es wäre nicht unbedingt der geeignete Zeitpunkt, um das Thema auf das Restaurant zu bringen, das er aufgemacht hatte, nachdem er gegangen war, weil das nur Salz in die Wunde streuen würde. Würde es auch.

Bestimmt war das der Grund. Und nachdem sie das jetzt ergründet hatte, konnte sie …

Sich am nächsten Morgen im Internet nach Richards Restaurant erkundigen. Masochistisch, wie sie veranlagt war, hatte sie das schon kurz nach der Trennung einmal getan. Sosehr sie es auch versucht hatte, aber natürlich hatte sie den Namen nicht vergessen können: Piatto Dolce, Süßer Teller. Die Vorstellung, dass er seinen Gästen zusammen mit seiner kleinen Freundin etwas Süßes servierte, hatte Charley arg zugesetzt. Grimmig hatte sie damals auf die Internetseite gestarrt und gehofft, dass Richard und seine Tussi sämtlichen Restaurantkritikern, die vielleicht vorbeischauten, eine Lebensmittelvergiftung bescherten, bevor sie die Seite geschlossen hatte, um sie nie wieder zu besuchen. Auch als Richard zurückgekehrt war, hatte sie nicht mehr nachgeschaut.

Sie war ja auch wirklich ziemlich eingespannt gewesen. Ehrlich. Vielleicht hatte sie auch einfach nicht sehen wollen, wie erfolgreich er ohne sie war.

Aber jetzt musste sie diese Termiten loswerden. Also ließ sie Richard schnarchend im Bett und schlich nach unten, um es sich mit ihrem Laptop auf der Couch bequem zu machen.

Die Website wurde hochgeladen und zeigte ein Foto vom Inneren des Restaurants, das eines Foodmagazins würdig gewesen wäre – ein exklusives Stück Italien, mit dezenter Beleuchtung und Leinentischdecken, ein Tribut an Richards Lieblingsküche. Charley fand auf der Homepage jedoch noch etwas anderes. Eine Notiz, die besagte: „Zurzeit ist Piatto Dolce wegen Renovierungsarbeiten geschlossen. Bitte schauen Sie in Kürze wieder auf unsere Seite. Grazie."

Wegen Renovierung geschlossen? Davon hatte Richard gar nichts erzählt. Na und? Sie hatten ja auch andere, wichtigere Dinge zu besprechen. Ihre Beziehung zum Beispiel. Und das erklärte natürlich auch, warum er es sich leisten konnte, hier in Icicle Falls zu bleiben …

Aber würde er die Renovierungsarbeiten nicht überwachen wollen? Sie jedenfalls hatte vor, jeden Tag im Zelda's vorbeizuschauen, um sicherzustellen, dass alles richtig gemacht wurde. Schon jetzt war sie häufig an der verkohlten Ruine gewesen, hatte geschaut, ob noch irgendetwas zu retten war, hatte mit den Leuten gesprochen, die für die Aufräumarbeiten zuständig waren, während sie sich gleichzeitig darum gekümmert hatte, Angebote von Baufirmen einzuholen.

Vielleicht hatten die Arbeiten an Richards Restaurant noch nicht begonnen?

Das war es bestimmt: Er war hier, um sie zurückzugewinnen, während er noch Zeit hatte. Sobald die Renovierung erledigt war, würden sie zwei Restaurants besitzen. Das bedeutete zwar doppelte Arbeit, aber auch doppelten Erfolg, solange es ihnen gelang, beide Restaurants gleichzeitig zu führen und trotzdem zusammen sein zu können. Sie würden einen Weg finden, damit das funktionierte. Er war ihretwegen hier. Samantha hatte sich getäuscht. Es war nett gemeint gewesen, aber ein Irrtum.

„Hey, du bist ja schon wach."

Charley zuckte schuldbewusst zusammen und verbarg den Beweis ihrer Neugierde mit einem Klick, ehe Richard sehen konnte, was sie hier trieb. „Ich konnte nicht mehr schlafen."

Da stand er, zerzauste Haare, mit bloßem Oberkörper, und trug seine schwarze Lieblingsjogginghose. Ein Dessert auf zwei Beinen. Er kam zur Couch und blickte Charley über die Schulter. „Woran arbeitest du?"

Auf einmal kam sie sich wie eine Verräterin vor. „Ich habe nur ein wenig Recherche betrieben", sagte sie und schloss den Laptop.

„Es wird wieder ein langer Tag werden. Wie wäre es mit einem Kaffee?"

„Ja, gern. Ich glaube, ich gehe unter die Dusche."

„Hättest du gern Gesellschaft?"

Sie schüttelte den Kopf. Angesichts all des Stresses, den der Neubeginn mit sich brachte, hatte sich ihre sexuelle Lust scheinbar in den Winterschlaf begeben. Bestimmt war das der Grund: zu viel Stress. Das richtete Stress nun einmal bei einer Frau an.

„Wie du schon gesagt hast. Es wird ein langer Tag", sagte sie. „Es ist besser, wenn ich mich fertigmache."

Der Tag entpuppte sich als nur halb so lang wie der darauf folgende. Nach der letzten Unterredung mit dem Versicherungsagenten wusste Charley endlich, wie viel Geld sie erwarten konnte, um Zelda's wieder aufzubauen, und wie weit es reichen würde.

„Alles ist so viel teurer geworden", jammerte sie, während sie und Richard das Abendessen vorbereiteten. „Es ist so viel zu machen. Und dieser verdammte Ethan Masters bringt mich noch um den Verstand."

„Er ist der beste Bauunternehmer hier", sagte Richard, der Äpfel für den Salat schnitt.

„Und der nervigste." Charley nahm ihr Weinglas und trank einen kräftigen Schluck Pinot Grigio. Dann half sie Richard mit dem Salat. Sie schälte Pistazien und tat sie in die Schüssel mit dem gemischten Salat und den Äpfeln. „Er scheint nicht zu begreifen, dass mir mit jedem Tag, den ich länger geschlossen habe, noch mehr Gäste weglaufen."

Richard legte sein Messer zur Seite und lehnte sich gegen die Arbeitsplatte. „Dann lauf du doch auch davon."

Charley gab ein verächtliches Geräusch von sich. „Manchmal würde ich das wirklich gern tun." In letzter Zeit hatte sie häufiger davon geträumt, einfach vor ihren Problemen davonlaufen zu können. Wenn ihre Freundinnen und Richard nicht gewesen wären … sie wusste nicht, was sie dann getan hätte. Samantha konnte sagen, was sie wollte, aber Richard war wirklich für sie da gewesen, vor allem seit dem Brand.

„Nein, ich meine es ernst“, sagte er. „Es gibt doch nichts, was dich hier hält. Du brauchst doch nicht den Rest deines Lebens in Icicle Falls zu bleiben.“

Aber das wollte sie. Sie liebte diese Stadt mit den netten Einwohnern und dem herrlichen Blick auf die Berge. Trotzdem, man sollte immer offen für Neues sein. „Was schwebt dir vor?“

„Komm mit mir nach Seattle.“

Vielleicht konnten sie zwei Lebensmittelpunkte haben, einen hier und einen in Seattle. Aber … „Es wäre nicht so einfach, das Zelda's von Seattle aus zu managen.“ Wie sollten sie das auf die Reihe bekommen?

„Wie wäre es, wenn du stattdessen ein Restaurant in Seattle managst?“ Er zuckte mit den Schultern. „Verschwende doch nicht dein Geld damit, hier an diesem abgelegenen Ort dein Restaurant wieder aufzubauen.“

Moment mal. Die Termiten machten sich wieder ans Werk. „Was sollte ich denn sonst damit machen?“ *Sag jetzt nicht das, was ich befürchte.*

„Wir könnten das Geld in mein Restaurant in Seattle stecken. Dort tobt das Leben. Du bist doch sowieso kein Kleinstadtmensch, Charley.“

Sie war aber auch kein Dummkopf. Sie hörte auf, Pistazien zu schälen. „Was ist los mit deinem Piatto Dolce, Richard? Brauchst du eine Finanzspritze?“

Die Röte auf seinen Wangen verriet ihn, ehe sich seine Lippen überhaupt in Bewegung setzten. „Ein Restaurant ist ein Fass ohne Boden, das weißt du doch. Aber das tut ja gar nichts zur Sache“, fügte er schnell hinzu.

„Oh doch, denn genau darum geht es. Ich habe mir deine Homepage angesehen. Dort steht, dass wegen Renovierung geschlossen ist.“

„Ich will ein paar Verbesserungen vornehmen“, verteidigte er sich.

Und damit wartete er, bis sie ihm wieder aus der Hand fraß. Bis er sie davon überzeugt hatte, sich erneut mit ihm einzulassen. Anschließend konnte er dann wieder anfangen, auf ihre Kosten zu leben. Oder das tun, was er jetzt versuchte: Sie dazu überreden, *ihr* Geld in *seinem* Restaurant zu versenken.

„Und dafür brauchst du Geld", sagte sie. „Mein Geld."

Er öffnete den Mund, um etwas zu sagen, doch sein Blick verriet bereits alles.

„Du Mistkerl!" All die Wut, die sie verspürt hatte, als er sie das erste Mal verraten hatte, kehrte mit doppelter Wucht zurück. Sie fegte die Salatschüssel von der Arbeitsplatte, sodass Salat- und Spinatblätter, zusammen mit den Äpfeln, über den Küchenfußboden flogen.

Richard hob eine Hand. „Charley, Schatz. Lass es mich erklären."

„Nein, jetzt erkläre ich dir etwas. So langsam wird mir alles klar. Dein Restaurant geht den Bach runter, also kommst du hierher in meins. Wie praktisch, hier gibt es einen sicheren Arbeitsplatz. Und als das Ganze abbrennt, tauchte da auf einmal all das schöne Geld auf, das man sich ja unter den Nagel reißen könnte. Für dich bin ich doch nur ein Goldesel."

„Das stimmt nicht! Ich habe dich vermisst! Ich habe dir doch versichert, dass ich einen Fehler gemacht habe."

Was für ein Schwachsinn. Er streckte die Hand nach ihr aus, doch Charley schlug sie weg. „Nun, ich habe dich aber nicht vermisst", fuhr sie ihn an. „Und ich muss verrückt gewesen sein, als ich tatsächlich überlegt habe, mich wieder mit dir einzulassen."

„Charley, jetzt reagierst du aber wirklich ein wenig hysterisch."

„Du kommst hierher zurück, um mich schamlos auszunutzen, und wirfst mir vor, ich sei hysterisch?" Sie schnappte sich die Weinflasche und überlegte tatsächlich, ob sie ihm die über den Kopf ziehen sollte.

„Ich bin nicht hergekommen, um dich auszunutzen", protestierte er und machte einen Schritt rückwärts.

„Eben hörte sich das aber anders an."
„Eben war ich einfach nur praktisch."
„Nun, und jetzt bin ich praktisch. Verschwinde."
„Das meinst du doch nicht wirklich ernst, oder?"
„Ach, nein? Willst du hierbleiben, um herauszufinden, wie ernst es mir ist?"

Sein flehender Ausdruck verwandelte sich, und auf einmal sah er nur noch gehässig aus. „Meine Güte, Charley, du bist so eine selbstsüchtige Zicke."

Charley klappte die Kinnlade herunter. Er war hergekommen, um sie auszunutzen, ein Verrat, der kaum noch an Dreistigkeit zu überbieten war. Und jetzt warf er ihr auch noch vor, *sie* wäre die selbstsüchtige Zicke?

„Warst du schon immer", fügte er hinzu.

Und das von dem Mann, der sie wegen einer anderen Frau verlassen hatte, um dann zurückzukehren und es sich auf ihre Kosten gemütlich zu machen? Rage war noch ein viel zu harmloses Wort für das, was Charley jetzt verspürte. „Du …" Sie warf die Flasche nach Richard, und es gelang ihm gerade noch, ihr auszuweichen. Krachend zerbarst die Flasche an der Wand, und der Wein rann wie Tränen daran herab.

„Total hysterisch", sagte Richard höhnisch und marschierte zur Tür.

„Ja, kein Wunder. Du kannst eine Frau ja auch in den Wahnsinn treiben", rief sie ihm hinterher.

Er ging einfach weiter und machte nur eine abfällige Handbewegung.

Charley glitt am Schrank entlang zum Fußboden, saß inmitten des umhergeschleuderten Salats, legte den Kopf auf die Knie und schluchzte.

Gerade hatten es sich Samantha und Blake gemütlich gemacht und wollten sich die Pizza aus dem Italian Alps schmecken lassen, als das Telefon klingelte.

Blake stöhnte. „Haben deine Freundinnen eigentlich einen

eingebauten Radar? Warum rufen die immer an, wenn wir essen wollen?“

„Woher weißt du, dass es für mich ist?“, konterte sie und stand auf, um nach dem Telefon zu greifen.

„Weil ich schon mit allen gesprochen habe, mit denen ich sprechen musste.“

Sie schaute auf das Display und machte ein besorgtes Gesicht. „Fang an zu essen.“ Sie hatte das dumme Gefühl, dass dieses Telefonat eine Weile dauern könnte.

„Du hattest recht.“ Die Stimme am anderen Ende der Leitung klang nach einer Zombieversion von Charley.

Wie sehr sie sich wünschte, sie hätte nicht recht behalten. „Oh, Charley, es tut mir so leid.“

„Was ist los?“, fragte Blake.

Samantha bedeutete ihm, dass sie ihm später alles erzählen würde. „Was ist passiert?“

Charley seufzte schniefend auf. „Na ja, ich habe eine Schüssel mit Salat durch die Küche geschleudert und meine Wand mit Weißwein getauft.“

„Und Richard?“

„Keine Angst. Seine miese Visage hat nicht gelitten“, sagte Charley verbittert. „Du meine Güte, wie konnte ich nur so blind sein?“

„Ganz einfach“, erwiderte Samantha. „Du wolltest nur das Beste annehmen.“ Und Richard hatte ihr, wieder einmal, das Schlimmste beschert.

„Sein Restaurant ist angeblich wegen Renovierung geschlossen“, erzählte Charley voller Verachtung. „Wohl eher wegen mangelndem Bargeld. Weißt du, was er mit meinem Versicherungsgeld machen wollte?“

„Ich kann es mir vorstellen“, meinte Samantha. Wie anders dagegen hatte sich ihr Mann verhalten, der sich in Schulden gestürzt hatte, um ihre Firma zu retten. Tja, es gab Männer, und es gab männliche Schlangen. Und sie wusste genau, in welche Kategorie Richard fiel. Das hatte sie die ganze Zeit gewusst.

Doch das sagte sie jetzt nicht. Stattdessen meinte sie: „Es tut mir wirklich leid. Man sollte ihm bei lebendigem Leibe das Fell über die Ohren ziehen."

„Das ist noch zu gut für ihn", erklärte Charley, bevor sie in Schluchzen ausbrach. „Und weißt du was? Er hat mich eine selbstsüchtige Zicke genannt."

„Dich?"

Vor lauter Schluchzen konnte Charley gar nicht antworten.

„Du weißt, dass das nicht stimmt", versuchte Samantha, sie zu beruhigen.

„Nicht?"

„Natürlich nicht. Dein Ex ist nicht nur ein schlechter Geschäftsmann, sondern auch ein schlechter Mensch."

„Er hat mir glatt noch einmal das Herz gebrochen." Wieder schluchzte sie auf.

Arme Charley. Erst der Brand im Restaurant, und jetzt das hier. Das Jahr endete wahrlich nicht gut für sie. „Komm her und bleib ein bisschen bei uns", bot Samantha ihr an. „Ich verwöhn dich mit Pralinen."

„Nein. Ich muss erst mal den Schweinkram hier wegmachen."

„Du brauchst deine Freunde", sagte Samantha streng.

„Ich komme schon klar", antwortete Charley. „Und vielen Dank, dass du mir die Augen geöffnet hast. Wenn du nicht gewesen wärst, hätte ich mich womöglich auf all das eingelassen, was Richard wollte, ohne zu merken, dass er mich an der Nase herumführt."

„Du hättest es schon noch gemerkt", versicherte Samantha ihr.

„Danke, dass du ein offenes Ohr für mich hattest."

„Dafür sind Freunde doch da."

Sie waren für weitaus mehr da. „Charley hat Probleme", erzählte Samantha ihrem Mann, nachdem sie aufgelegt hatte.

„Ich bleibe nicht auf. Mir schwant, dass es eine lange Nacht werden wird."

Vierzig Minuten später konnte Charley ihre Meeresfrüchte-Lasagne aus dem Ofen holen, und die Küche war wieder sauber. Das Haus war leer. Richard hatte seine Sachen gepackt und war ohne ein weiteres Wort verschwunden. Das war Charley nur recht. Er hatte genug gesagt.

Selbstsüchtige Zicke. War sie das wirklich? War es selbstsüchtig gewesen, ihre Erbschaft ins Restaurant zu stecken? Damals hatte sie das nicht so empfunden. Okay, sie hatte Richard erst überreden müssen, dass sie sich hier niederlassen sollten. Aber sie war sich so sicher gewesen, dass er diese Kleinstadt lieben lernen würde, so wie sie auch. Sie hatte angenommen, er wäre glücklich. Im Übrigen hatte sie sich auch nichts anderes leisten können. Ein Restaurant in einer Großstadt zu eröffnen hätte doppelt so viel gekostet. Es war eine rein praktische Entscheidung gewesen. Und es hatte ihr gefallen, ein großer Fisch in einem kleinen Becken zu sein.

Aber irgendwie war sie zu einem größeren Fisch als ihr Ehemann geworden. Im Nachhinein betrachtet, wurde ihr klar, dass ihn das gewurmt haben musste. Scherzend hatte er sich als der Küchensklave oder Mr Charley bezeichnet. Doch immerhin war er Küchenchef gewesen.

Trotzdem, sie war stets das Gesicht des Restaurants gewesen, diejenige, die die Gäste sahen, wenn sie hereinkamen. Und die Menschen mochten sie. Richard dagegen nicht. Sie dachte an die Party, die sie veranstaltet hatte, als ihre Scheidung durch gewesen war. Da hatten fast alle ihre Freundinnen bekräftigt, dass sie Richard nie wirklich gemocht hatten. Ja, Cass hatte recht gehabt. Liebe machte blind. Und dumm.

An ihrer Haustür klingelte es. Richard. Wahrscheinlich kam er zurück, um ihr zu erzählen, wie leid es ihm täte, dass er all die bösen Worte gar nicht ernst gemeint hätte. Er würde hierbleiben und helfen, das Zelda's wieder aufzubauen.

Du kannst ihn nicht wieder zurücknehmen, ermahnte sie sich. Du bist schon zwei Mal auf ihn hereingefallen. Bitte nicht noch ein drittes Mal.

Sie dachte an den gehässigen Ausdruck auf seinem Gesicht, als sie sich immun gegenüber seinem verdammten Charme erwiesen hatte. War sie so unsicher, so verzweifelt auf Liebe aus? Die Antwort war ein eindeutiges Nein. Verdammt, nein, nie wieder.

Wütend marschierte sie zur Haustür und riss sie auf.

Und da standen die Sterling-Schwestern sowie Cass und Ella, und alle hatten etwas mitgebracht: kleine Präsente, Schokolade, Kekse und Wein. „Wir sind hier, um mal wieder eine Party mit dir zu feiern", sagte Samantha.

Freundinnen. Was wäre man ohne sie? Charley spürte, dass ihr Tränen in die Augen schossen. „Ihr kommt genau rechtzeitig. Die Lasagne mit Meeresfrüchten ist gerade fertig."

„Wunderbar", meinte Cecily und reichte Charley eine Flasche Wein. „Dann lasst uns feiern."

Und genau das taten sie dann auch. Sie aßen Charleys Lasagne bis zum letzten Krümel auf und stopften so viel Süßes in sich hinein, dass sie kurz davor waren, in ein Zuckerkoma zu fallen (die Lebkuchenmännchen mit den abgeschnittenen Köpfen kamen besonders gut an). Sie spielten Spiele – Exmänner aufspießen (von Cass kreiert), Galgenmännchen (jedes Wort war ein wenig schmeichelhafter Ausdruck für Richard) und ein Filmquiz, das Samantha sich ausgedacht hatte und bei dem die Bösen das bekamen, was sie verdienten. Anschließend öffnete Charley ihre Geschenke – Schaumbad, Pralinen, noch mehr Kekse und den Hit des Abends: ein Anti-Männer-Spray, das eigentlich eine alte Dose mit Insektenspray gewesen war, die Cecily jedoch mit einem neuen lustigen Aufkleber versehen hatte.

„Ich hoffe, du hast auch eine Dose für dich gemacht", meinte Samantha zu ihrer Schwester.

Cecily streckte ihr die Zunge aus. Dann richtete sie ihre Aufmerksamkeit wieder auf Charley. „Wenn Richard dir das nächste Mal zu nahe kommt, richte einfach die Dose auf ihn."

„Ich bezweifle, dass er mir noch einmal unter die Augen kommen wird", meinte Charley mit einem Anflug von Traurigkeit. „Vor allem, nachdem ich die Weinflasche nach ihm geworfen habe." Aber allein bei der Erinnerung an seinen schockierten Gesichtsausdruck ging es ihr schon wieder besser, und sie konnte sogar darüber kichern.

„Da hätte ich gern Mäuschen gespielt", meinte Cecily.

„Ha, ich kann das sogar noch überbieten", erzählte Cass. „Ich habe Mason mal mit einem Glas voll Mehl beworfen."

Samantha schüttelte den Kopf. „Wir sind schon ein gewalttätiger Haufen."

„Männer treiben uns dazu", erwiderte Cass.

Das letzte Geschenk kam von Ella, und es war im wahrsten Sinne die Krönung. Charley las die Worte, die auf dem silbernen Anhänger eingraviert waren: *Bleib dir treu,* und brach prompt wieder in Tränen aus.

„Dies über alles: Sei dir selber treu", zitierte Samantha aus Hamlet.

„Und falls dir das einmal schwerfallen sollte, ruf eine von uns an. Wir helfen dir da durch", fuhr Samantha fort. „Dafür sind Freunde schließlich da", sagte sie noch einmal.

„Genau." Cass nickte. „Männer können kommen und gehen, aber Freundschaften bleiben bestehen."

„Auf die Freundschaft", sagte Cecily und hob ihr Glas.

„Auf die Freundschaft", stimmten die anderen ein.

Ja, das war alles, was sie brauchte, redete Charley sich ein. Gute Freundinnen.

Aber als sie später endlich im Bett lag, erinnerte sie sich daran, dass es ein paar Dinge gab, für die Männer doch noch gut waren. Ja, sie hatte ihre Freundinnen, und die waren einfach fantastisch, aber wenn es darum ging, mit jemandem seine Träume zu teilen und sich ein gemeinsames Leben aufzubauen (und ein Sexleben), dann war eine Ehe immer noch das Allerbeste. Jedenfalls für sie. Egal, wie viele Partys sie auch für sich selbst organisierte, egal, wie viele Freundinnen sie hatte, am Ende ging sie schließlich doch allein ins Bett.

Vielleicht würde sie immer allein bleiben. Sie umarmte das Kissen und ließ den Tränen freien Lauf.

17. KAPITEL

Es war Donnerstagabend, und Ella war gerade dabei, die Kasse abzurechnen, als jemand an die Tür von Gilded Lily's klopfte. Manchmal hatten gute Kundinnen ein akutes Kleidungsproblem und brauchten nach Feierabend noch Hilfe, und normalerweise öffnete Ella dann die Tür. Aber heute stand ihr wirklich nicht der Sinn danach. Sie war fix und fertig und hatte keine Lust mehr, mit wem auch immer zu sprechen.

Es war ein langer Tag gewesen. Dass Danis Brautjungfern vorbeigekommen waren, um ihre Kleider abzuholen, war heute der einzige Lichtblick gewesen. Hildy Johnson hatte hereingeschaut, weil sie auf der Suche nach einem Kleid für eine Weihnachtsfeier war. Leider beharrte sie standhaft darauf, eine Nummer schmaler zu sein, als sie in Wirklichkeit war. Dadurch passte natürlich nichts, und schließlich zog sie beleidigt ab. Darla, die Schwester des Bürgermeisters, hatte eine Kette mit einem kaputten Verschluss zurückgebracht. Sie hatte keine Rechnung mehr – kein Wunder, denn es war zwei Jahre her, dass Ella ihr die Kette verkauft hatte. Zwei Schnäppchenjägerinnen waren eine geschlagene Stunde durch den Laden gestreift, hatten Fragen gestellt und sich eine kostenlose Stilberatung geben lassen und waren dann verschwunden, ohne auch nur einen Cent im Laden zu lassen. Natürlich passierte das im Einzelhandel ständig, aber es war entmutigend, wenn man so viel Zeit und Energie investierte, um Menschen zu helfen, und dafür letztlich nichts dafür zurückbekam. Schließlich war Charley vorbeigekommen, um sich mit einem Einkauf über ihre Schicksalsschläge hinwegzutrösten. Sie hatte wirklich ein kleines Vermögen ausgegeben und war schließlich mit einem Lächeln gegangen, das allerdings nicht bis zu ihren Augen vorgedrungen war.

Ella fand es äußerst deprimierend, das mitanzusehen. Zum Teil, weil sie Mitleid mit ihrer Freundin hatte, aber auch, weil sie das Gefühl bekam, dass Charley ihr in gewisser Weise einen Spiegel vorhielt. Würde ihre eigene Zukunft auch aus Einsamkeit und Enttäuschung bestehen? Aus Frusteinkäufen?

Seufzend blickte sie von ihrer Arbeit auf und stellte fest, dass der Spätankömmling keine Frau, sondern ein Mann mit dunklem Haar und betörend dunklen Augen war. Oh nein. Was wollte er von ihr? Eine Zeile aus dem Weihnachtslied „Jingle Bells“ kam ihr in den Sinn. *Oh, what fun it is to ride in a one-horse open sleigh.* Nein, nein, nein. Es würde keine weitere Fahrt in ihrem Schlittenbett geben.

Ella öffnete die Tür und stand einfach nur da, unfähig, etwas zu sagen. Irgendwie waren ihr Verstand und ihr Mund nicht miteinander verlinkt.

Wie sich herausstellte, brauchte sie auch gar nichts zu sagen, denn Jake sprach zuerst. „Ich dachte, dass du vielleicht nach der Arbeit etwas vorhast, aber ich wollte dich bitten, ob du erst nach Hause kommen kannst. Dort habe ich etwas für dich.“

„Was?“

„Komm mit heim, dann wirst du schon sehen.“

Heim, das war eine interessante Wortwahl in Anbetracht der Tatsache, dass das Haus nicht mehr ihr Heim war.

„Machst du das, El?“

Er sah so ernst aus.

Na und? Er wirkte immer so, als würde er das, was er sagte, ernst meinen.

Aber sie war es leid, das Haus zu meiden, und außerdem sah sie Tiny kaum noch. „Okay.“

Jake grinste wie ein Schuljunge, der gerade seine Mom mit einem tollen Bild zum Muttertag beglückt hatte. „Gut. Ich warte im Wagen auf dich.“

Ella schloss die Tür hinter ihm und merkte, dass sie lächelte. *Was gibt es da zu lächeln? Es hat sich nichts geändert. Niemand hat sich geändert. Menschen ändern sich nicht.*

Scrooge hat es getan. Aber Scrooge, aus der Weihnachtsgeschichte von Charles Dickens, war ja auch keine reale Person.

Seufzend holte Ella ihre Handtasche, schloss den Laden ab und stieg zu Jake in den Wagen. Er hatte das Radio auf seinen Lieblingssender eingestellt, einen, der um diese Jahreszeit vor allem Weihnachtslieder spielte, und im Moment sangen die Rascal Flatts gerade „I'll Be Home for Christmas". Doch sie fuhr nicht heim. Sie fuhr nur in ein Haus, das bereits verkauft war. Würde man singen *I'll be at a house for Christmas*, würde das nur halb so nett klingen.

Irgendwann wirst du auch ein Heim haben, redete sie sich ein und schaltete das Radio aus. Ihre Ehe mit Jake war wohl nur eine Art Probeehe gewesen. Irgendwann würde sie dann eine echte Ehe führen. Vielleicht würde sie auch so enden wie ihre Mutter, die Männer auf Distanz hielt und lediglich Freundschaften mit ihnen pflegte. Eine alleinerziehende Mutter sein, die ihre Tochter herumkommandierte.

Oh, oh, wo war das denn auf einmal hergekommen? Sofort schob Ella diesen illoyalen Gedanken beiseite. Ihre Mutter kommandierte sie nicht herum. Sie gab ihr nur Ratschläge. Gute Ratschläge.

Dabei konnte sie sich gut vorstellen, was für einen Ratschlag ihre Mutter ihr geben würde, wenn sie jetzt hier wäre. *Geh nicht mit ihm ins Haus. Was denkst du dir dabei?*

Oh, what fun it is to ride … Nein, nein. Das war keine gute Idee.

Im Wagen herrschte, ganz im Gegensatz zu früher, angespannte Stille, aber da waren sie ja auch noch glücklich zusammen gewesen.

Ella seufzte und schaute aus dem Fenster auf die Häuser an der Straße. Jedes einzelne Haus war weihnachtlich geschmückt. Die Bennetts hatten das Licht im Wohnzimmer an, und durch das Fenster konnte sie sehen, wie Cheron und Harold ihren Baum schmückten. Den vielen Autos nach zu urteilen, die an der Straße geparkt waren, feierten Sam Moyle, ihr ehemaliger Mathelehrer, und seine Frau wohl eine Party, und sein Bruder Ben, der nebenan wohnte, spazierte gerade über den Rasen.

Neben ihm seine Frau Marliss, die einen großen Teller mit Weihnachtsplätzchen in der Hand hielt. Alle waren in Weihnachtsstimmung. Ella wünschte, auch sie könnte sich freuen.

Je weiter sie ihre Straße entlangfuhren, desto weiter auseinander waren die Häuser gebaut worden, entsprechend größer waren die Gärten. Am Ende stand ihr Haus. Ella wünschte, sie hätten inzwischen auch … Weihnachtsbeleuchtung aufgehängt! Genau das hatte Jake getan. Mit Tränen in den Augen drehte Ella sich zu ihm herum und stellte das Offensichtliche fest: „Du hast die Lichterketten aufgehängt."

Er lächelte sie liebevoll und zärtlich an. „Ich dachte, das gefällt dir vielleicht."

Natürlich. „Danke", murmelte sie. Irgendwie wirkte ihre Dankbarkeit fehl am Platz und ein bisschen peinlich. Warum dankte sie ihm? Und warum machte er das überhaupt? Sie waren nicht verheiratet. Das Haus war verkauft. Das war doch alles verrückt.

Im Inneren empfing sie der Duft von Zwiebeln. Fragend sah sie zu Jake.

„Ich habe Abendessen gemacht", sagte er.

„Hackbraten." Das war das Einzige, was er kochen konnte. „Hackbraten und Ofenkartoffeln?"

Er nickte.

Sie liebte Hackbraten. Es war ein Gericht, das unter Mims' Würde gewesen war, ein Armeleuteessen, das sie sich geweigert hatte zu kochen. In Ellas Augen dagegen war ein Hackbraten ein richtiges Familienessen.

„Ich dachte, wir sollten wenigstens noch ein Mal gemeinsam essen", sagte Jake und half ihr aus dem Mantel.

Das letzte Abendmahl.

Er ging mit ihr in die Küche, wo der Tisch schon gedeckt und mit einer kleinen Vase mit roten und weißen Rosen dekoriert war. Sogar die Tischdecke, die sie vor drei Jahren auf einem Flohmarkt erstanden hatten, hatte er aufgelegt.

„Setz dich", sagte er.

Ella nahm Platz, während Tiny sich zu ihren Füßen niederließ. Dann sah sie zu, wie Jake ihr Hackbraten und Ofenkartoffeln, zusammen mit den Beilagen, auffüllte. Und dazu einen Salat aus dem Delikatessenladen. Salate, und mochten sie auch noch so einfach zuzubereiten sein, stellten eine zu große Herausforderung für Jake dar. Anschließend zog er eine Flasche Champagner aus dem Kühlschrank.

„Champagner?", fragte sie. Es gab doch gar nichts zu feiern.

„Warum nicht?" Er schenkte ihre Gläser voll. Dann setzte er sich Ella gegenüber an den Tisch und hob das Glas.

„Worauf trinken wir?"

Schulterzuckend meinte er: „Auf glücklichere Zeiten, vergangene und zukünftige."

Das war okay. „Auf glücklichere Zeiten", wiederholte sie und stieß mit ihm an.

Der Hackbraten war köstlich, mit klein geschnittenen Paprika und Zwiebeln gewürzt und mit Barbecuesoße überzogen. Jakes Hackbraten würde sie vermissen. Sie würde eine Menge Dinge vermissen, aber ohne ihn war sie besser dran. Trotzdem, in diesem Moment war es schwierig, sich daran zu erinnern, und mit jedem Bissen, den sie aß, wuchs das schlechte Gewissen. Was natürlich lächerlich war. Sie hatte keinen Grund, ein schlechtes Gewissen zu haben. Sie hatte in dieser Beziehung ihr Päckchen zu tragen gehabt, von acht bis um fünf gearbeitet, fünf Tage die Woche. Und sie war nicht hinter anderen Männern hergelaufen.

„Warum machst du das hier?", fragte sie.

„Ich dachte, dass dies vielleicht unsere letzte Chance ist, einmal miteinander zu reden."

„Es gibt nichts mehr zu bereden. Dafür ist es zu spät."

Jake legte seine Gabel zur Seite und lehnte sich auf seinem Stuhl zurück. „Es ist nie zu spät. Ich habe dich immer geliebt, und ich liebe dich noch immer. Das weißt du."

„Weiß ich das?"

Er runzelte die Stirn. „Du hast einmal an mich geglaubt. Warum hast du damit aufgehört?"

Jetzt legte Ella ihre Gabel zur Seite. „Das fragst du noch? Du weißt genau, warum. Man konnte dir nicht trauen."

„Ich war dir nie untreu. Ich habe versucht, dir das zu erklären."

Ach ja? Sie verdrehte die Augen.

„Aber du hast auf deine Mutter gehört statt auf mich."

„Meine Mutter hatte recht", erwiderte sie hitzig.

„Warum? Nur weil sie deine Mutter ist?"

„Nein, weil sie Beweise hatte."

„Diese Bilder sahen wie Beweise aus, weil du es so sehen wolltest. Du hast dich entschieden, ihr und nicht mir zu glauben. Was meinst du, was das für mich als Mann für ein Gefühl ist? Ich weiß, dass du deine Mom liebst. Aber du hast versprochen, mit mir zusammen ein Leben aufzubauen. Doch das hast du nicht getan. Du hast immer deine Mutter in unsere Beziehung mit eingebracht. Wenn sie mich gemocht hätte, wäre das vielleicht noch okay gewesen. Aber das hat sie nie getan."

„Ich …" Ella hielt inne, weil sie auf einmal nicht wusste, was sie darauf sagen sollte.

„Erinnerst du dich daran, wie glücklich wir waren?"

Die Erinnerungen daran kamen häufiger, als ihr lieb war.

„Wir könnten uns immer noch ein wunderbares Leben zusammen aufbauen."

Irgendwo, ganz tief in ihr drinnen, verborgen hinter all dem Schmerz und der Wut, flackerte etwas auf, so wie eine kleine Kerze, die entschlossen schien, die Dunkelheit fernzuhalten.

„Und das würde ich immer noch gern tun. Ich glaube, du auch, El, aber dafür musst du ein paar grundlegende Entscheidungen treffen."

„Was für Entscheidungen?", fragte sie misstrauisch.

„Du musst entscheiden, auf wessen Seite du stehst: auf der deiner Mom oder auf meiner."

„Ich habe nie für irgendjemanden Partei ergriffen", protestierte sie.

„Oh doch, das hast du. Wenn es darum ging, dich für eine Seite zu entscheiden, hast du dich immer auf die Seite deiner Mutter geschlagen."

„Das stimmt nicht!"

„Doch, El, und das weißt du auch. Du hast in der Kirche vor Gott und all unseren Freunden geschworen, in guten wie in schlechten Zeiten zu mir zu stehen, aber letztendlich hast du auf deine Mom gehört. Du hast ihren Worten mehr Gewicht verliehen als meinen, und das nur, weil du dir etwas eingebildet hast. Aufgrund einer Telefonnummer und einer Nachricht sowie ein paar Fotos, die nicht die ganze Wahrheit erzählt haben."

Ella schob ihren Teller von sich fort, denn plötzlich hatte sie keinen Appetit mehr. Eigentlich war ihr fast ein wenig übel. Tränen brannten in ihren Augen, sodass sie Jakes Gesicht nur noch verschwommen wahrnahm. „Sie waren eindeutig genug."

„Jen war nie an mir interessiert. Diese Fotos sind ein Schwindel."

Ella sah ihn abweisend an. Wollte er tatsächlich weiter auf dieser alten Geschichte beharren?

Sie stand auf und wollte gehen, doch Jake hielt sie am Arm fest. „Komm mit und hör dir morgen Abend die Band an, wie sie das Lied spielt, das ich für dich geschrieben habe. Lern diese andere Frau kennen, von der du glaubst, ich hätte was mit ihr gehabt."

Hin- und hergerissen biss Ella sich auf die Lippe.

„Gesteh mir wenigstens das zu, El. Lass mich dir beweisen, dass ich dir niemals untreu gewesen bin."

Misstrauisch musterte sie ihn. „Warum gerade jetzt?" Was sollte das jetzt noch?

„Weil ich möchte, dass du die Wahrheit erfährst. Verdammt, ich hätte das schon damals, als die Sache losging, tun sollen, aber ich war wütend. Und stolz. Zu stolz, um zu bitten. Aber inzwischen ist mir bewusst geworden, dass mein Stolz absolut unwichtig ist. Du bist mir wichtig. Also, kommst du? Tust du das noch für mich?"

In Ordnung. Das konnte sie ihm wohl nicht abschlagen. Sie nickte.

Jake lächelte. „Gut." Dann schob er ihr den Teller wieder hin. „Tiny freut sich bestimmt auch darüber, aber ich habe das für dich gekocht."

Schweigend beendeten sie das Essen. Fast rechnete Ella schon damit, dass Jake jetzt wieder den Eierpunsch hervorholen und versuchen könnte, sie zu küssen, irgend so etwas, doch stattdessen sagte er einfach nur: „Warum schaust du nicht ein bisschen fern, während ich hier aufräume?"

„Ich glaube, ich gehe mit Tiny raus", sagte sie. Tiny brauchte den Auslauf, und sie musste über eine Menge Dinge nachdenken.

Am Freitagabend, als sie ins Red Barn kam, gab es noch weit mehr, worüber sie nachdenken musste. Irgendwie fühlte sie sich nicht richtig wohl, als sie sich zu den anderen Frauen gesellte, die am Stammtisch der Band saßen. Diese Frauen standen zu ihren Männern. Sie war die Abtrünnige gewesen.

„Hallo, Ella", begrüßte Larrys Freundin Chrissie sie. „Schön, dass du zurück bist."

Sie war ja nicht wirklich zurück. Sie war einfach nur … hier. Sozusagen. Seit den guten alten Tagen, als sie an den Wochenenden stets mit Jake mitgegangen war, hatte sich wenig geändert. Damals hatte sie hier mit den anderen Frauen viel Spaß gehabt. Ins Red Barn kamen immer noch mehr oder weniger dieselben Leute: Cowboys und Farmer, die hier die Woche ausklingen ließen. Der alte Holzfußboden war auch immer noch derselbe, abgetreten und aufgerissen. Die Lampen auf den Tischen waren immer noch billig, und an der Bar war immer noch die Hölle los.

Am Tisch der Band gab es allerdings eine kleine Veränderung: Ein neues Mitglied hatte sich zu Chrissie und Taylor, der Frau von Guy, gesellt. Das musste Tims neue Freundin sein, obwohl Ella Schwierigkeiten hatte, sich ihn mit dieser toughen Frau vorzustellen. Sie hatte kurze Haare, trug Jeans und ein schwarzes T-Shirt und war die einzige Frau am Tisch, die sich nicht die Mühe gemacht hatte, sich zu schminken. Sie war nicht richtig dick, aber sie war auch keins von den zierlichen Mädchen, auf die Tim normalerweise flog.

„Das ist Tanya", stellte Chrissie sie vor. „Jens Partnerin."

Partnerin. Partnerin? Partnerin! „Du meinst … ich meine …" Ella spürte, dass ihr die Röte in die Wangen schoss.

„Du meinst was?", fragte Tanya und kniff die Augen zusammen.

„Ich meine, ich dachte …" Ella legte eine Hand auf den Mund. Sollte sie lachen oder weinen? Sie wusste es nicht, aber sie wusste, dass sie sich auf ihre Manieren besinnen sollte. „Ach, du meine Güte, es ist schön, dich kennenzulernen."

Tanya schaute sie an, als wäre sie verrückt geworden.

Von der Bühne her ertönte Jakes Stimme. „Und jetzt möchte ich ein Lied spielen, das ich für jemanden ganz Besonderen geschrieben habe. Es trägt den Titel: ‚Himmel auf Erden'."

Ella ließ sich auf den Stuhl neben Chrissie fallen und lauschte dem Lied.

„Manchmal ist die Welt die reinste Hölle. Und der Himmel scheint so fern. Aber jedes Mal, wenn ich dich in meinen Armen hielt, war das wie der Himmel auf Erden." Während Jake sang, schaute er Ella so liebevoll an, dass sie sich fragte, wieso sie so verrückt gewesen war zu glauben, dass sie nicht zusammengehörten. Wie hatte sie nur ihre Liebe – fast – der Eifersucht opfern können?

„Wenn ich in deiner Nähe bin, dann fühle ich mich wie im Himmel. Es gibt keine Hölle, die ich nicht durchqueren würde, um den Himmel auf Erden zu finden, den Himmel auf Erden mit dir", endete Jake.

Sie waren durch die Hölle gegangen. Ihretwegen. Nachdem der Applaus verklungen war, legte die Band eine Pause ein, und einen Moment später kam Jake zu ihr und umarmte sie. „Hallo, El. Wie ich sehe, hast du Tanya schon kennengelernt."

Tanya schien darüber nicht allzu glücklich. Wieder errötete Ella. Mehr als ein Nicken brachte sie nicht zustande.

Jetzt tauchte auch die Keyboardspielerin auf. „Und das ist Jen."

„Hallo", begrüßte Jen sie. Sie setzte sich und legte einen Arm um Tanyas Schultern. Dann grinste sie Ella an. „Ich bin deine Nebenbuhlerin. Nett, dich kennenzulernen"

„Glaubst du immer noch, dass ich dich betrogen habe?", fragte Jake leise.

Was war sie nur für ein Dummkopf gewesen! Was für ein blöder, unsicherer, misstrauischer Dummkopf. „Oh, Jake!" Sie schlang die Arme um ihn und küsste ihn.

„Nehmt euch ein Zimmer", witzelte Larry.

„Du bist so ein unsensibler Trottel", schimpfte seine Freundin und gab ihm einen Klaps auf den Arm.

Längst nicht so ein Trottel, wie Ella es gewesen war.

„Aber was ist mit den Fotos, die der Detektiv gemacht hat?", fragte sie später, als sie und Jake nach Hause fuhren.

„Der Detektiv, den deine Mutter angeheuert hat?"

Die Verbitterung, die noch immer in seiner Stimme mitschwang, bereitete Ella ein schlechtes Gewissen. Sie hatte Mims erlaubt, ihre Grenzen zu überschreiten, und das war nicht in Ordnung gewesen. Trotzdem. „Du musst zugeben, dass es verdächtig aussah."

„Für jemanden, der sowieso misstrauisch war", erwiderte Jake, nicht bereit, Nachsicht zu üben, weder mit ihr noch mit ihrer Mutter. „Erinnerst du dich, dass ich Papiere in der Hand hielt? Auf einem der Fotos konnte man das erkennen. Es waren Notenblätter."

Das hatte er behauptet. *Ich habe nur ein paar Notenblätter abgeben wollen.*

Sie erinnerte sich auch, was sie geantwortet hatte. „Und wieso braucht man über eine Stunde, um ein paar Notenblätter abzugeben?"

An dem Punkt war Jake in die Luft gegangen. Es war der Anfang vom Ende gewesen.

„Ja“, sagte sie jetzt.

„Na ja, genau das habe ich auch getan. Wie ich gesagt habe. Jen bat mich, ob ich ein paar Minuten Zeit hätte, einige der Lieder kurz mit ihr durchzugehen, und das haben wir dann auch getan. Mittendrin fing sie an zu weinen und erzählte mir von ihren Problemen mit Tanya. Ungefähr zwanzig Minuten, bevor ich aufgetaucht war, hatten sie einen heftigen Streit gehabt. Ich habe einfach nur zugehört und ihr gesagt, dass sich bestimmt alles wieder einrenken würde. Als ich gegangen bin, hat sie mich umarmt und sich bei mir bedankt. Wie ich dir also gesagt habe: Es hatte keinerlei Bedeutung.“

Dieses unselige Foto zeigte nur eine freundschaftliche Umarmung, mit der Jen sich bei Jake bedankt hatte. Wie hieß es so schön? Ein Bild sagt mehr als tausend Worte. Tja, und dieses Mal genügten eigentlich nur die Worte: „Es tut mir leid.“

„Ich hätte dir damals schon erzählen sollen, dass Jen nicht auf Jungs steht. Aber, wie ich schon gesagt habe: Ich war sauer. Und weißt du was? Selbst wenn ich es dir erzählt hätte, hättest du mir nicht geglaubt.“

Sosehr Ella auch hasste, es zugeben zu müssen. Vermutlich hatte er recht. Zu der Zeit, als die Sache mit Jen passiert war, hatte sich ihre eigene Unsicherheit schon in abgrundtiefes Misstrauen verwandelt.

„El, es wird immer Frauen geben, die sich mir an den Hals werfen wollen. Das gehört dazu, wenn man so wie ich in der Musikbranche tätig ist. Aber es gibt nur eine Frau, die ich will, nur eine Frau, die ich je gewollt habe, und das bist du.“ Er griff nach ihrer Hand und drückte sie. „Hm“, meinte er nachdenklich. „Ob man daraus vielleicht ein Lied machen kann?“

Am Samstagmorgen rief Axel Ella auf dem Handy an. „Ich dachte, vielleicht hättest du Lust, heute Abend mitzukommen und dir anzuschauen, wie sie die Lichter am großen Weihnachtsbaum anschalten. Ich komme im Laden vorbei und hole dich ab.“

„Tut mir leid", sagte Ella, „ich kann nicht."

„Oh." Axel klang schockiert. „Warum nicht?"

Sie grinste Jake an, der neben ihr in der Küche stand und die Pancakes für ihr Frühstück umdrehte. „Ich bin wieder mit Jake zusammen."

Einen Moment lang herrschte am anderen Ende der Leitung schockiertes Schweigen. „Das ist doch wohl nicht dein Ernst, oder?"

Sie lächelte ihren Exmann an, der von einem bis zum anderen Ohr strahlte. „Ich fürchte doch. Aber vielen Dank für die Einladung."

„Ella, bist du noch ganz richtig im Kopf?", fragte Axel.

Da war sie sich auch nicht ganz sicher, aber sie wusste definitiv, wem ihr Herz gehörte.

„Tut mir leid", meinte sie nur. „Das mit uns beiden hätte sowieso nicht geklappt." Sie fand Jazz noch immer schrecklich.

Gerade war die Familie aus der Kirche zurück, als das Handy von Cass klingelte. Es war ihr Stiefvater Ralph. Wahrscheinlich rief er vom Flughafen an. Er und ihre Mom wollten heute herkommen und mussten einen Zwischenstopp in Detroit einlegen.

„Wie geht's?", fragte sie. Weder Ralph noch ihre Mutter flogen gern, aber Mom hatte gesagt, dass nichts sie davon abhalten könnte, zur Hochzeit ihrer Enkelin zu kommen.

„Nicht so gut", antwortete Ralph.

Cass spürte, dass eine dunkle Wolke an ihrem sonnigen Sonntag aufzog. „Was ist los?", fragte sie und fürchtete sich schon vor der Antwort.

„Deine Mutter ist gefallen."

Aus der Wolke kamen Blitz und Donner. Cass ließ sich auf den nächstbesten Stuhl fallen. „Oh nein."

„Was ist los?", fragte Dani, die ihr gegenübersaß.

„Grandma ist gestürzt", sagte Cass und fragte dann Ralph: „Ist sie verletzt?" Dumme Frage. Natürlich war sie verletzt, sonst würde Ralph nicht anrufen.

„Sie hat sich das Handgelenk gebrochen, und das muss am Freitag operiert werden."

Am Tag vor der Hochzeit. Arme Mom. Ich Arme, fügte Cass im Stillen hinzu, als ihr ein neuer, sehr viel egoistischerer Gedanke durch den Kopf schoss. Aus war es mit ihrer moralischen Unterstützung. Sie hatte darauf gebaut, dass ihre Mutter ihr helfen würde, sich zusammenzureißen, während sie sich mit Mason und seiner Familie abplagte. Jetzt war sie auf sich allein gestellt.

Sie schalt sich, weil sie so egoistisch war, und fragte, ob sie ihre Mutter sprechen könnte.

„Leider nicht, sie ist gerade beim Arzt drin", antwortete Ralph. „Wir halten euch aber auf dem Laufenden."

„Danke", erwiderte Cass. „Bitte sag ihr, dass wir sie lieben. Wir werden euch schrecklich vermissen."

„Nicht so sehr wie wir euch", versicherte Ralph ihr.

„Also, was ist passiert?", fragte Dani, nachdem Cass ihr Handy beiseitegelegt hatte.

„Grandma hat sich das Handgelenk gebrochen. Am Freitag wird sie operiert."

Dani sah sie entsetzt an. „Das heißt, sie kommt nicht zur Hochzeit?"

„Sie kann nicht gleich am Tag nach dem Eingriff verreisen", sagte Cass.

„Ohne sie ist es aber nicht dasselbe."

Willie kam aus der Küche hereingeschlendert (immer sein erstes Ziel, wenn sie aus der Kirche zurück waren) und hielt eine Tüte Chips in der Hand. „Wann essen wir?"

„Hier geht es nicht immer nur um dich", fuhr Dani ihn an. An ihre Mutter gewandt, sagte sie: „Vielleicht geht es Grandma ja gut genug, dass sie am Samstag fliegen kann."

Nein, es ging nicht immer nur um Willie, aber es ging definitiv immer um die zukünftige Braut. Cass warf ihrer Tochter einen strafenden Blick zu. Immerhin besaß Dani genügend Anstand, daraufhin zu erröten. „Selbst wenn sie fit wäre, könnten sie es nicht rechtzeitig schaffen."

Dani ließ sich zurück in die Kissen fallen. „Das ist doch Mist."

Das war noch eine dezente Untertreibung. Cass tätschelte ihr Bein. „Keine Sorge. Wir haben zu deinem großen Tag reichlich Familie hier." Die Hälfte davon unerwünscht.

„Ich weiß. Ich finde es nur so schade, dass Grandma nicht dabei sein kann."

Und ich erst! „Ich weiß, und ich weiß, dass auch sie bitter enttäuscht sein wird. Aber Onkel Drew wird alles aufnehmen, sodass sie sich immerhin später noch anschauen kann, wie du zum Altar geführt wirst."

Danis Miene klärte sich wieder ein wenig auf. „Arme Grandma. Ach, Mensch, ich hätte sie wirklich gern dabeigehabt."

Cass umarmte ihre Tochter. „Aber die wichtigsten Menschen werden da sein – du und Mike."

Das entlockte ihrer Tochter ein Lächeln.

„So, komm, jetzt lass uns Essen machen", schlug Cass vor. „Amber, Willie, ihr helft bitte auch."

„Oh, Mom", protestierte Willie. „Ich hasse kochen."

„Aber du liebst es zu essen, und wenn du gut essen willst, wenn wir dich in die große weite Welt entlassen, dann solltest du lieber wissen, wie man kocht. Außerdem gibt es Tacos, und die sind leicht zubereitet."

„Tacos? In Ordnung!"

„Dieses Mal bist du mit Käse reiben dran", informierte Amber ihn. „Ich musste das schon letztes Mal machen."

Willie stöhnte. „Ich kann das nicht. Ich raspele mir jedes Mal die Finger auf."

„Komm, stell dich nicht so an", sagte Cass und riet sich dann dasselbe. Dass ihre Mutter Danis Hochzeit verpassen würde, war nun wirklich nicht geplant gewesen, aber – wie sie auch ihren Kindern immer wieder sagte – nicht bei allen Rezepten kam das heraus, was man sich erhofft hatte.

Das sagte sie auch, als ihr Bruder anrief, um sie zu trösten.

„Wow, Schwesterherz, du nimmst das ja erstaunlich gelassen auf“, sagte er.

Auf jeden Fall gelang es ihr, so zu tun, als wäre sie gelassen.

Als jedoch ihre Freundinnen am Abend zum sonntäglichen Filmabend vorbeikamen, hatte Cass die Nase voll davon, etwas vorzutäuschen.

„Wie schrecklich, dass du deine Mom bei diesem wichtigen Ereignis nicht dabeihast“, fühlte Ella mit ihr.

„Dani ist wirklich sehr enttäuscht“, meinte Cass. „Und ich muss euch sagen, auch wenn ich es ihr gegenüber nicht so gezeigt habe: Ich bin es auch. Ich hatte so darauf gehofft, dass Mom hier wäre, um mir zu helfen, die ganze Sache durchzustehen.“

„Wir stehen dir bei“, versprach Samantha.

„Auf jeden Fall“, pflichtete Charley ihr bei.

„Wo wir gerade vom Durchstehen sprechen. Wie geht es dir?“, fragte Cecily sie.

Charleys Blick wurde eisig. „Mir geht es gut. Ich habe beschlossen, eine Männerhasserin zu werden. Nur schade, dass ich mit einem zusammenarbeiten muss, der das Restaurant wieder aufbaut.“

„Wen hast du denn jetzt engagiert?“, wollte Samantha wissen.

„Masters Construction.“

„Ethan Masters?“ Samantha hob eine Augenbraue.

„Der ist doch neu in der Stadt, oder?“, fragte Cecily.

Samantha nickte. „Und, soweit ich gehört habe, frisch geschieden. Ich habe ihn neulich mal im Bavarian Brews getroffen.“

„Ein echtes Mannsbild, wie ich gehört habe“, meinte Cass und musterte Charley prüfend.

„Hey, du kannst ihn dir gern schnappen, wenn du willst“, sagte die und hob abwehrend die Hand. „Ich dagegen habe für immer die Nase voll von Männern.“

„Man soll niemals nie sagen“, entgegnete Cecily.

„Ja. Man weiß nie, was passiert“, warf Ella ein und strahlte.

Cass warf ihr einen prüfenden Blick zu. „Okay, seit du hier aufgekreuzt bist, benimmst du dich wie eine Frau, die auf eine Diamantmine gestoßen ist. Was ist los?"

„Na ja." Nach einer theatralischen Pause verkündete sie: „Jake und ich sind wieder zusammen."

Diese Ankündigung löste Freudenschreie und Umarmungen aus.

„Ihr zwei gehört zusammen", erklärte Cecily.

„Das haben wir auch beschlossen." Ella senkte den Blick und sah auf einmal ziemlich verlegen aus. „Wisst ihr, ich habe mich in Jake getäuscht. Ich meine, es stimmt, dass er gern flirtet. Aber er hat mich nie betrogen."

„Rieche ich da eine interessante Story?", fragte Samantha.

Ella errötete. „Ich habe am Freitag seine Keyboarderin getroffen. Sie ist mit jemandem … genauer gesagt, mit einer Frau zusammen. Wahrscheinlich ist das der Moment, wo ihr mir alle erklärt: Das haben wir doch gleich gesagt."

„Das würden wir doch niemals tun", meinte Cass.

„Aber wir haben es dir gesagt", fügte Cecily mit einem verschmitzten Grinsen hinzu.

„Ich freue mich, dass Amor es gut mit dir gemeint hat", warf Charley ein. „Jake ist wirklich ein netter Kerl."

Ella nickte. „Ach, wenn wir jetzt doch nur noch einen Weg finden könnten, wie er ein bisschen mehr Geld einnehmen kann."

„Bisher seid ihr doch auch mit dem ausgekommen, was ihr zusammen verdient", meinte Cecily.

„Mag sein. Aber ich finde, Ella hat recht, wenn sie sich Gedanken darüber macht, wie mehr Geld in die Haushaltskasse kommt", sagte ihre Schwester. „Vor allem, wenn ihr Kinder wollt …", fügte sie, an Ella gewandt, hinzu.

„Es wäre schon schwer, mit dem, was wir jetzt an Geld zur Verfügung haben, eine Familie zu ernähren", gab Ella zu. Dabei wurden ihre Wangen noch röter, als sie ohnehin schon waren.

„Eine Familie?" Cecily sah sie neugierig an.

„Ich meine, wir werden bestimmt irgendwann Kinder bekommen", stammelte Ella.

„Bis dahin habt ihr einen Weg gefunden", sagte Charley. „Eins ist jedenfalls sicher: Du wirst eine Menge Tanten haben, die dir unter die Arme greifen können."

Arme Charley, dachte Cass. Es hatte den Anschein, als wäre sie für die Hälfte der Kinder von Icicle Falls lediglich die Tante, und immer, wenn sie ausnahmsweise einmal nicht im Restaurant beschäftigt war, hütete sie die Kinder von ihren Freundinnen. Würde sie jemals eigene Kinder haben, wenn es so weiterging? Cass hoffte es für sie. Hoffte, dass ihre Freundin nicht aufhörte, an die Liebe zu glauben.

Allerdings war sie selbst nicht gerade die Richtige, um Charley diesbezüglich zu bestärken. Sie selbst hatte vor Jahren aufgegeben, an die Liebe zu glauben. Die wurde ohnehin überbewertet.

Mit Glück gingen Kinder daraus hervor, und ihr selbst hatte ein schlechter Deal mit Amor immerhin drei wunderbare Kinder beschert. Jetzt bekam sie auch noch einen netten Schwiegersohn dazu und, irgendwann, sicherlich auch Enkelkinder. Die Hochzeitsvorbereitungen liefen im Moment wie am Schnürchen, und Cass war überzeugt, dass es eine wunderschöne Hochzeit werden würde.

Doch als sie sich *Schöne Bescherung* ansah, den Film, den Cecily diese Woche ausgewählt hatte, konnte sie sich des Gefühls nicht erwehren, dass ihr in den kommenden Tagen womöglich eine Fortsetzung dieses Chaos in der Realität blühte.

18. KAPITEL

Am Montagmorgen traf Ella sich mit Mims im Bavarian Brews, um ihr die große Neuigkeit zu verkünden. Bisher hatte sie allerdings noch nicht den Mut dafür aufgebracht.

„Ella, Schätzchen, was ist los?“, fragte Mims schließlich.

„Los? Nichts.“

Mims hob eine perfekt gezogene Augenbraue. „Ach nein? Mir scheint das aber doch so. Du zappelst herum. Und du hast koffeinfreien Kaffee bestellt.“

Ella holte tief Luft. „Ich habe Neuigkeiten.“ Und es waren gute Neuigkeiten, also sollte sie auch nicht so nervös sein, wenn sie es ihrer Mutter erzählte.

Mims lächelte sie ermutigend an. „Komm schon, Schatz, lass hören.“

„Jake und ich sind wieder zusammen.“

Schlagartig hörte ihre Mutter auf zu lächeln. Stattdessen runzelte sie die Stirn. „Ella, das ist doch wohl nicht dein Ernst.“

Noch nie zuvor war Ella aufgefallen, wie oft sie dieses Stirnrunzeln bei ihrer Mutter schon gesehen hatte. Sie hob ihr Kinn. „Doch.“

„Nach allem, was er dir angetan hat! Bist du verrückt geworden? Du meine Güte, wir müssen dir einen Psychiater suchen.“ Sie holte ihr Handy aus der Tasche. „Ich ruf schnell Gregory an, der soll mir den Namen von seinem sagen.“

„Ich gehe nicht zum Psychiater, und ich werde auch Jake nicht wieder verlassen“, erklärte Ella fest. „Du hast dich in ihm getäuscht, Mims.“

Mims bedachte Ella mit einem ihrer überheblichsten Blicke, die sie sonst nur für absolut inkompetente Verkäuferinnen übrig hatte. „Ach ja?“

„Er hatte nichts mit der Keyboarderin.“

Jetzt hob Mims den Blick gen Himmel, als wollte sie um

Kraft beten, damit sie ihre sture Tochter wieder zur Vernunft bringen konnte. „Ella, Schätzchen, ich weiß ja nicht, was er dir erzählt hat."

„Alles, was diese Bilder nicht ausgesagt haben. Es war ein Fehler, dass ich Jake nie die Chance gegeben habe, die ganze Geschichte zu erzählen."

Sie hatte ihrer Mutter glauben wollen. Und zwar, weil sie schon die ganze Zeit eifersüchtig auf all die Aufmerksamkeiten gewesen war, die Jake von anderen Frauen zuteilwurden. Weil sie schon misstrauisch gewesen war, als sie den Zettel und die Telefonnummer in seiner Tasche gefunden hatte. Das alles schien ihre bösen Ahnungen nur zu bestätigen. Und als sie dann auch noch die verdächtigen Fotos gesehen hatte, hatte sie ihren Verstand und ihr Herz gegenüber allem, was Jake sagen wollte, verschlossen.

„Diese Bilder …"

Ella unterbrach ihre Mutter. „Er hatte keine Affäre mit der Keyboarderin. Sie hat jemand anderes."

„Jetzt vielleicht", gestand Mims zu, „aber damals nicht."

„Damals auch schon. Außerdem steht Jen nicht auf Männer. Sie hat eine Freundin."

„Eine … Freundin?"

„Ich hätte mich nie von Jake scheiden lassen sollen."

„Oh doch, das war genau richtig", beharrte Mims. „Wenn sie es nicht war, dann war es eine andere. Und er wird nie Geld haben. Er wird es nie zu etwas bringen."

„Im Leben geht es um mehr als nur um Geld", widersprach Ella.

Schon schoss die Augenbraue ihrer Mutter wieder in die Höhe. „Wann hast du das letzte Mal versucht, ohne Geld zu leben?" Ehe Ella etwas sagen konnte, fügte sie hinzu: „Ich werde nicht immer als Sicherheitsnetz für dich da sein, Ella. Ich möchte doch nur, dass du in sicheren Verhältnissen lebst."

„Das tue ich. Jake ist derjenige, der mir Sicherheit und Geborgenheit bietet."

„Glaubst du wirklich, dass du mit so einem selbstsüchtigen Mann, der immer nur an sich denkt, sicher und in Frieden leben kannst?"

Auf einmal brach Brandon Wallace, einer von Jakes Softball-Mitspielern, der mit Todd Black zusammen am Tisch hinter ihnen saß, in lautes Gelächter aus.

Mims schüttelte den Kopf. „Männer wie er benutzen andere Menschen doch nur. Sie mögen alles sagen, was du dir so wünschst. Leider folgen dem aber keine Taten."

„Redest du von Jake oder meinem Vater?", konterte Ella.

„Von beiden."

Erneut hörte Ella Lachen vom Tisch hinter ihnen. Und noch etwas: irgendeinen Countrysong.

„Ella, Schätzchen …"

Ella hob die Hand, um sie zum Schweigen zu bringen. Diese Stimme klang verdächtig nach Jake. Sie stand auf und stellte sich neben den Tisch. Dabei versuchte sie, verstohlen über Brandons Schulter zu blicken. Tatsächlich, da waren Jake und seine Band auf YouTube. Wann hatte er das gemacht? Und was war das? Jetzt stand auch Mims neben ihr.

Brandon warf einen Blick über die Schulter, entdeckte sie und machte auf einmal große Augen – fast wie ein Hirsch, der in die Scheinwerfer eines Autos schaut. „Ella! Oh, hallo", sagte er und schloss hastig die YouTube-Seite.

„Brandon, das war doch Jake", sagte Ella.

Mit weit aufgerissenen Augen schaute er zu seinem Kumpel.

Okay, was war das Problem? Jake war auf YouTube. Das waren doch erfreuliche Neuigkeiten, oder?

„Äh, nein, das war … jemand anderes", stammelte Brandon.

„Machen Sie das wieder auf", befahl Mims.

Brandon und Todd tauschten einen Blick aus, der nichts Gutes verhieß, doch er gehorchte.

Tatsächlich, das war Jake. „Oh, jetzt wird er berühmt", rief Ella. Noch eine Sache, in der ihre Mutter sich getäuscht hatte.

Dann allerdings hörte sie den Text. Was war das denn für ein abartiges Lied? Ella spürte, wie ihre Mutter neben ihr erstarrte. Entsetzt lauschte sie den bösartigen Worten, hörte, dass Jake ihre Mutter zum Mond wünschte und dem Weihnachtsmann Bier dafür bot, wenn er Mims einfach auf seinen Schlitten verfrachten und davonfliegen würde. Das sollte lustig sein?

Mims blieb nicht, um sich die zweite Strophe anzuhören.

„Ich habe euch nicht hinter uns sitzen sehen. Tut mir leid, Ella“, meinte Brandon niedergeschlagen.

Es tat ihm nur halb so leid, wie es ihrem Ehemann leidtun würde. Besser gesagt, ihrem Exmann. Und das würde er auch bleiben.

Als Ella nicht nach Hause kam, nahm Jake an, dass sie und ihre Mutter einkaufen waren. Aber die Zeit verging, und Ella tauchte nicht auf. Seine Gitarrenschüler kamen und gingen, und noch immer waren er und Tiny allein im Haus. Schließlich, es war schon fast Abendbrotzeit, war er hungrig, und zwar nicht nur in Bezug aufs Essen.

Er rief sie auf ihrem Handy an und wurde mit einem kühlen „Hallo“ begrüßt.

Was war denn nun schon wieder los? „Hallo, wo steckst du denn?“

„Ich bin bei Mims.“

„Seid ihr zwei nach Seattle gefahren?“

„Nein, ich bin hier bei ihr zu Hause.“

„Oh.“ Er war so enttäuscht und verwirrt, dass es ihm schwerfiel, mehr zu sagen. Schließlich gelang es ihm aber doch. „Äh, und wann kommst du nach Hause?“

„Heute Abend nicht.“ Die Worte kamen so eisig heraus, dass ihm fast die Ohren abfroren.

„Okay, was ist los?“

„Was los ist? Das fragst du noch?“

„Ja.“ Wie sollte er sonst herausfinden, was zwischen gestern Abend und heute passiert sein könnte?

„Na, dann schau doch mal auf YouTube nach. Da könntest

du einen Hinweis finden", sagte sie. Eine Sekunde später hörte Jake nur noch das Freizeichen.

Mehr brauchte er auch nicht zu hören. Jetzt wusste er, wo das Problem lag. Irgendwie, irgendwo hatte sie ihn DAS LIED singen hören. Da sie den ganzen Tag lang mit ihrer Mutter zusammen gewesen war, bedeutete das, dass auch Schwiegermama DAS LIED gehört hatte. Scheiße.

Mit seinem Laptop auf den Knien setzte er sich auf die Couch und lud „Merry Christmas, Mama" hoch. Als er sah, wie viele Menschen das Lied bereits angeklickt hatten, fiel ihm die Kinnlade herunter. Das war toll – in einem Paralleluniversum. Hier, in Jakes Welt, war es ein absolutes Desaster. Da stand er, der große, dumme Idiot mit der Gitarre, und machte sich vor aller Welt über seine Schwiegermutter lustig. Frustriert schloss Jake den Laptop und ließ sich ins Sofa zurückfallen. Was sollte er jetzt machen?

Die Invasion hatte begonnen. Louise, die ehemalige Schwiegermutter von Cass, und Maddy, ihre Exschwägerin, kamen am Vormittag in die Bäckerei, um zu verkünden, dass sie eingetroffen waren. Tage zu früh. „Wir wollten die Brautparty nicht verpassen", erklärte Louise. Ehe Cass sich versah, hatten sie Dani entführt, um mit ihr einkaufen und essen zu gehen. Cass wurde nicht eingeladen, was, wie sie sich einredete, völlig in Ordnung war, da sich ja jemand um die Kunden im Laden kümmern musste. Trotzdem war sie brüskiert und fragte sich, wie oft sie im Laufe der nächsten Tage noch Ähnliches erdulden musste.

Die nächste Tortur begann, als Mason zusammen mit seiner Vorzeigefrau, die ebenfalls unbedingt bei der Brautparty dabei sein wollte – oh, Freude! –, zu Hause auftauchte. Er sah noch genauso fit aus wie damals, am Tag, als sie geheiratet hatten. Nur die ersten grauen Strähnen in seinem braunen Haar verrieten, dass seitdem doch schon geraume Zeit vergangen war. Allerdings behandelte Väterchen Zeit ihn sehr viel gnädiger als Cass. Männer. Immer hielten sie zusammen.

Babette, die neben ihm stand, war mit ihrer zierlichen Figur und dem schulterlangen, perfekt geschnittenen Haar mit den blonden Strähnchen ein hübsches Anhängsel. Und die Tatsache, dass sie ihren Hund, Cupcake, mitgebracht hatten, war ein weiterer Anlass zu unbändiger Freude.

Wenn man das überhaupt Hund nennen kann, dachte Cass und schüttelte sich innerlich. Dieser kleine kläffende Zwergspitz erinnerte eher an eine etwas überdimensionale Puderquaste. Cass war kein Fan von kleinen Hunden. Ihr gefielen echte Hunde, zum Beispiel Ellas Bernhardiner Tiny, viel besser. Das waren Hunde, die wenigstens noch einen Sinn im Leben hatten und den Menschen nicht einfach nur furchtbar auf die Nerven gingen.

„Oh, ihr habt Cupcake mitgebracht“, sagte Amber, als Babette mit dem albernen Hund auf dem Arm – als wäre er ein Baby – hereinkam. Amber streckte die Hand aus, um das Viech zu streicheln, doch der Hund knurrte und bellte sie an. Sofort riss Amber die Hand zurück.

„Nein, Cupcake, das ist Familie. Denk dran!“, versuchte Babette, das Minibiest zu beruhigen. „Sie weiß nicht, wo sie ist.“

Sie ist in Icicle Falls, ein ungebetener Gast in meinem Haus. Und auch noch für länger als eigentlich abgesprochen. Cass fragte sich, ob sie eigentlich geistig umnachtet gewesen war, als sie zugestimmt hatte.

„Sie braucht ein wenig Zeit, um sich einzugewöhnen. Sonst ist sie ganz lieb“, erklärte Babette.

Verglichen mit wem?

„Danke, dass ihr uns aufnehmt“, sagte Mason.

Immerhin bemühte er sich, höflich zu sein. Das konnte Cass auch. „Kein Problem“, log sie. Dani hatte ihr Zimmer hergegeben und schlief in Ambers, ein Opfer, das zu bringen sie gern bereit war, wenn sie dafür ihren Vater hier hatte. Somit war ihr Haus voll. Allerdings nicht so voll, wie es gewesen wäre, wenn ihre Mom sich nicht ihr Handgelenk gebrochen hätte. Wenn Mom und Ralph hätten kommen können, hätten Mason und

Bimbette sich mit dem Schlafsofa im Wohnzimmer begnügen müssen.

Aber wenigstens war Cass dieser Anblick jeden Morgen erspart geblieben. „Dani zeigt euch euer Zimmer. Das Abendessen ist gleich fertig." Anschließend würden die Frauen sich zu Danis Brautparty aufmachen, und die wollte Cass auf jeden Fall genießen, auch wenn es sie umbrachte.

Zum Abendessen gab es Lasagne mit Knoblauchbrot und Salat. Babette, mit ihrer Kleidergröße sechsunddreißig, verzichtete auf die Lasagne, knabberte ein wenig Salat und verfütterte den Großteil des Knoblauchbrotes an den Hund, der an den Tisch kam und kurz darauf bei ihr auf dem Schoß saß.

„Du magst wohl keine Lasagne", sagte Cass und versuchte – vergeblich –, nicht beleidigt zu sein.

Babette zog ihre kesse kleine Nase kraus. „Die macht ja leider so dick."

Und genau deshalb hatte Babette Kleidergröße sechsunddreißig und Cass … nicht. Sie hätte sich selbst auf Diät setzen sollen, als sie das erste Mal die frohe Kunde vernommen hatte, dass diese Barbiepuppe mit ihren blonden Strähnchen zu Besuch kommen würde.

Ach, was soll's, dachte sie. Sie musste sich für niemanden aufdonnern.

Dieser letzte Gedanke war trotzdem nicht wirklich tröstlich. Resigniert füllte sie sich eine zweite Portion Lasagne auf.

Nach dem Essen beschäftigten Mason und Willie sich damit, einen Männerfilm auszusuchen, während die Frauen die Küche aufräumten. Babette deckte den Tisch ab, während sie stolz von den „unglaublichen" Murano-Gläsern erzählte, die sie auf einer Italienreise mit Mason erstanden hatte. Cupcake half, indem er versuchte, in den Müll zu krabbeln. Und Cass erinnerte sich immer wieder daran, dass sie ja nur für ein paar Tage im Haus blieben.

Anschließend machte Cass sich mit Dani, Amber und Miss-Größe-Sechsunddreißig auf, um ihre Exschwiegermutter und

Exschwägerin in Olivias Pension einzusammeln. Von dort wollten sie zusammen zu Samantha fahren, wo sie Danis großen Abend feiern wollten.

Ihre Exverwandten standen bereits vor der Tür, als Cass vor der Pension vorfuhr. Maddys Haar war sehr viel heller als früher, und es sah so aus, als hätte sie auch einiges an Gewicht zugenommen. Sie hatte sich kurz vor Cass und Mason scheiden lassen. Und genau wie Cass hatte sie sich ihres Ehemannes entledigt, dafür aber einige Kleidergrößen zugenommen. Louise dagegen war noch dünner geworden. Sie sah aus wie ein Stock in einem Wollmantel. Sogar ihre Lippen waren extrem schmal. Was vermutlich etwas damit zu tun hatte, dass sie stets und ständig grimmig zusammengepresst waren.

„Es ist fast sieben", sagte Louise vorwurfsvoll, als sie auf den Rücksitz kletterte. „Wir kommen zu spät."

Ach ja! Cass erinnerte sich noch gut an die bezaubernd kritische Haltung ihrer Exschwiegermutter. „Keine Angst, Samantha wohnt fünf Minuten von hier. Wir kommen genau rechtzeitig", versicherte sie Louise.

Die Worte an sie waren verschwendet. Ihre Exschwiegermutter hörte gar nicht zu. Stattdessen begrüßte sie begeistert ihre Enkelin. „Und hier ist ja unsere Braut. Ich freue mich ja schon so sehr darauf, all deine Freundinnen kennenzulernen, Schätzchen."

Und die freuten sich – nicht –, sie kennenzulernen.

„Danke, dass ihr uns abholt", sagte Maddy. Sie musterte das Innere des Wagens. „Ist das dasselbe Auto, das du hattest, als du noch mit Mason zusammen warst?"

Wäre das nicht ein schönes Stück Tratsch, das du all deinen Freundinnen erzählen könntest, wenn du wieder zu Hause bist? dachte Cass. „Nicht ganz. Wie ist es dir ergangen, Maddy?"

„Wundervoll. Ich habe mich gerade verlobt."

„Na dann, herzlichen Glückwunsch", meinte Cass, wild entschlossen, großmütig zu sein.

„Wie ist es mit dir? Hast du inzwischen endlich jemand anderen gefunden?"

Maddy besaß die Gabe, ihre Worte sehr geschickt auszuwählen. „Ich habe mich gar nicht auf die Suche begeben. Ich hatte viel zu viel zu tun mit meinem Geschäft", erklärte Cass

„Also immer noch Single? Na, vielleicht fängst du ja den Brautstrauß. Dani, du musst ihn in Richtung deiner Mutter werfen."

Ach, wie rührend. „Ich denke, wir lassen da lieber die Jüngeren ran", meinte Cass. „Da wir gerade von Blumensträußen reden: Erzähl ihnen doch von deinem Blumenschmuck, Dani."

Ihr Vorschlag richtete die Aufmerksamkeit wieder dorthin, wo sie hingehörte. Das Gespräch drehte sich um die Hochzeit, und sie schafften es, zu Samantha zu gelangen, ohne dass Cass das Auto anhalten musste, um ihrer Exschwägerin an die Gurgel zu gehen.

„Was für ein hübsches Haus", sagte Babette, als Cass am Bürgersteig parkte.

Das Haus der Prestons war weihnachtlich geschmückt. Weiße Lichterketten zierten das Dach, eine Tannengirlande mit bunten Lichtern die Haustür. Und drinnen war alles genauso festlich dekoriert. Samantha war Amateurfotografin, und ein Bild, das sie von Icicle Falls im Winter aufgenommen hatte, hing über dem Kamin. Zahlreiche hübsche Kerzen waren auf dem Kaminsims aufgestellt, und der Duft von weihnachtlichen Gewürzen erfüllte das Haus. Das Wohnzimmer war voller Frauen, die sich alle in Schale geworfen hatten. Auf dem Couchtisch stapelten sich die mitgebrachten, wunderhübsch verpackten Geschenke und Geschenktüten.

Samantha selbst sah absolut schick aus mit ihrer schwarzen Jeans, Ballerinas und einem grünen Oberteil, das ihre roten Haare noch intensiver leuchten ließ.

„Vielen Dank, dass wir auch kommen durften", sagte Babette, nachdem Cass sie vorgestellt hatte. „Es ist so aufregend, dass unsere Dani heiratet."

Unsere Dani. Cass schaffte es, zu lächeln und gleichzeitig mit den Zähnen zu knirschen.

„Aber das ist doch selbstverständlich.“ Bevor Babette sich noch weiter anbiedern konnte, kam Samantha ihrer Gastgeberinnenrolle nach und bot an, den neuen Gästen die Mäntel abzunehmen.

Danis Brautjungfern, Mikaila und Vanessa, kamen angerannt, kichernd und aufgeregt und so herrlich unbekümmert und niedlich. Als Cass sie ansah, überlegte sie, ob sie jemals so gewesen war. Es war schwer, sich daran zu erinnern, es war einfach zu lange her. Aber sie war sich ziemlich sicher, dass sie auch einmal so glücklich und sorglos gewesen war. Du bist immer noch glücklich, erinnerte sie sich. Und als sie all die Freundinnen und Nachbarinnen sah, die gekommen waren, um ihre Zuneigung und Unterstützung für ihre Tochter zu demonstrieren, traten Cass als stolzer Mama sogar Tränen in die Augen.

Samantha hatte sich unglaubliche Mühe gegeben, und ihr Esstisch brach unter dem Gewicht all der Häppchen und Köstlichkeiten fast zusammen.

„Wann hast du Zeit gehabt, all das vorzubereiten?“, fragte Cass, als sie Samantha ihren Mantel gab.

„Ich? Soll das ein Witz sein?“ Sie nickte zu ihrer jüngsten Schwester hinüber, die gerade mit Lauren Belgado zusammenstand. „Bailey ist hier. Warte bis du das Schokoladendessert probiert hast, das sie gezaubert hat!“

„Ich kann es kaum erwarten“, antwortete Cass. Jetzt ist es sowieso zu spät, um noch mit einer Diät anzufangen, rechtfertigte sie sich.

Aber erst einmal musste sie die Runde machen und sich bei allen dafür bedanken, dass sie gekommen waren. Ach ja, und ihre angeheiratete Exverwandtschaft vorstellen.

„Wie schön, Sie kennenzulernen“, sagte die Mutter des Bräutigams zu Louise.

Ja. Aber warte nur, bis du sie richtig kennenlernst, dachte Cass.

„Wir sind so entzückt, dass wir hier sein dürfen“, entgegnete Louise.

Samantha hatte sie auch schon entzückt erzählt, wie toll sie ihr Haus fand. So viel geräumiger als das von Cass! Aber diese alten Häuser – damit meinte sie natürlich das Haus von Cass – waren ja auch wirklich nicht für moderne Ansprüche geeignet.

Wer sagte das? Cass hatte ihre gesamte Selbstbeherrschung aufbringen müssen, um der alten grauhaarigen Krähe nicht in ihren knochigen Hintern zu treten.

Jetzt erzählte Louise Mikes Mutter, wie glücklich sich ihr Sohn schätzen könne, so ein nettes Mädchen heiraten zu dürfen.

„Oh, das wissen wir", sagte Delia und sandte Cass ein ermutigendes Lächeln zu – sozusagen von einer gequälten Schwiegertochter zur anderen. In den vergangenen Monaten waren Delia und Cass gute Freundinnen geworden und waren in mehreren wichtigen Dingen einer Meinung: Ja, ihre Kinder waren eigentlich noch ein bisschen zu jung, um zu heiraten, aber sie waren beide reif und erwachsen und standen mit beiden Beinen fest auf dem Boden, sodass sicher alles gut gehen würde. Und sie bekamen beide eine tolle Schwiegermutter, was mehr war, als Cass oder Delia von sich behaupten konnte. Und sosehr sie vielleicht hin und wieder auch in Versuchung geraten mochten, waren sie doch fest entschlossen, sich beide nicht auf eine Seite zu schlagen und sich auch sonst möglichst nicht in das Leben ihrer Kinder einzumischen.

Nachdem alle Gäste eingetroffen waren, übernahm Samanthas jüngste Schwester Bailey das Kommando, die extra früher nach Hause gekommen war, um das Catering für die Hochzeit vorzubereiten. Sie organisierte ein Spiel, bei dem man durcheinandergewirbelte Wörter zu neuen zusammensetzen musste, die natürlich alle mit dem Heiraten zu tun hatten. Cass musste so manches Mal über die Wortspiele für Jungvermählte lachen.

Schließlich wurden die Geschenke geöffnet. Amber übernahm fröhlich die Aufgabe, eine Art Probe-Brautstrauß aus all den Geschenkbändern zu basteln, während Danis Freundin Vanessa sorgfältig notierte, wer was geschenkt hatte. Dani freute sich riesig über das Geschenk von Cass, einen Karton voll mit Backutensilien. Genauso wie ihre Mutter liebte sie das Backen sowohl in der Konditorei als auch zu Hause, und Cass wusste, dass Dani jede einzelne dieser Gerätschaften benutzen würde. Delia schenkte ihr ein Kochbuch, und die Sterling-Schwestern überraschten sie mit einem Gutschein für *Hearth and Home*. Ella hatte ihr eine Hochzeitstorte aus Handtüchern gemacht. Louise, großzügig wie immer, haha, schenkte Dani eine Auflaufform aus Glas, und Maddy überbot das mit einem Satz Auflaufförmchen. Danis Brautjungfern hatten sich allerlei lustige Gaben ausgedacht – Braut-Flipflops mit Danis Namen drauf und ein sexy Kochbuch mit aphrodisierenden Rezepten. Aber der Hit des Abends war Babettes Geschenk – eine große Tüte voller Dessous von Victoria's Secret. Dazu noch ein Parfüm.

„Oh, vielen Dank! Ich liebe diesen Duft", rief Dani glücklich aus.

„Das weiß ich doch", erwiderte Babette lächelnd.

Es schien gerade so, als wären sie beste Freundinnen. Cass stopfte sich eine große Kokosmakrone in den Mund.

„Das ist mal ein Geschenk", kommentierte Dot, die mit hochgelegtem Fuß neben Cass saß.

Das war schwer zu verdauen … der Keks, natürlich. „Ja, das ist es", stimmte Cass zu und ging noch einmal zum Esstisch. Dies ist kein Wettbewerb, ermahnte sie sich. Versuch daran zu denken, dich wie eine Erwachsene zu benehmen. Sei dankbar, dass deine Tochter so viele Freunde und Bekannte hat, die ihr wohlgesonnen sind.

Nach dieser kleinen Ermahnung wurde es viel einfacher, die Brautparty zu genießen. Und als ihre ehemalige Schwiegermutter angewidert den zweiten Nachschlag von Cass musterte, machte es der kaum noch etwas aus. Schließlich waren es kleine Teller.

Bailey hatte einen ganz speziellen Drink für die Braut kreiert, den sie „Hochzeitsnachtsglück" getauft hatte. Dabei handelte es sich um eine eisgekühlte Mischung aus Kokosnusssaft und weißem Schokoladenlikör, für den sie jetzt Bestellungen aufnahm. „Ich kann ihn mit oder auch ohne Alkohol zubereiten", sagte sie.

„Ich nehme meinen lieber ohne", sagte Babette.

„Und ich wette, ich weiß auch, warum", murmelte Maddy mit einem verschwörerischen Grinsen. Sie beugte sich, an Dani vorbei, zu Cass hinüber und flüsterte, allerdings deutlich hörbar: „Sie ist schwanger."

Cass fiel fast der Teller aus der Hand, und zwei Kekse rutschten auf den Boden. „Sch…schwanger?", stammelte sie.

„Wow! Das wusste ich ja gar nicht", sagte Dani.

„Und sie freuen sich riesig", vertraute Maddy ihnen an.

Und Maddy muss es ja wissen, dachte Cass zynisch. Schließlich hatte sie sich darauf spezialisiert, sich in die Angelegenheiten anderer Leute einzumischen.

Den Rest des Abends überstand Cass, indem sie einfach nur funktionierte. Sie lächelte und sagte alles, was man als Brautmutter bei solchen Gelegenheiten so sagen muss, während sie innerlich wieder einmal mit ihrem weniger ehrenhaften Ich kämpfte. Dieses Mal stand sie auf verlorenem Posten. Es war schwierig, das Gefühl von Ungerechtigkeit abzuschütteln, das sie verspürte. Nachdem er so einen miesen Job bei seinen ersten drei Kindern gemacht hatte, bekam Mason – der Vater, der nie da war – eine zweite Chance mit seiner flotten jungen Frau. Beim zweiten Mal schien für ihn alles bestens zu laufen.

Du hättest ja auch wieder heiraten können.

Als wenn sie das gewollt hätte. Sie war gern allein. Niemand, der ihre Pläne durcheinanderbrachte, niemand, der sie enttäuschte, niemand … na ja, niemand.

Doch das stimmte ja gar nicht. Sie hatte ihre Familie, ihre Freunde und ihr Geschäft. Mehr brauchte sie nicht. Verflixt, sie hatte gar keine Zeit für einen Mann.

Aber ihr Nest leerte sich langsam. In weiteren zehn Jahren hätte sie Zeit. Wie sollte sie die dann ausfüllen? Darüber hatte sie noch nie nachgedacht. Stets war sie so beschäftigt gewesen, dass sie keinen Gedanken ans Altern verschwendet hatte. Das sogenannte mittlere Alter war ihr immer noch sehr weit weg erschienen. Jetzt hatte sie es auf einmal schon erreicht.

Obwohl es eine schöne Brautparty für Dani gewesen war, war Cass erleichtert, als der Abend sich dem Ende neigte.

Sie half, Danis Geschenkeberg ins Auto zu tragen und im Kofferraum zu verstauen, lächelte mütterlich, als ihre Tochter sich mit einer Umarmung von Louise und Maddy verabschiedete, und lächelte auch, als ihre Töchter und Babette mit ihr zusammen nach Hause fuhren und Dani zu Babette sagte: „Ich wusste gar nicht, dass du schwanger bist."

„Na ja, ich bin ja auch erst im dritten Monat", antwortete Babette und warf nervös einen schnellen Blick in die Richtung von Cass.

„Herzlichen Glückwunsch", sagte Cass und versuchte, es aufrichtig klingen zu lassen. Schließlich gab es keinen Grund, etwas gegen Babette zu haben. Sie verdiente es wie jeder andere auch, glücklich zu werden.

„Danke", sagte Babette. „Wir sind ganz aufgeregt."

Damals, als sie mit Dani schwanger gewesen war, hatte sich Masons Aufregung sehr in Grenzen gehalten. „Wie konnte das passieren?", hatte er protestiert. Als wäre es allein ihr Fehler gewesen. Natürlich hatte er schnell einen Rückzieher gemacht und gesagt, sie würden es schon schaffen. Und das hatten sie auch. Sie hatten es geschafft, aber auch nur, weil Cass alle Aufgaben übernommen hatte, die mit der Kindererziehung einhergingen. Na ja, vielleicht würde er ja diesmal mehr involviert sein.

Mike hatte sich zu Mason und Willie gesellt, und die drei schauten sich gerade ihren zweiten Actionfilm an, als die Frauen zur Tür hereinkamen. Doch die Männer hielten den Film an, um zu helfen, die Geschenke auszuladen. Anschließend zeigten sie angemessenes Interesse an Danis Präsenten, wobei Mike an der Tüte mit den Schätzen von Victoria's Secret eindeutig am meisten Gefallen fand.

„Da hast du ja reiche Beute gemacht“, meinte Mason, als alles vorgezeigt worden war.

„Wir haben so viele tolle Freunde“, sagte Dani glücklich und ließ sich neben Mike aufs Sofa plumpsen.

„Das kannst du laut sagen“, stimmte er zu.

„Wow, man kriegt ja echt viel Kram, wenn man heiratet“, stellte Willie fest.

„Du *brauchst* viel Kram, wenn du heiratest“, informierte Mason ihn.

„Aber das ist doch alles Mädchenkram“, klagte Willie.

„Oh, nicht alles“, erwiderte Mike und nahm die Victoria's-Secret-Tüte hoch.

Das brachte Willie, der sonst gern mal eine dicke Lippe riskierte, tatsächlich dazu zu erröten.

Er beugte sich vor und griff nach dem Teller zu seinen Füßen, nur um festzustellen, dass Cupcake den letzten Keks darauf geschnappt hatte. „Hey!“, brüllte er.

Mit dem Keks im Maul verkrümelte Cupcake sich in die Küche.

„Der hat meinen Keks geklaut!“

„Ach, Willie, das tut mir leid“, sagte Babette, die sich neben Mason ans andere Ende des Sofas gesetzt hatte.

„Du solltest wissen, dass man kein Essen auf den Boden stellt“, klärte Mason ihn auf.

Cass kochte. Das war *ihr* Haus. Willie konnte Essen auf den Boden stellen, wann und wo er wollte. „Er ist es nicht gewohnt, Angst haben zu müssen, dass irgendetwas oder irgendjemand kommt und ihm das Essen klaut“, sagte sie.

Mason zuckte nur mit den Schultern, so wie er bei fast allem, was sie ihm während ihrer Ehe zu sagen gehabt hatte, nur mit den Schultern gezuckt hatte. Sie funkelte ihn böse an. Doch auch das prallte an ihm ab.

Keine bösen Blicke zum Ausklang dieses besonderen Abends deiner Tochter, schalt Cass sich. Und keine negativen Gefühle mehr. Wenn sie so weitermachte, würde sie überhaupt keinen

Schlaf finden. Und im Gegensatz zu allen anderen im Haus musste sie ja extrem früh aufstehen.

Also entschuldigte sie sich, wünschte allen eine Gute Nacht und verschwand nach oben. Auf dem Weg dorthin begegnete ihr Cupcake und kläffte sie an. *Gute Nacht, du Töle.*

Es würde eine lange Woche werden.

Auch der nächste Tag verlief für Cass nicht wesentlich besser. Ihr Arbeitstag bestand aus endlosem Backen und darin, Kunden zu bedienen. Was Letzteres anging, war sie plötzlich auf sich allein gestellt, als Dani am Nachmittag schnell losging, um Besorgungen zu machen, aber leider nicht wieder auftauchte. Als Cass sie schließlich auf ihrem Handy anrief, um zu hören, wo sie nur steckte, erfuhr sie, dass Dani mit Grandma und Tante Maddy unterwegs war.

„Tut mir leid, Mom. Ich habe so viel zu tun."

„Du hast aber auch einen Job", erwiderte Cass. „Ich brauche hier Hilfe."

„Okay. Ich komme, so schnell ich kann", versprach Dani.

Als Cass das Telefonat beendete, hatte sie ein schlechtes Gewissen. Es war unfair zu erwarten, dass Dani in der Woche vor ihrer Hochzeit arbeitete. Sie war im Unrecht und würde sich bei ihrer Tochter entschuldigen – wenn sie sie jemals wiedersah.

Und noch etwas wurde ihr auf einmal bewusst: Wenn Dani, die zu ihrer rechten Hand im Laden geworden war, wegzog, würde sie Ersatz für sie einstellen müssen.

Dieser Gedanke machte sie alles andere als froh. Dani hatte in den letzten sechs Jahren Seite an Seite mit ihr gearbeitet und war für sie zu einer schwer zu ersetzenden Stütze geworden. Anfangs war sie nach der Schule vorbeigekommen, hatte Tische abgewischt und die Küche aufgeräumt. Später, mit zunehmendem Alter, hatte sie immer verantwortungsvollere Aufgaben übernommen. Mit großer Freude hatte Cass beobachtet, wie die Fähigkeiten ihrer Tochter sich herausgebildet hatten, wie ihre Kreativität aufgeblüht war. Und sie hatte gelernt, sich auf ihre Tochter zu verlassen. Durch ihre gemeinsame Leidenschaft für das Backen standen sie sich ziemlich nahe. Jetzt wollte Dani wegziehen und überlegte, ob sie noch einmal zur Schule gehen sollte, um eine Catering-Ausbildung zu machen. Sie würde sich sowohl eine neue Firma als auch ein neues Leben aufbauen, und zwar einhundertundsiebzig Meilen von Icicle Falls entfernt.

Das ist nicht am Ende der Welt, erinnerte Cass sich. Warum war es so schwierig, sich von der Vorstellung zu verabschieden, dass Dani und ihre Familie hier in Icicle Falls wohnen und Cass somit ganz in der Nähe von zukünftigen Enkeln leben würde? Weil Familie extrem wichtig war. Enkel waren wichtig.

Vielleicht waren sie auch für Louise wichtig gewesen.

Oh nein! Wo kam dieser Gedanke denn auf einmal her? Cass schob ihn beiseite. Darüber wollte sie lieber nicht weiter nachdenken.

Stattdessen lenkte sie ihre Gedanken fort aus der Vergangenheit, zurück in die Gegenwart und in Richtung Zukunft. Was sollte sie tun, wenn Dani weg war? Vielleicht konnte sie Amber beibringen, die Kasse im Laden zu übernehmen und während der Wochentage nach der Schule ein paar Stunden auszuhelfen. Vielleicht konnte sie ihre jüngste Tochter sogar dazu überreden, ein wenig Freizeit zu opfern, um samstagsmorgens zu arbeiten. Aber Ambers Leidenschaft lag eher bei der Mode als bei Lebkuchen und Keksen. Selbst wenn Cass sie davon überzeugen konnte, im Laden zu helfen, würde das nicht reichen. Dafür war ihr Geschäft zu sehr gewachsen.

Es wurde also Zeit, dass sie eine Stellenanzeige aufgab. Allerdings würde ihre Tochter nur sehr schwer zu ersetzen sein. Wenn überhaupt.

So ist das Leben nun mal, sagte sie sich. Kinder werden groß und ziehen aus. Sie hatte gar nichts gegen das Großwerden – im Gegenteil –, und auch das Ausziehen fand sie okay. Nur das *Weg*ziehen gefiel ihr nicht sonderlich gut.

Irgendwie war die Zukunft außer Kontrolle geraten. Im Moment blieb ihr also nur die Gegenwart, und hier und jetzt musste sie sich um ihre Kunden kümmern.

Gerade hatte sie Darla ein Lebkuchenhaus verkauft und sie verabschiedet, als Willie anrief, um ihr zu erzählen, dass Cupcake seine Shorts gefressen hatte.

„*Was* hat der Hund getan?“

„Er hat meine Shorts gefressen!“

Was für eine grässliche Vorstellung. „Wie hat er das bitte schön geschafft?“

„Ich weiß es nicht“, erwiderte Willie ungnädig. „Ich bin nach Hause gekommen und hab gesehen, dass sie total zerfleddert waren. Ich hasse diesen Hund.“

Da waren sie schon zu zweit. Trotzdem … „Hast du deine schmutzige Wäsche wieder mal auf dem Boden rumliegen lassen?“

„Ja“, gab er widerwillig zu.

„Und ich vermute mal, dass du dir nicht die Mühe gemacht hast, deine Zimmertür zu schließen, als du zur Schule gegangen bist?“

„Nö, muss ich ja sonst auch nicht.“

„Das stimmt. Aber wenn du nicht willst, dass der Hund dir als Nächstes die Socken zerkaut, wäre es vielleicht eine gute Idee, die Tür geschlossen zu halten.“

„Na, toll. Danke, Mom“, brummte Willie und legte auf.

Das Leben war hart. Natürlich kam Dani an diesem Nachmittag nicht mehr in den Laden zurück, sodass Cass nichts anderes übrig blieb, als sich allein um alles zu kümmern.

Als sie sich später mit den Exverwandten zum Abendessen beim Spanier trafen, war ihre Tochter angemessen zerknirscht. Doch Cass entschuldigte sich bei ihr dafür, dass sie solch eine Sklaventreiberin war. Sie schaffte es sogar, Louise freundlich zu begrüßen und ihr ein Kompliment zu ihrem Weihnachtspullover zu machen.

Das Kompliment prallte an Louise genauso ab wie an dem

Kaktus auf dem Empfangstresen, der ebenfalls weihnachtlich geschmückt war und weitaus hübscher aussah.

Nachdem alle Platz genommen und ihre Bestellungen abgegeben hatten, drehte sich die Unterhaltung zunächst einmal um den bevorstehenden Umzug des glücklichen jungen Paares.

„In Spokane gibt es einige tolle Weingüter", sagte Babette. „Die müssen wir uns unbedingt anschauen kommen. Wenn das Baby da ist", fügte sie hinzu und tätschelte ihren Bauch.

Cass lächelte tapfer.

Gegen Ende des Abends fiel es ihr immer schwerer, das Lächeln aufrechtzuerhalten, und sie war froh, als sie das Restaurant verließen. Netterweise übernahm Mason die Rechnung. Er hatte wohl seine Spendierhosen an.

Lass ihn, entschied sie. Sie war es leid, mit ihm zu konkurrieren und alles gegeneinander aufzurechnen.

Um das zu beweisen, bot sie an, für alle noch einen Kaffee zu kochen und die Windbeutelschwäne auf den Tisch zu stellen, die sie aus der Bäckerei mitgebracht hatte. Louise lehnte die Einladung ab, angeblich, weil sie zu erschöpft war. Ja, den ganzen Tag einkaufen zu gehen konnte einem schon ziemlich zusetzen. Maddy nahm die Einladung jedoch an. Sie wollte vorbeischauen, sobald sie Louise abgesetzt hatte.

Na, würde das nicht nett werden? Cass setzte wieder ihr Lächeln auf und lächelte auf dem Weg nach Hause tapfer weiter, obwohl ihr inzwischen schon die Mundwinkel wehtaten. Zu Hause angekommen, schloss sie die Tür auf und ging vor den anderen ins Haus.

Und erhielt ein frühes Weihnachtsgeschenk. Unglaublich. Das war wirklich die Krönung.

19. KAPITEL

Es war nicht schwierig herauszufinden, in was sie getreten war. Weich, matschig, stinkend – ein Willkommensgruß von Cupcake. Fluchend hob Cass den Fuß, um ihren Schuh auszuziehen, während Amber hinter ihr meinte: „Igitt, wie eklig."

„Was ist?", fragte Willie, der als Nächster hereinkam.

„Pass auf, wo du hintrittst", warnte Cass ihn. „Amber, hol ein paar Papiertücher."

„Was ist passiert?", fragte Babette. Sie blieb in der Tür stehen. „Oh."

„Ja, oh", stimmte Cass zu. „Dieser Hund!", presste sie zwischen zusammengebissenen Zähnen hervor.

Jetzt kam auch Mason herein. „Was ist das?"

„Wenn du das nicht so herausbekommst, darfst du gern mal an meinem Schuh schnuppern", fuhr Cass ihn an.

Ihr Sohn, der vermutlich Angst davor hatte, zum Saubermachen verdonnert zu werden, verschwand eilig und ließ die drei Erwachsenen mit ihrem stinkenden Problem allein.

„Wir hätten vor dem Essen noch einmal mit ihm Gassi gehen sollen", lamentierte Babette.

„Und ihn unterwegs verlieren sollen", murmelte Cass.

„Ganz reizend, Cass", meinte Mason empört.

Amber kam mit den Papiertüchern zurück. Mason nahm sie ihr aus der Hand und machte sich an die Arbeit. Auch Amber verzog sich hastig, doch Babette bückte sich, um zu helfen, während sie die ganze Zeit erklärte, wie leid es ihr täte.

Cass ignorierte sie. „Reizend?", konterte sie. „So reizend wie die Tatsache, dass du das Tier hierher mitbringst, ohne vorher auch nur zu fragen, ob es okay ist?"

„Mason meinte, es wäre kein Problem", protestierte Babette. „Ich hatte ja keine Ahnung."

Cass sah ihren Ex böse an. „Tatsächlich?"

„Ich hatte vergessen, wie unkooperativ du sein kannst."

„Oh! Dass ausgerechnet du so etwas von dir gibst, ist wirklich die Höhe", zischte Cass ihn an, während sie ihre Schuhsohle abwischte.

„Es tut mir so leid", sagte Babette noch einmal.

Jetzt war der verbale Kampf erst richtig eröffnet. „Dir muss es nicht leidtun", beruhigte Cass sie. „Aber diesem rücksichtslosen Kerl, mit dem du verheiratet bist, dem sollte es leidtun."

„Hey! Du warst diejenige, die uns eingeladen hat, hier zu wohnen", rechtfertigte Mason sich mit erhobener Stimme.

„Wahrscheinlich, weil ich unter kurzzeitiger Unzurechnungsfähigkeit gelitten habe."

„Kurzzeitiger?"

„Oh, wie witzig."

Die Tür öffnete sich wieder. Diesmal wollten Dani und Mike hereinkommen.

Einen Moment lang herrschte Schweigen, während Dani mit großen Augen auf ihre streitenden Eltern blickte. Dann brach sie in Tränen aus. „Warum müsst ihr euch immer zanken?", heulte sie. „Wollt ihr das auch an meinem Hochzeitstag machen?"

Ohne eine Antwort abzuwarten, drehte sie sich um und floh. Mike folgte ihr auf den Fersen.

„Jetzt guck dir an, was du angerichtet hast", fuhr Cass ihren Ex an.

„Ich?"

Inzwischen war auch Babette in Tränen aufgelöst. Und jetzt kam Cupcake angetrottet, um zu sehen, was hier für eine Aufregung herrschte. „Du böser, böser Hund", schimpfte Babette.

Böse? Vom Teufel besessen, traf es wohl eher. Cass warf ihren stinkenden Schuh auf die Veranda und marschierte in die Küche.

„Für uns brauchst du keinen Kaffee zu kochen", rief Mason ihr hinterher. „Wir gehen."

„Sehr schön", brüllte sie zurück. *Geht doch, und am besten, ihr kommt auch nicht wieder.*

Sie machte sich nicht die Mühe, Kaffee für sich allein zu kochen, doch sie gönnte sich zwei Windbeutel. Wäre ja Verschwendung, sie liegen zu lassen. Den Rest tat sie auf einen Teller. Willie und Amber würden sie schon vertilgen.

Und jetzt, nachdem sie zu viel gegessen und zu viel gesagt hatte, war es Zeit, ins Bett zu gehen.

Ein Klopfen an der Haustür erinnerte sie daran, dass nicht alle die frohe Kunde erhalten hatten, dass die Party kurzfristig abgesagt worden war. Cass öffnete Maddy die Tür.

„Masons Auto ist weg“, sagte die zu Cass.

„Tut mir leid. Ich hätte dich anrufen sollen. Es gab eine kleine Planänderung.“

„Eine Planänderung?“ Maddy wiederholte das Wort, als würde sie eine Fremdsprache lernen.

„Ja, genau“, antwortete Cass und versuchte, nicht endgültig die Geduld zu verlieren.

Maddy zeigte mit dem Finger auf sie. „Du und Mason, ihr habt euch gestritten, stimmt's?“

„Gute Nacht, Maddy“, sagte Cass und machte die Tür zu. Sie knallte sie Maddy nicht direkt vor der Nase zu, nicht wirklich. Okay, zugegeben, sie hatte sie Maddy vor der Nase zugemacht. Ihr schlechtes Gewissen meldete sich. Also machte Cass sie wieder auf. Da marschierte Maddy bereits die Verandatreppe hinunter. „Wir holen es ein anderes Mal nach“, versprach Cass.

Maddy bedankte sich für das Angebot, indem sie einen Finger in die Höhe reckte und weiterging.

Cass schloss die Tür erneut und ging nach oben. Gerade kam Amber herunter, im Arm den Grund für all die Aufregung. Als Cupcake Cass sah, knurrte er. Dann stieß er noch ein ohrenbetäubendes Kläffen aus. *Böse Mom.*

„Streitest du dich immer noch mit Daddy?“, fragte Amber unglücklich.

Es ging doch nichts über eine weitere Dosis schlechtes Gewissen, um eine Frau um ihren Schlaf zu bringen. Cass seufzte. „Das tun wir halt manchmal.“

„Manchmal?“

„Okay, wir streiten uns häufig. Aber alles wird wieder gut.“

Sie tätschelte ihrer Tochter den Arm. „In der Küche stehen Windbeutel, die nur darauf warten, gegessen zu werden."

Amber nickte und ging ins leere Wohnzimmer, während Cass nach oben schlich und sich in ihrem Schlafzimmer verbarrikadierte. Was war das doch für ein wundervoller Abend gewesen.

Und wessen Schuld war das?

Während sie sich bettfertig machte, versuchte sie, diesen ernüchternden Gedanken zu verdrängen. Doch er ließ sich einfach nicht verscheuchen. Er folgte ihr unter die Dusche. Anschließend folgte er ihr ins Bett, wo er es sich auf ihrem Kopfkissen gemütlich machte und sie noch stundenlang beschäftigte. Vergeblich versuchte sie, der Wahrheit nicht ins Gesicht zu sehen, während von unten gedämpfte Stimmen erklangen. Vermutlich war Dani zurück und redete mit Mason über ihre schreckliche Mutter. Irgendwann hörte Cass dann Schritte auf der Treppe und im Flur, als einer nach dem anderen ins Bett ging. Hatte Willie seine Hausaufgaben gemacht? Amber hatte sie vorhin gebeten, ihr bei Mathe zu helfen. Daran hatte Cass gar nicht mehr gedacht. Na toll. Mutter des Jahres.

Jetzt hüpfte der unangenehme Gedanke in ihrem Bett auf und ab. *Wessen Schuld war das? Wessen Schuld?*

Sie drehte sich auf die Seite und schloss die Augen, bestrebt, den Gedanken zu verscheuchen, damit sie endlich schlafen konnte.

Leider gelang ihr beides nicht.

Um ein Uhr entschied sie sich aufzustehen, um zu sehen, ob warme Milch wirklich beim Einschlafen half. Barfuß machte sie sich in die Küche auf. Zu ihrer Überraschung fand sie dort Mason am Küchentisch sitzen, vor sich einen Becher Kakao und ein Buch. Als sie hereinkam, schaute er auf und runzelte die Stirn.

„Ich konnte nicht schlafen", erklärte sie. „Ein schlechtes Gewissen ist kein gutes Ruhekissen."

Er brummte. Dann hob er seinen Becher und fragte: „Willst du auch Kakao?"

„Ich nehme warme Milch“, antwortete sie und setzte sich an den Tisch.

„Das ist doch was für Weichlinge.“

„Weichlinge, die früh am Morgen aufstehen müssen. Schokolade würde mich nur wach halten.“ Genau wie der unangenehme Gedanke. Okay, jetzt oder nie. Sie holte tief Luft. „Mason, es tut mir leid. Ich war eine miese Gastgeberin.“

Er zuckte mit den Schultern und stellte einen Becher Milch in die Mikrowelle.

„Ich habe mich grauenhaft benommen“, gab sie zu.

Er drehte sich zu ihr herum und schaute sie an. „Auch wenn es mir widerstrebt, das sagen zu müssen, Cass, aber dein Verhalten mir gegenüber lässt schon lange zu wünschen übrig.“

Ihr erster Impuls war, mit einer wütenden Bemerkung zurückzuschlagen, doch sie tat es nicht. Stattdessen tat sie etwas, was sie seit Jahren nicht getan hatte: Sie hielt inne und dachte über das nach, was er gesagt hatte.

Die Mikrowelle piepte. Mason holte den Becher heraus und brachte ihn zum Tisch. Dann setzte er sich und schaute sie weiter ernst an. „Weißt du, was ich an Babette so mag?“

„Die Tatsache, dass sie jung ist und toll aussieht?“

Er schüttelte den Kopf. „Die Tatsache, dass sie für mich da ist.“

Okay, jetzt konnte sie sich nicht mehr zurückhalten. „Was, und ich war das nicht?“

„Nicht wirklich.“ Er trank einen Schluck Kakao und musterte Cass über den Rand seines Bechers hinweg. „Komm schon, Cass, lass uns ehrlich sein.“

„Okay“, stimmte sie zu. „Seien wir beide ehrlich. Aber dann versetz dich mal in meine Lage. Mir stinkt es gewaltig, dass du jahrelang nur durch Abwesenheit geglänzt hast und jetzt plötzlich daherkommst und den Super-Daddy spielst. Du unterschreibst ein paar Schecks, verteilst Geschenke, und alle lieben dich. Da kommt bei mir das Gefühl auf, als wäre alles, was ich all die Jahre für die Kinder getan habe, absolut nichts wert.“

Mit einem Seufzer stellte er den Becher hin. „Es tut mir leid, wenn du dich bedroht fühlst, Cass. Du warst und bist eine tolle Mom. Niemand würde dir das absprechen, ich am allerwenigsten. Ich versuche einfach nur, ein besserer Dad zu werden. Ich bin es leid, immer außen vor zu sein. Und wenn du die Wahrheit wissen willst: Ich habe mich nie wirklich dazugehörig gefühlt."

„Nicht dazugehörig?" Wovon redete er?

„Es waren immer du und die Kinder, während ich sozusagen am Rand gestanden und euch zugeschaut habe. Während ich versucht habe herauszufinden, wo mein Platz in dieser Familie sein könnte. Manchmal hatte ich das Gefühl, als wäre ich nichts weiter als ein Gehaltsscheck."

„Mehr warst du ja auch nicht", sagte Cass unverblümt. „Du warst so sehr damit beschäftigt, Karriere zu machen, dass du für uns keine Zeit mehr hattest."

„Das habe ich doch nur für euch getan", protestierte er.

„Das hast du damals auch schon immer gesagt. Aber wozu sollte das denn gut sein, wenn wir dich nie mehr zu Gesicht bekommen haben?"

Seine Miene wirkte angespannt. Das bedeutete, dass er mit seinen Emotionen zu kämpfen hatte. „Ich wollte nicht so ein Loser wie mein Dad werden. Ich wollte Erfolg haben. Und ich wollte, dass du für mich da bist, Cass. Doch das warst du nie. Du hast nichts, was ich je getan habe, gutgeheißen."

„Das kommt, weil alles, was du getan hast, dazu geführt hat, dass du nie da warst." Wie oft hatte sie ihm das vorgeworfen? Hatte er je zugehört? Natürlich nicht. Das war ja ein Teil des Problems gewesen.

„Na, auf jeden Fall hast du deine Rache bekommen. Du bist ja so weit weggezogen, dass ich gar nicht anders konnte, als immer abwesend zu sein. Wenn ich nicht letztlich einen Job in Seattle angenommen hätte, würden wir uns immer noch darum streiten, wann ich denn mal die Kinder zu sehen bekomme."

„Ich wollte keine Rache. Ich wollte einfach nur einen Neuanfang."

„Bist du dir da so sicher?“, hakte er nach.

Cass lehnte sich zurück. Das *war* doch alles gewesen, was sie gewollt hatte, oder? Zugegeben, sie war extrem wütend, extrem verbittert gewesen.

Und darauf aus, ihm wehzutun? „Ich weiß es nicht“, sagte sie. „Ich weiß es, ehrlich gesagt, nicht mehr.“

Er zuckte mit den Schultern. „Das ist alles Schnee von gestern.“

Ja, aber leider hatte es immer noch Auswirkungen auf das Heute.

„Wahrscheinlich haben wir von Anfang an nicht zueinander gepasst.“

Er hatte recht, und trotzdem versetzte ihr die Bemerkung einen Stich.

„Aber du warst so heiß, dass ich dir nicht widerstehen konnte“, fügte er mit der Andeutung eines Lächelns hinzu.

Sie erwiderte das Lächeln. Dann seufzte sie. „Wenn ich nicht schwanger geworden wäre …“

„Hätte ich dich trotzdem geheiratet. Das solltest du wissen.“

Sie nickte. Sie wusste, dass er die Wahrheit sagte. Sie waren heiß aufeinander gewesen. Und überzeugt davon, dass das, was sie miteinander verband, für immer halten würde.

„Aber die Tatsache, dass wir so holterdiepolter eine Familie wurden, hat mich in Panik versetzt. Ich musste etwas tun, damit ich für dich und das Kind sorgen konnte.“

Deshalb hatte er sich sofort bei der Marine gemeldet. Und das hatte ihr absolut nicht gefallen. Genauso wenig wie all die anderen Dinge, die er versucht hatte, um Karriere zu machen. „Es tut mir leid, dass ich nicht verständnisvoller war“, sagte sie reumütig.

„Das ist jetzt Geschichte.“ Er schob seinen Becher fort. „Aber es ist schön, dich das sagen zu hören. Und mir tut es leid, dass ich dich im Stich gelassen habe.“

„Na ja“, sagte sie nachdenklich, „du hast mich nicht ganz im Stich gelassen.“

„Nein?"

„Du hast mir drei wunderbare Kinder geschenkt."

„Wir haben uns gegenseitig drei tolle Kinder geschenkt", korrigierte er sie.

„Ich vermute mal, dass die drei das Einzige sind, was wir beide richtig gemacht haben." Was sie und Mason einmal verbunden hatte, war inzwischen definitiv Geschichte, aber ihre Kinder waren die Gegenwart und die Zukunft. Und das durften sie niemals vergessen.

„Meinst du, wir können ein Team zu werden, statt uns ständig zu bekriegen?", schlug Mason vor. „Um der Kinder willen?"

Sie hätte diejenige sein sollen, die das vorschlug, und sie hätte es schon vor langer Zeit tun sollen. „Ich bin bereit, es zu versuchen." Schließlich würden sie sich diese Kinder und vermutlich auch Enkelkinder noch ein Leben lang teilen.

„Ich auch." Er stand auf und stellte seinen Becher in die Spüle.

„Mason?"

Er drehte sich um und sah sie fragend an.

„Du hast dir eine nette Frau ausgesucht."

Er nickte. „Finde ich auch."

„Aber ihren Hund hasse ich."

Er lächelte. „Ich auch", stimmte er zu und verschwand nach oben.

Cass warf einen Blick auf die Küchenuhr und entschied, dass es höchste Zeit war, ins Bett zu gehen. Den Rest der Milch ließ sie stehen. Sie brauchte sie nicht mehr.

Jake warf sein Handy zur Seite und ließ sich in die Sofakissen fallen.

Tiny legte seinen Kopf auf Jakes Bein und sah ihn mit treuem Hundeblick besorgt an.

„Mein Leben geht gerade den Bach runter", sagte er zu dem Hund.

Was, angesichts der Tatsache, dass sein Lied jetzt schon mehr als 7400 Mal angeklickt worden war, die reinste Ironie war.

„Du musst den Song bei YouTube runternehmen“, hatte er zu Larry gesagt.

„Bist du verrückt geworden? Weißt du, wie viele Klicks wir schon haben?“

„Ja. Und es ist mir egal, selbst wenn es eine Million sein sollte.“

„Was ist nur mit dir los?“

„Ich versuche, wieder mit Ella zusammenzukommen.“

„Na und?“

„Meine Schwiegermutter hat das Lied gehört.“

„Exschwiegermutter, du Idiot“, hatte Larry ihn erinnert.

„Wenn Ella und ich wieder zusammen sind, ist sie nicht länger meine Exschwiegermutter. Und das waren wir – bis zu dem Lied.“

„Ich kenne das Gefühl“, hatte Larry gesagt. „Frauen. Aber, hey, was willst du machen?“

„Als Erstes ... das Lied löschen.“

„Kommt nicht infrage, Kumpel.“

„Solange das Lied auf YouTube ist, kann ich sie nicht zurückgewinnen!“, hatte Jake gebrüllt.

„Wenn ihre Mom es schon gesehen hat, ist es sowieso zu spät. Ich nehme es da nicht raus.“

„Musst du aber!“

„Hey, hör mal: Du magst vielleicht unser Frontmann sein, aber ich bin immer noch der Bandleader. Also, ich füge mich ja deinen Kein-Alkohol-auf-der-Bühne- und Nur-ein-Drink-während-der-Probe-Regeln. Aber wenn ich zulassen würde, dass du es für uns alle versaust, nur weil du heiß auf deine Ex bist, wäre ich wirklich wahnsinnig.“

Zum Glück hatten sie sich nur am Telefon gesprochen, sonst wäre Jake seinem Freund bestimmt an die Gurgel gegangen. „Du musst das Lied da runternehmen“, hatte er noch einmal gebrüllt.

„Nein. Du musst zusehen, dass du deine Scheiße in Ordnung bringst“, hatte Larry verkündet und aufgelegt.

Und jetzt, nach dieser fröhlichen Unterhaltung, kam doch tatsächlich ein Anruf von Billy Joe Brown, einem Talentscout aus Nashville, der ihn auf YouTube gesehen hatte und wissen wollte, ob er schon einen Manager hatte. Hatte er eine CD in Arbeit? Wo hatte seine Band schon gespielt? Was waren seine Pläne für die Zukunft?

Zwar war sein Plan, seine Frau zurückzugewinnen. Aber Jake hatte sich wie ein Profi verhalten, und er und Billy Joe hatten vereinbart, dass Jake mit seiner Band sprechen und sich dann wieder melden würde.

„Je früher, desto besser, mein Junge", hatte Billy Joe ihm geraten. „Wenn der Schneeball erst mal ins Rollen gekommen ist, sollte man seine Chance nutzen."

Jaja, der Schneeball war ins Rollen gekommen. Und hatte Jakes Liebesleben unter sich begraben.

Neben ihm winselte Tiny leise.

„Ja, ich weiß. Es geht nicht immer nur um mich, oder? Weißt du was? Wir machen jetzt einen schönen Spaziergang und holen uns Feuerholz."

Tiny bellte, seine Art, seine Zustimmung zu diesem Plan zu bekunden.

Einige Leute (unter anderem Jakes Exschwiegermutter) waren der Ansicht, Hunde hätten keinen Zugang zum menschlichen Wortschatz, doch Jake war anderer Meinung. Tiny verstand eine ganze Menge. Auf jeden Fall verstand er, was *Spaziergang* bedeutete. Das hieß für ihn übersetzt, dass er über schneebedeckten Rasen toben und an jedem Busch schnüffeln konnte, um dann dort seine Duftmarke zu setzen.

Auch was *Feuerholz* war, verstand er nur allzu gut: Es war eine aufregende Aufgabe. Jake hatte einen Schlitten, der extra dafür da war, das Holz zum Haus zu bringen. Diesen Schlitten durfte Tiny vom Schuppen zum Haus ziehen. Es machte mehr Arbeit, Tiny das Schlittengeschirr anzulegen und das Holz auf- und wieder abzuladen, als wenn er es einfach in ein paar Armladungen ins Haus getragen hätte, aber Bernhardiner brauchten eine Aufgabe.

Genau wie Menschen auch. Ein Mann musste das tun, wofür er auf dieser Erde war.

Inzwischen war Jake klar geworden, dass er wahrscheinlich nicht hier gelandet war, um sich über Ellas Mom lustig zu machen.

Nachdem er das Holz hereingebracht hatte, dauerte es nicht lange, bis das Feuer im Kamin loderte. Jake griff nach seiner Gitarre, machte es sich auf der Couch bequem und starrte in die Flammen. Wie oft hatte er schon so hier an einem Wintertag gesessen und von einer erfolgreichen Zukunft geträumt? Endlich schienen seine Träume wahr zu werden. Aber sie bedeuteten ihm nichts, solange Ella nicht an seiner Seite war. Seine Beziehung lag in Trümmern.

Er zupfte an seiner Gitarre. „Die Beziehung ist am Ende. Das Feuer ist erloschen."

Das Lied begann, Gestalt anzunehmen, und schon bald war Jake so vertieft darin, einen neuen Song zu kreieren, dass er völlig die Zeit vergaß. Er hörte nicht einmal, dass die Tür geöffnet wurde, hörte nicht, dass Ella ins Zimmer kam. Erst als er den Refrain das letzte Mal gesungen hatte, öffnete er die Augen, und da stand sie am Kamin. Hatte er jetzt schon Halluzinationen?

Die Sinnestäuschung begann zu reden. „Das ist ein wunderbares Lied", sagte sie leise. „Warum hast du nicht das auf YouTube hochgeladen?"

Hätte er das getan, wären sie jetzt wieder ein Paar. Er schüttelte den Kopf. „Ich weiß es nicht." Das war eine Lüge. Er wusste genau, warum er diesen bösen Weihnachtsgruß an seine Exschwiegermutter verfasst hatte. Er war sauer gewesen.

Und unreif.

„Das war gemein von dir."

Ja, das war es.

Sie öffnete den Mund, als wollte sie noch etwas sagen, überlegte es sich dann aber anscheinend anders, denn sie drehte sich um und wollte das Zimmer verlassen.

„Warte", bat er sie. „Was wolltest du sagen?"

„Ist das nicht sowieso egal?“

„Nein, überhaupt nicht.“

Sie kniff die Lippen zusammen und musterte ihn. Schließlich fuhr sie doch fort: „Ich weiß, dass ich dich geheiratet habe, Jake, und dass ich dir hätte vertrauen sollen. Ich habe viele dumme Dinge getan. Ich war grundlos eifersüchtig. Und ich weiß, dass ich dich zum Ende hin nicht sonderlich unterstützt habe.“

Das kannst du wohl sagen. Jake hielt jedoch wohlweislich den Mund.

„Aber wenn ich an deiner Stelle gewesen wäre, wärst du bestimmt auch eifersüchtig geworden. Und vielleicht hättest du die gleichen Schlüsse gezogen.“

Da hatte sie nicht ganz unrecht. „Vielleicht“, gab er zu.

„Und du kannst auch Mims keinen Vorwurf machen. Sie hat nur versucht, mir zu helfen.“

So nannte man das also?

Ella biss sich auf die Lippe. „Du willst immer, dass ich mich entscheide – du oder Mims. Weißt du, wie unmöglich das ist? Was hättest du getan, wenn ich dich vor die Entscheidung gestellt hätte: deine Mutter oder ich?“

Jake schnaubte verächtlich. „Das Problem wäre nie aufgetaucht, weil meine Mom dich mag.“ *Und meine Mom ist cool, und deine ist eine Zicke.* „Wie auch immer, deine Mom wollte dich nie mit mir teilen. Sie hat mich gehasst, und zwar seit ich dich zu unserem Abschlussball eingeladen habe.“

„Nein. Erst seit du mich zum Abschlussball in diesem alten verbeulten Wagen abgeholt hast“, korrigierte Ella ihn. Bei der Erinnerung musste sie widerstrebend lächeln.

Jake grinste. „In dem alten Wagen haben wir ein paar Fahrten unternommen, die ich niemals vergessen werde.“

Ella wurde wieder ernst. „Oh, Jake.“

Im selben Moment klingelte es. Jake fluchte. „Mach nicht auf.“

„Muss ich. Es ist Mims.“

„Sag es nicht, lass mich raten – ihr zwei seid zum Essen verabredet.“ Die böse Hexe aus dem pazifischen Nordwesten kam wieder auf ihrem Besen herangebraust. Sie hätte keinen ungünstigeren Zeitpunkt wählen können.

„Wir gehen ins …“

Jake unterbrach sie: „Schwangau.“

Ella nickte.

Keine große Überraschung. Mims hatte nichts für mexikanisches Essen übrig, und eine Pizzeria war unter ihrer Würde. Genauso wie sie niemals ins Big Brats oder Hermans Hamburgers gehen würde. Jetzt, wo Zelda’s wegen Renovierung geschlossen blieb, war das piekfeine Schwangau der einzige Ort diesseits von Seattle, an dem Lily Swan sich herabließ zu essen. Warum konnte sie eigentlich nicht endlich jemanden in ihrem Alter finden, mit dem sie essen gehen konnte?

Ella eilte den Flur entlang. Jake hörte, wie sie die Tür öffnete. Dann vernahm sie Lilys Stimme. „Bist du fertig, Schätzchen? Ich möchte Axel nicht warten lassen.“

Axel! Wieso war der denn wieder auf der Bildfläche erschienen?

„Warte, ich hole nur schnell meinen Mantel“, antwortete Ella.

Der lag hier auf einem Sessel, zusammen mit ihrer Handtasche. Eine Sekunde lang überlegte Jake, ob er beides verstecken sollte.

Doch schon war Ella wieder da. Sie sah unglücklich aus, wobei er nicht sicher war, ob das an der Unterhaltung lag, die sie eben geführt hatten, oder an der Tatsache, dass ihre Mutter sie entführte. „Ich muss los“, sagte sie, ohne ihm in die Augen zu schauen.

„El“, flehte er. Wenn sie nur endlich einmal Zeit hätten, sich ungestört zu unterhalten, konnten sie die Sache bestimmt bereinigen.

Sie schüttelte den Kopf und eilte davon, während sie im Gehen ihren Mantel anzog.

Im nächsten Moment hörte Jake die Tür ins Schloss fallen.

„Und nun? Was soll ich jetzt machen?“, fragte er Tiny.

Tiny winselte voller Mitgefühl.

Jake ließ sich wieder auf das Sofa fallen. „Die beiden gibt es nur im Doppelpack, was?“, überlegte er. „Schwierig, eine Frau zu finden, die ohne ihre Mutter daherkommt.“

Wieso war das eigentlich so? Männer verließen ihr Elternhaus, und ihre Mütter akzeptierten das. Warum war es so schwer für sie, ihre Töchter ziehen zu lassen? Oder warum fiel es den Töchtern so schwer, sich von ihren Müttern zu lösen? Hatte es etwas damit zu tun, dass es Frauen waren?

„Nimmst du eine, bekommst du die andere gratis dazu“, informierte er Tiny. „Keine Extrakosten.“ Er hatte gedacht, er hätte eine Frau geheiratet, doch er hatte einen Doppelpack bekommen. Na ja, mehr oder weniger. Das hätte er, wenn Lily Swan ihn akzeptiert hätte.

Dank dieses unseligen Liedes akzeptierte sie ihn jetzt natürlich noch weniger. Wer hätte gedacht, dass ein Lied so viel Schaden anrichten konnte?

„Das hättest du dir denken können“, schalt er sich. „Lieder sind mächtig.“

Hm. Ja, das waren sie. Ein Lied hatte ihm diesen Schlamassel eingebrockt. Konnte ein Lied ihm auch wieder daraus heraushelfen?

20. KAPITEL

Axel, ich freue mich wirklich, dass Sie uns so spontan noch Gesellschaft leisten konnten", sagte Mims, nachdem der Kellner ihre Bestellungen aufgenommen hatte.

„Die Freude ist ganz meinerseits." Er musterte Ella eindringlich. „Ich dachte, du hättest etwas mit Jake vor?"

Lily antwortete für sie. „Hat sie nicht. Sie und Jake haben sich endgültig getrennt."

„Wirklich?" Axel klang nicht überzeugt.

„Ich will nicht darüber reden", sagte Ella.

Er nickte. „Nun, in diesem Winter schneit es wirklich außergewöhnlich viel, nicht wahr?"

Ella schaute aus dem Fenster zu den schneebedeckten Häusern, die von den nostalgischen Straßenlaternen erleuchtet wurden. Wenn es so schneite, machten Jake und sie es sich immer gern vor dem lodernden Kaminfeuer gemütlich.

Er hatte ein Feuer für sie entzündet.

Na und? Was er ihrer Mutter angetan hatte, war unverzeihlich.

Aber war es nicht in gewisser Weise nachvollziehbar? Sie erinnerte sich noch gut an seine wütenden Worte, als sie ihren allerletzten Streit gehabt hatten. Kurz bevor er ihr vorgeworfen hatte, keinerlei Vertrauen mehr zu ihm zu haben, bevor er gebrüllt hatte, dann solle sie doch die Scheidung einreichen. „Das ist alles die Schuld deiner Mom. Vom ersten Moment an, seit wir ein Paar waren, wollte sie, dass ich verschwinde."

„Das stimmt nicht!", hatte Ella protestiert, aber natürlich war es die Wahrheit. Sollten Mütter sich nicht eigentlich freuen, wenn ihre Töchter einen Mann gefunden hatten, den sie liebten?

„Ella?"

Die Stimme ihrer Mutter holte sie in die Gegenwart zurück.

„Es tut mir leid. Was hast du gesagt?"

Mims schüttelte den Kopf. „Wo warst du denn mit deinen Gedanken?“

Bei Jake. „Spielt keine Rolle.“ Doch das tat es. „Weißt du, manchmal verstehe ich wirklich nicht, warum du Jake nie eine Chance gegeben hast.“

Ihre Mutter zog beide Augenbrauen in die Höhe. „Das soll wohl ein Witz sein.“

„Nein, das ist mein voller Ernst.“

„Vielleicht sollte ich lieber gehen“, meinte Axel.

„Nein, bleiben Sie. Wir reden nicht mehr über dieses Thema“, erklärte Mims fest.

Ella schwieg. Na schön. Dann würde sie eben gar nichts mehr sagen. Der Kellner brachte die Vorspeisen, und sie konzentrierte sich auf den Salat auf ihrem Teller.

Axel versuchte, in die Bresche zu springen, indem er erzählte, dass er vorhätte, sich die kalifornischen Weingüter anzuschauen.

Wen interessierte das schon? Ella brach ihr Schweigegelübde. „Ich habe einen Fehler gemacht.“

„Es ist ein bisschen spät, deine Bestellung jetzt noch zu ändern, Schätzchen“, sagte Mims.

„Nein, ich meine in Bezug auf Jake.“

Axel stand auf. „Wisst ihr, ich lasse euch allein, damit ihr das in Ruhe besprechen könnt.“

„Oh, Axel“, begann Mims.

„Gute Idee“, stimmte Ella zu. „Mach dir keine Sorgen wegen dem Essen. Meine Mutter übernimmt die Rechnung.“

Axel nickte und ging. Beleidigt stieß Mims die Luft aus. „Also wirklich, Ella. Das war ziemlich unhöflich und selbstherrlich.“

„Nicht unhöflicher und selbstherrlicher als du, als du ihn einfach eingeladen hast“, erwiderte Ella in einem Ton, den sie ihrer Mutter gegenüber nur sehr selten anschlug.

„Nun, du warst ja nicht mehr mit diesem …“

„Jake. Sein Name ist Jake. Und was hat Axel, was Jake nicht hat?“

„Geld, zum einen. Und er ist kultiviert.“

„Oh, Mims, er ist ein Dummkopf. Und er ist ein Kontrollfreak. Jedes Mal, wenn er mich eingeladen hat, hatte er vorher schon bestimmt, was wir machen. Ich will aber nicht ständig kontrolliert werden." In ihrer Kindheit war sie schon genügend kontrolliert worden. „Von niemandem", fügte sie hinzu.

„Willst du damit andeuten, dass ich dich kontrolliere?"

Ella war gerade so richtig schön in Fahrt. Da konnte sie gleich weitermachen. „Ja, das tust du. Hast du immer schon getan. Als Kind durfte ich mir nie meine eigenen Sachen zum Anziehen aussuchen."

„Natürlich durftest du das, als du einen Sinn für Mode entwickelt hattest."

„Sämtliche Freundinnen, die dir nicht gefielen, hast du aus meinem Leben verbannt."

„Das war nur zu deinem Besten", beharrte Mims.

„Keine meiner Freundinnen hatte irgendetwas verbrochen, abgesehen davon, dass deren Mütter in der Fabrik von Sweet Dreams oder an der Kasse im Supermarkt gearbeitet haben." Darauf konnte Mims nichts erwidern, und Ella fuhr fort: „Du warst diejenige, die entschieden hat, dass ich für dich im Laden arbeiten sollte."

„Und warum auch nicht? Du hast ein Gespür für Mode."

„Ich habe auch ein Gespür fürs Dekorieren. Und genau das wollte ich machen." Also hätte sie ihre Meinung kundtun sollen, statt sich einfach den Wünschen von Mims zu fügen. Doch jetzt hatte sie genug davon, nach Mims' Pfeife zu tanzen. Langsam wurde es Zeit, dass sie eine eigenständige Frau wurde.

„Das wäre doch lächerlich gewesen", ereiferte sich Mims. „Für jemanden anderen arbeiten gehen, wenn wir einen Familienbetrieb haben? Ella, ich weiß wirklich nicht, was in dich gefahren ist."

„Ich möchte ich sein. Ich möchte nicht einfach nur eine Imitation von dir sein. Ich möchte glücklich sein."

„Du bist glücklich", erklärte Mims. „Wir sind glücklich. Wir waren immer glücklich, nur wir beide zusammen."

Deine Mom hat dich nie mit mir teilen wollen.

Wieder schossen Ella Jakes Worte durch den Kopf. Wie eine eiskalte Dusche prasselte die Wahrheit auf sie ein. Er hatte recht. In gewisser Weise musste ihr das auch bewusst gewesen sein. Vielleicht hatte sie es nur nie zugeben wollen. Jetzt sah sie sehr viel klarer. Die große Frage war jedoch: Was würde sie mit dieser neuen Erkenntnis anfangen? Etwas, was jede erwachsene Frau zu einem bestimmten Zeitpunkt im Leben tun sollte – darauf bestehen, ihr eigenes Leben zu leben, mit allen Konsequenzen, die daraus entstanden.

Sie holte tief Luft. „Mims, du weißt, dass ich dich liebe."

„Und ich liebe dich. Es gibt nichts, was ich nicht für dich tun würde. Ich habe sogar meine Modelkarriere für dich aufgegeben."

Okay, das klang nicht ganz aufrichtig. „Du hast mir mal erzählt, dass Models schnell verbrannt sind. Dass du deinen Karrierehöhepunkt schon überschritten hattest."

Auf einmal blickte ihre Mutter sehr finster drein. „Das stimmt doch gar nicht. Wenn wir nicht hierhergezogen wären, hätte ich noch alles Mögliche tun können."

„Warum hast du dann nichts davon gemacht?"

Mims saß da und starrte sie an. „Ich … ich habe es einfach nicht getan."

Ella ließ sich auf ihrem Stuhl zurückfallen und erwiderte den Blick ihrer Mutter. „Du bist weggelaufen. Du bist vor deinem Leben davongelaufen."

„Bin ich nicht!", entgegnete Mims hitzig.

„Du warst schwanger und bist weggelaufen. Warum habe ich meinen Vater nie kennengelernt?"

Mims versteifte sich. „Diese Diskussion hatten wir schon häufig genug."

„‚Es hat nicht funktioniert zwischen uns, und ich habe keine Ahnung, wo er steckt.' Das nennst du eine Diskussion?"

Mims legte ihre Gabel mit Nachdruck beiseite. „Also wirklich, Ella. Was willst du von mir?"

Auch Ella warf die Gabel auf den Tisch. „Mein Leben! Und ich will nicht, dass es so endet wie deins. Ich will mein Leben nicht allein verbringen.“ War das gerade aus ihrem Mund gekommen?

Einen Moment lang saßen sie und ihre Mutter sprachlos da und starrten einander an. Schließlich sagte Mims. „An meinem Leben gibt es nichts auszusetzen, und ich bin nicht allein. Ich habe dich. Wir haben einander. Der Mann, mit dem du zusammen warst, bricht dir doch sowieso nur das Herz.“

„So wie deiner es getan hat?“, fragte Ella leise.

Mims rutschte nervös auf ihrem Stuhl hin und her. „Ich habe ihn sowieso nicht gebraucht. Schätzchen, du brauchst keinen Mann, um glücklich zu sein. Glaub mir.“

„Bist du wirklich glücklich, Mims?“

Ihre Mutter sah sie an, als hätte sie Gotteslästerung betrieben. „Natürlich bin ich das!“

Wieder schwiegen sie betreten. Der Kellner kam, um die Salatteller abzuräumen. Kaum war er weg, fragte Ella: „Wer *war* er?“

Mims verdrehte die Augen. „Oh nein, nicht schon wieder dieses Thema. Wie oft hast du mich das schon gefragt?“

Ungefähr eine Million Mal.

„Was spielt es schon für eine Rolle? Dieser Mann ist niemals Teil deines Lebens gewesen.“

„Und warum nicht?“

„Das habe ich dir doch erzählt. Schon lange, bevor er von dir erfuhr, waren wir getrennte Wege gegangen.“

„Vielleicht würde er gern mehr von mir erfahren.“

Mims schüttelte angewidert den Kopf. „Das bezweifle ich doch sehr.“

„Das Einzige, was du mir je erzählt hast, war, dass er ebenfalls gemodelt hat. Hast du eigentlich eine Vorstellung davon, wie viele Zeitschriften ich als Jugendliche durchgeschaut habe, immer auf der Suche nach einem männlichen Model, das mein Vater hätte sein können?“ Und immer hatte sie sich auch die Frage gestellt, warum sie, wenn sie zwei so gut aussehende Elternteile hatte, selbst keine Schönheit geworden war. Zum Glück wurde das bedeutungslos, als sie Jake kennengelernt hatte.

„Ella, ich will nicht darüber reden."

Ella seufzte. „Es tut mir leid, dass er dir wehgetan hat. Hat er dich wegen einer anderen verlassen?"

Der Gesichtsausdruck ihrer Mutter verriet alles. „Hör endlich auf, Ella. Ich will nicht mehr darüber reden."

Es gab Frauen, die erzählten der ganzen Welt, wenn ein Mann sie verlassen hatte. Die säten ihre Verbitterung geradezu aus. Mims hatte eine Mauer um ihre Vergangenheit errichtet und die Verbitterung in sich hineingefressen. In ihrem Inneren hatte diese sich dann in Misstrauen verwandelt. Daher war es wohl keine Überraschung, dass sie bereitwillig geglaubt hatte, Jake hätte ihre Tochter betrogen. Das Misstrauen ihrer Mutter, gepaart mit Ellas Unsicherheit – was für eine tödliche Kombination!

Für Ella war es noch nicht zu spät, sich von den Auswirkungen zu erholen, die die gescheiterte Liebesaffäre ihrer Mutter auf ihr Leben gehabt hatte. Aber Mims würde das wohl nie mehr gelingen. „Oh, Mims. Es tut mir leid. Es tut mir leid, dass du so verletzt worden bist."

Jetzt sah Mims so aus, als würde sie gleich in Tränen ausbrechen. Sie griff über den Tisch und legte eine Hand auf die ihrer Tochter. „Ich habe das Beste von ihm bekommen, was man sich nur wünschen kann. Ich habe dich. Und alles, was ich getan habe, habe ich für dich getan. Damit du sicher und geborgen aufwachsen konntest."

„Das bin ich", versicherte Ella ihr.

„Und es war nicht so schlimm, oder?"

„Natürlich nicht. Aber jetzt muss ich mein eigenes Leben führen, Mims. Du weißt doch selbst, dass kleine Mädchen irgendwann erwachsen werden und ihr Elternhaus verlassen. Du hast deins verlassen, um Model zu werden."

„Und daraufhin hat meine Mutter nie wieder mit mir geredet."

Das wiederum war eine Geschichte, die Ella immer wieder

detailliert erzählt bekommen hatte. Traurigerweise waren ihre Großeltern gestorben, als sie noch klein gewesen war. Vielleicht war das der Grund, warum Mims sie so eng an sich gebunden hatte. Sie war alles, was ihre Mutter hatte. „Ich habe dich aber nie verlassen“, sagte sie.

„Er wäre glücklich gewesen, wenn du es getan hättest“, erwiderte Mims. Und es war nicht schwierig zu erraten, dass sie von Jake sprach. „Und mit diesem schrecklichen Lied hat er sein wahres Gesicht gezeigt.“

Plötzlich wurde ihre Unterhaltung von leisem Gitarrenspiel unterbrochen. Ella schaute auf. Und sah, wie Jake mit seiner Gitarre in der Hand auf ihren Tisch zukam.

„Was macht der denn hier?“, fragte Mims erbost.

Singen, ganz offensichtlich. „‚Dies ist nur ein Dankeschön an die Frauen in meinem Leben‘“, sang Jake. „‚Für die Mom, die ihre wunderschöne Tochter mit mir geteilt hat.‘“

Ein neues Lied. Er hatte ein neues Lied geschrieben, um sich für das zu entschuldigen, was er getan hatte. Während Jake weitersang, blickte Ella verstohlen hinüber, um zu sehen, wie Mims das Friedensangebot aufnahm. Die blickte stur auf den Tisch und wischte sich verstohlen den Augenwinkel.

„Dies ist also ein großes Dankeschön von einem einfachen Mann an die Frauen in meinem Leben, die mich zu dem gemacht haben, was ich bin“, endete Jake.

Die anderen Gäste im Restaurant applaudierten, doch er ignorierte sie und richtete seinen Blick allein auf Mims. „Lily, ich weiß, wir sind nicht immer gut miteinander ausgekommen. Aber ich würde gern einen Weg finden, das zu ändern“, sagte er. „Ich hoffe, dass dieses Lied ein Anfang sein kann. Ich werde es mit meiner Band singen und auf YouTube hochladen.“

„Danke“, sagte Mims steif.

An Ella gewandt, meinte er: „Ich habe noch ein Lied, und das ist nur für dich.“ Er begann, auf seiner Gitarre zu zupfen, dann stimmte er seinen Song an. Auf einmal herrschte Stille im Restaurant. Keine einzige Gabel klirrte, kein Glas wurde erhoben. Alle, einschließlich der Bedienung, lauschten, als Jake von der schwierigen Reise sang, die sie im letzten Jahr durchgestanden hatten.

Es war keine schöne Zeit gewesen, doch vielleicht hatte diese Reise sie an einen besseren Ort gebracht. Einen, der eine solidere Grundlage für ihr zukünftiges Leben darstellen würde.

Noch einmal stimmte Jake den Refrain an, und jede Zeile versprach eine bessere Zukunft.

Als er verstummte, schnieften die meisten Frauen in ein Taschentuch oder tupften sich die Augen trocken, Ella eingeschlossen.

„Ach, übrigens, das konnte ich dir vorhin ja gar nicht mehr erzählen: Ein Talentscout aus Nashville hat mich angerufen."

„Ein Talentscout?" Ella strahlte ihre Mutter an. „Er wird den Durchbruch schaffen, Mims."

Ihre Mutter verzog das Gesicht, bevor sie – widerstrebend – nickte.

„Wenn ihr hier fertig seid, wie wäre es, wenn ihr beiden dann nach Hause kommt, um dort euren Nachtisch zu essen?"

„Wir haben kein Dessert zu Hause", sagte Ella.

„Oh doch, das haben wir. Ich habe Cass angerufen und ihr gesagt, dass es sich um einen Notfall handelt. Sie hat mir einen Red-Velvet-Kuchen verkauft."

Ellas Lieblingskuchen und der einzige Nachtisch, für den auch Mims eine Schwäche hatte. Ella drehte sich zu ihrer Mutter herum.

Lily versuchte, genervt auszusehen. „Ich weiß nicht. Ich hatte Pläne …"

„Na ja, wenn das so ist …", begann Jake.

„Die ich ändern kann."

Jake strahlte. „Wunderbar. Dann treffen wir uns gleich bei uns zu Hause."

Er ging, und Ella wandte sich an ihre Mutter. „Ich liebe ihn immer noch, Mims. Ich habe versucht, das Gefühl loszuwerden, aber das funktioniert nicht."

Ihre Mutter seufzte. „Nun, du hättest jemand Besseren finden können. Aber ich schätze, es hätte auch schlimmer kommen können. Das wird die Zeit zeigen."

Nicht gerade wie ein Happy End im Film, dachte Ella, aber nicht schlecht für einen Neuanfang, vielleicht für sie alle. Und das schönste Weihnachtsgeschenk, das sie sich vorstellen konnte.

Es war Freitag, und auf dem Schild an der Tür des Gingerbread-Hauses stand „Geschlossen wegen der Hochzeit meiner Tochter". Cass hatte die Hochzeitstorte mit nach Hause genommen, um sie dort zu dekorieren.

Als sie vom Küchentisch zurücktrat, um ihr Meisterwerk zu bewundern, stahlen ihr die spätnachmittäglichen Schatten das Licht. Es war ein wahres Kunstwerk, das eines Konditoreimuseums würdig gewesen wäre – ein dreistöckiges Gebilde mit winzigen Geschenken, eingepackt in weißen und roten Fondant mit silbernen Schleifen aus Zuckerguss, überzogen mit einer Puderzuckerschicht, die wie zarte weiße Schneeflocken wirkte.

„Mom, ist die schön!", hauchte Dani, die zu ihr getreten war, um das Endprodukt zu bewundern.

Die Ehrfurcht in der Stimme ihrer Tochter ließ Cass ihre Rückenschmerzen vergessen. „Es freut mich, dass sie dir gefällt."

„Gefällt? Ich liebe sie!" Dani umarmte sie. „Jetzt bin ich froh, dass du mir die Cupcakes ausgeredet hast."

Na, wenn das kein Kompliment war.

Gerade hatte Dani mit ihrem Handy ein Foto von der Torte geschossen, als Mason in die Küche kam. „Wir sind fertig und können los … Wow, das ist ja mal eine Torte!"

Cass lächelte, als er sich der Torte näherte wie Indiana Jones dem verlorenen Schatz der Inkas. Es war ein langer Weg gewesen von ihren Kuchen in Puppen- und Schmetterlingsform bis zu diesem Meisterwerk, und angesichts von Masons Bewunderung konnte sie sich eines Gefühls des Stolzes nicht erwehren.

„Wenn ich bedenke, dass ich mich früher über deine Puppenkuchen lustig gemacht habe", meinte er reumütig.

Inzwischen hatte sich auch Babette zu ihnen gesellt, mit Cupcake auf den Fersen. „Oh, was für ein Kunstwerk!“

Damit stieg sie in der Achtung von Cass noch ein Stückchen weiter.

Einen Moment später kamen Louise und Maddy in die Küche. „Wir stehen schon seit Ewigkeiten an der Tür“, beschwerte sich Maddy. „Gehen wir uns jetzt den Lichterumzug anschauen oder nicht?“

„Wir haben uns nur noch schnell die Torte angesehen“, sagte Dani. „Ist sie nicht schön?“

Louise musterte sie. „Hm. Ganz nett.“

Nett. Oh, diese alte Hexe, dachte Cass. Am liebsten hätte sie ihrer ehemaligen Schwiegermutter eine Torte ins Gesicht geklatscht, aber da sie gerade keine zur Hand hatte (was vermutlich auch gut war), zwang sie sich zu einem Lächeln und sagte nur: „Wir sollten gehen.“

„Ich hatte nicht damit gerechnet, dass du mitkommen würdest“, erklärte Louise.

Nur noch einen Tag mit ihr, beruhigte sich Cass. „Ich auch nicht“, antwortete sie und tat so, als wäre ihre unerwartete Teilnahme am Ausflug eine freudige Überraschung für Louise. „Ich dachte, ich würde länger zum Verzieren brauchen.“ Sie hatte damit gerechnet, dass sie bis zur Hochzeitsprobe brauchen würde. Also hatte sie eigentlich geplant, dass sie auf die Parade und die Häppchen bei Olivia verzichten würde, um die Torte fertigzustellen, bevor sie sie mit zu Olivia nehmen und für die Probe aufbauen würde. Jetzt freute sie sich darüber, dass sie ihre Familie zu all den Feierlichkeiten begleiten konnte. Na ja, den Großteil der Familie.

„Ich verstehe gar nicht, warum du so lange gebraucht hast, um die zu dekorieren“, meinte Louise. „So viel ist da ja nun auch nicht dran.“

Wieso hatte man gerade keine Sahnetorte zur Hand, wenn man sie brauchte?

„Fondant ist sehr schwierig zu verarbeiten“, verteidigte Dani ihre Mutter.

„Ach ja?“ Louise klang nicht sonderlich überzeugt.

„Lasst uns gehen“, sagte Mason. „Wenn wir hier lange in unseren Mänteln herumstehen, fangen wir sonst gleich an zu schwitzen.“

Alle strömten aus der Küche heraus, Cupcake immer kläffend zwischen ihren Füßen. Willie und Amber hatten geduldig auf der Couch gewartet – was keine schwere Prüfung war, wenn man ein Smartphone hatte, auf dem man herumspielen konnte –, aber jetzt standen sie auf, und die Gesellschaft war vollzählig. Eine ziemlich beeindruckende Truppe.

Wir sehen aus wie eine große, glückliche Familie, dachte Cass. Junge, Junge, wie sehr das Äußere doch täuschen konnte.

An der Haustür hockte Babette sich hin und gab ihrem kleinen pelzigen Monster, das sie einen Hund nannte, einen Kuss auf den Kopf. „Nein, Baby, du musst hierbleiben und das Haus bewachen.“

Das Haus verwüsten wohl eher. Cass hoffte, dass Willie seine Zimmertür geschlossen hatte. Sonst würde ihm eine weitere böse Überraschung blühen.

„Die Torte ist wirklich fantastisch“, sagte Maddy zu ihr, als sie die Auffahrt hinuntergingen.

„Danke“, erwiderte Cass. Vielleicht war Maddy doch nicht so grässlich. Vielleicht würde dieses ganze Wochenende doch nicht so grässlich werden. Das Leben ist schön, entschied Cass lächelnd.

Das Leben ist schön, wenn du ein Hund bist und feststellst, dass auf dem Küchentisch der herrlichste Hundeleckerbissen überhaupt steht.

Die Gäste von Cass waren alle begeistert von der Parade gewesen, die vor allem aus Autos und Pferdeschlitten bestanden hatte. Die Fahrzeuge waren mit Lichterketten und Lampions geschmückt und fuhren die verschiedenen Festival-Prinzessinnen und Würdenträger sowie natürlich den Weihnachtsmann spazieren. Jetzt machte sich Cass mit ihrer Familie auf den Weg zum Haus, um die Wagen zu holen und zum Restaurant zu fahren.

„Die Stadt sieht wie eine riesige Glasschneekugel aus“, sagte Babette und schaute sich die glitzernden Lichter überall noch einmal an. „Ich kann schon verstehen, warum du hier gern lebst“, meinte sie zu Cass. An Mason gewandt, fuhr sie fort: „Ich hätte nichts dagegen, hier oben eine Eigentumswohnung zu haben.“

Oh, bitte, bitte, nicht, flehte Cass. Auch wenn sie ihren Frieden mit Mason geschlossen hatte, bedeutete das noch lange nicht, dass sie ihn und Babette hier direkt um die Ecke wohnen haben wollte.

Ehe sie etwas sagen konnte, erwiderte Mason: „Da ist es günstiger, wenn wir uns hin und wieder eine Ferienwohnung mieten.“

Danke, Mason.

„Wie auch immer, ich bin mir nicht sicher, ob Cass es gutheißen würde, wenn sie uns ständig hier hätte.“

Cass entschied, um des lieben Friedens willen das Thema zu wechseln.

Ein paar Minuten später waren sie wieder zu Hause. Louise erklärte, sie müsste noch einmal kurz verschwinden, Babette wollte ihr Make-up auffrischen, und Mason bot an, Cass dabei zu helfen, die Torte ins Auto zu laden. Es war zu kalt draußen, also trotteten alle schnell ins Warme. Zu ihrer Überraschung kam Cupcake nicht zur Tür, um sie mit seinem Gekläffe zu begrüßen. Auch nicht mit etwas anderem – zum Glück.

„Wo ist Cupcake?“, fragte Babette verwundert.

„Habt ihr eure Zimmertüren zugemacht?“, fragte Cass ihre Kinder.

„Äh, ja“, erwiderte Willie, und seine Stimme verriet, dass er zumindest diese Lektion gelernt hatte.

„Cupcake“, rief Babette und ging durchs Esszimmer. „Cupcake.“ Jetzt stand sie vor der Küche. „Cup… Oh!“

Cupcake … Küche. Cass fügte die einzelnen Puzzleteile zusammen. Fast hätte sie einen Herzinfarkt bekommen. Sie raste an einer schockierten Babette vorbei und fand Cupcake, den Zerstörer, auf dem Tisch, die Schnauze tief im Kuchen vergraben. Offenbar hatte der Hund einen der Stühle als Trittbrett benutzt, um zur Torte zu gelangen. Und dann hatte er zugeschlagen. Es gab nicht eine Schicht Kuchen, von der das kleine Biest nicht probiert hatte.

Mit einem Aufschrei scheuchte Cass den Hund vom Kuchen weg. Cupcake bellte und purzelte vom Tisch, wobei er Kuchen und Glasur hinter sich herzog. Gleichzeitig kam der Rest der Familie in die Küche, um zu sehen, was los war.

„Oh, Cupcake“, stöhnte Babette. „Oh, Cass.“ Weiter kam sie nicht, bevor sie in Tränen ausbrach.

Mason zögerte, hin- und hergerissen zwischen dem Versuch, seiner verzweifelten jetzigen Frau zu helfen und seine ehemalige Frau zu beruhigen.

Doch Cass ließ sich nicht beruhigen. „Diese Töle, dieser verdammte Hund! Schaut euch an, was er angerichtet hat. Ich werde ihn umbringen!“

„Meine Torte“, heulte Dani und fing ebenfalls an zu schluchzen.

„Du hättest sie nicht auf dem Tisch stehen lassen sollen“, sagte Louise „Du hättest wissen müssen, dass dieser blöde Hund sich auf sie stürzen würde. Ich weiß sowieso nicht, wieso du sie mit nach Hause gebracht hast.“

Weil Cass gedacht hatte, sie hätte zu Hause mehr Ruhe als im Laden, wo sie die Kunden bedienen musste und ständig von irgendwelchen Familienmitgliedern angerufen wurde, die irgendwelche Fragen und Wünsche hatten. Weil sie mit ihrer Familie zusammen sein wollte. Weil sie wollte, dass Dani sah, wie ihre Hochzeitstorte Gestalt annahm. Sie hatte ... Oh, sie war einfach nur dumm gewesen, mehr gab es dazu nicht zu sagen. Sie schob eine Faust in eine der ruinierten Kuchenlagen und drückte fest zu. Dabei stellte sie sich vor, es wäre Cupcakes Hals.

„Cass, es tut mir so leid“, jammerte Babette. „Deine schöne Torte.“ Plötzlich riss sie die Augen auf und schnappte nach Luft.

„Oh nein und der arme Cupcake. Davon wird ihm bestimmt ganz schlecht. Mason, wir müssen einen Tierarzt suchen." Hastig holte sie ihr Handy heraus und stürmte, an Willie und Amber vorbei, aus der Küche.

„Dieser Kuchen sieht aus, als hätte eine Bombe eingeschlagen", stellte Willie fest.

„Halt den Mund", fuhr Amber ihn an. „Es ist okay, Mom", sagte sie und kam zu Cass. „Vielleicht kannst du ihn wieder hinkriegen."

„Das bekommst du nie wieder hin", erklärte Louise. „Das blöde Vieh hat überall seine Schnauze drin gehabt."

„Äh, lass mich wissen, wenn ich irgendetwas helfen kann", sagte Mason und trat eilig den Rückzug an.

Cass konnte es ihm nicht verdenken. Sie wünschte, auch sie könnte davonlaufen.

Es passierten immer mal wieder Unglücke, und sie hatte im Laufe der letzten Jahre so manches Lebkuchenhaus reparieren müssen. Aber diese Torte war mehr oder weniger niedergepflügt worden. Völlig schockiert stand sie da und starrte ihr ruiniertes Kunstwerk an.

„Hast du in der Bäckerei noch irgendetwas in Reserve?", fragte Maddy.

Zwei Kuchen, mit denen man vielleicht zwölf Leute satt bekam, sechs Lebkuchenhäuser und zwei Dutzend Lebkuchenmännchen, ein Dutzend Windbeutelschwäne und ein paar Kekse. Cass begann, hysterisch zu lachen. Aus dem Augenwinkel bekam sie mit, wie ihre Exschwiegermutter und deren Tochter besorgte Blicke austauschten. *Die Person, die für die Hochzeitstorte verantwortlich war, ist leider verrückt geworden.* Cass ließ sich auf einen Küchenstuhl fallen und hoffte auf eine Eingebung.

Blechkuchen. Sie würde ein paar Blechkuchen backen müssen. Na, das wäre ja ein denkwürdiges Hochzeitsgeschenk für ihre Tochter.

Babette kam wieder in die Küche. „Mason bringt Cupcake zum Tierarzt", verkündete sie.

„Wie schön für Cupcake“, murmelte Cass.

„Oh, mein Gott, das ist die Idee!“, quiekte Babette.

„Was?“, wollte Louise wissen.

„Cupcakes. Wir könnten Cupcakes machen“, rief Babette fröhlich.

„Oh ja.“ Dani war begeistert.

Das, was ihre Tochter von Anfang an hatte haben wollen.

Und Babette war diejenige gewesen, die es vorgeschlagen hatte – eine bittere Pille, die Cass nach dieser ganzen Katastrophe jetzt auch noch schlucken musste. Was das Ganze noch schlimmer machte, war, dass Cass keine Ahnung hatte, wie sie das auf die Schnelle anstellen sollte.

Dani schaute sie hoffnungsvoll an. Ach herrje, alle schauten sie an.

„In Ordnung, machen wir Cupcakes.“ Sie würden nicht besonders extravagant ausfallen, und sie würde die ganze Nacht lang durchbacken müssen, aber sie würde sie fertig bekommen. Schlaf wurde sowieso überbewertet.

Ihre Tochter kam zu ihr gerannt, um sie zu umarmen. „Danke, Mom. Du bist die Beste!“

Nicht die Beste, wenn es ums Teilen ging, musste Cass zugeben. Es wurmte sie immer noch, dass Babette diejenige gewesen war, die Dani versprochen hatte, ihr ihren Herzenswunsch zu erfüllen. Aber in Zukunft würde Babette immer Anteil am Leben ihrer Tochter nehmen, und es gab hier jemanden, der definitiv lernen musste zu teilen. Was du heute kannst besorgen, das verschiebe nicht auf morgen. Vielleicht sollte sie sich mal daran halten.

„Wir können ja alle helfen“, meinte Babette eifrig.

„Ich könnte auf jeden Fall Hilfe gebrauchen“, gab Cass zu.

„Dann lasst uns anfangen.“ Louise krempelte die Ärmel hoch. „Sag uns, was zu tun ist, Cass.“

„Okay“, meinte Cass. „Dani, du nimmst Amber und Willie und fährst zum Restaurant rüber. Sobald dein Vater den Hund beim Tierarzt abgeliefert hat, kann er zu euch stoßen.“

„Aber was ist mit dem Probeessen?“, jammerte Dani.

„Das wird stattfinden“, versicherte Cass ihr.

„Ohne dich?“

„Vergiss mich“, sagte Cass. „Du hast deine ganze Brautjungfernschaft da plus Mikes Familie. Geh und hab Spaß.“

„Ich kann dich doch das alles nicht alleine backen lassen“, protestierte Dani.

„Sie ist ja nicht allein“, widersprach Babette. „Wir sind doch hier.“

„Genau“, stimmte Maddy zu.

„Familien halten zusammen“, fügte Louise hinzu. Daraufhin überlegte Cass ernsthaft, ob Außerirdische in den Körper der älteren Dame geschlüpft waren.

„Ich gehe in die Bäckerei“, sagte Cass. „Dort kann ich mehr Cupcakes in kürzerer Zeit backen als hier. Ihr bleibt am besten hier und macht euch an die Arbeit.“

„Ich fahre zum Supermarkt und hole Teigmischungen.“ Babette eilte zur Tür.

„Vergiss nicht, Butter und Puderzucker mitzubringen“, rief Louise ihr hinterher, während sie die Schränke durchsuchte.

„Davon habe ich noch reichlich in der Bäckerei“, rief Cass. „Komm auf dem Rückweg dort vorbei.“

„Was sollen wir damit machen?“, fragte Maddy und zeigte auf die Hochzeitstorte.

„Essen“, meinte Willie und steckte einen Finger in die Creme.

„Da ist doch überall Hundesabber“, meinte Amber angeekelt.

Willie verzog das Gesicht. „Ach, ich ess einfach drumherum.“

„Dafür hast du keine Zeit mehr“, erklärte Amber ihm. „Wir müssen zur Probe fahren.“

„Ich nehme mir ein Stück mit.“

Cass hörte der Diskussion nicht weiter zu, sondern machte sich auf den Weg in die Bäckerei. Sie hatte eine Menge zu tun.

Gerade als sie die erste Ladung Cupcakes im Ofen hatte, hörte sie ein Klopfen an der Ladentür. Sie nahm an, dass es Babette war, die die Vorräte abholen wollte. Also eilte sie nach vorn.

Es war tatsächlich Babette, aber sie hatte auch Samantha und Bailey mitgebracht.

„Sam, was macht ihr denn hier?", fragte Cass.

„Dich kidnappen", verkündete Samantha.

„Was?"

„Ich bin hier, um sicherzustellen, dass du zur Hochzeitsprobe und zum Essen gehst."

Cass schüttelte den Kopf. „Vielleicht hat Babette es euch nicht erzählt, aber es gab da ein kleines Missgeschick und …"

„Sie hat es uns erzählt, und deshalb sind wir hier", meinte Bailey. „Ich übernehme für dich, bis du vom Essen wiederkommst."

„Mom und Cecily sind zu Hause am Backen", fuhr Samantha fort. „Ella und Charley auch. Und Blake nimmt meine ersten Cupcakes in …", sie warf einen Blick auf die Uhr auf ihrem Handy, „fünf Minuten aus dem Ofen. Dann muss ich das nächste Blech reinschieben." Sie grinste. „Unser geheimes Schokoladen-Cupcake-Rezept."

„Wie habt ihr … ich verstehe das alles nicht."

„Babette hat mir Bescheid gesagt, und ich habe sofort alle informiert", berichtete Samantha. „Während wir hier reden, ist die Hälfte der Frauen von Icicle Falls damit beschäftigt, Cupcakes zu backen. Also, komm schon. Du hast ein paar Pflichten als Brautmutter zu erfüllen."

Cass blinzelte gegen die Tränen an. „Danke."

„Dank nicht mir, sondern Babette", sagte Samantha. „Sie ist diejenige, die uns alarmiert hat."

Ihre wunderschöne Hochzeitstorte war ruiniert, und darüber war Cass untröstlich. Aber der wichtigste Tag im Leben ihrer Tochter würde nicht ruiniert werden, weil all ihre Freunde und sogar die Exverwandtschaft an einem Strang zogen und mithalfen, das Beste aus der Situation zu machen. Das war einfach unglaublich.

Und was noch erstaunlicher war: So langsam begann sie, Babette richtig gernzuhaben.

21. KAPITEL

An Danis Hochzeit würde man sich noch lange erinnern, und zum Glück nicht deswegen, weil weitere Katastrophen folgten, sondern weil alles perfekt war. Mit Tränen in den Augen saß Cass neben Babette im festlich geschmückten Konferenzsaal des Hotels Icicle Creek Lodge und beobachtete, wie Amber zur Musik von Pachelbels „Canon“ den Gang entlanggeschritten kam. In ihrem schicken roten Satinkleid sah sie viel älter aus als fünfzehn. Danis Freundinnen Vanessa und Mikaila, beide in grauen Satinkleidern, kamen als Nächstes, zwei Mädchen Anfang zwanzig, deren Leben gerade erst begann.

Und jetzt schritt Dani den Gang entlang, der mit weißen Rosen, silbernem Tüll und grünen Zweigen einem Gartenweg nachempfunden war. In der Hand hielt sie den Brautstrauß aus roten und weißen Teerosen. Meine Große, dachte Cass, eben noch ein Teenager und auf einmal schon so erwachsen, eine Schneekönigin, die von ihrem strahlenden Vater begleitet wurde. Cass war so froh, dass ihr Bruder Drew hier war und alles mit der Videokamera filmte.

„Wer gibt diese Frau frei, damit sie diesen Mann ehelichen kann?“, fragte Pastor Jim, als sie das Ende des Ganges erreicht hatten.

„Ihre Mutter und ich, mit all unserer Liebe“, antwortete Mason. Nachdem seine Aufgabe in dieser Zeremonie erfüllt war, setzte er sich zwischen Cass und Babette, und zu Cass’ Überraschung griff er nach ihrer Hand und drückte sie. Sie lächelte und erwiderte den Druck. Es war so viel schöner, Verbündete zu sein anstatt Feinde.

Pastor Jim hielt eine kurze, aber wunderbare Ansprache. „Ich wünschte, ich könnte euch versprechen, dass euer gemeinsames Leben so wie dieser Tag sein wird, nämlich perfekt. Aber das wird es nicht, und ich vermute, das wisst ihr schon. Es wird Zeiten geben, da werdet ihr euch anschauen und fragen: ‚Warum habe ich mir ausgerechnet dich ausgesucht?‘ Daher möchte ich, dass ihr diesen Tag in eurem Herzen und eurem Gedächtnis bewahrt. All das, was ihr heute denkt, was ihr jetzt fühlt. Erinnert euch an das Gute, was ihr im anderen seht. Wenn ihr das tut, dann werdet ihr es schaffen.“

Cass musste schlucken. Vielleicht hätten sie und Mason es geschafft, wenn sie einen Pastor Jim gehabt hätten, der ihnen so gute Ratschläge mit auf den Weg gegeben hätte. Doch dafür war es jetzt zu spät. Sie hatte ihren Lebensweg eingeschlagen, und es waren keine schlechten Entscheidungen gewesen. Genau genommen war doch alles ziemlich wundervoll.

Eine von Danis Freundinnen spielte Gitarre und sang jetzt das Hochzeitslied, das Jake für Ella geschrieben hatte. Dani und Mike gossen währenddessen gefärbten Sand – er silbernen, sie goldenen – in eine große Kristallvase, die einmal der Mutter von Cass gehört hatte. Cass beobachtete, wie sich die Farben vermischten und vereinten. Aus zweien wurde eins. Nicht nur zwei Menschen, dachte sie und schaute hinüber zu Delia, Mikes Mutter, die neben ihrem Mann und ihrer Mutter saß und sich ebenfalls die Tränen aus den Augen tupfte. Zwei Familien. Nein. Eigentlich waren es ja drei, korrigierte sie sich, als Babette ihren Arm unter Masons schob.

Das Hochzeitspaar legte das Eheversprechen ab, und dann grinste Pastor Jim und meinte: „Und jetzt kommt der Moment, auf den wir alle gewartet haben. Kraft meines Amtes erkläre ich euch zu Mann und Frau. Mike, Sie dürfen Ihre Braut jetzt küssen.“

Und genau das tat er auch, und zwar sehr ausgiebig, während seine Freunde johlten und alle anderen klatschten. Dann, zur Überraschung aller, einschließlich der Mutter der Braut, tanzten die beiden Frischvermählten zu lauter Rockmusik den Gang entlang. Also taten es ihnen die Gäste, die von den Platzanweisern (zu denen auch Willie gehörte, der entschieden hatte, dass er doch nicht unbedingt etwas dagegen hatte, einen Smoking zu tragen) Reihe für Reihe dazu aufgefordert wurden, gleich. Es war ein kurzer Weg bis zum Speisesaal, wo der Empfang abgehalten werden sollte. Der Raum an sich war schon schön, aber Heinrich und Kevin hatten ihn mit ihren weißen und silbernen Blumenarrangements und den silbernen Kerzenleuchtern so bezaubernd geschmückt, dass er geradezu magisch wirkte. Cass schaute auf all die Blumen, das Grün und den Tüll und wusste, dass sie ihr Budget *weit* überschritten hatten. Was für ein wunderbares Hochzeitsgeschenk!

Mit der Hilfe von Charleys Personal aus dem Zelda's hatte Bailey das Catering bestens organisiert. Und die Cupcakes – in jeder nur denkbaren Geschmacksrichtung – waren einfach köstlich. Cass schwor sich, das Rezept für die Bananen-Cupcakes aus Janice Lind herauszubekommen, und wenn es das Letzte wäre, was sie tat.

„Das verrät sie dir nie im Leben", prophezeite Dot, als Cass zu ihr an den Tisch kam, wo sie mit Tilda und einigen anderen Freunden aus der Handelskammer zusammensaß.

„Dann muss ich mir eben irgendwo ein Wahrheitsserum beschaffen", scherzte Cass.

„Na", sagte Louise später, als sie zusammenstanden und Dani und Mike beobachteten, die einander mit Cupcakes fütterten, „du hast es geschafft."

„Nein", korrigierte Cass sie. „*Wir* haben es geschafft. Danke, Louise."

Ihre Schwiegermutter zuckte mit den Schultern. „Für meine Enkelin tue ich doch alles."

Cass konnte sich ein Lächeln nicht verkneifen.

Jetzt gesellten sich auch Babette und Mason zu ihnen. „Was für eine wunderschöne Hochzeit", sagte sie zu Cass. „Danke, dass wir bei euch wohnen durften. Es war wirklich schön, bei allem dabei sein zu können."

„Ich bin froh, dass letztlich doch alles so gut geklappt hat", sagte Cass und stellte fest, dass sie es ernst meinte.

„Es ist so herrlich hier oben. Ich habe mich richtig in euren kleinen Ort verliebt", fuhr Babette fort.

„Ich finde, wir sollten alle über Weihnachten hierbleiben", sagte Louise. „So können wir noch ein bisschen mehr Zeit mit Dani und Mike verbringen, bevor die beiden nach Spokane umziehen."

„Gute Idee", stimmte Maddy zu.

„Weihnachten?", wiederholte Cass schwach.

„Aber alle unsere Geschenke sind doch zu Hause", protestierte Babette.

„Und die wollt ihr bestimmt nicht missen", fügte Cass hinzu. Es war der letzte Strohhalm, nach dem sie greifen konnte.

„Die Geschenke laufen uns ja nicht weg", erwiderte Louise. „Kommt, lasst uns eine Party daraus machen. Außerdem, bei all den tollen Läden hier bin ich sicher, dass wir ein paar Kleinigkeiten finden können, damit alle was zum Auspacken haben."

„Und das ist der Grund, warum all meine Exverwandten noch hier sind", erzählte Cass ihren Freundinnen, als sie sich am nächsten Tag zu ihrem wöchentlichen Frauenfilmabend trafen.

Ausnahmsweise hatten sie sich in Ellas Haus versammelt, da sie davon ausgegangen waren, dass Cass nach all den Aufregungen der Hochzeit kaputt war. Und das war sie auch. Aber sie war auch glücklich. Wahrscheinlich ein sentimentaler Kater. Jetzt lümmelte sie auf Ellas Couch, wo ihr Tiny Gesellschaft leistete. Allerdings machte sie sich keine Illusionen, dass der Hund eine besondere Vorliebe für sie hegte. Er war einfach nur da, weil sie ihm ein paar Kekse zugeschanzt hatte.

„Na, das hört sich ja so an, als würdest du ein ganz besonderes Weihnachtsfest feiern", sagte Cecily. „Ich beneide dich nicht unbedingt."

„Ich auch nicht", stimmte Charley zu.

„Da wir gerade von Weihnachten sprechen. Wirst du die Feiertage überstehen?", fragte Cecily sie.

Charley nickte. „Natürlich. Ich fahre morgen zu meiner Schwester nach Portland. Ich brauche sowieso mal Abstand von hier, sonst bringe ich diesen Ethan Masters noch um."

Cass hatte schon von Cecily gehört, dass zwischen den beiden heftig die Fetzen flogen. Jedes Mal, wenn Charley mit dem knallharten Eigentümer von Masters Construction, der Firma, die für den Wiederaufbau des Zelda's verantwortlich war, zu tun hatte, war sie fuchsteufelswild. Aber vielleicht waren die heftigen Emotionen, die er bei ihr entfachte, ja nicht nur negativer Art. Cass hoffte es. Charley war zu jung, um den Rest ihres Lebens allein zu verbringen.

Sie ist nicht viel jünger als du, flüsterte eine kleine Stimme in ihrem Inneren. Ja ja, meinte Cass nur dazu, aber ich bin in meinen Gewohnheiten schon viel zu eingefahren. Sie brauchte keinen Mann. Sie hatte ihr Geschäft und ihre Kinder. *Die bald erwachsen sind und dich verlassen werden*, erinnerte die Stimme sie. Na, sie würden sie ja wohl nicht alle ganz verlassen. Sie hoffte, dass auch noch welche hier in der Stadt blieben.

„Ich habe noch ein paar Neuigkeiten für euch", sagte Ella. So, wie sie strahlte, war es keine allzu große Überraschung, als sie verkündete: „Ich habe gerade einen Schwangerschaftstest gemacht. Und der war positiv!"

„Oh, wie schön! Herzlichen Glückwunsch", rief Cecily und sprang auf, um ihre Freundin zu umarmen.

„Gut", sagte Charley, „noch ein Baby zum Spielen und Verwöhnen."

„Tja, aber nur, wenn du nach Nashville kommen willst." Ella lächelte. „Das ist meine andere Neuigkeit: Wir ziehen um."

„Wow, das ging jetzt ja schnell", meinte Cass erstaunt.

„Das Haus war ja schon verkauft, und außerdem ist ein Talentscout an Jake interessiert."

„Dank dem Lied auf YouTube?", fragte Cecily.

Ella nickte.

„Wie viele Klicks hat das inzwischen?", wollte Samantha wissen. Als Ella ihr die Zahl nannte, stieß sie einen leisen Pfiff aus. „Sieht so aus, als hätte er einen echten Hit gelandet."

„*Das* müsste deine Mom doch glücklich machen", meinte Cecily.

„Sie hat es akzeptiert. Mehr oder weniger“, fügte Ella grinsend hinzu. „Hauptsächlich deshalb, weil er ein nettes Lied komponiert hat und es ebenfalls hochgeladen hat.“

„Und was will deine Mom jetzt machen?“, fragte Samantha.

„Sie sagt, sie kommt uns besuchen, aber sie wird nicht dorthin ziehen. Da sind ihr zu viele Hinterwäldler und Proleten.“

„Irgendwie mag ich Hinterwäldler“, erklärte Charley.

„Ich auch“, erwiderte Ella, und ihre Freundinnen lächelten. Doch dann wurde sie wieder ernst. „Allerdings haben wir ein Problem. Tiny. Wir können ihn nicht mitnehmen. Wir wollen uns erst einmal eine Wohnung mieten. Und er ist doch ein Hund für die Berge. Er braucht die kalte Bergluft. Es wäre nicht fair, ihn im Süden schwitzen zu lassen.“

„Was wollt ihr denn mit ihm machen?“, fragte Cass und streichelte dem Hund den Kopf.

„Wir müssen ein nettes Heim für ihn finden, am besten natürlich irgendwo hier.“

Cass erinnerte sich daran, wie begeistert Amber über Cupcake gewesen war. Schon seit Jahren bettelten die Kinder, dass sie einen Hund haben wollten. Sie hatte den Bitten immer widerstanden, weil sie mit dem Haushalt und der Bäckerei schon genug zu tun hatte.

Dani zog aus. Cass musste eine Lücke in ihrem Heim und in ihrem Leben füllen.

Sie hatte keinen Hund mehr gehabt, seit sie und Mason damals verheiratet gewesen waren. Es wäre nett, nach Hause zu kommen und von einem Hund begrüßt zu werden.

Aber musste sie unbedingt mit einem anfangen, der fast so groß war wie ein Pferd?

Auf jeden Fall besser als so ein kläffender, verwöhnter Spitz.

Als würde er spüren, dass er beweisen musste, wie liebenswert er war, legte Tiny seinen Kopf auf Cass’ Schoß und sah mit treuem Hundeblick zu ihr auf. Und sabberte sie voll. Na ja, jedes männliche Wesen hatte eben seine Fehler.

„Er mag dich“, stellte Samantha fest.

„Willst du bei uns leben?“, fragte Cass. Tiny antwortete mit einem Bellen.

„Lass mich erst die Kinder fragen“, sagte sie zu Ella.

„Als wenn die etwas dagegen hätten“, schalt Samantha. „Sag einfach Ja. Du weißt doch, dass du es willst.“

„Okay, ja. Aber wenn Jake groß rauskommt und ein Konzert in Seattle gibt, schuldest du mir Konzerttickets in der ersten Reihe“, fügte Cass lächelnd hinzu.

„Erste Reihe“, stimmte Ella strahlend zu. „So, Mädels. Seid ihr bereit für den Film, den ich ausgesucht habe?“

„Na klar“, meinte Charley. „Also, was hast du mitgebracht?“

Als Ella eine DVD aus ihrer Tasche zog, wurde ihr Lächeln noch breiter. „Den perfekten Film. *Ist das Leben nicht schön?*“

„Weißt du“, sagte Cass lächelnd. „Du hast recht, das Leben *ist* schön.“

Daran musste sie sich erinnern, als sie am Heiligabend über Cupcake stolperte, das Gleichgewicht verlor und den Red-Velvet-Kuchen fallen ließ, den sie gerade ins Esszimmer hatte bringen wollen, wo sich all ihre Freunde und Verwandten versammelt hatten.

„Oh nein“, jammerte Babette, als sie herbeieilte, um den Kuchen aufzuwischen. „Oh, Cass, es tut mir so …“

„Leid“, beendete Cass den Satz für sie. „Na ja, wir haben ja immer noch Kekse. Und Häppchen. Und wenn du die isst, bist du tot“, informierte sie den Hund, der jetzt im Wohnzimmer in Ambers Schoß Schutz gesucht hatte.

„Hast du das gehört?“, sagte Babette zu Cupcake. „Böser Hund!“

Natürlich fanden alle, die sich zu dieser Party eingefunden hatten, die kleine Töle einfach nur niedlich.

„Vielleicht solltest du Tiny vorbeibringen, damit sie sich kennenlernen können“, flüsterte Cass Ella zu.

Ella grinste. „Du bist gemein.“

„Ich geb mein Bestes.“

„Es ist eine tolle Party“, meinte Ella und schaute sich um.

Das stimmte. Und als ihre Mutter aus Florida anrief, wurde der Tag noch besser. „Mach das Gästezimmer fertig. Wir kommen zu Silvester zu euch hoch. Also sag Dani, dass sie nicht abreisen soll, ehe ich da bin.“

„Keine Angst, bis dahin ist sie noch da.“

„Hoffentlich sind dann deine anderen Gäste weg.“

„Sind sie“, antwortete Cass.

„Ich bin so stolz auf dich“, sagte ihre Mutter. „Nicht jeder hätte all seine Exverwandten so gut bewirtet wie du.“

Ja, sie hatte es tatsächlich einigermaßen geschafft. Neben ihr lachte Charley gerade über etwas, was Cecily gesagt hatte, und Jake und Ella turtelten genauso verliebt wie das frisch vermählte Paar Dani und Mike. Louise hatte sich auf die arme Delia gestürzt, und Maddy zeigte Drew gerade stolz ihren Verlobungsring, während der sich hektisch nach einer Fluchtmöglichkeit umschaute.

Als Cass sich im Zimmer umsah, entdeckte sie Mason, der mit Willie und Amber beim Weihnachtsbaum stand. Er lächelte sie an und hob sein Glas mit dem Eierpunsch, um ihr zuzuprosten.

Sie hob ihres ebenfalls. *Merry Ex-mas.*

Es war wirklich ein fröhliches Weihnachten.

– ENDE –

REZEPTE UND TIPPS ZUM BACKEN VON CASS WILKES

Wir dachten, Sie würden sich vielleicht über einige der Rezepte unserer Hochzeits-Cupcakes freuen. Die sind so lecker, dass Sie bestimmt alle Sorten probieren wollen. Aber bevor wir zu den Rezepten kommen, hier ein paar Tipps, wie man Cupcakes am besten backt.

1. Benutzen Sie Papierförmchen für die Cupcakes. Sie sehen nicht nur schön aus, sondern die Cupcakes gehen auch besser auf und lassen sich leichter aus der Form lösen.

2. Füllen Sie die Förmchen höchstens zu zwei Drittel bis drei Viertel mit Teig aus. Wenn Sie den Teig bis zum Rand einfüllen, läuft er über, und das macht hinterher nur unnötig Arbeit.

3. Die meisten Cupcakes von einer Größe von circa 7 Zentimetern sollten 15 bis 22 Minuten backen. Lassen Sie sie nicht zu lange im Ofen, sonst werden sie zu trocken.

4. Wenn Sie einen Kuchen oder Cupcakes backen, fügen Sie ein Päckchen Gelatine zum Teig hinzu. Die verhindert, dass Ihr Kuchen aufplatzt.

Okay, jetzt kann es losgehen.

SAMANTHA STERLINGS SCHOKOLADEN-GANACHE-MASCARPONE-CUPCAKES

(Dieses Rezept wurde uns netterweise von der *New York Times*-Bestsellerautorin Jill Barnett zur Verfügung gestellt.)

ergibt 12 Stück

Außer den Zutaten benötigen Sie:
Papierförmchen
Cupcake-Ausstecher oder Grapefruit- bzw. Melonenlöffel
Muffinform
1 Messbecher (250 ml)

Zutaten

Für den Teig:
120 g Butter
1 Becher Zucker
1 Becher Mehl
4 Eier (Größe XL) – Raumtemperatur
1 EL Vanille
480 g Schokoladensirup (z. B. von Hershey's)

Für die Cremefüllung:
¼ l Schlagsahne
125 g Mascarpone
1 TL Vanillezucker
1 bis 2 gehäufte EL Zucker

Für die Ganache:
⅓ Becher Schlagsahne
180 g hochwertige Schokolade (Zartbitter- oder Vollmilchschokolade)
½ TL lösliches Espressopulver

Schlagen Sie die Butter, den Zucker und die Eier schaumig. Rühren Sie den Schokoladensirup und den Vanillezucker unter und geben dann das Mehl dazu. Kurz verrühren. Verteilen Sie die Papierförmchen auf das Muffinblech und füllen Sie den Teig in die Förmchen (nur zu drei Viertel vollfüllen). Bei 170 °C ca. 13 bis 18 Minuten lang backen. Auskühlen lassen.

Für die Ganache die Schokolade und ⅓ Becher Schlagsahne sowie das Espressopulver im Wasserbad unter ständigem Umrühren erhitzen, bis alles geschmolzen ist und glänzt. Tauchen Sie die abgekühlten Cupcakes mit der Oberseite in die Schokolade (wiederholen Sie den Vorgang, wenn Sie einen etwas dickeren Ganache-Überzug haben möchten). Auskühlen lassen.

Samantha (und Jill) bereiten die Cupcakes normalerweise am Abend vor einer Party zu und lassen sie über Nacht abkühlen, damit die Ganache fest wird.

Am nächsten Morgen die Cupcakes ein wenig mit dem Cupcake-Ausstecher aushöhlen – Sie können dafür auch einen Melonenausstecher oder einen Grapefruitlöffel benutzen.

Für die Mascarponecreme-Füllung die Schlagsahne, Mascarpone, Zucker und Vanille mit dem Mixer verrühren, bis die Creme sehr fest ist. Füllen Sie die Masse in einen Spritzbeutel (oder in einen Plastikbeutel, von dem Sie eine kleine Spitze abschneiden) und füllen Sie die Cupcakes bis kurz unterhalb des Randes.

Cupcakes müssen nicht im Kühlschrank aufbewahrt werden, es sei denn, es ist draußen richtig heiß. (Eigentlich braucht man sich sowieso keine Sorgen um die Aufbewahrung zu machen, denn diese kleinen Kuchen sind meist in Nullkommanichts verschwunden!)

CASS' RED-VELVET-CUPCAKES

ergibt 24 Stück

Ja, es gibt sie jetzt überall, aber bei diesem speziellen Rezept haben wir den ganz geheimen Zuckerguss von Cass verwenden dürfen. (Sie hat es von Sheila Roberts, die sowohl den Zuckerguss als auch das Kuchenrezept bisher streng geheim gehalten hat, seit sie es im Alter von 16 Jahren von einer Südstaatenschönheit bekommen hat. Wir wissen natürlich nicht, wie lange das schon her ist, da Sheila, seit sie 39 geworden ist, über ihr wahres Alter Stillschweigen bewahrt, aber wir wissen, dass es schon lange Zeit her ist.)

Zutaten

Rote Lebensmittelfarbe
3 EL Kakao oder Kakaomilchpulver (z. B. Nestlé Quik)
115 g weiches weißes Pflanzenfett
2 ¼ Becher Mehl
1 TL Natron
1 EL Essig
1 TL Vanillezucker
2 geschlagene Eier
1 gestrichener TL Salz
1 Becher Buttermilch*

*Wenn Sie vergessen haben, Buttermilch einzukaufen, können Sie auch Milch mit einem kleinen Spritzer Essig verwenden.

Verrühren Sie den Kakao und die Lebensmittelfarbe in einer kleinen Schüssel. Schlagen Sie das Pflanzenfett und den Zucker mit dem Mixer auf. Vermischen Sie die Eier mit der gefärbten Kakaomischung und geben Sie sie zur Zucker-Fett-Mischung. Vermischen Sie Mehl und Salz. Abwechselnd Mehl und Buttermilch unterrühren. Fügen Sie den Vanillezucker hinzu. Rühren Sie anschließend erst das Natron und dann den Essig per Hand unter. Papierförmchen in das Muffinbackblech legen und den Teig einfüllen. Bei 170 °C ca. 15 bis 20 Minuten lang backen. Achten Sie genau wie bei den Schokoladen-Cupcakes (oder jedem anderen Kuchen) darauf, dass Sie die Cupcakes nicht zu lange im Ofen lassen.

Abkühlen lassen und anschließend mit dem Red-Velvet-Zuckerguss verzieren.

RED-VELVET-ZUCKERGUSS

Zutaten

120 g Butter
8 EL weiches Pflanzenfett
3 EL Mehl
1 Becher Puderzucker*
⅔ Becher Milch (Raumtemperatur)
1 TL Vanillezucker

Vermischen Sie nacheinander Butter, Pflanzenfett, Zucker und Mehl miteinander und verrühren Sie alles gut. Fügen Sie Milch und Vanillezucker hinzu, dann noch einmal alles kräftig verrühren. (Lässt sich im Kühlschrank gut aufbewahren.)

*Benutzen Sie unbedingt Puderzucker für diesen Guss, da normaler Zucker zu grob ist.

CASS' HOCHZEITS-CUPCAKES

ergibt 24 Stück

Zutaten

2 ¼ Becher Mehl (gesiebt)
2 ½ TL Backpulver
1 TL Salz
1 ½ Becher Zucker
115 g Butter (Raumtemperatur)
1 EL Öl (damit die Cupcakes nicht zu trocken werden)
1 Becher Milch
2 Eier
1 TL Vanillezucker

Sieben Sie das Mehl und geben Sie es mit dem Salz und dem Backpulver in eine Schüssel. Fügen Sie Zucker, Butter, Vanillezucker und zwei Drittel der Milch dazu und schlagen Sie die Mischung 2 Minuten lang mit dem Mixer (auf mittlerer Stufe) auf. Fügen Sie die restliche Milch sowie die Eier zu und schlagen Sie die Mischung noch einmal 2 Minuten. In eine mit Papierförmchen ausgelegte Muffinbackform füllen und bei 170 °C ca. 18 bis 20 Minuten backen. Abkühlen lassen und mit dem Rosenzuckerguss überziehen.

ROSENZUCKERGUSS

Zutaten

2 ½ Becher Puderzucker
3 EL Butter (Raumtemperatur)
3 EL Milch (Raumtemperatur)
⅛ TL Rosenwasser*

*Bitte beachten Sie: Sie bekommen Rosenwasser in der Spezialitätenabteilung von gut sortierten Supermärkten. Es besitzt einen ausgeprägten Geschmack und sollte daher sehr sparsam verwendet werden. Denken Sie daran, dass Sie immer noch etwas mehr hinzufügen können, aber wenn Sie gleich zu viel davon benutzen, denken Ihre Gäste, sie essen Seife.

Sieben Sie den Puderzucker und vermischen Sie ihn anschließend mit den anderen Zutaten. Wenn Sie den Puderzucker sieben und Milch und Butter in Raumtemperatur verwenden, verringert das die Gefahr, dass sich Klümpchen in Ihrem Zuckerguss bilden. Nach Belieben können Sie noch Lebensmittelfarbe in Ihren bevorzugten Pastelltönen hinzufügen.

JANICE LINDS BANANEN-CUPCAKES

ergibt 24 Stück

Zutaten

2 ½ Becher Mehl
2 Becher Zucker
2 ½ TL Backpulver
1 TL Salz
1 TL Natron
1 EL Öl (damit die Cupcakes nicht zu trocken werden)
1 TL Bananenextrakt
150 g Butter
2 Eier
1 ¼ Becher reife Bananen (zerdrückt)
1 ¼ Becher Kokosmilch

Sieben Sie Mehl, Backpulver und Salz in eine Rührschüssel. Fügen Sie Zucker, Butter, Bananen und die Hälfte der Kokosmilch hinzu. 2 Minuten lang mit dem Mixer auf mittlerer Stufe aufschlagen. Fügen Sie Eier und Bananenextrakt sowie die restliche Kokosmilch hinzu und rühren Sie alles weitere 2 Minuten lang durch. Füllen Sie den Teig in die Muffinbackform und backen Sie die Cupcakes bei 170 °C ca. 15 bis 20 Minuten.

Abkühlen lassen und anschließend mit dem Red-Velvet-Zuckerguss überziehen.

Frohe Weihnachten und viel Spaß beim Backen wünscht Ihnen
Cass

Lesen Sie auch von Sheila Roberts:

Sheila Roberts
Schokolade für dich

Mit einem spektakulären Schokoladen-Festival will Samantha ihre Firma vor der Pleite retten – und entdeckt, dass Liebe viel süßer verführt als Schokolade!

Band-Nr. 25653
8,99 € (D)
ISBN: 978-3-86278-509-4
eBook: 978-3-86278-594-0
400 Seiten

Aus der Traum! Samantha's „Sweet Dreams Chocolates" steht vor der Pleite. Weder mit geballtem Charme noch mit ihren süßen Kreationen kann sie den Bankdirektor Blake Preston verführen. Jedenfalls nicht zu einem Kredit. Trotzdem gibt sie nicht auf. Ein großes Schokoladen-Festival soll Geld in die leeren Kassen bringen. Erstaunlicherweise wird sie bei der Planung von Blake tatkräftig unterstützt. Logisch, dass man sich dadurch näherkommt. Aber niemals würde Sam sich in einen Banker verlieben – auch wenn er noch so sexy ist …